AF281517

Mord aus heiterem Himmel

Achim Kaul

Der Himmel ist heiter über Bad Wörishofen. Doch der Sommer wird mörderisch. Ein Kunstprofessor beendet sein wichtigstes Manuskript. Kurz darauf stürzt er mitten über dem Kurpark aus großer Höhe in den Tod. Ein rätselhafter Selbstmord? Eine luftige Art des Mordens? Kommissar Zweifel und seine junge Kollegin Zick stehen bei ihrem ersten Fall vor einem Labyrinth aus Fragen.

Bei Ihren Ermittlungen beweisen sie Spirit, Cleverness, Schlagfertigkeit und Humor. Nach schmerzhaften Begegnungen und kniffligen Wortgefechten steht Ihnen die entscheidende Konfrontation bevor.

Achim Kaul ist ein erfolgreicher Autor aus Friedberg. Seit 2019 veröffentlichte er vier Kriminalromane mit dem beliebten Ermittlerduo Zweifel und Zick.

Daneben erschienen unter dem Pseudonym Micha Luka drei Abenteuerromane mit Käpt'n Sansibo und seiner schrägen Mannschaft.

»Überwegs — Vonwegens Begegnungen«, der Roman einer abenteuerlichen Odyssee quer durch Europa, erschien 2022.

Im selben Jahr erhielt Kaul in München den renommierten SpaceNet Award für eine seiner Kurzgeschichten.

»Du sollst nicht langweilen«, eine Sammlung seiner fesselnden Storys, erschien 2024.

Mord aus heiterem Himmel

Krimi

Achim Kaul

Bibliografische Information der Deutschen
Nationalbibliothek:
Die Deutsche Nationalbibliothek verzeichnet diese
Publikation
in der Deutschen Nationalbibliografie;
detaillierte bibliografische Daten
sind im Internet
über dnb.dnb.de abrufbar.

© 2019
Neuauflage 2025
Achim Kaul
Gutenbergstr. 13
86316 Friedberg
https://achimkaul.jimdosite.com/
Cover: © Carla Brobst www.carlabrobst.de

Verlag: BoD · Books on Demand GmbH,
In de Tarpen 42, 22848 Norderstedt, bod@bod.de
Druck: Libri Plureos GmbH, Friedensallee 273,
22763 Hamburg
ISBN: 978-3-8370-7421-5

*Für Bettina, Julia und Adrian
und für Carla*

1. Kapitel

23. Juli

Melinda Zick knallte ihren halbvollen Kaffeebecher auf den Frühstückstisch. Sie war wütend auf ihre Mutter, die ihr diesen bescheuerten Namen gegeben hatte. Sie war wütend auf ihre nervtötenden Nachbarn, die jeden verdammten Abend auf dem Balkon unten grillten und ihr unverschämte Kommentare zuriefen. Sie war wütend auf die letzte Nacht, auf diesen elenden Albtraum, auf das verfluchte Messer in diesem Albtraum.

Sie war vor allem wütend auf sich selbst.

Mit geschlossenen Augen atmete sie tief durch, sprang vom Tisch auf, riss ihre Jacke von der Stuhllehne und floh aus ihrer Wohnung, nicht ohne die Eingangstür gewaltig krachen zu lassen.

Als sie das Treppenhaus hinunterrannte, verhallte das Echo ihrer Tür allmählich. Die lieben Nachbarn standen sicher senkrecht im Bett. Bei dieser Vorstellung verpuffte ihre Wut wie Popcorn und wurde federleicht.

»Morgen, Leute«, dachte sie, grinste vor sich hin und stürmte ins Freie.

Zwei Stunden zuvor betrat Ferdinand Alba den Kurpark. »Ein fabelhafter Morgen«, dachte er. Der Himmel blank gefegt, die frische Morgenluft Balsam für seine Seele. Kein Ton war zu hören im Kurpark. Die Pfauen und Goldfasane träumten in ihrer Voliere von fernen Ländern. Die große Wiese, eingerahmt von gewaltigen Platanen, Ahorn- und Mammutbäumen, lag unberührt vor ihm. Zu dieser frühen Stunde war das nicht anders zu erwarten. Sechs Uhr war eine gute Zeit für ihn, um sich unbeobachtet seinen Qi-Gong-

Übungen widmen zu können. Nur flüchtig erklang ein entferntes Fauchen, ein merkwürdiges Geräusch, welches er nicht einordnen konnte.

Er zog seine Leinenschuhe aus und lief barfuß über das feuchte Gras, bis er einen geeigneten Platz gefunden hatte. Dort stellte er sich locker hin, fokussierte einen größeren Ast am Rand der Wiese, vermutlich ein Opfer des nächtlichen Gewittersturmes, holte tief und langsam Atem und begann mit den Atemöffnern. Die gleichmäßigen und konzentrierten Bewegungen ließen ihn zur Ruhe kommen. Nachdem er anschließend die acht edlen Übungen jeweils fünf Mal wiederholt hatte, verbeugte er sich.

Er warf einen Blick zu dem dunklen Ast hinüber. Etwas daran hatte seine Neugier geweckt. Er schien nun anders dazuliegen als zuvor. Aus der Entfernung von etwa sechzig Metern war das schwer zu beurteilen.

Alba näherte sich dem Schatten am Wiesenrand. Was er nun zu sehen glaubte, konnte nicht wahr sein. Seine Schritte verlangsamten sich, wurden kleiner. Schließlich stand er vor dem vermeintlichen Ast und blickte fassungslos in das starre Gesicht Professor Mindelburgs. Ihm wurde schwindlig, seine Knie gaben nach. Er schwankte und gleich darauf lag er neben der Leiche.

»Zweifel, jetzt reicht es allmählich«, sagte Alois Klopfer. Der Chef des Kommissars redete wie immer, wenn er sich aufregen musste, besonders leise.

Kommissar Adam Zweifel lehnte sich bequem in seinem Stuhl zurück und streckte die langen Beine aus. Die Arme hinter seinem kahlen Kopf verschränkend musterte er seinen Vorgesetzten mit der ganzen Gelassenheit seiner 48 Jahre.

»Wie viele sind es diesmal?«, fragte er mit müdem Unterton.

Sein Chef, der einige Jährchen jünger war, warf ihm einen scharfen Seitenblick zu.

»Sie könnten die Sache ruhig ein bisschen ernster nehmen.«

»Als ob wir sonst keine Probleme hätten.«

»Sie sind es, der unnötig Probleme produziert, mein Lieber. Wenn die Presse schon ihre Messer wetzt, dann — und darauf können sie ihre Riesterrente verwetten — wird mir der Herr Polizeipräsident morgen mit ein paar deutlich ausgesprochenen Verhaltensmaßregeln behilflich sein.«

»Wegen ein paar Smartphones, die zufällig Bekanntschaft mit Newtons Gesetz gemacht haben? Abgesehen davon hab' ich keine Riesterrente.«

»Zweifel, sie sind zwar Gesetzeshüter, aber für die Naturgesetze sind Sie nicht zuständig.«

»Sie lassen sich aber so leicht anwenden.«

»Ich wiederhole mich äußerst ungern, Zweifel, es reicht! Ich verbiete Ihnen hiermit ein für alle Mal, unschuldigen Passanten die Handys aus der Hand zu schlagen.«

»Ich kann nun mal den Anblick nicht ertragen. Den Kopf permanent über so ein dämliches Teil gesenkt mitten durch die Menschenmassen latschen, ohne auf andere zu achten. Das ist krankhaft. Die sind alle wie ferngesteuert. Sie müssen die mal beobachten, wenn …«

»Mir ist ihr gestörtes Verhältnis zur modernen Kommunikationstechnik hinreichend bekannt, mein Lieber. Vielleicht können wir uns jetzt über — ja, was ist denn?«

Die Bürovorsteherin Lucy kam herein, wie immer ohne anzuklopfen. Sie wedelte lässig mit einem Blatt Papier.

»Arbeit für den Kommissar«, flötete sie.

Melinda Zick fuhr gerade mit ihrem Fahrrad, das gegen ca. fünf verkehrstechnische Vorschriften verstieß, auf den Hof der Polizeiinspektion, als ihr Handy klingelte.

»Mel, du musst mir helfen.« Es war ihr Bruder Zacharias. Ihre Mutter hatte ein eigenartiges Talent bei der Namensfindung ihrer Kinder bewiesen. Nach Mels fester Überzeugung war sie damals komplett unzurechnungsfähig gewesen. Und objektiv betrachtet, bestanden berechtigte Zweifel daran, dass ihr Geisteszustand sich seither geändert hatte. Ihre Mutter war und blieb eine Spinnerin. Leider schien ihr Bruder einiges von ihr geerbt zu haben.

»Zack«, sie wusste, dass er diese Abkürzung seines Namens hasste, »was glaubst du wohl, was ich heute den ganzen Tag zu tun habe?«

»Du musst mir helfen, Mel.« Pause. »Und nenn' mich nicht Zack, verdammt.«

»Wieso bist du überhaupt schon wach? Ist doch gerade mal halb Neun.«

»Das ist ja der Punkt. In einer halben Stunde stehen die Typen von der Bank bei mir auf der Matte.«

»Seit wann kommen die persönlich vorbei? Dein Kontostand muss ja unterirdisch sein.«

»Mel, du hörst mir einfach nie zu. Die kommen doch wegen meines Projektes.« Schlagartig fiel ihr ein, dass ihr Bruder in Kürze einen Laden aufmachen wollte: »Dessert Inn - vegane Desserts vom Allerfeinsten«. Sie stieg vom Rad. »Ich hab' doch keine Ahnung, wie ich mit denen reden soll«, sagte er.

»Sei einfach höflich und beantworte alle Fragen. Aber phantasier' nicht rum.«

»Mel, das würd' echt viel bringen, wenn du, also wenn eine von der Polizei, mit dabei …«

»Ich kann nicht!«, fiel sie ihm ins Wort und schloss gleichzeitig ihr Rad ab. Gerade kam ihr Chef, Kommissar Zweifel, um die Ecke und winkte sie zu sich. Sie gab ihm ein

Zeichen. »Du schaffst das schon allein. Bis dann.« Sie legte auf und packte ihr Handy weg.

»Morgen Melzick«. Adam Zweifel war der Einzige, der sie so nannte. Sie hatte sich nie darüber beschwert. Insgeheim gefiel ihr diese Anrede ganz gut. Das hatte irgendetwas Straßenkämpferisches.

»Zweifellos ein guter Morgen«, war ihre Standardantwort.

»Wir haben einen Kunden.«

»Wer ist es?«

»Steigen Sie ein, ist nicht weit. Kurpark.«

»Ist jemand im Kneipp-Becken ersoffen?«

»Melzick — nicht in diesem Ton!«

Einige Minuten später waren sie dort.

Alles an dem imposanten Gebäudekomplex atmete Reichtum: Die edlen, in Kaisergelb gehaltenen Fassaden mit den raumhohen, doppelflügeligen, strahlend weiß gerahmten Sprossenfenstern, die säulenverzierten, weitläufigen Terrassen, die smaragdgrünen, kunstvoll geschmiedeten Balkonbrüstungen, die großzügig und erhaben geschwungenen Kuppeln aus hellem Marmor, welche die beiden Penthäuser krönten, sowie der reichlich prätentiöse Fahnenmast, der für jedes der Gebäude anzeigen mochte, ob die jeweilige Königin anwesend war.

Die Blätterschatten der, altehrwürdigen Baumsenioren spielten millionenfach auf den kostbaren Mauern, die speziell für das Morgenlicht entworfen zu sein schienen. Reine Luft wie aus Seide. In der Ferne, in blassem Blau schimmernd, die unregelmäßigen Diamanten der Alpenkette. Ein trügerisch friedlicher Anblick.

Zwei eisgraue Augen blickten aus einem der Panoramafenster des südlich gelegenen Penthauses und nahmen den feinen Schleier wahr, der sich über die Stadt zu senken begann.

»Wer ist das?«, fragte Kommissar Adam Zweifel den Mann in der dunkelblauen Uniform. Dieser bemühte sich, ruhig und sachlich zu schildern, was er wusste. Es gelang ihm nicht.

»Wahnsinn, das ist einfach der Wahnsinn!«

»Nein, ich meine die alte Dame dort auf der Bank und den jungen bleichen Herrn daneben«, versuchte Zweifel die Aufregung mit ruhigem Ton zu dämpfen. Es gelang ihm. Max Kater, so hieß der junge Mitarbeiter des Wachdienstes, riss sich zusammen.

»Natürlich, selbstverständlich, sie haben recht. Äh, Augenblick.« Er holte ein Notizbuch aus seiner hinteren Hosentasche und schlug es hastig auf.

»Das ist Frau Eichhorn, Anna Eichhorn, 82 Jahre«, sagte er nach kurzem Blättern.

»Sie hat die beiden gefunden.«

»Wie jetzt — gibt es zwei Leichen?«, fragte Melzick.

»Was, äh, nein, nein …«

»Junger Mann, wie lange muss ich denn noch hier rumsitzen? Es wird langsam Zeit für mein Frühstück«, meldete sich die alte Dame zu Wort. Kater schaute sie mit großen Augen an.

»Das äh, das müssen Sie, äh, ich glaube der Kommissar …«

»Nur ein paar Minuten Geduld, wenn ich Sie darum bitten dürfte.« Der Kommissar hatte den richtigen Ton getroffen. Sie musterte ihn aus hellblauen Augen. Dann lehnte sie sich schweigend zurück und verschränkte die Arme über einer dezenten, sündhaft teuren Perlenkette.

»Also«, wandte sich Zweifel an den etwas unbeholfen wirkenden Wachdienstler und nahm ihn für ein paar Schritte zur Seite, »wer sitzt da neben Frau … Frau …?«

»Frau Eichhorn. Ja.« Wieder blätterte er in seinem Notizbuch. »Da handelt es sich um Ferdinand Alba«, sagte er. »Frau Eichhorn hat ihn und den Toten gefunden. Angeblich lag er bewusstlos neben ihm.« Er kratzte sich heftig am Kopf und fuhr sich mit der flachen Hand übers Gesicht, als könnte er immer noch nicht fassen, womit er es hier zu tun hatte.

»Was ist mit ihm?«, fragte Zweifel, »klappt der uns zusammen? Haben Sie einen Arzt gerufen?«

»Ja, ja, hab' ich. Der Doktor war schon vor Ihnen da und hat ihn sich angesehen. Und ihm eine Spritze gegeben.«

»Und wo ist der Doktor jetzt?«

»Da drüben, bei dem Toten.« Er zeigte mit dem Finger kurz in die Richtung.

»Gut. Tun Sie mir bitte den Gefallen und bleiben Sie bei unseren beiden Hübschen hier.« Kater nickte eifrig und Zweifel überquerte das Gras, gefolgt von Melzick.

»Ist die Spurensicherung schon verständigt?«

»Keine Ahnung, aber ich ruf gleich mal an«, erwiderte sie und zückte ihr Smartphone.

»Hallo Penny, hier ist Mel. Wir haben Arbeit für dich. Im Kurpark. Die große Wiese. Gut, bis gleich.« Sie steckte das Smartphone wieder in die Gesäßtasche ihrer schwarzen Jeans.

»Wer ist Penny?«, fragte Zweifel.

»Ach, das wissen Sie noch gar nicht? Wir haben eine Urlaubsvertretung bekommen. Penelope Stock. War mit mir auf der Polizeiakademie und hat sich dann spezialisiert. Sie kümmert sich jetzt lieber um Leute, die nicht mehr vor ihr davonlaufen können.«

»Verstehe«, sagte Zweifel. Zwanzig Meter entfernt saß ein Mann, etwa Mitte sechzig, von äußerst umfangreicher Gestalt auf einer Bank. Seine für sein Alter erstaunlich dichten, hellgrauen Haare hatte er zu einem Pferdeschwanz gebändigt. Die Bank lag im Morgenschatten einiger mächtiger Koniferen. Er bewegte sich nicht, als der Kommissar und seine Assistentin auf ihn zukamen. Sein Blick war seitlich auf eine orangefarbene Decke gerichtet, die nicht weit entfernt von ihm auf dem noch feuchten Gras lag. Darunter zeichnete sich undeutlich ein menschlicher Körper ab. Zwei Beamte sicherten den Fundort.

Als Zweifel und Melzick vor dem dicken Grauhaarigen stehen blieben, wandte er ihnen sein Gesicht mit den großen dunklen Augen zu und stand schwerfällig auf.

»Dr. Wollmaus«, sagte er. Er reichte ihnen nicht die Hand.

»Kommissar Zweifel, das ist meine Assistentin Zick.« Dr. Wollmaus nickte.

»Sie kennen den Toten?« Abermals nickte er.

»Professor Abraham Mindelburg.« Zweifel ging zu der orangefarbenen Decke und schlug sie zurück. Professor Mindelburg lag auf der Seite, wobei liegen nicht ganz der richtige Ausdruck war. Sein Körper hatte sich einige Zentimeter tief in den weichen Untergrund eingegraben.

»Plötzlicher Herztod«, sagte Dr. Wollmaus. »Dürfte vor schätzungsweise drei Stunden passiert sein.« Zweifel betrachtete die Lage des Körpers genauer. Melzick stand daneben. Die ganze rechte Seite war in der lockeren Erde verschwunden, so dass der Kopf flach auf dem Boden lag. Es war ein irritierender Anblick, so als läge der Professor halb versunken in einem Moor. Auf den ersten Blick waren keinerlei Verletzungen zu erkennen.

»Er war bereits bei den Engeln, als sein Körper aufschlug. Er hat sich im Sturz zu Tode erschreckt«, sagte Dr. Wollmaus.

»Was meinen Sie damit?«, fragte Melzick und schaute in den

Morgenhimmel. »Er kann ja wohl nicht aus heiterem Himmel heruntergefallen sein.«

»Nein«, sagte Dr. Wollmaus bedächtig in seiner tiefen Stimme, »von so hoch oben wohl nicht. Ich schätze aber, ein paar hundert Meter werden es gewesen sein.« Zweifel sah ihn fragend an. Dr. Wollmaus erwiderte den Blick. »Nur so lässt sich seine Lage erklären. Oder haben Sie eine andere Idee?« Zweifel kratzte sich nachdenklich an der Nase.

»Der Boden ist durch das Unwetter heute Nacht sehr aufgeweicht. Sie könnten richtigliegen, Doktor.«

»Natürlich liege ich richtig.«

»Fragt sich allerdings, von wo er herabfiel«, sagte Zweifel, »und vor allem ob mit oder ohne Absicht.« Abermals nickte Dr. Wollmaus und starrte vor sich hin.

»Er war über achtzig und hatte ein schwaches Herz. Im Übrigen habe ich meinen besten Schachpartner verloren. Er machte überaus unterhaltsame Fehler. Auf hohem Niveau natürlich. Er liebte es, seine Figuren zu opfern.«

»Und Sie, Doktor?«

»Nun, ich ziehe es vor, die Figuren meiner Gegner zu opfern.« Zweifel nickte.

»Ganz nach Tartakowers Devise.« Dr. Wollmaus griff nach seinem Arztkoffer und schaute Zweifel überrascht an.

»Sie spielen Schach, Herr Kommissar?«

»Sagen wir, mich interessieren Menschen, die ihre geistigen Fähigkeiten auf die Spitze treiben.«

»Ich verstehe.« Er warf noch einen Blick auf die orangefarbene Decke, die der Kommissar wieder sorgfältig über den Toten gebreitet hatte. Dann räusperte er sich.

»Ich weiß, es ist ungewöhnlich, aber wenn es für Sie in Ordnung ist, dann möchte ich die Obduktion durchführen.« Zweifel blinzelte verblüfft zu ihm hinüber.

»Sie sind Gerichtsmediziner?«

»Ich war es, mehr als zwanzig Jahre lang.«

»Und danach?«

»Das tut nichts zur Sache. Ich kenne übrigens Ihren zuständigen Kollegen, Dr. Kälberer. Und mir ist klar, dass er die Leiche zu untersuchen hat.« Er machte eine Pause, um Zweifel Zeit zum Nachdenken zu geben. »Ich kann mit ihm reden.« Zweifel winkte ab.

»Nicht nötig. Ich denke, das geht in Ordnung.«

»Gut. Den ausführlichen Bericht haben Sie gestern. So ist doch immer noch die Zeitvorgabe, stimmt's? Bis dann also.« Er wandte sich zum Gehen.

»Ach Doktor«, rief ihm Zweifel nach«, Sie wissen sicher, ob der Professor Angehörige hat und kennen bestimmt auch seine Adresse.«

»Ja, das weiß ich natürlich.« Zweifel notierte Namen und Adressen. Dr. Wollmaus entfernte sich und der Kommissar warf seiner Assistentin einen Blick zu.

»Muss ich mir diesen Namen, Tarta-irgendwas, merken?«, fragte Melzick, nachdem der Arzt außer Hörweite war.

»Nein, müssen Sie nicht. Tartakower war mal ein außergewöhnlicher Schachgroßmeister, berühmt für seine geistreichen Attacken und Aphorismen. Ist lange her, irgendwann in den Zwanzigerjahren. Damals gab es noch kein Internet.« Melzick schaute ihn an.

»Kann man sich gar nicht vorstellen, wie die Leute damals kommunizierten.«

»Auf die primitive Art, würde ich sagen. Frontal. Von Angesicht zu Angesicht. Die harte Tour eben.«

»Also völlig ungeschützt. Schreckliche Vorstellung.« Zweifel schloss ergeben die Augen und sagte nur:

»Melzick!«

Sie grinste. Dann sprach sie kurz mit den beiden Beamten. Sie würden sich um den Abtransport kümmern, sobald Penny Stock, die mit ihren Leuten von der Spurensicherung jeden Moment auftauchen musste, mit ihrer Arbeit fertig sein würde.

2. Kapitel

Kurz darauf wandte sich der Kommissar an die alte Dame, die im Beisein Max Katers geduldig ausgeharrt hatte.

»Sie sind also Frau Eichhorn. Ich bin Kriminalkommissar Adam Zweifel.«

»Ein sehr passender Name«, sagte Frau Eichhorn nicht im Mindesten beeindruckt.

»Wen haben Sie denn nun wann gefunden? Erzählen Sie mal.« Der Junge neben ihr auf der Bank schien bei diesen Worten noch mehr in sich zusammenzusinken. Sie schaute den Kommissar mit ihren hellblauen Augen offen an.

»Ich ging im Walde so für mich hin … ach nein — das ist aus einer anderen Geschichte.« Sie kicherte leise und zwinkerte ihm zu. »Entschuldigung, Herr Zweifel, ich bin nicht mit allem einverstanden, was ich sage, müssen sie wissen.«

»Na prima«, dachte Melzick bei sich, »eine alte Spinnerin.« Sie betrachtete sie etwas genauer: dunkelblaue Seidenbluse, weiße Hose, gelber Seidenschal — es sah alles sehr teuer aus. Silbergraues langes Haar, zu zwei Zöpfen geflochten, gebräuntes Gesicht mit erstaunlich wenigen Falten, flinke Augen, ein auffallender Pigmentfleck auf der rechten Schläfe. Alles in allem eine sehr eigenwillige Person mit viel Gold an den alten Fingern.

»Also ich war auf meinem Morgenspaziergang«, fuhr sie fort. »Genau genommen mache ich den nur jeden zweiten Morgen. Ich muss mir meine Kräfte einteilen.« Unwillkürlich warf Zweifel einen Blick auf den Rollator, der neben der Bank parkte.

»Wie üblich kam ich an dem Ententeich vorbei, dessen Ufer im Übrigen gerade von einem Biber neu gestaltet wird.

Zumindest will uns das ein Schild weismachen, welches die Kurverwaltung schon vor einem Jahr dort aufgestellt hat. Na — soll mir recht sein.« Sie hob kurz die Schultern und versank dann in Schweigen. Zweifel wartete. Er musterte den jungen Mann neben ihr, der einen jämmerlichen Anblick bot. Dann schaute er auffordernd zu seiner Assistentin hinüber.

»Das war jetzt aber noch nicht alles, oder?«, warf Melzick ein. Die Alte zuckte zusammen, als ob sie erst jetzt ihre Anwesenheit bemerkt hätte. Sie hüstelte etwas verlegen.

»Natürlich nicht, junge Dame«, überspielte sie den Moment. »Ich blieb für einen Moment stehen, warf einen Blick in die Runde und überlegte, bei wem ich mein Mittagessen einnehmen sollte. Sie müssen wissen, ich habe einen großen Bekanntenkreis und möchte niemanden benachteiligen.« Melzick zog die Augenbrauen hoch und schüttelte leicht verwundert den Kopf.

»Was meinen Sie damit?« Die alte Dame bedachte sie mit einem prüfenden Blick. Die hennaroten Dreadlocks, welche Melzicks Kopf zierten, bedachte sie mit einem Naserümpfen.

»Nun, ich möchte reihum jedem meiner Freunde und Freundinnen das Vergnügen meiner Anwesenheit während der wichtigsten Mahlzeit des Tages bescheren. Wie klingt das in Ihren Ohren?«

»Ziemlich raffinierte Methode, um sich durchzufuttern.«

»Oh, Sie lieben klare Worte. Ich glaube, das gefällt mir.« Kommissar Zweifel lauschte geduldig diesem Dialog, dann räusperte er sich.

»Das Frühstück«, sagte er. Frau Eichhorn zuckte erneut zusammen.

»Was meinen Sie, Herr Kommissar?«

»Nun ja, je eher Sie uns alles erzählt haben, desto schneller kommen Sie zu ihrem Frühstück.«

»Ach ja — das Frühstück.« Sie betrachtete den Kommissar nachdenklich von oben bis unten. »Sie haben nicht zufällig ein Croissant bei sich?« Zweifel hob abwehrend die Hände.

»Also gut, dann eben in aller Kürze. Ich ging an der großen Wiese vorbei, dort wo die höchsten Bäume im Park stehen. Und da sah ich ihn im Schatten liegen.«

Mit diesen Worten versetzte sie dem Jungen, der mit geschlossenen Augen neben ihr kauerte, einen sanften Rippenstoß. Er kippte sofort zur Seite. Melzick sprang gerade noch rechtzeitig zu ihm hin und stützte ihn. Er öffnete die Augen und schaute verständnislos jeden der Reihe nach an.

»War ein ziemlicher Schock für mich, Herr Kommissar, das können Sie mir glauben«, sagte die Alte und zupfte an den Ärmeln ihrer dunkelblauen Seidenbluse. »Vor allem, weil da noch etwas lag. Ich blieb stehen wie angewurzelt. Ja ähm — und dann bewegte er sich.« Der Junge ließ ein Stöhnen hören. Melzick setzte ihn wieder gerade hin und hielt ihn mit einer Hand an der Schulter fest. »Und da sah ich den anderen danebenliegen«, sagte Eichhorn und nickte langsam.

»Haben Sie ihn erkannt«, fragte Zweifel. Sie richtete sich gerade auf.

»Ich kenne weder den Toten«, Pause, Seitenblick auf Ferdinand Alba zu ihrer Linken, »noch den Scheintoten hier.« Bevor der Kommissar etwas darauf erwidern konnte, war lautes Rufen aus der Richtung des Ententeichs zu vernehmen. Gleich darauf sahen sie eine ganz in Schwarz gekleidete, große, hagere Frauengestalt mit wehenden graublonden Haaren quer über die Wiese laufen, wobei sie heftig mit beiden Armen winkte.

»Anna«, war zu hören, »Anna, Anna!«

»Da kommt mein Frühstück«, sagte Anna Eichhorn und nickte, als sei sie sehr einverstanden mit dieser

Unterbrechung. Kurz darauf war die Ruferin bei ihnen angelangt. Auf den letzten Metern hatte sie merklich ihre Schritte verlangsamt und blickte nun misstrauisch und schwer atmend auf die Personen, die, womöglich in böser Absicht, ihre Freundin umzingelten.

»Hier bist du also«, stieß sie hervor. »Was sind das für Leute? Warum bist du nicht gekommen? Brauchst du Hilfe?« Bei der letzten Frage schaute sie den Kommissar feindselig an. Dies war Serafina Moor pur. Max Kater, der junge Mann vom Wachdienst, der sich bisher dezent im Hintergrund gehalten hatte, versuchte, sich mit wenigen Schritten noch etwas weiter zu entfernen, als ihr Habichtblick auf ihn fiel.

»Kater«, bellte sie, »was ist hier vorgefallen?« Der Angesprochene zuckte leicht zusammen und blieb stehen. Kommissar Zweifel verlor etwas an Geduld. Er zückte seine Marke und hielt sie kurz in die Luft.

»Adam Zweifel, Kriminalpolizei. Sie heißen?« Es folgte ein kurzer Blickkontakt zwischen den zwei Damen. Dann fixierte Serafina Moor den Kommissar.

»Darf ich Ihre Marke noch einmal etwas genauer sehen?« Melzick schüttelte leicht verwundert den Kopf, ohne dabei die Hand von der Schulter des Jungen zu nehmen, der regungslos und mit geschlossenen Augen der Dinge harrte. Zweifel griff nochmals, allerdings betont langsam, in die Innentasche seines Jacketts.

»Also, bevor das hier eskaliert, Serafina, lass es gut sein. Das ist tatsächlich ein echter Kommissar, ohne Zweifel«, sagte Anna Eichhorn. »Wir sind hier sowieso fertig, denn ich habe alles gesagt, was ich zu sagen hatte.« Serafina Moor hob eine Augenbraue.

»Worüber?«

»Später.«

»Ganz wie du meinst«, schnaubte ihre Freundin. Und, gegen den Kommissar gewandt: »Mein Name ist Moor, Serafina Moor.« Dies wurde mit geschlossenen Augen in einem herablassenden Ton hingeworfen. Zweifel ignorierte sie fürs erste, ebenso die letzte Behauptung Anna Eichhorns.

»Frau Eichhorn, ist Ihnen bevor, oder nachdem Sie die beiden dort liegen sahen, etwas Bemerkenswertes aufgefallen?«

»Es war ja zu erwarten, dass Sie danach fragen. Mir ist tatsächlich etwas aufgefallen. Kurz nachdem ich im Park angekommen war, am nördlichen Ende, dort wo das Labyrinth ist, Sie wissen schon, der Barfußpfad, die Leute laufen da im Kreis mit bloßen Füßen über alles Mögliche, schreien ab und zu vor Schmerz und finden es ganz toll.«

»Und da war also jemand?«

»Nein — da war Stille, keine Menschenseele. Daher fiel mir auch das Geräusch auf.«

»Was für ein Geräusch?«

»Das kann ich Ihnen nicht sagen. Es kam irgendwie von weit her. Als ob jemand ein riesiges Gebläse laufen ließe und doch irgendwie anders. Es war nur kurz zu hören und dann nicht mehr, aber ich habe keine Ahnung, von wo es kam.«

Sie zuckte mit den Schultern und machte Anstalten, aufzustehen. Ihre Freundin Serafina stützte sie am Ellenbogen. Anna Eichhorn machte mit dem Kopf eine leichte Bewegung in Richtung des Kommissars.

»Und das ist wirklich alles, Herr Zweifel. Wenn Sie in den nächsten Tagen das Bedürfnis haben sollten, mit mir zu plaudern, so bin ich sicher, dass Sie mich finden werden. Ich gehe jetzt.«

Sie schnappte sich mit Hilfe Serafina Moors ihren Rollator und setzte sich mit ihr zusammen in Bewegung, einen verdutzten Herrn Kater und einen schmunzelnden Kommissar zurücklassend. Ferdinand Alba schlug plötzlich die Augen auf.

»Sind sie endlich weg?«, fragte er mit einer unerwartet kräftigen Stimme.

Melzick, deren Hand sich an seine Schulter gewöhnt hatte, ließ ihn los. Kommissar Zweifel bedachte den aus seinem Scheintod Erwachten mit einem langen, nachdenklichen Blick aus seinen schwarzen Augen. Dann fasste er einen Entschluss.

»Melzick, ich schlage vor, Sie bringen Herrn Alba nach Hause.« Dabei nickte er ihr zweimal kurz zu. Sie arbeiteten lange genug zusammen. Melzick verstand sofort. Sie sollte den Jungen allein befragen.

»Können Sie aufstehen?«, fragte sie ihn.

»Jetzt schon«, sagte er.

»Herr Kater, wenn Sie noch einen Moment Zeit hätten«, sagte Zweifel nach einem kurzen Blick auf dessen Namensschild. »Melzick, wir treffen uns nachher in meinem Büro.« Sie hob die Hand.

»Ay Käpt'n.« Zweifel wartete, bis die beiden sich entfernt hatten. Dann drehte er sich zu Kater um.

»Schon lange dabei?« Kater zuckte die Schultern.

»Ich hab' vor acht Monaten angefangen.«

»So so, gerade mal acht Monate. Aber Sie sind doch von hier? Ich meine, Sie kennen den Ort?« Kater schaute den Kommissar fragend an und nickte dann.

»Sie kennen die Gerüchte, Sie wissen, wer mit wem, Sie haben Einblick in die Keller, wo die Leichen liegen …« Kater grinste und nickte abermals. »Hm, Hm.« Zweifel strich mit der flachen Hand über seinen kahlen Schädel, während er sich umblickte. Dann legte er dem Jungen eine Hand auf die

Schulter. »Ich möchte, dass Sie mir einen Gefallen tun, Kater. Dieser Fall, wenn es denn einer ist, hat gerade erst begonnen. Es ist gut möglich, dass Sie mir später behilflich sein können, sozusagen als vorgeschobener Horchposten. Wollen Sie das tun?« Kater machte ein ernstes Gesicht und nickte nach kurzem Zögern.

»Diese Frau Moor scheint Sie ja zu kennen.«

»Sie wohnt am Stadtrand in der alten Villa Fontenay. Hässlicher Kasten, wenn Sie mich fragen, aber ein wunderbarer Park drum herum. Ich war da mal Gärtner, aushilfsweise. Sie kommandiert gerne herum. Und sie hat ein gutes Namensgedächtnis. Leider.«

»Ist sie schon lange in Bad Wörishofen?«

»So zwei Jahre ungefähr.«

»Und woher kam sie?«

»Aus dem hohen Norden. Von Sylt, soviel ich weiß. Prominentenviertel. Ihr verstorbener Mann hatte dort in Kampen ein riesiges Anwesen.« Zweifel schaute ihn anerkennend an.

»Sie sind wirklich gut informiert.« Sie tauschten ihre Mobilfunknummern aus, dann streckte er dem jungen Mann die Hand hin. »Auf gute Zusammenarbeit.«

Melzick und Ferdinand Alba liefen schweigend nebeneinander her. Er hatte die Hände in den Taschen seiner viel zu weiten Jeans vergraben. Die Sonne war nun höher gestiegen und hatte den blassen Dunst, der stellenweise über dem Kurpark gelegen hatte, vertrieben. Es waren nur wenige Menschen unterwegs. Erst am frühen Nachmittag würde es hier wimmeln, von Tagesausflüglern, alten Kurgästen und jungen Familien mit quäkenden Kindern. Melzick genoss die Ruhe und das langsame Gehen neben diesem merkwürdigen

Außerirdischen. Am Ausgang des Parks lenkte er zielstrebig seine Schritte Richtung Norden, wo der Weg zwischen weiträumigen Wiesen hin zum Waldrand führte, wie sie verdutzt bemerkte.

»Sie wohnen doch nicht etwa im Wald?«, entfuhr es ihr. Er antwortete nicht, schob stattdessen, wie zum Trotz, die Hände noch tiefer in die Hosentaschen.

»Ich bin bewaffnet«, sagte sie. Er drehte seinen Kopf kurz in ihre Richtung.

»Ich nicht«, war seine Antwort. »Und außerdem bin ich ziemlich bescheuert«, dachte Melzick. Bevor sie die Sache wieder ausbügeln konnte, blieb er plötzlich stehen.

»Haben Sie schon mal auf einen Menschen geschossen?« Sie antwortete nicht sofort, sondern schaute zum Waldrand hin, der in der Ferne vor ihnen lag. Ein schmaler Streifen Dunkelheit unter dem strahlenden Morgenlicht. Ein kleiner Rest der Nacht hatte sich dort unter einer dünnen Decke verkrochen.

»Hab’ ich.«

»Und?«

»Hab’ ihn getroffen.«

»Wo?«

»Wo ich wollte, am rechten Bein.« Sie schaute ihn an. »Können wir jetzt weitergehen?« Alba folgte ihr, sichtlich beeindruckt. Während sie schweigend den Weg fortsetzten, dachte sie an den Mann. Dachte an seine Beine, die vor ihr weggerannt waren, die in einer schäbigen Jogginghose gesteckt hatten, die sie ins Visier genommen hatte, bis er sich nach ihr umdrehte, atemlos, schon sehr weit weg. Und wie sie dann geschossen hatte, mit ruhiger Hand.

Sie war die Beste gewesen in ihrem Ausbildungsjahrgang. Mit Abstand. Ein Talent, für das sie keine Erklärung hatte.

Als sie den Mann getroffen hatte, schrie er auf, griff mit beiden Händen an sein verwundetes Bein, machte noch zwei, drei Schritte, kam ins Stolpern und stürzte. Sie war unfähig gewesen, sich ihm zu nähern. Sie hatte die Waffe weggesteckt und war einfach stehen geblieben, wo sie war, bis die anderen kamen.

Dieser Mann hatte kurz zuvor in der Innenstadt wahllos um sich geschossen. Ein Amoklauf. Es war ihr erster Einsatz gewesen. Seither hatte sie nie wieder geschossen, und wenn es nach ihr ging, würde sie es auch nie wieder tun.

Mit einer unwilligen Kopfbewegung verscheuchte sie den Gedanken daran. Ihr kam in den Sinn, weshalb sie hier mit Alba durch die Gegend lief.

»Wie alt sind Sie eigentlich?«, fragte sie ihn.

»Achtundzwanzig. Was passiert jetzt mit dem Professor?«

»Er kommt in die Gerichtsmedizin. Wir wollen aus dem ungeklärten Todesfall einen aufgeklärten Todesfall machen.« Er nickte. Sie waren nun am Wald angelangt und folgten einem schmalen, kurvigen Weg. Struppiges Unterholz zu beiden Seiten. Hohes Gras. Brennnesseln, Brombeerbüsche, lange Schatten.

»Er hat mir sehr geholfen. Es hat mich sehr …«, er stockte und holte tief Luft. Sie waren wieder stehengeblieben. Er rang um Atem. Sie schaute ihn fragend an, hob die Hand. Er wehrte sie ab. »Geht schon wieder. Wir sind gleich da.«

»Waren Sie befreundet?« Er schüttelte den Kopf.

»Aber Sie kannten ihn schon länger.«

»Seit ein paar Jahren.«

»Wie haben Sie …?«, doch Melzick konnte ihre Frage nicht zu Ende formulieren. Sie starrte auf einen Punkt, etwas entfernt und in rund fünfzehn Metern Höhe. »Was ist denn das?«

»Wir sind da«, sagte er.

»Ist das denn erlaubt?«, fragte sie, den Kopf im Nacken.

»Typisch deutsche Frage«, sagte Alba und ergriff mit einer Hand eine Strickleiter. »Denjenigen, auf den es ankommt, habe ich gefragt.«

»Und wer ist das?« Er klopfte mit der anderen Hand auf den silbrig schimmernden, mächtigen Stamm einer uralten Buche. Dann begann er, vorsichtig zu klettern.

»Achten Sie auf die sechste und die siebte Sprosse«, rief er ihr über die Schulter zu.

»Warum?«, rief sie zurück.

»Die sind präpariert. Ich mag keine ungebetenen Besucher.« Melzick schaute sich um, spähte zwischen den hohen, mächtigen Buchen, die sich an diesem Ort versammelt hatten, umher. Stille im Wald, von Bienen eingefangen. Sie schaute nach oben. Alba war schon verschwunden. Sie seufzte. Dann kletterte sie ihm nach in sein Baumhaus.

3. Kapitel

Zur gleichen Zeit stand Zweifel vor der smaragdgrünen, extra breiten Eingangstür des südlichen Victoria-Palais. Das auf Hochglanz polierte Messingschild wies nur vier Namen auf. Der oberste, leicht abgesetzt von den übrigen, lautete Marie-Theres Mindelburg. Professor Mindelburgs Schwester wohnte nicht einfach nur, sie residierte. Dafür eignete sich das Victoria-Palais allerdings vorzüglich. Er drückte auf den matt und edel schimmernden Klingelknopf. Das Auge der Videokamera, schwarz, klein und böse, ignorierte er.

Zwei, drei, vier Minuten tat sich überhaupt nichts. Zweifel hatte das erwartet. Audienzen verlangen Geduld. Er trat ein paar Schritte zurück und ließ den Blick nach oben schweifen. Die eindrucksvolle Fassade leuchtete blassgelb im Morgenlicht. Die Balustraden und Pfeiler der oberen Balkone waren von majestätischer Ruhe umgeben.

Er schlenderte noch ein paar Schritte nach rechts in Richtung des parkähnlichen Gartens, der sich hinter dem Wohnpalast erstreckte. Sein Blick strich über den perfekt gepflegten Rasen, auf dem, fast unbemerkt, lautlos und pflichtbewusst ein Mähroboter seinen Dienst versah. Vereinzelt standen prachtvolle Bäume, gelassen und stolz. Sein Blick verlor sich in ihrem flirrenden Blättermeer. Er hörte die sonore Stimme nicht sofort.

»Hast Du es?«, fragte Serafina Moor Anna Eichhorn. Diese schüttelte den Kopf und blickte zu Boden. Sie waren an der Villa Fontenay angelangt. Das Blatt Papier, das sie dem toten Professor aus der Brusttasche hätte entwenden sollen, war nicht zu finden gewesen.

»Jemand muss schneller gewesen sein«, sagte Anna

Eichhorn mit einem Seitenblick auf ihre Freundin. Diese runzelte die Stirn und sagte mit vor Ärger zischender Stimme:

»Das ist einfach unglaublich. Hast Du auch wirklich genau nachgesehen?« Anna Eichhorn nickte verdrossen.

»Die Tasche war leer.« Serafina Moor schnaubte.

»Da kann nur unser Herr Dr. Wollmaus dahinterstecken«, knurrte sie.

»Ein wundervoller Garten, nicht wahr, Sir?« Zweifel fuhr herum. In respektvollem Abstand verharrte ein schwarz gekleideter, silberhaariger Mann von unbestimmbarem Alter. Er hielt sich sehr gerade und ließ sich nicht anmerken, dass er diesen Satz bereits zum zweiten Mal äußerte. Der Kommissar war immer noch vertieft in den Anblick des Parks. »Kann ich Ihnen behilflich sein, Sir?«

Der hauchfeine Oxfordakzent war nur für geübte Ohren erkennbar. Doch Körpersprache und Wortwahl waren unverkennbar: Dies war ein Butler bester englischer Schule, wie man ihn allenfalls in einer Dokumentation der BBC zu sehen bekam. Der Kommissar räusperte sich.

»Adam Zweifel. Ich möchte mit Frau Mindelburg sprechen.« Der Butler legte den Kopf etwas schief.

»Zweifel, Sir?«

»Ja — Kriminalpolizei.« Er zeigte seinen Dienstausweis. Sein Gegenüber stutzte für einen winzigen Moment. Dann verbeugte er sich leicht.

»In diesem Falle wird es am besten sein, wenn Sie mir folgen wollen, Sir«, sagte er mit einer einladenden Geste seiner behandschuhten Rechten.

»Das tue ich nur, wenn Sie mir vorher verraten, wer Sie sind«, sagte der Kommissar.

»Ich bitte um Verzeihung, Sir. Willoughby ist mein Name.«

»Nun, Willoughby, dann wollen wir mal.« Der Butler ging voraus und verblüfft registrierte Zweifel, dass sie sich offensichtlich auf den Weg in die Tiefgarage machten. Zwischen den beiden identischen Gebäudekomplexen des Victoria-Palais führte, verborgen hinter einer dichten Hecke, eine gewundene Marmortreppe in die Tiefe. Eine dunkelblau schimmernde, schwere Metalltür kam nach einer leichten Biegung ins Blickfeld. Rechts davon war ein kleines Display in der dunklen Stahlbetonwand eingelassen.

Willoughby tippte routiniert eine sehr lange Zahlen- und Buchstabenkombination ein und nach einer kurzen Verzögerung öffnete sich die Tür automatisch und lautlos. Sie betraten nun den Aufenthaltsraum für eine Schar exklusiver Luxusgefährte. Willoughby deutete vage auf einen grünen Bentley, der, auf Hochglanz poliert, in der Mitte des Raumes ruhte.

»Wenn Sie sich hier ein paar Minuten gedulden wollen, Sir. Frau Mindelburg wird in Kürze erscheinen.« Zweifel nickte und Willoughby ging gemessenen Schrittes zu einer extra breiten Aufzugstür, die sich in der weißglänzenden Seitenwand befand. Auch hier tippte er wieder einen äußerst langen Sicherheitscode ein. Ein gedämpfter Gongschlag war zu hören, die Tür glitt lautlos zur Seite, und wenig später war er verschwunden.

Zweifel schaute sich um. Eine dünne Nervosität beschlich ihn, wie stets, wenn er kurz davorstand, eine Todesnachricht zu überbringen.

»Sie haben ihn hoffentlich weggeschickt, Willoughby? Wir sollten uns etwas beeilen.« Marie-Theres Mindelburg stand in ihrem Salon, eine Handtasche in der Linken, in der Rechten ein Smartphone, auf das sie flüchtig schaute.

»Das war leider nicht möglich, Madam. Es handelt sich um einen Polizisten«, sagte Willoughby.

»Das spielt keine Rolle.« Sie steckte das Smartphone in ihre elegante Handtasche. »Hat er gesagt, worum es geht?« Sie warf einen Blick auf ihren Butler. »Nein, das hat er wohl nicht.«

»Er ist von der Kriminalpolizei, Madam.« Sie stockte auf ihrem Weg zur Eingangstür. »Ich hab' ihn gebeten, beim Wagen zu warten.«

»Gut, Willoughby.«

»Darf ich Madam?« Er griff nach dem schmalen Aktenkoffer, den sie von einem kleinen Tisch neben dem Eingang genommen hatte.

»Nein, den nehme ich selbst.« Als sie in der Eingangstür stand, drehte sie sich noch einmal um und warf einen langen Blick durch die Panoramafenster am anderen Ende des Raumes.

Zweifel war ein wenig umhergegangen und hatte die wenigen, dafür umso imposanteren Karossen zumeist italienischer oder britischer Herkunft begutachtet. Als sich die Aufzugstür öffnete, war er gerade dabei, sich das Display etwas näher anzusehen, auf dem Willoughby den Sicherheitscode eingetippt hatte.

Er drehte sich halb um. Vor ihm stand eine große, grauhaarige Frau. Die Eleganz ihrer Kleidung war nicht zu übertreffen. Zwei kalte, graue Augen musterten ihn durch eine schwarzumrandete Brille. Sie reichte ihren kleinen Aktenkoffer dem Butler, der ihn im Kofferraum verstaute.

»Sie kommen ungelegen. Ich bin auf dem Weg nach München«, sagte sie anstelle einer Begrüßung. Sie hatte eine ungewöhnlich tiefe Stimme und sprach in einer leisen Art und

Weise, die Widerspruch nicht zu dulden schien.

»Ich bin untröstlich, Frau Mindelburg«, sagte Zweifel und holte seinen Dienstausweis hervor. »Mein Name ist Adam Zweifel. Ich muss Sie dringend sprechen.« Willoughby wartete an der geöffneten Wagentür. Sie seufzte.

»Also gut, dann fahren Sie eben mit und wir lassen Sie unterwegs aussteigen.« »Beschlossen und verkündet«, dachte Zweifel. »Diese Frau ist es gewohnt, zu bestimmen.« Es würde interessant sein, zu sehen, wie sie auf seine Neuigkeit reagierte. Seine Nervosität war verflogen, als er neben ihr auf dem cognacfarbenen Leder saß. Willoughby, im Zweitberuf Chauffeur, startete die Limousine und achtete, sobald sie Bad Wörishofen hinter sich gelassen hatten, auf keinerlei Geschwindigkeitsbegrenzungen, ungeachtet seines offiziellen Passagiers.

»Und was ist nun so dringend, Herr Zweifel?«

»Wann haben Sie zuletzt ihren Bruder gesehen?« Sie schaute aus dem Fenster und antwortete nicht sofort.

»Das war an einem Sonntagnachmittag, irgendwann im letzten Monat.«

»Sie treffen sich regelmäßig mit ihm?«

»Wir haben keine festen Termine, wenn Sie das meinen. Aber er kommt hin und wieder bei mir vorbei.« Sie fixierte ihn über ihre schwarz gerändete Brille hinweg. »Ich verstehe den Grund Ihrer Fragen nicht, Herr Zweifel. Was ist mit Abraham?« Ohne sich lange um die Formulierung Gedanken zu machen, sagte Zweifel:

»Sein Leben hat heute Morgen geendet.« Sie zeigte keinerlei Reaktion. Er glaubte schon, sie hätte ihn nicht verstanden. Dann bemerkte er ihre Hände, die ganz weiß geworden waren.

»Er ist also tot«, sagte sie leise.

»Es tut mir leid, Frau Mindelburg.« Sie nickte kaum merklich. Willoughby beobachtete sie aufmerksam im Rückspiegel.

»Mein Bruder Abraham Mindelburg ist tot«, sagte sie langsam und nun etwas lauter vor sich hin, als könne sie die Tatsache so besser begreifen. Die ganze Zeit über hatte sie aus dem Seitenfenster geblickt, wo nun die von dieser Tatsache völlig unbeeindruckte Landschaft grün in grün unter einem klaren blauen Himmel vorbeifloss. Sie schaute Zweifel an. »Wo?«

»Jemand hat ihn heute Morgen im Kurpark gefunden.«

»Jemand?«

»Er ist dort aus großer Höhe auf eine Wiese gestürzt.« Zweifel wurde jetzt, da er es aussprach, erst richtig bewusst, wie absurd sich das anhörte. Willoughbys wachsames Auge traf ihn im Rückspiegel.

»Das verstehe ich nicht. Wie …?«

»Wir wissen noch nichts Genaueres, aber …«

Er verstummte. Sie hatte eine Hand leicht erhoben, dann ließ sie sie wieder fallen.

»Mein Bruder hat extreme Höhenangst, Herr Zweifel.«

»Nun, der Arzt meinte, dass sein Herz vor Schreck stehen blieb während seines Sturzes.«

»Der Arzt?«

»Dr. Wollmaus.«

»Ja, sicher, Dr. Wollmaus. Das sieht ihm ähnlich.«

»Wie meinen Sie das?«

»Aber Herr Kommissar — sie sind doch Kommissar — ich frage Sie: Wie lange dauert wohl ein Sturz, selbst aus großer Höhe? Wie will er denn da mit Sicherheit feststellen können, wann das Herz meines Bruders …« Sie brach ab und verbarg ihr Gesicht in den langen, schmalen, weißen Händen. Der

Schmerz kam mit Verzögerung. Zweifel hatte dies oft genug beobachtet.

Er wartete einige Minuten ab, ohne sie anzusehen und dachte über ihren Satz nach. Es ärgerte ihn ein wenig, dass er die Behauptung des Arztes nicht hinterfragt hatte. Er wischte den Ärger jedoch gleich darauf beiseite. Nach der Obduktion würden sie hoffentlich klarer sehen. Und überhaupt: Von wo herab konnte er denn gestürzt sein? Unwillkürlich suchte er den Himmel ab und wusste mit einem Mal die Antwort.

Dabei musste er an seine Assistentin denken. Melzick war ungewöhnlich clever, wenn es darum ging, Rätsel zu lösen. Außerdem hatte sie ein Talent dafür, die richtigen Fragen zu stellen. Was ihr fehlte, war, Geduld mit ihren Mitmenschen zu haben. Sie hatte auch keine Geduld mit sich selbst. Und das war wohl auch der Grund für ihre latente Aggressivität, ihre Art, anderen ins Wort zu fallen. Zweifel hatte sie von Anfang an respektiert — mit Aggressionen konnte er gut umgehen.

»Was werden Sie jetzt tun, Kommissar?« Marie-Theres Mindelburg hatte ihren ruhigen, beherrschten Ton wiedergefunden. Er schaute zu ihr hinüber und räusperte sich.

»Dasselbe wie immer – ich suche nach der Wahrheit.«
Sie verzog die Lippen, dann hielt sie ihre rechte Hand mit vier langen weißen Fingern in die Höhe. Er konnte diese Geste nicht deuten.

»Sie werden sie nicht finden. Suchen Sie den Mörder.« Sie machte nach jedem Wort dieses Satzes eine kleine Pause. Es klang wie ein Befehl.

»Sie sind davon überzeugt, dass ihr Bruder umgebracht wurde?«

»Ich bitte Sie, Herr Kommissar. Er hatte krankhafte

Höhenangst, wie ich schon sagte. Er war sicher nicht freiwillig in einer solchen Höhe. Man muss ihn mit Gewalt dazu gezwungen haben. Ein Unfall kann es daher nicht gewesen sein.«

»Dann frage ich Sie ganz geradeheraus: wer hätte ihn denn umbringen sollen?« Sie zuckte mit den Schultern.

»Wir sind in fünfzehn Minuten am Hauptbahnhof, Madam«, kam Willoughbys Stimme von vorn. Zweifel war überrascht. Sie mussten mit einer Geschwindigkeit von weit über 2oo Stundenkilometern gefahren sein.

»Danke Willoughby«, sagte sie.

»Haben Sie einen Verdacht?«, wiederholte Zweifel seine Frage.

Sie hatte ihre Hände nun gefaltet.

»Wissen Sie, Herr Kommissar, mein Bruder war ein eigenartiger Mensch. Niemand kannte ihn so lange wie ich. Doch was heißt schon kennen?« Sie seufzte.

»Ich weiß wie seine Stimme klang, welche Länder er bereist hatte, was er als kleiner Junge anstellte, um beachtet zu werden. Aber ich habe keine Ahnung davon, was in ihm vorging, was seine Pläne waren, seine Absichten. Es ist vielleicht seltsam, so etwas zu sagen, aber ich sehe ihn eher als Gast in meinem Leben. Ein Gast, der allerdings selten zu Besuch kam. Daher weiß ich nichts von seinen Freunden, wenn er welche hatte. Und noch weniger von seinen Feinden, wenn Sie danach fragen.« Zweifel rieb sich mit der linken Hand bedächtig über seine Glatze. Er richtete seine dunklen Augen auf sie.

»Dennoch steht für Sie außer Frage, dass er ermordet wurde. Er war demnach jemand, den Sie für geeignet halten, ermordet zu werden?«

»Sie haben eine merkwürdige Art, sich auszudrücken, Herr

Zweifel, um nicht zu sagen, eine zynische Art. Finden Sie das angebracht?«

»Dann lassen Sie es mich anders formulieren. Hatte Ihr Bruder Talent dazu, sich Feinde zu machen?« Sie warf einen scharfen Blick auf ihn.

»Davon müssen wir konsequenterweise wohl ausgehen, oder nicht?«

»Wissen Sie, womit er sich in der letzten Zeit beschäftigte?«

»Er war Kunstsachverständiger. Soviel ich weiß, schrieb er an einem Buch über verlorengegangene Gemälde. Er hat aber ein ziemliches Geheimnis daraus gemacht.«

»Hatten Sie den Eindruck, dass er mit diesem Buch ein Risiko einging?«

»Sie meinen, ob er jemandem auf der Spur war?« Sie zögerte etwas. »Nein, das kann ich mir nicht vorstellen.«

»Aber ausschließen können Sie es ebenso wenig?« Sie nickte nach abermaligem Zögern.

»Hören Sie, Herr Kommissar, wir sind gleich am Hauptbahnhof. Ich habe dort ein eminent wichtiges Treffen.«

»Sie verreisen?«

»Das weiß ich noch nicht. Es könnte sich aus diesem Gespräch ergeben.«

»Und mit wem treffen Sie sich?« Sie schaute ihn an und versuchte ein Lächeln, doch sie beantwortete seine Frage nicht. Wieder rieb er kreisförmig mit der linken Hand über seinen kahlen, gebräunten Schädel. Für dieses Mal würde er ihr Schweigen akzeptieren.

»Ich möchte, dass Sie für uns in den nächsten Tagen erreichbar sind. Können Sie das einrichten?«

»Nun, falls ich verreise, ist es nur für ein oder zwei Tage. Ich werde mich ja auch um die Beerdigung kümmern müssen, nicht wahr?« Zweifel nickte.

Willoughby bog in diesem Moment in die Taxibucht vor dem Haupteingang des Bahnhofs ein und hielt. Zweifel reichte Marie-Theres Mindelburg die Hand und Willoughby öffnete ihm schweigend den Wagenschlag. Fürs Erste war alles gesagt.

4. Kapitel

»Nicht dahin!«, sagte Ferdinand Alba zu Melzick, die sich gerade etwas außer Atem auf einen kleinen Hocker setzen wollte, der aussah wie eine Kreuzung aus Buschtrommel und Klavierstuhl.

»Der hält Sie nicht aus. Ist auch eher als Tisch gedacht. Nehmen Sie das dort.« Gleichgültig ließ sie sich auf einem schmalen Brett, das längs an der Wand angebracht war, nieder und schaute sich um.

Das Baumhaus bestand aus zwei übereinander angebrachten Räumen. Der untere, größere, in dem sie sich befanden, war eine Art Wohnraum. Außer dem Brett, auf dem Melzick saß, gab es eine große Anzahl von Regalbrettern, die mit unzähligen vergilbten und zerfledderten Taschenbüchern gefüllt waren. In der Mitte stand der Hocker, auf den sie sich beinahe gesetzt hatte. In einer Ecke war ein Sitzsack platziert, wie sie in den siebziger Jahren beliebt gewesen waren, in dem für damals typischen Orange. Auf diesen ließ Alba sich nun fallen. Auch ihn hatte der Aufstieg angestrengt.

In zwei Wänden war je ein quadratisches Fenster ausgespart. Auf dem Fußboden lag ein Sisalteppich. Rund um die niedrige Eingangstür waren mit Reißzwecken alte Schwarzweißfotos, zum Teil noch mit weiß gezacktem Rand, befestigt. Über die Strickleiter gelangte man auf einen schmalen Sims, der sich rund um die vier Wände hinzog.

An einer Außenwand waren Vierkanthölzer als Stufen montiert, über die man den oberen Raum erreichte.

Was Melzick nicht sehen konnte: Dort war ein Atelier eingerichtet. Fenster in allen Wänden sowie eine gläserne Lichtluke im Dach. Ein alter Rattantisch, übersät mit rostigen

Konservendosen, in denen sich hunderte von Pinseln mit farbverschmierten Griffen von ihrer Arbeit ausruhten. An den Wänden wenig Leinwand. Der Boden »Jackson-Pollock-mäßig« gesprenkelt. Terpentin- und Ölfarbenduft in der staubigen, grünschimmernden Luft. Mitten im Raum eine alte Staffelei, die schon viel ertragen hatte, und die aktuell einer unbefleckten Leinwand Halt und Sicherheit gab.

»Was sind das für Fotos?«, fragte Melzick.

»Die hab' ich von meinem Großvater«. Sie stand auf und ging näher heran.

»Wer ist die Frau?« Sie hatte festgestellt, dass praktisch auf jedem Bild dieselbe Person zu sehen war.

»Ich weiß es nicht. Niemand weiß es. Zumindest habe ich keinen gefunden, der es mir sagen könnte.« Sie betrachtete die Bilder genauer. Sie mussten über einen längeren Zeitraum hinweg aufgenommen worden sein.

»Ihr Großvater muss sich sehr für sie interessiert haben. Warum haben Sie die hier aufgehängt?«

»Keine Ahnung«, sagte er. »Ungewöhnlich helle Augen«, dachte er bei sich. »Blasses Coelinblau«.

»Die müssen ziemlich alt sein«, sagte sie.

»Keine Ahnung«, sagte er. »Vielleicht noch ein Spritzer Indigo, aber ganz wenig«, dachte er, »für die Schatten in der Iris«. Er bemerkte, wie sie ihn anstarrte und versuchte, sich auf eine vernünftige Antwort zu konzentrieren.

»Fünfziger Jahre schätze ich. Ist aber nicht wichtig. Ich meine, mir ist es egal. Das Licht – ich finde das Licht auf alten Schwarzweißfotos sehr schön. Nicht auf allen natürlich. Eigentlich sind es nur wenige. Man findet es selten. Auf denen da ist es gut zu erkennen. Die alten Momente leuchten auf, finde ich. Man kommt leicht hinein in diese Bilder. Ich bin da gerne. Deswegen — sicher habe ich sie aus diesem

Grund da aufgehängt. Lieber Himmel, was rede ich denn da wieder für einen sentimentalen Schwachsinn.« Er warf beide Hände in die Luft.

Melzick setzte sich wieder.

»Wie haben Sie den Professor kennen gelernt?« Er schaute nervös an die Decke.

»Wollen Sie eigentlich etwas trinken? Ich habe Ihnen noch gar nichts angeboten.«

»Was haben Sie denn hier draußen?«, fragte sie skeptisch. Statt einer Antwort schwang er sich aus seinem bequemen Sitzmöbel in die Höhe, verschwand durch die schmale Öffnung des Eingangs und kletterte an der Außenwand auf den Holzstufen nach oben in sein Atelier.

Sie war drauf und dran, ihm zu folgen, überlegte es sich aber anders und blieb sitzen. Von draußen klang heftiges Blätterrauschen herein, ein Wind war aufgekommen. Sie fragte sich, ob er hier oben auch übernachtete. Und wie es sich wohl anfühlen mochte, nachts bei Sturm und Regen, fünfzehn Meter über dem Waldboden in einer schwankenden Hütte zu schlafen. Der Gedanke begann ihr zu gefallen.

Alba kam nach einigen Minuten zurück mit einer dampfenden Thermoskanne Kaffee und zwei blauen Keramikbechern.

»Solarzellen?«, fragte sie. Er nickte.

»Für die Kaffeemaschine reicht es«, sagte er und schenkte ein.

»Ich sehe keine Lampen.«

»Natürlich nicht. Elektrisches Licht im Wald — das geht ja gar nicht. Dafür hab' ich Kerzen«, sagte er und streckte ihr einen vollen Becher entgegen. Dann setzte er sich mit seinem Kaffee wieder in seine Ecke.

»Verstehe«. Sie versuchte einen Schluck und verbrannte

sich die Zunge. »Also — wie haben Sie Professor Mindelburg kennengelernt?« Er nippte vorsichtig an seiner Tasse und ließ sich Zeit mit der Antwort.

Sie zog ebenso genervt wie auffordernd die Augenbrauen in die Höhe. Ihre Zungenspitze fühlte sich rau an und brannte.

»Er hat mir geholfen.«

»Wobei?«

»Er hat ein paar meiner Bilder gekauft. Außerdem kennt er die richtigen Leute in dem Metier. Kannte.« Er schüttelte den Kopf bei dem Gedanken an seinen toten Gönner.

»Wie war das heute Morgen, als Sie ihn fanden?« Er stellte seinen Becher ab und verschränkte die Arme.

»Das war absolut strange. Wenn ich mir vorstelle, dass ich da meine Übungen machte und ihn dabei im Blickfeld hatte. Die ganze Zeit liegt der tote Professor praktisch vor mir. Aber ich konnte es nicht erkennen. Er lag ja da wie ein dicker Ast.«

»Was für Übungen?«

»Qi Gong, die acht edlen Übungen. Schon mal davon gehört?« Sie nickte.

»Aber irgendetwas hat Sie veranlasst, zu ihm hin zu gehen?« Er musterte ihre hennarote Haarkonstruktion.

»Muss wohl so gewesen sein. Irgendwas war komisch.«

»Haben Sie jemanden bemerkt, einen Spaziergänger oder Radfahrer? Haben Sie vielleicht etwas gehört?« Er griff sich an die Nase und überlegte, dann schüttelte er den Kopf.

»Gesehen habe ich keinen. Gehört? Ich kann mich nicht mehr recht … oh, warten Sie.« Er schaute sie stirnrunzelnd an. »Etwas hat gefaucht.«

»Wie gefaucht?«

»Na gefaucht eben. Ich kann's nicht anders beschreiben.«

»Wann haben Sie das gehört?«

»Als ich mit den Übungen anfing, glaube ich. Ja, da bin ich ziemlich sicher.«

»Und wann war das etwa?«

»Ich fange meist um sechs Uhr an. Heute war es wohl ein paar Minuten später. Nach etwa vierzig Minuten bin ich fertig.«

»Und dieses Geräusch kam von wo?«

»Von irgendwo aus den Bäumen.«

»Aus den Bäumen? Also von oben?«

»Ja, von oben, tatsächlich.« Melzick dachte nach, während sie noch einen vorsichtigen Schluck aus ihrem Becher nahm.

»Sie haben gesagt, der Professor habe die richtigen Leute aus dem Metier gekannt. Was meinen Sie damit? Was für Leute?«

»Hauptsächlich Sammler, Galeristen, Kunsthändler.«

»Reiche Leute?«

»Da können Sie Gift drauf nehmen.«

»Schwierige Leute?«

»Das weiß ich nicht. Aber in diesen Kreisen kreisen schon ein paar exotische Vögel herum.«

»Jemand dabei, der dem Professor vielleicht grollte?«

»Grollte?«

»Ja, an den Kragen wollte.«

»Da hab' ich nun wirklich gar keine Ahnung.«

»Ach nein?« Sie stellte den halb vollen Kaffeebecher auf den hölzernen Boden. »Haben Sie den Professor oft getroffen?«

»Nein, eigentlich nicht. Er hat mir damals die Bilder abgekauft und den Kontakt zu einem Galeristen hergestellt. Dort hab' ich ihn dann noch ein paar Male getroffen.«

»Kann ich mal den oberen Raum sehen?«

»Mein Atelier? Sorry — das ist keine gute Idee. Da gibt es

gerade nichts zu sehen – außer ein paar weißen Leinwänden.«
Er zögerte. »Oder muss ich Sie da etwa rein lassen?« Sie
zuckte mit den Schultern.

»Irgendwann vielleicht schon.« Sie stand auf und wollte sich
an den Abstieg machen.

»Tja, Herr Alba …« Als sie schon auf der Strickleiter stand,
fiel ihr noch etwas ein. »Übernachten Sie hier draußen auch?«
Er grinste und schaute auf sie herunter.

»Manchmal schon.« Sie nahm ein paar weitere Sprossen
abwärts

»Und wo wohnen Sie in der übrigen Zeit?«

»Bei meiner Tante in Kirchdorf.«

»Sie steht im Telefonbuch, nehme ich an.«

»Nein, wir haben eine Geheimnummer.«

»Die Sie mir jetzt sicher nicht verraten.«

»Ich geb' Ihnen meine Handynummer, reicht das?« Sie hielt
sich mit einer Hand an der Strickleiter fest, fischte ihr
Smartphone aus der Hosentasche und tippte ein, was er ihr
zurief.

»Danke.« Sie steckte es wieder ein. »Könnte sein, dass mir
noch ein paar Fragen einfallen.« Sie war unten angelangt und
schaute nach oben, aber da war er schon verschwunden.

Als sie in Zweifels Büro kam, war er noch nicht da. Sie warf
einen Blick auf seinen Schreibtisch, der wie immer penibel
aufgeräumt war. Ein schwarzes, quasi vorsintflutliches
Bakelit-Telefon mit Wählscheibe hielt dort die Stellung. Es
war ihr ein Rätsel, wann er die Zeit fand, all den Schreibkram
zu erledigen, der tagtäglich neu hereinschwappte, wobei sie
nicht ganz ausschließen mochte, dass er ab und zu einfach
eine Nachtschicht einlegte. Das würde zu ihm passen.

Sie schaute sich um. Irgendjemand, wahrscheinlich Lucy,

hatte behauptet, dass er nur unter der Bedingung, eigene Möbel mitbringen zu können, zum hiesigen Kommissariat gekommen war. Bis dato war ihr verborgen geblieben, dass man als Beamter Bedingungen stellen konnte. Womöglich hing dieses Privileg mit seinem Ruf zusammen und mit seinem engen Draht zum Chef der Dienststelle, Alois Klopfer.

Jedenfalls glich sein Büro eher einem Wohnzimmer, wenn auch einem sehr kleinen. Drei dunkelgraue Sessel, niedriger Glastisch mit Gläsern und Karaffe, Bücherschrank. Vor dem Fenster der schmale Schreibtisch, darauf in einem schlichten Glasrahmen das Foto seiner Frau. Es war in Berlin aufgenommen worden, im Hintergrund war das Reichstagsgebäude zu erkennen, in seiner verpackten Version. Das war das Jahr, in dem Christo das riesige Gebäude mit unzähligen Planen eingehüllt hatte.

An einem dieser Tage im Sommer 1995 war Zweifels Frau auf eine schreckliche Art ums Leben gekommen. Auf dem Foto trug sie ein gelbes Sommerkleid, weiße Sandalen, eine Sonnenbrille, in die blonde Haarmähne hochgeschoben, ein stolzes Lächeln im Gesicht. Melzick dachte wieder einmal daran, dass sie sie gerne kennengelernt hätte. Sie hatte die Arme verschränkt und stand, ganz in den Anblick versunken, vor dem Schreibtisch.

Die Tür ging auf und Zweifel kam herein. Er blieb stehen, die Hand auf dem Türgriff. Melzick fuhr herum, wie ertappt.

»Hallo Chef, wo bleiben Sie denn?«, brachte sie heraus. Angriff war noch immer die beste Verteidigung. Er ließ die Tür zufallen.

»Na ja, der Münchener Hauptbahnhof liegt ja doch etwas weiter weg.«

»Sie waren in München? Wieso das denn?«

Zweifel schilderte ihr seine Begegnung mit Marie-Theres Mindelburg und ihrem Butler/Chauffeur.

»Und wie sind Sie mit Herrn Alba zurechtgekommen?« Sie zählte an den Fingern ab.

»Er hat ein Baumhaus. Er malt. Er macht Qi Gong. Er ist ein Romantiker. Er hat oder hatte einen Großvater. Er wohnt bei seiner Tante. Er hat den Professor ein paar Mal getroffen. Dieser hat ihm beim Verkauf seiner Bilder geholfen und auch selbst einige gekauft. Er hat ein Fauchen von oben gehört, kurz bevor er mit seinen Qi Gong-Übungen anfing. Frau Eichhorn hat das Geräusch ähnlich beschrieben.«

»Sie wissen natürlich schon, woher es kam?«, unterbrach Zweifel sie.

»Für mich kommt da nur ein Heißluftballon in Frage.«

»Und was heißt das für uns?«

»Jemand hat den Professor aus diesem Ballonkorb gestoßen. Oder der Professor ist selbst gesprungen.«

Zweifel setzte sich in einen der Sessel.

»Dagegen spricht seine angebliche Höhenangst«, sagte Zweifel. »Wie hoch war der Ballon wohl zu diesem Zeitpunkt? Immerhin haben zwei Leute den Gasbrenner hören können.« Melzick schüttelte langsam und nachdenklich den Kopf.

»Wer geht denn so ein hohes Risiko ein? Als Fluchtfahrzeug ist so ein Riesending doch so was von ungeeignet. Jeder kann einen schon von weitem sehen, man bewegt sich wie in Zeitlupe und man ist von den Windverhältnissen abhängig. Wer wäre denn so verrückt, einen Mord auf diese Weise zu begehen?«

»Sie meinen demnach es war kein Mord. Selbstmord jedoch ist nach allem, was wir jetzt wissen sehr unwahrscheinlich. Bleibt als dritte Möglichkeit Unfall. Dann stellt sich aber die

Frage, wieso der Professor eingestiegen ist. Und wo der Ballon jetzt ist. Den müssen wir unbedingt finden.«

Das Telefon klingelte. Zweifel stand auf und nahm ab, dabei deutete er auf die Karaffe, die auf dem Glastisch stand. Melzick schenkte nur ihm ein Glas ein. Klares Wasser lag eindeutig nicht in ihrer Geschmacksrichtung.

»Zweifel hier. Ja, Dr. Kälberer! Was …?« Der Kommissar zog überrascht die Augenbrauen nach oben.

Melzick versuchte, an seiner Miene abzulesen, was der Arzt zu ihm sagte.

»Ich verstehe nicht. Wie …?«

Zweifel kam nicht zu Wort. Er tauschte einen Blick mit Melzick und verdrehte die Augen nach oben. Dann griff er nach seinem Glas.

»Nein, Dr. Kälberer, das habe ich nicht! Sie verstehen das leider falsch. Dr. Wollmaus hat … — wieso?«

Während der folgenden Minuten konnte Melzick beobachten, wie sich anfängliche Überraschung, Ungeduld, Verärgerung, Verblüffung und schließlich Ratlosigkeit auf dem Gesicht ihres Chefs ablösten.

»Ich habe keine Erklärung dafür, Dr. Kälberer, aber das ist jetzt auch unwichtig. Haben Sie denn schon etwas Konkretes?« Zweifel lauschte gespannt.

»Gut, das hilft uns erstmal. Melden Sie sich gleich, wenn Sie etwas Neues haben.« Er legte den schwarzen Hörer behutsam auf und schnalzte mit der Zunge, dann leerte er sein Glas in einem Zug.

»Sieht so aus, als ob wir es hier mit etwas Bösem zu tun haben, Melzick«, sagte er und füllte sein Glas wieder. »Der Doktor hat an den Schultern und Oberarmen des Professors schwere Blutergüsse festgestellt. Hier war eindeutig Gewalt im Spiel.«

»Welcher Doktor hat das festgestellt?«, fragte Melzick.

»Ach so — ja, hier gab es wohl eine kurzfristige Programmänderung. Wenn wir Dr. Kälberer glauben dürfen, dann hat Dr. Wollmaus beim Anblick des Professors auf dem Seziertisch einen leichten Schwächeanfall erlitten. Dr. Kälberer kam wohl gerade noch rechtzeitig, um ihn aus »seiner« Pathologie zu entfernen.« Zweifel trank einen Schluck und schüttelte den Kopf. »Er hat wirklich eine sehr drastische Art, seinem Ärger Luft zu machen.« Melzick nickte. Sie wusste um die gegenseitige Antipathie. »Dr. Wollmaus hat ihm von unserer Abmachung erzählt und das hat er wohl in den falschen Hals bekommen.«

»Na prima – was haben wir also?«, sagte Melzick und legte die Hände zusammen. »Der Professor wurde heute Morgen höchstwahrscheinlich kurz vor sechs Uhr aus einem Heißluftballon geworfen. Wer das getan hat, riskierte, dabei beobachtet zu werden. Eine sichere Flucht wäre nicht möglich gewesen.«

Zweifel legte seinen Kopf schief und stellte sein Glas ab.

»Tatsache ist aber, dass wir bis jetzt niemanden haben, der etwas beobachtet hat. Wir könnten eine Anzeige schalten und um Mithilfe bitten. Und wir müssen uns um die Ballonfahrer hier in der Gegend kümmern. Oh, da fällt mir ein – ich wollte den Doktor noch etwas fragen. Seine Behauptung, dass der Professor bereits während seines Sturzes an Herzversagen gestorben wäre, kommt mir etwas voreilig vor. Außerdem stellt sich die berühmt-berüchtigte Frage: Hatte Mindelburg Feinde, denen ein Mord zuzutrauen ist? Seine Schwester konnte oder wollte keinen konkreten Verdacht äußern. Hat Alba etwas dazu gesagt?«

»Nein. Er meinte nur, dass er mit einigen schrägen Vögeln aus der Kunstszene zu tun hatte.«

»Um die wir uns ebenfalls kümmern werden«, warf Zweifel ein. Er strich sich mit der linken Hand über seine Glatze und legte einen Finger an seine Nase.

»Wie lief Mindelburgs letzter Tag ab, was hat er getan, wohin ist er gegangen, wen hat er getroffen, mit wem hat er telefoniert? Wir müssen seine Wohnung untersuchen. Und vor allem möchte ich wissen, warum man ihn ausgerechnet auf diese Art und Weise umgebracht hat. Wollte der Mörder ein Zeichen setzen, jemanden warnen, oder schnupperte er einfach nur gerne Höhenluft?«

»Dabei fällt mir ein«, sagte Melzick, »Frau Eichhorn hat behauptet, sie hätte das Fauchen gehört, als sie im Park angekommen war. Kurz darauf fand sie die beiden. Alba sagte, er hätte das Fauchen zu Beginn seiner Übungen gehört. Dazwischen lagen aber mindestens 40 bis 50 Minuten. Daraus ergeben sich drei Möglichkeiten: die Eichhorn täuscht sich, oder sie lügt, oder es war noch ein zweiter Ballon da, den sie hörte.«

»Sie werden nochmal mit ihr reden dürfen, Melzick. Wahrscheinlich finden Sie sie bei dieser Serafina Moor. Und die wohnt in der Villa Fontenay, wie mir Herr Kater geflüstert hat. Vielleicht nehmen Sie was zu essen für die Dame mit.«

»Gute Idee«, sagte sie ungerührt und schaute auf ihre Uhr. »Ich könnte eigentlich selbst etwas vertragen. Wann wollen wir uns wieder treffen?«

»Rufen Sie mich an, wenn Sie mit der Eichhorn gesprochen haben, und wenn Sie die Ballonfahrer hier in der Gegend ausfindig gemacht haben.«

»Da wird es nicht viele geben.«

»Gut, ich rede mit Dr. Wollmaus. Womöglich kann er mir auch ein paar Namen nennen. Die Wohnung des Professors schauen wir uns anschließend gemeinsam an.« Er trank aus.

»Sind Sie eigentlich schon mal in einem Ballon gefahren?«, fragte er. Melzick schüttelte den Kopf. Dies war ihre erste Lüge an diesem Tag.

5. Kapitel

Als sie weg war ging Zweifel hinüber zur Büroperle Lucy.

»Alles gut?«, fragte er gut gelaunt, wie er es meistens war zu Beginn eines Falles. Lucy schaute ihn über ihre schmale Lesebrille hinweg an, lehnte sich in ihrem Kingsize-Bürostuhl zurück, verschränkte die massigen Arme über ihrem gewaltigen Busen und reckte ihre zwei bis drei Kinne stolz nach oben.

»Seit dem Urknall nimmt die Unordnung im Universum in jeder Sekunde zu, das wissen Sie sicher, Herr Kommissar. Dieses Büro ist der Beweis dafür.«

»Das nennt man Entropie«, gab Zweifel zurück.

»Von mir aus. Jedenfalls — Sisyphos würde Herkules zu Hilfe rufen, hätte er meine Arbeit zu bewältigen«, schnaufte sie zufrieden.

»Wusste gar nicht, dass Sie sich mit der griechischen Mythologie auskennen.«

»Ach Gott ja, die Griechen.« Sie zwinkerte ihm zu. »Das ist ja überhaupt der größte Mythos, dass die was mit der Arbeit am Hut haben.«

»Vorsicht, Lucy.«

Zweifel nannte sie von jeher so, auch wenn er nicht wusste, ob das ihr Vor- oder Nachname war. Genau genommen wusste dies keiner im ganzen Kommissariat. »Wir wollen doch Zeus nicht erzürnen.«

»Apropos Zeus, Herr Kommissar, kennen Sie schon den neuen griechischen Imbiss in der Fußgängerzone gleich neben dem Café Wittelsbach? Sollten Sie mal ausprobieren. Die Dolmades mit Oliven in Knoblauch sind einfach göttlich.«

»Das glaube ich Ihnen aufs Wort, Lucy. Danke für den

Tipp. Könnten Sie mich vorher noch kurz mit diesem Dr. Wollmaus verbinden?«

»Schon wieder Arbeit!« Sie kicherte und griff in ihre rechte Schublade, wo stets ein ausreichender Vorrat an Nussschokolade lagerte — ausreichend für eine ganze Grundschulklasse. Sie brach ein ordentliches Stück ab.

»Muff daff gleif fein«, fragte sie der Ordnung halber.

»Sobald Sie runtergeschluckt haben«, versetzte Zweifel und ging wieder in sein Büro zurück. Was würde er wohl ohne sie anfangen. Einige Minuten später klingelte sein Telefon.

»Den Doktor kann ich gerade nicht erreichen«, sagte Lucy mit einem tadelnden Unterton. Zweifel war nicht klar, ob sie ihn wegen des Auftrags, oder Dr. Wollmaus wegen seiner Nichterreichbarkeit tadelte. Wahrscheinlich wollte sie gelobt werden, wie Zweifel vermutete.

»Trotzdem besten Dank für Ihre Mühe und die schnelle Antwort.« Sie ließ ein zufriedenes Schnaufen hören und legte auf. »Da ist wohl gleich noch ein Stück Schokolade fällig«, dachte Zweifel und steckte sein prähistorisches Notfallhandy ein, mit dem man tatsächlich nur telefonieren konnte. Nicht einmal die Uhrzeit zeigte es an. Es stammte noch aus der Zeit, als Manfred Krug Werbung für die Telekom machte. Er verließ sein Büro. Im Vorbeigehen nickte er Lucy zu, die auf beiden Backen kaute.

»Ich versuch mal den Griechen«, meinte er.

»Laffen Fie eff fiff fmecken«, rief sie ihm hinterher. Er hatte schon fast das Polizeirevier verlassen, als er noch einmal umdrehte.

Lucy verschluckte sich fast vor Schreck, als er plötzlich wieder vor ihrem Tresen stand. Sie kaute zwar immer noch, war aber gerade dabei, eine frische Tafel aufzureißen.

Zweifel sparte sich einen Kommentar und diktierte der

ertappten Perle des Büros einen weiteren Auftrag.

»Tut mir leid, Lucy, ich hab' doch noch etwas für Sie. Setzen Sie doch bitte eine Anzeige in alle relevanten Zeitungen.« Sie ließ die Schokotafel fallen und schnappte sich ihren Stenobleistift. »Wer hat am Montag, den 23. Juli, morgens etwa ab …«, hier überlegte er kurz, »wann wird's zurzeit gerade hell?« Sie zuckte mit den Achseln.

»Halb fünf?«

»Also gut, morgens ab halb fünf einen Heißluftballon über Bad Wörishofen und Umgebung beobachtet? Egal, ob in der Luft, oder am Boden. Sachdienliche Hinweise bitte unverzüglich an blablabla … okay?« Lucy nickte. »Also dann bis dann.«

Als er das klimatisierte Gebäude verließ, traf ihn die Hitze des Sommertages mit voller Wucht. Nach wenigen Minuten hatte er die Fußgängerzone erreicht, die sich um die Mittagszeit zunehmend bevölkerte. Der griechische Imbiss lag ganz am anderen Ende.

Er verlangsamte seine Schritte. Links und rechts eilte man an ihm vorbei. Gegenüber von einem Café standen einige freie Stühle im Schatten einer Kastanie. Er setzte sich, nahm seine Sonnenbrille ab und begann über Marie-Theres Mindelburg und ihren Butler nachzudenken, der womöglich noch etwas mehr war, als nur ihr Chauffeur. Der Kellner des Cafés hatte ihn erspäht und kam herüber. Er kannte ihn bereits.

»Ganz schön heiß heute, Herr Kommissar. Wie wär's mit einem Weißbier, natürlich alkoholfrei?«

»Danke, Hubert, ich nehme lieber einen doppelten Espresso.«

»Kommt sofort.« Hubert verschwand im Innern des Cafés. Zweifels Augen schweiften über die Fassade der gegenüberliegenden Gebäude, über die Fenster und Blumenkästen, während er versuchte, seine Gedanken zu ordnen.

Ein älteres Ehepaar, offensichtlich Kurgäste, setzte sich wortlos auf die benachbarten Stühle. Er versuchte, ihr Alter zu schätzen. Darin war er sehr gut. Bei Marie-Theres Mindelburg indes war er sich nicht ganz sicher, aber sie konnte nicht viel jünger als 80 sein. Sonderlich schockiert war sie nicht gewesen. Eine Frau, die sich zu beherrschen weiß. Und die weiß, wie man andere beherrscht. Das eine war wohl die Voraussetzung für das andere. »Nicht philosophisch werden«, mahnte er sich, als Hubert von gegenüber mit einem kleinen Tablett auf ihn zukam.

»Hier draußen dürfen wir eigentlich gar nichts servieren, Sie wissen schon, wegen der Konkurrenz. Aber bei Ihnen mach ich eine Ausnahme, die sollen sich ruhig ein bisschen ärgern«, murmelte er mit einem Seitenblick auf das ältere Ehepaar. Die beiden waren offensichtlich eingenickt.

»Danke, Hubert. Ich bring das Tablett nachher vorbei«, sagte Zweifel und gab ihm einen Fünfeuroschein. Neben dem doppelten Espresso und einem Glas Quellwasser lagen ein paar von den hausgemachten Pralinen auf einer kleinen Serviette. »Nachtisch vor dem Mittagessen! Warum eigentlich nicht?«, dachte Zweifel.

Er nippte an seiner Tasse und rief sich die Szene am Hauptbahnhof in Erinnerung, wovon er Melzick noch gar nicht berichtet hatte. Nachdem er ausgestiegen war, hatte er einfach etwas abseits gewartet. Willoughby hatte den Wagen gestartet und war bereits fast in die Arnulfstraße abgebogen, als Zweifel die roten Bremslichter der Limousine aufleuchten sah. Gleichzeitig beobachtete er, wie ein elegant gekleideter schwarzhaariger Managertyp, Mitte dreißig, sich mit raschen

Schritten näherte, einen schmalen Aluminiumkoffer in der Hand. Er stieg ein und Willoughby bog um die Ecke.

»Dieser Willoughby«, dachte Zweifel und schob sich eine Praline in den Mund. »Very british, mit seinen weißen Chauffeurhandschuhen und seinem tadellosen Benehmen. War das nicht reichlich exzentrisch, ein waschechter Butler im tiefsten Allgäu?«

Zweifel kamen seine aufmerksamen Blicke im Rückspiegel während ihrer Fahrt nach München in den Sinn. Da war irgendetwas verborgen hinter dieser perfekten Fassade. Vorläufig nicht zu greifen, doch Zweifel hatte eine Witterung aufgenommen. Es war gut, dass dies gleich zu Beginn seiner Ermittlungen passierte.

Dieser Fall würde ohnehin schwierig werden. Ein Kunstprofessor wird aus einem Heißluftballon geworfen und landet im Kurpark von Bad Wörishofen. Er konnte sich ausmalen, was die Presse daraus machen würde. Mit all den Komplikationen, die sich daraus ergeben würden.

Aus seiner Berliner Zeit war er derlei gewohnt und hatte einen Weg gefunden, damit umzugehen. Allerdings war dies ein harter Lernprozess gewesen. Irgendwann hatte er aus reinem Selbstschutz beschlossen, sich von niemandem mehr in seine Arbeit hineinreden zu lassen.

Sämtliche von Außenstehenden herangetragenen Appelle, Verhaltensmaßregeln, gut gemeinten Ratschläge und böse gemeinten Beurteilungen seiner Arbeitsweise, die Politiker, Journalisten, Vorgesetzte, Kollegen, oder Nachbarn ihm zuteilwerden ließen, perlten an ihm ab wie Regentropfen an einer Glasscheibe. Er nahm sie hin, beachtete sie nicht weiter und verfolgte seinen eigenen Weg.

Was er brauchte, war ein Gegenüber, das nicht auf den Kopf gefallen war und mit dem er sich austauschen konnte.

Das hatte er in Berlin gehabt, bis zu jenem schwarzen Tag. Und das hatte er hier in Melzick gefunden.

Er leerte seine Tasse, warf die letzte Praline ein und trug das Tablett zum Café hinüber. Hubert kassierte gerade drinnen einen Tisch ab, sah ihn durch die Scheibe und hob kurz die Hand.

Zweifel setzte seine Sonnenbrille auf. Als er sich umdrehte, wäre er beinahe mit einer jungen Frau zusammengestoßen, die gesenkten Kopfes eifrig auf ihr Smartphone eintippte und ihn ignorierte. Das weckte seinen Jagdinstinkt.

Er schlenderte gemächlich Richtung Griechenimbiss und hatte schon bald eine andere Kandidatin entdeckt: Eine junge Mutter, die einen Kinderwagen vor sich herschob und ganz in ihr Smartphone vertieft war. Das Baby schrie in immer kürzeren Intervallen, was sie jedoch nicht zu kümmern schien. Zweifel folgte ihr und wartete ab – immerhin wollte er ihr eine Chance geben.

Sie nutzte sie nicht. Sie hatte weder Auge noch Ohr für ihr Kind. Kurz entschlossen war er mit zwei schnellen Schritten neben ihr und schlug von unten gerade so stark gegen ihre Hände mit dem verflixten Gerät, dass es in hohem Bogen in einem Blumenbeet verschwand.

»Heh, sind Sie verrückt geworden, verdammt?!«, schrie sie und stürzte zu den Rosen.

»Ihr Baby hat eine ›CLM‹ für sie«, sagte Zweifel. Sie kniete bereits auf dem Boden und wühlte, vorsichtig die Dornen meidend zwischen den Blättern und im Rindenmulch.

»Was ist los?«, schrie sie ihn in unverminderter Lautstärke über die Schulter hinweg an. »Was soll das sein?«

Ihr Baby hatte wohl die kräftige Stimme von ihr geerbt und stellte dies als Untermalung ihres Geschreis immer deutlicher unter Beweis.

Einige Fußgänger waren mittlerweile stehen geblieben.

»Kennen Sie das nicht?«, fragte Zweifel die junge Frau seelenruhig.

»»CLM‹, nicht SMS. Gibt's schon sehr lange. Crying Loud Message.« Damit drehte er sich um. Einige der Umstehenden lachten. Eine ältere Frau meinte:

»Nun nehmen Sie doch endlich mal Ihr Kind raus!« Zweifel ging weiter, ohne sich umzudrehen.

Nach einiger Zeit verstummte das Babygeschrei. Die ›CLM‹ war wohl angekommen.

Auf dem Weg zu seinem Mittagessen konnte Zweifel noch ein weiteres Opfer attackieren — einen schmalbrüstigen jungen Mann in einem viel zu engen, blau glänzenden Polyesteranzug, der ihm frontal in den Weg lief. Zwei kleine weiße Kopfhörer in den Ohren, virtuelle Tomaten auf den Augen.

Auch hier ein geübter Schlag von unten gegen die simsenden Hände, nicht zu stark, nicht zu schwach. Auch hier ein in die Höhe steigendes, in der Sonne funkelndes Smartphone auf einer elliptischen Bahn. Reaktionsschnell fing es jedoch der Displayjunkie mit einer Hand auf, stöpselte lässig die Kopfhörer wieder ein und setzte seine lebensnotwendige Tätigkeit unbeeindruckt fort.

Zweifel sah es mit Staunen und Respekt, schob sich einen kirschkerngroßen Ärger in die Backentasche und ließ es gut sein für heute.

Wenig später stand er an einem kleinen runden Bistrotisch, vor sich einen Teller, gefüllt mit in Knoblauchöl getränkten, glänzend schwarzen, köstlichen Oliven, auf denen zwei bis drei Dolmades-Röllchen thronten. Nach zwei Gabeln klingelte sein Handy. Das konnte nur Melzick sein. Er fingerte es aus der Innentasche seines Sakkos.

»Melzick!«

»Ja Chef, wo sind Sie gerade?«

»Vor einem Teller Dolmades mit Oliven.«

»Oh ja, das kann ich mir denken. Lucys Geheimtipp. Den Knoblauch kann ich bis hier riechen.«

»Ach, das ist ja interessant.« Zweifel nahm eine neue Gabel voll in Angriff. »Haben Sie sonst noch etwas zu bemerken?«

»Allerdings. Ich komm' gleich bei Ihnen vorbei. Schön langsam kauen, Chef.«

Zweifel legte auf. Er kannte die ernährungstechnischen Ratschläge seiner veganen Assistentin zur Genüge. Und manchmal befolgte er sie sogar.

6. Kapitel

Als es etwa eine halbe Stunde zuvor an der Tür der Villa Fontenay, dem Domizil von Serafina Moor, klingelte, schaute Anna Eichhorn mit hochgezogenen Augenbrauen zu ihr hinüber. Beide saßen auf der weitläufigen, von Bambussträuchern eingerahmten Terrasse und waren gerade dabei, hochkonzentriert mehrere alte Fotoalben durchzublättern.

»Wer kann das bloß …?«, flüsterte Anna Eichhorn, doch Serafina Moor brachte sie mit einem schnellen Wink zum Schweigen. Sie warteten einen Moment. Dann klingelte es erneut.

Melzick war wieder einmal kurz davor, die Geduld zu verlieren. Sie drückte energisch ein drittes Mal und außerdem deutlich länger auf den Messingknopf unter dem reich verzierten, quadratischen Messingschild, auf dem in schwungvoller Schrift der Name der alten Villa prangte. Serafina Moor warf einen strengen Blick auf Anna Eichhorn.

»Ich kann mir schon denken, wer das ist. Diese Impertinenz!« Sie schnaubte mit wohldosierter Verachtung durch die Nase. Dann erhob sie sich. »Du weißt, was wir besprochen haben. Die Zeit …« Sie hielt es für überflüssig, den Satz zu beenden und hob stattdessen vielsagend ihre rechte Augenbraue. Anna Eichhorn erwiderte den Blick mit einem nervösen Zwinkern.

Dann ging Serafina Moor, um Melzick selbst die Tür zu öffnen. Für irgendwelches Personal hatte sie keinen Nerv. Noch nie gehabt. Melzick bemerkte einen Schatten hinter dem schmalen Streifen aus farbigem Bleiglas, der rechts von der pompösen Mahagonitür bis zum dunklen Granitboden reichte. »Halleluja«, dachte sie und atmete tief durch. Die Tür ging auf und Serafina Moor stand vor ihr, einen schwarzen Haarreif in der graublonden Mähne, die Herablassung in Person.

»Oh!«, mehr sagte die Moor nicht zur Begrüßung.

»Guten Tag. Ist Frau Eichhorn hier?« Serafina Moor nahm sich die Zeit, verschränkte ihre Arme und warf einen langen Blick auf die zu einem kleinen Turm verschlungenen hennaroten Dreadlocks auf Melzicks Kopf.

»Sagen Sie, muss man das eigentlich regelmäßig gießen, oder wie behält das die Form?« Melzick vereiste augenblicklich.

»Das ist reine Körperbeherrschung. Mehr braucht es nicht«, antwortete sie betont langsam, als würde sie einer senilen Seniorin den Weg erklären. Die Fronten waren also geklärt. Serafina Moor machte einen Schritt zur Seite und Melzick trat ein. Ein irritierend starker Lavendelduft beherrschte die dunkle Eingangshalle.

»Geradeaus durch, wenn ich bitten darf!« Melzick folgte ihr durch einen schmalen Flur, der zu einem großzügig geschnittenen, hellen Raum führte.

Eine bestimmt vier Meter hohe Decke mit zarten Fresken, zwei ausladende Ohrensessel, cremeweiß bezogen auf dem in der Farbe alten Cognacs schimmernden edlen Parkett, dazwischen ein flacher Couchtisch im Kolonialstil von sehr dunklem Braun, zartgelbe, duftige Volants an den weit geöffneten Terrassentüren, die Wände in honigfarbenem Holz getäfelt, keine Bücher, keine Bilder, keinerlei Nippes. Melzick konnte nur mit Mühe bewundernde Blicke vermeiden. »Das ist dann wohl also der Salon«, dachte sie grimmig.

Serafina Moor war, ohne ein weiteres Wort zu verlieren, auf die Terrasse vorausgegangen und hatte sich an einen riesigen ovalen Rattantisch gesetzt, auf dessen Glasplatte ein halbes Dutzend dicker Fotoalben verteilt waren. Dazwischen standen zwei Kaffeetassen, eine silberne Kanne, die antik aussah und ein geflochtener Korb, in dem ein angebissenes Croissant lag.

Als Anna Eichhorn Melzick erblickte, griff sie gleich danach. Melzick ignorierte dies, sie wollte keine Zeit verlieren.

»Schön, dass ich Sie hier antreffe, Frau Eichhorn, ich habe noch …«

»Leider können wir Ihnen nichts anbieten«, unterbrach sie die alte Dame und biss mit Wonne in das Croissant.

»Das macht nichts. Ich habe noch ein paar Fragen an …«

»Oder haben wir noch etwas Kaffee drinnen?«, fragte Anna Eichhorn ihre Freundin.

Serafina Moor hob mit einem sehr schmalen Lächeln die Schultern und schüttelte den Kopf.

»Ich bin nicht zum Frühstücken hergekommen!«, entfuhr es Melzick in einem forschen Ton.

»Ach«, sagte Anna Eichhorn, »und worum geht es bitte?« Melzick atmete zum zweiten Mal tief durch.

»Sie haben heute Morgen von einem merkwürdigen Geräusch berichtet.«

»Habe ich das?«

»Ja und ich möchte wissen, wann genau Sie es gehört haben.« Anna Eichhorn starrte sie gedankenverloren an. Serafina Moor lehnte sich in ihrem Stuhl zurück und verschränkte erneut die Arme.

»Wann ich es gehört habe«, wiederholte Anna Eichhorn zögerlich. »Habe ich das nicht heute Morgen schon gesagt?« Melzick seufzte im Stillen.

»Ja das haben Sie. Aber es gibt da einen gewissen

Widerspruch in Ihrer Aussage.«

»So, gibt es den?« Anna Eichhorn runzelte die Stirn und reckte ihr kurzes Kinn in die Höhe.

»Normalerweise geht die Sonne auf und ich bereite mich auf meinen Morgenspaziergang vor. Das ist so meine Gewohnheit um diese Jahreszeit. Bei mir geht alles etwas langsamer, wissen Sie, daher brauche ich dafür etwa eine Dreiviertelstunde.«

»Demnach wären Sie etwa um sechs Uhr losgelaufen.«

»Wenn Sie das sagen. Kann wohl sein.« Sie machte eine kurze Pause. »Und da hab' ich das Gebläse, oder was es auch war, gehört. Ich war gerade um die Ecke gebogen. Ich wohne ganz in der Nähe des Kurparks.«

»Heute Morgen sagten Sie, Sie hätten es gehört kurz bevor Sie die beiden Männer fanden, was ungefähr um 6 Uhr 50 gewesen sein dürfte.«

»Ach was, das kann nicht sein. Nein, nein, das war viel früher.«

»Sind Sie sicher?«

»Aber ja.«

»So sicher wie heute Morgen?«

»Natürlich, was denken Sie? Das heißt …, ich glaube, also eigentlich …« Sie brach ab. Melzick heftete ihren Blick auf sie. Die alte Dame machte einen völlig anderen Eindruck als noch am Morgen im Kurpark. Sie griff etwas verlegen in ihren gelben Schal. »Ich meine, was kann ich denn …?«

»Schon gut, Frau Eichhorn, ich werde mir das genauso notieren.« Melzick holte ihr kleines blaues Notizbuch aus ihrer Hosentasche. Während sie mit einem Bleistiftstummel etwas hinein kritzelte, fiel ihr noch etwas ein.

»Was haben sie eigentlich gemacht, als sie die beiden Männer fanden?« Anna Eichhorn räusperte sich leise.

»Wie meinen Sie das?«

»Na ja — sind Sie erschrocken? Haben Sie geschrien? Konnten Sie sich nicht vom Fleck rühren? Oder sind Sie vielleicht näher rangegangen? Vielleicht sehr nahe? Haben Sie die beiden berührt? Lag außer den beiden sonst noch etwas auf dem Boden? Etwas, das Sie aufgehoben haben?«

Melzick hielt inne. Sie hatte sich wieder einmal hinreißen lassen. So fragte man nicht. Sie wusste es, sie hatte es gelernt und oft genug geübt. Aber diese dämlichen Rollenspiele auf der Polizeiakademie hatten mit dem wirklichen Leben absolut nichts zu tun.

Sie schaute von ihrem Notizbuch auf. Anna Eichhorn war tatsächlich blass geworden. Ein Croissantkrümel hing in ihrem Mundwinkel. Sie schien unfähig, zu antworten. Das übernahm Serafina Moor, die mit einem Ruck aufstand.

»Das reicht Frau …«

»Zick.«

»Frau Zick! Meine Freundin Anna hat es nicht nötig, etwas vom Boden aufzuheben, das ihr nicht gehört! Wissen Sie noch, wie Sie hereingekommen sind?« Melzick schaute sie wortlos an. »Dann finden Sie auch wieder hinaus!«

Anna Eichhorn saß zusammengesunken mit leerem Blick in ihrem Sessel. Serafina Moor hatte eine Hand auf ihre Schulter gelegt und fixierte die junge Frau. Melzick steckte ihr Notizbuch wieder ein. Sie schluckte ein paar Mal, um etwas Zeit zu gewinnen. Dann kehrte sie den Rest Höflichkeit, den sie finden konnte, zusammen.

»Vielen Dank für Ihre Kooperationsbereitschaft. Wir werden sicher noch einmal darauf zurückkommen.« Damit drehte sie sich um, durchquerte den Salon und verließ das Haus wie sie gekommen war. Die Tür ließ sie etwas lauter als nötig ins Schloss fallen.

Tief durchatmen — zum dritten Mal. Einer plötzlichen Eingebung folgend wandte sie sich suchend nach beiden Seiten.

Rechts und links des mächtigen Baus aus roten Ziegelsteinen erstreckten sich dichte Hecken, jedoch kein Zaun aus Holz oder Metall. Melzick spähte die Straße in beide Richtungen entlang. Niemand war zu sehen. Sie probierte es mit der rechten Seite und untersuchte die grüne, nach Kräutern duftende Barriere. »Bingo«, murmelte sie nach ein paar Metern.

Sie hatte eine schmale Lücke entdeckt und zwängte sich an vertrockneten Ästen und Zweigen vorbei. Ein tiefer Kratzer unter ihrem linken Auge sollte sie noch längere Zeit an diese Aktion erinnern. Auf der anderen Seite der Hecke brauchte sie nur ein, zwei Sekunden, um sich zu orientieren. Der Garten war etwas verwildert und bot ihr mit einer Vielzahl von Sträuchern, Zierbäumen und hohem Schilfgras, das mehrere Teiche einfasste, ausreichenden Sichtschutz.

Sie näherte sich leicht gebückt der Terrasse, die mit Bambussträuchern umgeben war. In der Nachbarschaft war ein Rasenmäher am Werk, so dass sie sich vollkommen unbemerkt heranpirschen konnte. Bald war sie nahe genug, um die Unterhaltung der beiden Damen verstehen zu können.

» ... nicht, was du von mir willst, Serafina«, sagte Anna Eichhorn gerade mit Trotz in der Stimme. »Die hat mir doch alles abgenommen, oder nicht?«

»Ha!«, schnaubte Serafina Moor, »allerdings! Du warst sehr überzeugend unsicher, das muss ich zugeben. Trotzdem. Wir müssen unbedingt nochmal über ...«

Der Rest ging im näherkommenden Lärm des Rasenmähers unter.

Melzick hatte für dieses Mal genug gehört und machte sich aus dem Staub.

Zweifel nahm gerade seine letzte Gabel, als er von Weitem den leuchtenden Haarschopf seiner Assistentin sah. Er winkte Stavros, den Wirt, zu sich.

»Bringen Sie bitte nochmal einen Teller voll von diesem hier«, sagte er zu ihm, »und ein neues Besteck.« Stavros nickte erfreut und verschwand.

»Hallo Chef«, sagte Melzick etwas außer Atem. »Schon fertig? Sind Sie satt geworden? Hat's geschmeckt?« Zweifel setzte sein Glas ab.

»Sie können sich gleich selbst davon überzeugen. Ist übrigens vegan.« Er musterte aufmerksam ihr Gesicht. »Waren die Damen so kratzbürstig?«

»Wieso?« Er deutete mit dem Finger auf ihren Kratzer.

»Ganz schöne Schramme, die Sie dort haben.« Melzick grinste.

»Tja, das war eine versteckte Ermittlung.«

»Ist sowas erlaubt, Melzick?« Sie zuckte gleichmütig mit den Schultern und drehte sich nach dem Wirt um. Stavros brachte gerade einen nach Knoblauch duftenden, reichlich gefüllten Teller und strahlte Melzick an. Diese nahm ihm das Besteck aus der Hand und berichtete Zweifel mit zumeist vollem Mund von ihrem Besuch in der Villa Fontenay samt anschließender Lauschaktion.

»Was halten Sie davon?«, fragte Zweifel schließlich. Sie zuckte wieder mit den Schultern.

»Die halten sich für besonders clever. Diese Frau Eichhorn weiß genau, was sie sagt. Und diese«, sie machte eine bedeutsame Pause, »Moor! Also die kommt eindeutig vom Planeten Ego.«

»Vom Planeten Ego, aha.«

Melzick kaute auf beiden Backen.

»Ja, die muss da ein ganz hohes Tier sein.«

»Und was denken Sie, ist der Grund, warum die beiden uns was vorspielen?«

»Na, in erster Linie, um als unzuverlässige Zeugen zu gelten. Die spekulieren darauf, dass sie dann eben nicht ernst genommen werden und eher an den Rand unseres Radarschirmes wandern. Das hätte dann schon seine Vorteile.«

»Na, dann werden wir ihr Verhalten mal sehr ernst nehmen. Konnten Sie eigentlich erkennen, was für Fotos da auf dem Tisch herumlagen?«

»Nein, die Alben waren alle geschlossen. Sahen ganz abgegriffen aus. Müssen sehr alte Fotos gewesen sein.« Sie stockte. Dasselbe hatte sie heute doch schon mal gesagt.

»Gut, wenn Sie fertig sind, werden wir uns mal um die Ballonfahrer kümmern.«

»Fgib mur eimem.«

»Wie bitte? Und würden Sie bitte langsam kauen.« Melzick hob ergeben die Hand und wurde deutlicher.

»Valentin Lindberg. Das ist der Einzige weit und breit. Lebt außerhalb der Stadt.«

»Gut, sobald ihr Teller leer ist, fahren wir zu ihm. Und vorher versuchen Sie bitte, Dr. Wollmaus anzurufen. Ich hab' seine Nummer nicht.« Melzick zog ihr Smartphone heraus und legte es auf den Tisch.

»Ist in diesem Fall wohl ganz nützlich.«

»Das hab' ich nie bestritten. Sie haben da ein falsches Bild von mir.«

»Ach ja — und was ist mit den Beschwerden? Ich bin sicher, Sie haben heute schon wieder zugeschlagen. Dieser zufriedene Ausdruck in ihren Augen …«

»Das geht Sie gar nichts an, Melzick. Außerdem waren das absolut notwendige Maßnahmen.«

Melzick verdrehte die Augen.

»Sicher haben die Betroffenen da auch volles Verständnis.« Zweifel trommelte mit den Fingern auf den Tisch.

»Haben Sie die Nummer?«

»Moment.« Sie warf einen kurzen Blick auf das Display. Ihr Bruder hatte ein paar Mal versucht, sie anzurufen. Kurz hintereinander. Mit einem Stirnrunzeln wischte sie ihn beiseite. Sie würde später bei ihm anrufen. Sie suchte die Nummer von Dr. Wollmaus. Nach wenigen Sekunden war sie sichtbar. Zweifel nahm das Smartphone, wählte und hatte wieder keinen Erfolg. Er gab es Melzick zurück, die ihren Teller überraschend schnell leer gefuttert hatte.

»Immer noch nichts. Der Herr Doktor ist sehr schwer zu erreichen. Das gefällt mir nicht. Stavros!« Zweifel zahlte und belohnte den jungen Griechen für die äußerst schmackhaften Oliven und für sein Strahlen mit einem großzügigen Trinkgeld.

»Wir nehmen meine Mary«, sagte er dann. Mary war, wie Melzick wusste, der Spitzname von Zweifels amerikanischem Haifischflossen-Cabrio. Sie hatte die Kollegen schon darüber reden hören. Gesehen hatte sie es noch nicht. Ins Büro kam der Kommissar immer mit einem ziemlich verbeulten Kleinwagen von asiatischem Geblüt.

»Ihre Mary?«

»Ja, mein amerikanischer …«

»Ich weiß schon, Chef. Ich wusste nur nicht, dass Sie es hier versteckt haben. Sie wohnen doch gar nicht hier.« Sie standen in der prallen Sonne in der Fußgängerzone. Zweifel setzte seine Sonnenbrille auf.

»Kommen Sie mit, es ist hier gleich um die Ecke.« Sie bogen in eine ruhige Seitenstraße ab.

Nach ein paar Metern standen sie vor einem niedrigen, heruntergekommenen Bau aus den siebziger Jahren. Ein Schuppen, der lange Zeit als Motorradwerkstatt gedient hatte. Glasbausteine in der Seitenwand, abbröckelnder Putz in graubrauner Farbe, verwitterte Ziegel auf dem Flachdach, ein ausgebleichtes Tor aus ursprünglich dunkel gebeiztem Holz, gesichert mit einem unscheinbaren Riegel samt rostigem Vorhängeschloss. Melzick schaute ihren Chef skeptisch an.

»Das ideale Versteck«, meinte der und holte einen Schlüssel hervor. Schloss und Riegel ließen sich leicht öffnen. Für das schwere Holztor galt das nicht. Zweifel wuchtete es auf. Melzick stellte sich neugierig neben ihn.

Es dauerte ein paar Sekunden, bis ihre Augen sich an das trübe Licht im Innern des Schuppens gewöhnt hatten. Es roch nach Benzin, Gummi und Katze. Nach und nach erkannte sie im Hintergrund ein Fahrzeug, das, bis auf die Reifen, vollständig unter alten Pferdedecken verborgen war.

»Warten Sie hier«, sagte Zweifel und machte sich daran, die Decken zu entfernen und auf einer Tonne, die in der Ecke stand aufzustapeln.

»Das ist Mary«, sagte er schließlich. Für kurze Zeit verschlug es Melzick die Sprache.

Vor ihr stand ein Auto, wie sie es nur aus den alten *Doris Day-Filmen* kannte, die sie früher immer mit ihrer Mutter angesehen hatte. Ein Cadillac-Cabrio aus den fünfziger Jahren, türkisfarben wie die Karibik, mit großen Doppelscheinwerfern, Weißwandreifen und cremeweißem Verdeck. Natürlich Lenkradschaltung, natürlich durchgehende Sitzbank vorne, natürlich im selben Cremeweiß.

»Und was ist das jetzt genau, Chef?«

»Ein Cadillac Eldorado Baujahr 1959!«

»Aha«.

Ganz langsam trottete eine fette Katze mit mürrischem Gesicht unter dem Automobil hervor, würdigte die beiden keines Blickes und bewegte sich mit königlicher Gelassenheit an ihnen vorbei.«

»Und das ist wohl Garfield.«

»Keine Ahnung, wie er heißt. Er kümmert sich jedenfalls um die Mäuse und Marder«, sagte Zweifel und setzte sich hinter das große dünne Lenkrad. Melzick öffnete nach kurzem Zögern die schwere Wagentür und nahm neben ihm Platz.

»Man sitzt ja wie auf einem Sofa«, sagte sie und rutschte auf dem Sitz hin und her. »Und Sie wollen jetzt wirklich damit fahren?«

»Wonach sieht's denn aus?«

»Kein Sicherheitsgurt, keine Kopfstützen, kein Airbag.«

»Und kein Navi, genau Melzick. Aus all diesen Gründen fahr ich damit herum.«

»Wir werden unauffällig sein wie die Feuerwehr«, meinte sie. Er deutete auf ihre Haarpracht.

»Seit wann legen Sie denn Wert darauf, nicht aufzufallen?« Darauf wusste sie erst einmal keine Antwort. Er startete den Wagen. Ein tiefes Blubbern erfüllte den Schuppen.

Langsam, wie auf weichen Pfoten glitt der Wagen ins Freie hinaus. Von dem Kater war nichts mehr zu sehen.

7. Kapitel

Melzick dirigierte Zweifel mit zunehmender Begeisterung durch die Innenstadt und dann hinaus in Richtung Mindelheim.

»Ist das nicht etwas seltsam, seinem Auto einen Namen zu geben?«, fragte sie und beobachtete, wie Zweifel mit der Lenkradschaltung hantierte. »Und warum ausgerechnet Mary?« Zweifel schaute kurz zu ihr hinüber.

»Werfen Sie mal einen Blick ins Handschuhfach.« Melzick gehorchte.

»Da liegt ein Briefumschlag«, sagte sie.

»Und was steht drauf?« Sie nahm das vergilbte Kuvert heraus.

»To Mary W…«, las sie vor. »Abgestempelt am 26.07.60 in, Moment — das kann man kaum entziffern.«

»In Key West«, sagte Zweifel. »Das liegt ganz im Süden von Florida.«

»Und was ist mit dem Nachnamen?«

»Den hat jemand unkenntlich gemacht.« Melzick untersuchte den Umschlag genauer. Das Schriftbild erinnerte sie an etwas. Diese Schreibmaschinenschrift …

»Aber der Brief ist ja ungeöffnet«, sagte sie überrascht, als sie ihn umdrehte. Zweifel nickte.

»Der Händler in Florida sagte mir, dass der Brief zu diesem Auto gehört. Keiner der Vorbesitzer hat es je gewagt, ihn zu öffnen.«

»Und Mary hat nie erfahren, was drinsteht?« Zweifel nickte wieder.

»Okay, das kann ich als Grund akzeptieren«, sagte Melzick und legte den Brief zurück.

»Da vorne müssen wir links abbiegen und dann sind es

noch ein paar hundert Meter.«

Sie waren irgendwo zwischen Bad Wörishofen und Mindelheim. Ein Aussiedlerhof tauchte in der Ferne zwischen einigen Pappeln auf. Zweifel brachte den Wagen etwa zweihundert Meter vor ihrem Ziel zum Stehen.

»Ist vielleicht klüger so«, meinte Zweifel und zog den Zündschlüssel ab. Sie stiegen aus und schauten sich um. Auf den weiten Feldern ringsum war niemand zu sehen.

Auch der Hof schien menschenleer, als sie sich zu Fuß näherten. Ein klappriger roter Transporter stand vor der Holzscheune, die sich im rechten Winkel zum Wohnhaus befand. Ein heruntergekommenes Gewächshaus mit etlichen zerbrochenen Scheiben wiederum stand ebenfalls im rechten Winkel zur Scheune, so dass die drei Gebäude ein U bildeten. Das Scheunentor stand einen Spalt weit offen. Melzick und Zweifel schauten sich an.

»Wir probieren es erst mal am Haus«, entschied Zweifel und kratzte an seiner Nase. »Sind Sie sicher, dass wir richtig sind?«

Melzick deutete zur Antwort auf den Transporter, den sie nun von der Seite sahen. In gelben, teilweise schon abgeblätterten Buchstaben stand dort: »Valentin Lindberg – wo wir sind, ist oben« und daneben war ein stilisierter Heißluftballon zu erkennen. Zweifel suchte vergeblich nach einer Klingel und stieß dann kurzentschlossen die Haustür auf, die nur angelehnt war.

Es roch durchdringend nach Apfelessig. Ein langer dunkler Flur führte durchs Haus und endete an einer Glastür, dem Hintereingang, die von einem dunklen Vorhang teilweise verdeckt war.

Gleich am Eingang stand ein kleines Schränkchen an der Wand, darauf ein paar Briefe, darüber ein verschmierter

Spiegel an der Wand, hinter dem ein paar vergilbte Postkarten klemmten. Auf einer davon war das Matterhorn zu erkennen.

»Hallo, jemand zu Hause?«, rief Zweifel. Sie lauschten. Es blieb still. Irgendwoher war ein unregelmäßiges Hämmern zu hören, aber das kam von draußen. Zweifel nahm die Briefe in die Hand. Melzick ging an ihm vorbei weiter in den Flur hinein.

»Das sind alles Mahnungen, wie es aussieht«, sagte Zweifel. Melzick hatte die erste Tür zur Rechten erreicht.

»Scheint das Wohnzimmer zu sein«, sagte sie und ging weiter.

»Hallo Herr Lindberg, Sie haben Besuch!«, rief Zweifel nun etwas lauter. Doch noch immer regte sich nichts. Das Hämmern hatte aufgehört. Melzick blickte Zweifel an. Der zuckte mit den Schultern.

»Das Auto steht ja da. Also kann er nicht weit sein. Ist das da vorn die Küche?« Melzick schaute zur nächsten Tür, diesmal auf der linken Seite, hinein und schüttelte den Kopf.

»Nee, ist das Badezimmer.« Allmählich kam sie sich vor wie in einem Hitchcock-Film. Welcher war das nochmal, wo die Farmersfrau langsam in das Haus des Nachbarn geht und ihn dann im letzten Zimmer … »Die Vögel«, sagte Melzick ungewollt laut und blieb abrupt stehen.

»Schon gut, Melzick, ich weiß, was Sie meinen«, sagte Zweifel. Das war einer der Gründe, warum sie gern mit ihm zusammenarbeitete. Sie musste nur selten etwas erklären. Fast immer schien er die gleichen Gedanken zu haben, oder ihre sogar lesen zu können. Sie waren fast am Ende des Flurs, wo nur noch wenig Licht hinkam. Die letzte Tür auf der rechten Seite stand ebenfalls offen.

»Lassen sie mich mal vor …«, sagte Zweifel gerade, als die verhängte Glastür mit einem plötzlichen Ruck aufgestoßen wurde. Beide fuhren herum und hielten unwillkürlich die Luft an. Vor ihnen stand ein untersetzter Bulle von Mann, kaum größer als Melzick, blonde Stoppelhaare, ein rotes, verschwitztes Gesicht hinter einem ungepflegten Vollbart, kleine, blaue Augen hinter einer Nickelbrille, blauer Kittel, kurze Hosen, barfuß. Einen schier endlosen Augenblick starrten die drei sich an und es ließ sich nicht entscheiden, wer verblüffter war. Der Mann fand als erster seine Sprache wieder.

»Was wollts ihr denn hier, ha?«, schnauzte er sie an. Melzick schaute Zweifel an. Der kannte seinen Text.

»Ich bin Kommissar Zweifel, das ist«, er deutete leicht auf Melzick, »meine Assistentin Melinda Zick, und Sie sind«, dabei machte er eine Pause und lächelte sein Gegenüber freundlich an, »sicher Herr Valentin Lindberg.«

Der Mann stutzte und schaute von einem zum andern. Später sollte Melzick sich daran erinnern, dass sie den Eindruck hatte, als ob er fieberhaft nachdächte.

Er wischte mit der rechten Hand über sein Gesicht, um Zeit zu gewinnen. Dann zog er ein Taschentuch heraus und schnäuzte sich ausgiebig. Schließlich schob er sich wortlos an ihnen vorbei in die Küche. Erleichtert bemerkte Melzick, dass sie ihm wohl nicht die Hand zu schütteln brauchten. Er stand vor dem Kühlschrank und holte sich eine Bierdose heraus. Dann schien ihm etwas einzufallen. Er drehte sich um und kniff die kleinen Augen zusammen.

»Wolltsr aa oins?« Zweifel wurde schlagartig bewusst, dass er die Briefe noch in der Hand hielt.

»Warum nicht, sehr gerne. Sie auch Melzick?« Diese schüttelte den Kopf. Zweifel nahm die Dose, die Lindberg ihm entgegenstreckte und hielt ihm mit der anderen Hand die Briefe unter die Nase.

»Etwas unangenehme Post, wie?« Lindberg zuckte ungerührt mit den Schultern.

»Schmarrn. Das Übliche eben. Drecksbande.«

Melzick war nicht ganz klar, wen er damit meinte. Es zischte zweimal kurz, als die Männer ihre Bierdosen öffneten. Melzick ging zum Fenster und spähte hinaus. Die Scheune stand jetzt weiter offen. Im Innern schien sich etwas zu bewegen.

»Also, was wollts von mia?«, sagte Lindberg und rülpste geräuschvoll.

Melzick drehte sich um.

»Haben Sie gehört, was heute Morgen hier in der Gegend passiert ist?«, fragte Zweifel, nachdem er seine Dose halb geleert hatte.

»Naa. I kriag nix mit. Meischtens.«

»Man hat jemanden tot im Kurpark gefunden. Abgestürzt. Aus einem Ballon. Zumindest deutet alles darauf hin.«

»Sakra!« Lindberg trank aus und warf seine leere Bierdose in den Mülleimer. »Und wer, bittschön, is' die Leich'?«

»Professor Abraham Mindelburg«, sagte Melzick.

»Kenn' i idd.« Melzick räusperte sich und warf Zweifel einen schnellen Blick zu.

»Ich schau' mich draußen mal um«, meinte sie beiläufig. Zweifel nickte. Lindberg kniff seine kleinen Augen wieder zusammen und wollte etwas erwidern. Dann überlegte er es sich anders. Melzick verschwand aus der Küche und nahm den Hinterausgang, durch den Lindberg hereingekommen war.

»Wie gehen die Geschäfte?«, fragte Zweifel. Lindberg machte eine wegwerfende Handbewegung.

»Mei, wie solln's schon goa. Miserablig halt. Des sehns doch, wanns Auga im Kopf hend.«

Melzick war draußen. Sie schaute sich nach allen Seiten um. Dann lenkte sie ihre Schritte zur Scheune hin. Wieder kam ihr ein Hitchcock-Film in den Sinn. Die Szene, in welcher der Detektiv mit dem seltsamen Namen, Arbogast oder so ähnlich, sich langsam dem unheimlichen Haus hinter dem Motel nähert. In der brütenden Mittagshitze krabbelte langsam ein Tausendfüßler mit eiskalten Füßen ihren Nacken hinab. Sie schüttelte sich unwillig. In diesem Moment begann wieder das unregelmäßige Hämmern, das sie vorhin gehört hatten. Sie blieb stehen und schaute über die Schulter zum Wohnhaus zurück.

»Keine Touristen, die sich das Allgäu mal von oben ansehen wollen?«, fragte Zweifel. Lindberg schnaubte verächtlich durch die Nase und holte sich noch ein Bier aus dem Kühlschrank.

»Des kennans vergessn«, brummte er, nahm einen tiefen Schluck und wischte sich den Mund mit dem Handrücken ab. »De fliagn glei mitm Flugzeug. Hend mir ja alles da. Flughafen und so. Rundflug bis zu die Alpen und zruck. Oder se hüpfad mitm Fallschirm raus.« Er schüttelte den Kopf. »Maximal vielleicht mitm Segelfliagr. Aber des Ballonfahrn — naa. Da gibts koa Adrenalin zum vaschenkn, vaschdengas?« Zweifel wunderte sich.

»Hätte ich nicht vermutet. Das Ballonfahren ist doch immerhin etwas …«, er suchte nach dem passenden Begriff, »echtes, ursprüngliches. Das Langsame kommt doch wieder groß in Mode.«

»Davon hend i hier aber no nix gmerkt.«

»Wann waren sie denn zuletzt in der Luft?«, sagte Zweifel und nahm einen Schluck. Lindberg verschränkte die Arme, und behielt dabei die Bierdose in der Hand.

»Warum wollns jetzad des wissen?«

»Reine Routinefrage. So heißt es doch immer beim Tatort.« Zweifel lächelte beschwichtigend, doch ohne Wirkung. Lindberg ging misstrauisch zum Fenster und suchte den Hof ab. Melzick war nicht zu sehen.

»Wo ischn ihre Assistentin hin verschwundn?«

Der Geruch von Heu stieg ihr in die Nase, als sie vorsichtig die Scheune betrat, ohne das Tor weiter öffnen zu müssen. Sie wartete kurz, bis sich ihre Augen an das Dämmerlicht gewöhnt hatten. Das Hämmern kam jetzt aus unmittelbarer Nähe. Es wurde begleitet von stoßweisem Ausatmen und einem angestrengten Ächzen. Jemand ganz in der Nähe hatte sich wohl eine harte Arbeit vorgenommen.

Das erste, was sie erkennen konnte, war ein Stapel dicker Holzbretter, der ihr bis über den Kopf ragte. Davor lag ein altes Kinderdreirad auf der Seite im Staub. Eine riesige Drehbank stand an der Schmalseite der Scheune zu ihrer Linken.

Sie schaute nach oben. Etwa zehn Meter über ihr ruhten gewaltige Balken, die sich quer durch den ganzen Raum zogen. Darüber erhob sich das steile, spitzgiebelige Dach. In der staubigen Düsternis dort oben zitterte ein Lichtstrahl und malte einen nervösen hellen Punkt irgendwo an die hohe Bretterwand.

Rechts vom Eingangstor war ein Bretterverschlag zu erkennen, ein kleiner vom Rest der riesigen Scheune abgeteilter Raum. Von dort kam das Hämmern. Eine schmale Holzleiter lehnte an seiner Seitenwand. Melzick ging hin und erklomm kurz entschlossen ein paar Sprossen. Oben auf dem Verschlag lagen ein paar vergessene Heuballen. Dazwischen standen grob zugehauene Holzskulpturen. Sie kletterte die

Leiter wieder hinunter und musste plötzlich heftig niesen. Jemand schrie vor Schreck.

Zweifel zuckte mit den Schultern.

»Keine Ahnung, Sie haben doch nichts dagegen, dass sie sich umschaut?«

»Des Umananderschnüffeln mog i idd.«

»Ja. Gut. Also, wann war jetzt Ihre letzte Ballonfahrt?«, beharrte Zweifel. Lindberg leerte die zweite Dose und knüllte sie zusammen. Dann fixierte er den Kommissar über seine Nickelbrille hinweg, die ihm auf die Nase gerutscht war. Zweifel registrierte sorgfältig die Schweißtröpfchen, die sich auf der Stirn seines Gesprächspartners gebildet hatten.

»Mei, werd' scho zwei oder drei Wochn her sei«, war die brummige Antwort.

»Und wie viele Passagiere hatten Sie?«

»Zwoa. A junges Ehepaar ausm Norden.«

»Den Namen wissen Sie noch?«

»Naa den woiß i idd«, war die patzige Antwort. Wieder sah er durchs Fenster nach draußen, ohne diese »Polizeiwanze« zu entdecken. Dann blitzte etwas in ihm auf und er drehte sich zum Kommissar um.

»Aber i hab's aufgschriebn.« Zweifel hob auffordernd beide Augenbrauen. »Momenterl«, sagte Lindberg und verschwand. Zweifel hörte, wie er im angrenzenden Zimmer eine Schublade aufzog. Gleich darauf kam er zurück, einen grimmigen Zug um die Mundwinkel.

»Da hend mias scho«, dabei hielt er einen Notizzettel dicht vor seine Augen. »Sie hieß *liebliche Luftfee, Prinzessin über den Auen von Mindelheim,* und er …« Doch Zweifel fiel ihm ins Wort.

»Was soll das, Herr Lindberg? Hatten Sie den Eindruck,

76

dass ich zum Spaß hier bin?« Ihm war jetzt klargeworden, welcher Ton hier angebracht war. Langsam, drohend ruhig und betont Hochdeutsch sagte er:

»Halten Sie es für sinnvoll, mich hier zu verarschen? Heute Morgen wurde ein Achtzigjähriger vermutlich in voller Tötungsabsicht aus einem Heißluftballon geworfen und Sie sind der einzige Ballonfahrer weit und breit. Also, denke ich mal, ist es naheliegend, dass ich mich zu Ihnen bequeme und ein paar freundliche Fragen stelle. Und ich denke, dass ich ein paar klare Antworten verdient habe! Es sei denn, Sie legen Wert darauf, als Hauptverdächtiger mit mir zu kommen! Habe ich mich verständlich ausgedrückt?«

Zweifel hatte, während er sprach, gewusst, wie er seine Einsneunzig vor dem kleinen Dicken am besten zur Geltung brachte. Dieser ließ sich zwar nicht einschüchtern. Ihm dämmerte jedoch, dass mit Zweifel nicht zu spaßen war. Er hustete nervös und fuhr sich mit der Rechten über das schweißfeuchte Gesicht.

»Scho recht. Scho recht. Nur idd glei grantig wern.« Er inspizierte seinen Zettel. »Nele und Christian Anders. Westerland. Des isch auf Sylt.« Zweifel notierte sich die Namen.

»Gut, haben Sie heute Morgen über Bad Wörishofen einen Ballon bemerkt?«

»Noi. Nach meiner Nachtschicht bin i froh, wenn i mi aufs Ohr legn koo. I bin um kurz vor acht hier gwesn. Von Landsberg brauch i etwa a halbe Schtund. I hob' da nix bmerkt.« Zweifel nickte.

»Und Sie arbeiten wo?«

»Industriegebiet. Elektronikfirma. Nachtpforte.« Nachdem Zweifel sich auch den Namen der Firma notiert hatte, trank er sein Bier aus und warf die Dose in den Mülleimer.

Melzick wischte sich die Nase und rief: »Hallo, jemand da?«
Keine Antwort. Es blieb still.

Als sie um die Ecke des Verschlags bog, stand sie vor einem etwa siebzehnjährigen Jungen, der seinem Vater wie aus dem Gesicht geschnitten war. Blonde Stoppelhaare, kleine, eng stehende, blaue Augen, verschwitztes unrasiertes Gesicht, einen Hammer und einen Beitel in den großen Händen, saß er vor ihr in einem Rollstuhl, der in der offenen Tür stand.

»Oh!«, keuchte Melzick vor Überraschung, »ich, äh, wollte dich, äh Sie, nicht erschrecken.« Der Junge starrte sie durch seine Nickelbrille an und sagte kein Wort. Hinter ihm stand auf einem massiven Sockel die Skulptur, an der er gerade gearbeitet hatte. Der Boden war mit Holzspänen übersät. In einer Ecke lagen mehrere Zeitschriften, und Kataloge. Irgendwas Technisches, soweit sie das erkennen konnte. Durch ein kleines, staubiges Fenster kam Tageslicht, das gerade mal so ausreichend schien für seine Arbeit.

»Sind Sie der Sohn von Herrn Lindberg?« Vorsichtshalber vermied sie das Du. Der Junge reagierte nicht. »Mein Name ist Zick, Kriminalpolizei.« Kleine blaue Augen, die sie ausdruckslos anstarrten. Eine schwitzende rötliche Stirn, hinter der sich etwas zusammenbrauen mochte.

»Wir untersuchen einen Mord, der heute morgen in Bad Wörishofen passiert ist.« Stummer Blick.

»Verstehen Sie mich überhaupt?« Melzick hatte unwillkürlich lauter gesprochen. Als Antwort legte der Junge Hammer und Beitel in seinen Schoß, griff an die Reifen seines Rollstuhles und drehte Melzick den Rücken zu. Die Holzspäne knirschten leise. Er bewegte sich etwas vorwärts, nahm sein Werkzeug wieder auf und bearbeitete das unförmige Holzgebilde vor sich mit kräftigen und konzentrierten Schlägen.

Melzick begriff, dass ihr Gespräch, wenn man das so nennen konnte, beendet war. Erst als sie gedankenversunken die Scheune verließ, fielen ihr die vielen schmalen Reifenspuren auf dem staubigen Boden auf. Die Fußspuren, die darüber lagen, konnten nicht von ihr stammen.

»Wir werden das natürlich überprüfen, Herr Lindberg«, sagte Zweifel.

»Tuns was idd lassa kenna. Isch mir egal.«

»Danke für das Bier.« Lindberg winkte ab. Zweifel war schon im Flur, als ihm noch etwas einfiel.

»Wo ist Ihr Ballon jetzt eigentlich?« Lindberg war ihm wie ein Wachhund gefolgt.

»Der isch gut verpackt im Hänger.«

»Ich hab' draußen aber nur Ihren Transporter gesehen.«

»Des kann i mir denka.«

Zweifel schaute ihn fragend an. »Garage«, sagte Lindberg, »hinterm Haus.«

»Gut, dann würde ich mir das gerne mal ansehen.«

»Herrschaftszeitn!«, stöhnte Lindberg und drängte sich unwirsch am Kommissar vorbei. Wenig später hatte Zweifel sich von der Wahrheit seiner Behauptung überzeugt. Als sie ums Haus bogen, stand Melzick vor ihnen. Sie schaute auf Lindbergs bloße Füße.

»Was gefunden, Melzick?«, fragte Zweifel.

Sie begegnete Lindbergs Blick, ohne sich etwas anmerken zu lassen und schüttelte dann den Kopf. Warum, wusste sie in diesem Moment selbst nicht. Es war ihre zweite Lüge an diesem Tag.

Zweifel wandte sich nochmals an Lindberg.

»Wenn Ihnen noch etwas zu Ohren kommen sollte in Ballonfahrerkreisen sozusagen rufen Sie mich bitte an.«

Er gab ihm seine Visitenkarte. Lindberg nahm sie widerwillig entgegen.

»Ballonfahrerkreise? Ha!« Er schüttelte verächtlich den Kopf.

Zweifel schaute Melzick prüfend an.

»Können wir gehen?«

»Sicher.« Wieder vermieden sie erfolgreich ein Händeschütteln und ließen Lindberg auf dem Hof stehen.

»Was macht er?«, fragte Zweifel, als sie etwa fünfzig Meter entfernt waren. Melzick holte einen kleinen Taschenspiegel aus ihrer Hosentasche.

»Steht da und glotzt uns hinterher.« Etwas an ihrem Tonfall machte Zweifel stutzig.

»Also, was haben Sie entdeckt?«, sagte er, als sie am Wagen angelangt waren. Sie berichtete ihm von ihrer Begegnung in der Scheune.

»Er muss kurz vorher bei seinem Sohn gewesen sein.«

»Wie kommen Sie darauf?«

»Plattfüße. Die Spuren hätten sogar Sie lesen können.« Zweifel schaute zu ihr rüber.

»Ah ja? Na — ich werde mal den Kater fragen. Der kennt sicher die Familiengeschichte.«

Melzick schaute ihn verständnislos an. Zweifel lauschte seinem Satz hinterher und verstand ihren Blick.

»Ich meinte den Zweibeinigen«, sagte er, ohne die Miene zu verziehen.

Die beiden Schnüffler waren in ihren Amischlitten eingestiegen und weggefahren. Valentin Lindberg hatte ihnen hinterher gesehen, bis die weiße Staubfahne sich langsam wieder über den Feldweg gesenkt hatte. Dann atmete er tief durch. Das war gerade nochmal gut gegangen.

Er lief zu seinem Transporter, in dem die Lösung seiner Probleme unter einer Plane versteckt lag. Er stieg ein und fuhr rückwärts zur hinteren Seite des Gewächshauses, dorthin wo etliche Scheiben zerbrochen waren und das Gestrüpp undurchdringlich wucherte. Dieser Ort war von außen nicht einsehbar. Kein Mensch käme auf die Idee, hier nach dem zu suchen, was er jetzt mit großer Mühe und unter Aufbietung seiner enormen körperlichen Kräfte deponierte.

Nach einer Viertelstunde schweißtreibender Plackerei stand er neben dem Transporter und begutachtete sein Werk. Er schnaufte zufrieden. Dieser Ort war ideal.

Er warf die Gummistiefel, die er sich zum Schutz vor Dornenranken und Brennnesseln angezogen hatte auf den Beifahrersitz. Dann fuhr er den Transporter zurück auf den Hof, dachte kurz an ein weiteres Bier, verscheuchte diesen Gedanken und ging in die Scheune, wo sein Sohn sicher schon auf ihn wartete.

»Hör mal kurz auf, Frido«, sagte er zu ihm, als er den Verschlag betrat.

Der Junge im Rollstuhl hob beide Hände und ließ sein Werkzeug demonstrativ auf den Boden fallen. Dann drehte er sich zu seinem Vater um.

»Die war hier drin«, sagte er und schlug mit der rechten Hand auf den schmalen Reifen seines Rollstuhles.

»Die war hier!«, wiederholte er laut.

»Hab' i mir doch glei denkt, des Luder. Und? Was hatse wolln?«

»Die war auch kurz auf der Leiter draußen, glaub ich. Dann kamse her und hat sich vorgestellt.«

»Und?«

»Ich hab' sie nur angeschaut. Und dann hab' ich mich einfach umgedreht. Wahrscheinlich hält sie mich für taub oder blöd. Jedenfalls ist sie wieder weg, als ich nix gesagt hab.«

»Des war clever.«

»Was wollte die hier? Hast du mit ihr geredet? Polizei, hatse gesagt. Komische Polizei. Kann ich gar nicht glauben, so wie die ausgesehen hat. Ausweis hatse mir jedenfalls keinen gezeigt.«

»Die war mit ihrem Chef da. Mit dem hab i gredt. Irgendso an Unfall hat's geb'n, mit'm Ballon. Da kommens halt zu mir. Des betrifft uns aber idd.«

Frido schaute seinen Vater lange an.

»Dann kann ich ja weitermachen«, sagte er schließlich und streckte seine Hände aus.

Lindberg zögerte, dann bückte er sich, um das Werkzeug für seinen Sohn aufzuheben. Dieser riss es ihm unwillig aus den Händen.

»Ich will niemanden haben hier drinnen, kapierst du das? Niemanden! Nie wieder!«, schrie ihn der Junge an und schlug zu. Lindberg blieb noch eine Weile stehen und sah zu wie die Holzspäne unter den wütenden Schlägen seines Jungen durch die staubgeschwängerte Luft flogen.

8. Kapitel

»Ma, das verstehst du nicht«, sagte Zacharias Zick zu seiner Mutter.

»Nenn mich nicht Ma, du kennst meinen Namen, denke ich.«

»Na gut, dann eben Ma Prema. Trotzdem verstehst du das nicht.«

»Du willst mir also erzählen, dass du einen Kredit bekommst.«

»Genau.«

»Aber nicht von der Bank, sondern von wem?«

»Von einer Finanzagentur. BAA – Business Angels Allgäu.«

»Aha. Also stehen dir Wirtschaftsengel zur Seite.« Zacharias seufzte. Er hatte ja schon vorher gewusst, wie das Gespräch mit seiner Mutter verlaufen würde.

»Wenn du das so nennen willst, meinetwegen. Aber das sind Profis. Das merkt man schon an der Sprache.«

»Nach meiner Erfahrung merkt man das eher am Zins und an den Gebühren.« Zacharias lachte.

»Was hast du denn für Erfahrungen mit Bankern?« Krimhild Zick, die ihren Vornamen noch nie leiden konnte und sich deswegen seit einigen Jahren Ma Prema nannte, schaute ihren Sohn nachdenklich an. Sie war kurz davor, etwas aus ihrer Vergangenheit zu erzählen, zögerte aber und überlegte es sich dann anders.

»Und was ist mit den Sicherheiten?«, fragte sie stattdessen.

»Das ist ja das Tolle. Danach haben die gar nicht gefragt. Das ist ja auch irgendwie kein Kredit mit Zinsen und so. Die beteiligen sich einfach. Und kriegen dann was vom Gewinn.« Wieder betrachtete Ma Prema nachdenklich das begeisterte Gesicht ihres Sohnes.

»Wieviel vom Gewinn?«

»Na ja — schon 'ne ganz ordentliche Portion.«

»Zacharias! Wie viel?« Ihr Sohn zuckte mit den Achseln.

»Sechzig Prozent in den ersten Jahren. Danach wird neu verhandelt. Aber«, er hob die Hand, um die zu erwartenden Einwände seiner Mutter abzuwehren, »aber die gehen doch immerhin davon aus, dass ich Gewinn machen werde.«

»Um wieviel Geld geht es überhaupt, wieviel wollen die dir geben?«

»Na ja. Ich hab' ja ganz vorsichtig gerechnet, sogar mit Businessplan und allem Drum und Dran, weil die von der Bank das ja eigentlich auch alles wollten.«

»Zacharias – wie viel?« Wieder zuckte ihr Sohn mit den Achseln.

»Dreißigtausend.«

»Ist das nicht ein bisschen wenig?« Jetzt war Zacharias verblüfft. Er hätte die Frage genau andersherum erwartet. Eher so im Tonfall: »Ist das nicht ein Wahnsinnsgeld?« Dementsprechend erleichtert konnte er antworten.

»Schon, aber ich muss ja für das Lokal vom Althammer nur ganz wenig Miete zahlen. Fünfhundert im Monat sind ein Klacks. Er kann dafür zwar jeden Tag bei mir so viel essen, wie er will. Aber du weißt ja selbst, Ma …«. Zacharias grinste seine Mutter verschwörerisch an.

»Ma Prema!«

»Ma Prema, mein Gott, du weißt doch selbst, dass meine Sachen sehr satt machen. Mehr als zwei Portionen schafft der sowieso nicht. Und Geld braucht er auch keins mehr, hat er gesagt. Da hat er genug davon, hat er gesagt.«

»Kann ich mir vorstellen«, sagte seine Mutter, dem gehört ja praktisch die ganze Straße.«

»Klar. Also. Und dann ist das Teuerste die Küche, für die

der Roberto 15.000 haben will. Das ist die aber auch wert.«
Seine Mutter schaute ihn skeptisch an und zählte dann an den
Fingern ab:

»Dann fehlen also nur noch Werbung, Internet,
Einrichtung, Geschirr, Gras.« Zacharias hatte bei jedem
Posten zustimmend genickt. Beim Letzten klatschte er
zufrieden in die Hände.

»Du sagst es!« Ma Prema lehnte sich zurück und
verschränkte die Arme. Zacharias legte seine Hände
zusammen.

»Also, Ma, was sagst du? Jetzt kann ich endlich loslegen.
Mein ›Dessert Inn‹ wird die Leute magisch anziehen.«

»Wenn den Leuten erst mal klargeworden sein wird, was du
ihnen vor die Nase setzt …«

»Aber davon erfährt doch keiner etwas. Außerdem ist Hanf
ein ganz alter, natürlicher und wertvoller Stoff. Das sagst du
doch selbst immer.« Ma Prema Zick setzte sich ganz gerade
hin und legte ihre Hände auf den Küchentisch.

»Also gut Zacharias, lass mal sehen, ob ich das alles
entgegen deiner Meinung vielleicht doch richtig verstanden
habe. Du machst ein Bistro auf, oder nein — kein Bistro, eine
›Dolceria‹, ein ›Dessertissimo‹, ein ›Jetztgibtsnachtisch‹,
jedenfalls ein Lokal, um mal den spießigen Ausdruck zu
verwenden, in dem es nur Nachtisch gibt. Ich weiß …«,
Zacharias wollte sie unterbrechen, »in dem es Nachtisch vom
Feinsten gibt, mit, sagen wir mal, originellen Zutaten. Freund
Althammer, unser kapitalistischer Nachbar, stellt dir die
Räumlichkeiten zur Verfügung, die Profiküche kaufst du dem
Roberto ab, und von wem beziehst du nochmal das Gras, ich
meine …«.

»Jetzt häng dich doch nicht dauernd an dem Gras auf. Das
ist meine Sache. Außerdem nehm' ich da nur ganz wenig. Die

Dosierungen muss ich natürlich noch testen.«

»Natürlich. Soll ich mich zur Verfügung stellen?«

»Du nimmst mich nicht ernst, Ma Prema.«

Seine Mutter überhörte ihn, auch wenn er sie endlich mal mit dem richtigen Namen angesprochen hatte.

»Und du finanzierst das Ganze mit einem Kredithai deines Vertrauens. Muss ich sonst noch etwas wissen?«

Ihr Sohn schüttelte stumm den Kopf. Seine Begeisterung hatte sich hinter einen dünnen Vorhang zurückgezogen.

»Und du willst den Laden ganz allein …« In diesem Moment klingelte es und Zacharias sprang auf, froh, dieser Frage erst mal aus dem Weg gehen zu können, auch wenn ihm klar war, dass er seine Mutter irgendwann, und zwar möglichst bald, dazu bringen musste, ihm zu helfen. Er konnte ja nicht gleichzeitig hinten in seiner Küche Cocos-Quinoa-Cremecookies fabrizieren und sich vorne um seine Gäste kümmern. Jedenfalls nicht, wenn so viele kamen, wie er sich das vorstellte.

»Mel, was machst du denn hier?«, hörte Ma Prema ihren Sohn rufen und runzelte vor Überraschung die Stirn. Das sah ihrer Tochter so gar nicht ähnlich, am helllichten Tag vorbeizukommen. Auch wenn sie gar nicht weit voneinander entfernt wohnten, sahen sie sich höchstens ein oder zwei Mal im Monat.

»Ich bin gleich wieder weg, mein Chef wartet draußen«, sagte sie anstatt einer Begrüßung, als sie zur Küche hereinkam.

»Hallo Melinda.« Ihre Mutter blieb sitzen und rang sich ein Lächeln ab.

Jedes Mal, wenn Melzick ihren vollen Namen so überdeutlich ausgesprochen hörte, kroch ein widerlich süßer Geschmack auf ihre Zunge, als hätte sie sechs

Süßstofftabletten im Mund. Natürlich war das Einbildung, das wusste sie. Und ihre Mutter wusste das auch. Melzick versuchte den aufkommenden Ärger und den ekelhaften Geschmack runterzuschlucken.

»Hi Mum«, sagte sie und überhörte geflissentlich das Seufzen ihrer Mutter. »Ich wollte mir nur kurz eins von deinen …«, weiter kam sie nicht.

»Mel, ich krieg das Geld«, platzte ihr Bruder heraus. »Stell dir vor, in ein paar Wochen kann ich anfangen! Ich weiß nur noch nicht, welchen Namen ich …«

»Wie — du kriegst das Geld? Hast du die Leute von der Bank echt überzeugt? Heute Morgen hast du dich noch ganz anders angehört.«

Zacharias grinste.

»War ganz einfach.«

»Ja, für den Kredithai«, warf Ma Prema ein.

»Was für ein Kredithai? Es wollten doch zwei Typen von der Bank bei dir vorbeikommen.«

»Na ja – einer ist ja auch gekommen.«

»Zack, das will ich jetzt aber genau wissen, aber beeil dich, ich hab' wirklich nicht viel Zeit.«

»Also, hör zu — der hat mir das so erklärt. Für das, was ich vorhabe gibt es keinen normalen Kredit, weil ich ja keine Sicherheiten habe. Das hat er vorher schon abgeklärt. Deshalb kommt da nur so eine Spezialabteilung in Frage, deren Chef er ist.«

»Was für eine Spezialabteilung?«

»Die Business Angels Allgäu.«

»Von denen hab' ich noch nie gehört. Und die gehören zu der Bank?«

»Äh, das weiß ich jetzt nicht so genau. Ist ja auch egal.«

»Okay, hast du eine Karte von diesem Oberengel?«

Zacharias fischte eine leicht zerknitterte Visitenkarte aus seiner Hosentasche und reichte sie seiner Schwester.

»Hm«, sie runzelte die Stirn, »ziemlich ungewöhnlicher Name für einen bayerischen Bankmitarbeiter.«

»Meine Kekse haben ihm geschmeckt.«

»Du hast doch wohl nicht deine Spezialkekse an ihn verfüttert«, fragte seine Mutter und legte eine Hand vor den Mund.

Zacharias versuchte ein unschuldiges Lächeln, was ihm misslang.

»Keine Ahnung, welche er gegessen hat. Ich hab' einfach alle hingestellt, die von gestern Abend noch übrig waren.«

»Na toll«, sagte seine Mutter. »Jetzt wundert mich gar nichts mehr.«

»Und wenn schon. So schnell wirken die doch gar nicht.«

»Ich darf das alles gar nicht hören«, zischte Melzick und hielt sich wie zum Beweis ihre Ohren zu. Dann schaute sie an die Decke. »Jedenfalls, bevor du irgendwas unterschreibst, will ich mich mal umhören. Und du solltest außerdem im Internet recherchieren.« Zacharias wich ihrem Blick aus. »Du hast doch noch nichts unterschrieben, oder?«

»Quatsch, natürlich nicht. Nur so'n Formular. Vorvertrag oder so ähnlich. Jedenfalls noch nichts Fixes.« Er musste tief Luft holen. »Meine Güte, ihr seid immer so misstrauisch.« Melzick legte ihm beide Hände auf die Schultern und schaute ihm tief in die Augen.

»Du kannst nur dir selbst vertrauen.«

»Ach Mel!« Doch dann nickte er ergeben. Ma Prema, die dem Gespräch ihrer Sprösslinge stumm gelauscht hatte, stand auf.

»Du wolltest etwas von meinen …?«, schaute sie ihre Tochter fragend an.

»Genau. Eins von den Hemingway-Büchern. Du hast doch die Gesamtausgabe. Ist egal welches.« Wortlos verschwand Ma Prema im Wohnzimmer. Als sie gleich darauf zurückkam, drückte sie Melzick ein zerfleddertes Taschenbuch in die Hand. *Haben und Nichthaben* stand auf dem Umschlag.

»Dachte ich mir's doch«, murmelte Melzick, nachdem sie sich die Schrift genau angesehen hatte. »Danke.« Sie winkte kurz mit dem Buch. »Bis bald.«

Gleich darauf standen Ma Prema und Zacharias nebeneinander am Fenster und beobachteten, wie sie in einen türkisfarbenen, amerikanischen Straßenkreuzer einstieg.

»Wenn ich das gewusst hätte, wäre ich auch zur Polizei gegangen«, sagte Zacharias.

»Dann könntest du deine Haschkekse aber vergessen.«

Melzick war im Eingang des kleinen Holzhauses verschwunden. Zweifel lehnte sich zurück und schloss die Augen.

»Lassen Sie mich kurz raus, wenn wir schon in der Nähe von meiner Mutter vorbeikommen?«, hatte sie ihn gebeten, wogegen er nichts einzuwenden gehabt hatte. Es war ihm sogar ganz recht. So konnte er in Ruhe über Valentin Lindberg nachdenken.

Der Mann hatte Probleme, das war nicht zu übersehen. Finanzielle? Mit großer Wahrscheinlichkeit. Alkohol? Mit größerer Wahrscheinlichkeit. Familiäre? Das war die Frage. Dabei fiel ihm Max Kater ein. Als er daraufhin dessen Nummer anrief, hatte er jedoch Pech.

Er hinterließ eine Nachricht auf der Mailbox und steckte sein Handy wieder ein.

Seine Gedanken schweiften zurück zu dem Moment, als Lindberg ihm den Ballon gezeigt hatte.

Die helle Ballonseide hatte blitzartig schreckliche Erinnerungen in seinem Kopf explodieren lassen.

An jenem schwarzen Tag in Berlin hatte er sehr viel Stoff gesehen, der dieser Seide zum Verwechseln ähnlich sah. Er war an diesem 27.06.95 zu einem Einsatz abkommandiert worden. Dieser Tag warf sein bisheriges Leben vollkommen über den Haufen.

Den ganzen Vormittag hatten sie beobachtet, wie Christo, Jeanne-Claude und ihre unzähligen Helfer den Reichstag mit riesigen weißen Planen verhüllten. Viele tausend Menschen wurden von diesem Ereignis angezogen und machten es zu einem gewaltigen Happening. Und er war mittendrin. Das Ganze lief sehr kontrolliert und professionell ab.

Dann, wenige Minuten vor Zwölf Uhr Mittag, kam der Funkruf: Banküberfall mit Geiselnahme in Charlottenburg. Er kam dort fast gleichzeitig mit Daniel, seinem Kollegen und besten Kumpel an.

Nie würde er Daniels Gesichtsausdruck vergessen, der ihm breit grinsend und sprühend vor Selbstbewusstsein zunickte.

»Scheint 'ne haarige Sache zu sein«, war alles, was er sagte. Wie sich herausstellte, handelte es sich um die Filiale der Deutschen Bank, bei der Zweifel und seine Frau Kunden waren. Dennoch maß er dem keine Bedeutung zu, denn Ella war ja um diese Zeit sicher noch in der Redaktion.

Erst später erfuhr er, dass sie noch Reiseschecks für ihren gemeinsamen Urlaub in Florida abholen wollte. Sie mussten bald erfahren, dass sie dafür den denkbar schlechtesten Zeitpunkt gewählt hatte.

Die Lage, die lange einigermaßen unter Kontrolle schien, immerhin hatte man telefonisch laufend Kontakt zu den Geiselnehmern, eskalierte urplötzlich, als einige Schüsse fielen. Der Einsatzleiter verlor kurzzeitig den Überblick.

Er stand neben Daniel. Zweifel konnte sehen, wie er einen kurzen und heftigen Disput mit ihm hatte. Dann belferte plötzlich Maschinengewehrfeuer los. Daniel war nicht mehr zu halten. Er stürzte in voller Montur in die Filiale. Fünf oder sechs andere Männer vom SEK rannten ihm hinterher.

Auch Zweifel zögerte nicht länger. Doch bevor er den Eingang erreichte, erschütterte eine ohrenbetäubende Detonation das ganze Gebäude, katapultierte sämtliche Scheiben des Erdgeschosses und der ersten Etage auf die Straße, wo sie in einem Meer von Scherben herabprasselten, und tötete Daniel, die drei Geiselnehmer und sechs der Geiseln.

Eine davon war Ella Schönbach, 27 Jahre alt, politische Redakteurin der Berliner Morgenpost — seine Frau.

Zweifel saß in seinem Auto und hatte die Augen noch immer geschlossen. Er hörte, wie eine Haustür zugeschlagen wurde.

»Sind Sie eingeschlafen, Chef?« Melzick war zurück, öffnete die Beifahrertür, ließ sich auf die Sitzbank fallen und schaute Zweifel spöttisch von der Seite an. Dieser öffnete langsam die Augen.

»Was haben Sie da?«, fragte er mit etwas rauer Stimme und deutete auf das Buch in ihrer Hand.

»Nichts von Bedeutung«, sagte sie und warf es auf den Rücksitz. »Fahren wir?« In diesem Moment klingelte sein Handy.

»Oh, hallo Herr Kater, schön dass Sie zurückrufen. Wir wollten — wie bitte? Ja, wir sind jetzt auf dem Weg zum Haus von Professor Mindelburg. Sagen Sie, kennen Sie vielleicht Valentin Lindberg? Ah ja, sehr gut. Wenn Sie es einrichten können, dann treffen wir uns dort.« Zweifel legte auf und schaute zu Melzick hinüber.

»Ist das Ihr Ernst?«, fragte sie. Zweifel hob fragend beide Augenbrauen. »Sie wollen wirklich diesen Frischling dabeihaben, wenn wir uns das Haus des Professors vornehmen?«

Zweifel schmunzelte.

»Kater macht zwar einen etwas unsicheren Eindruck, aber ich glaube, dass er sehr viel weiß. Insiderwissen sozusagen. Das könnte uns eine große Hilfe sein.«

»Sie sind der Boss, Chef«, sagte sie und griff automatisch nach dem Sicherheitsgurt. Ihre Hand ging ins Leere, was Zweifel amüsiert aus dem Augenwinkel registrierte.

»Festhalten, Melzick, wir starten in Kürze«, sagte er und drehte den Zündschlüssel um. Als das mittlerweile vertraute tiefe Blubbern ertönte, schnalzte sie mit der Zunge.

»Wenn Sie mir dann vielleicht noch sagen, woran ich mich festhalten soll.«

»An Ihrer guten Laune, zum Beispiel«, gab er zurück und scherte aus der Parklücke.

»Wir müssen unbedingt mit Dr. Wollmaus Kontakt aufnehmen. Ich bin sicher, dass er das Blatt mit den Adressen gefunden hat«, sagte Serafina Moor. Sie griff nach der silbernen Kaffeekanne.

»Bringst du mir vielleicht noch ein Croissant mit?«, war die Antwort von Anna Eichhorn. Ihre Freundin war aufgestanden und schaute sie abschätzig an.

»Das wäre dann das Vierte, Anna.«

»Genau. Ich liebe gerade Zahlen.« Serafina Moor seufzte und verschwand Richtung Küche. Als sie mit frischem Kaffee und einem Körbchen Croissants wieder die Terrasse betrat, war Anna Eichhorn eingenickt.

Vorsichtig stellte sie beides auf die Glasplatte des

Rattantisches und zog sich geräuschlos in den Salon zurück. Hier konnte sie ungestört mit Dr. Wollmaus telefonieren. Sie wählte seine Nummer und beobachtete dabei durch die Terrassentür, wie der weißhaarige Kopf Annas mit den beiden Zöpfen immer tiefer auf die Brust sank. Nach dem zehnten Läuten gab sie es auf. Der gute Felix war wohl gerade wieder mal im ärztlichen Einsatz.

9. Kapitel

Max Kater erwartete sie schon vor dem Haus des Professors im Königsparkweg. Dieses fiel in mehr als einer Hinsicht aus dem Rahmen wie sich herausstellen sollte. Zunächst einmal dadurch, dass es von der Straße aus unsichtbar war.

Eine hohe Palisadenwand aus massiven, kaffeebraunen, kindskopfdicken Holzstämmen bildete einen seltsamen Kontrast zu den mickrigen Holzzäunen, die sich in dieser Straße besonderer Beliebtheit erfreuten. Die meisten Häuser hier waren aus den siebziger und achtziger Jahren, mit Dachgauben, schmalen Holzbalkons, kleinen Fenstern und unscheinbaren Türen. Zweifel rollte langsam bis zur Hausnummer 26 und parkte.

»Hallo Kommissar«, sagte Max Kater und verlor kein Wort über das exotische Fortbewegungsmittel Zweifels. Dieser blieb einfach hinter dem großen weißen Lenkrad sitzen.

»Herr Kater, wollen Sie nicht einsteigen. Rutschen Sie mal ein Stück, Melzick.« Diese tat wie ihr geheißen, nachdem sie Kater zuvorkommend die Beifahrertür geöffnet hatte. Er zögerte kurz, ließ sich dann auf das cremeweiße Leder nieder und schloss die Tür vorsichtig mit beiden Händen.

»Bevor Sie nun in Ehrfurcht erstarren, sagen Sie mir bitte, was Sie über Valentin Lindberg wissen. Sie haben am Telefon ja schon etwas angedeutet.« Kater drehte sich halb zu seinen beiden Mitfahrern, wenn man davon in einem parkenden Auto überhaupt reden konnte, um.

»Ja, der Lindberg und sein Sohn. Das ist eine schlimme Geschichte gewesen.« Melzick wollte schon ihr Notizbuch hervorholen, doch Zweifel winkte ab. »Das ist jetzt bestimmt schon zehn oder zwölf Jahre her. Sein Sohn, der Frido ...«

»Frido?« unterbrach ihn Melzick.

94

»Na ja — eigentlich Fridolin, aber alle nennen ihn Frido. Jedenfalls - der war damals vielleicht fünf Jahre alt und Sie können sich vorstellen, für einen Jungen in seinem Alter einen Ballonfahrer als Vater zu haben, das ist ja ein Traum.

Valentin, sein Vater hatte ihm etwas versprochen. Sobald er in der Lage wäre, ohne fremde Hilfe in den Ballonkorb zu klettern, würde er mit aufsteigen dürfen. Das war natürlich ein unwiderstehlicher Anreiz für den Kleinen. Valentin hatte für seinen Sohn einen ausrangierten Korb in der Scheune aufgestellt, auf einem dichten Strohhaufen, so dass er sich nicht verletzen konnte, wenn er beim Klettern herunterfallen sollte.

Nach ein paar Tagen hörte seine Mutter, die damals noch auf dem Hof war, den Jungen aufgeregt schreien. Und als sie alarmiert in die Scheune lief, grinste er sie fröhlich aus dem Innern des Ballonkorbes an. Er hatte es geschafft und sein stolzer Vater, der kurz darauf nach Hause kam, hielt Wort.

Für das darauffolgende Wochenende hatte er eine Art Tag der offenen Tür organisiert, ein richtiges kleines Hoffest mit Bewirtung und kostenlosen Probestarts. Damals lief das noch ganz gut, er war fast ständig ausgebucht.

Trotzdem musste er natürlich immer neue Leute für eine Ballonfahrt begeistern. Es gibt da wohl wenige, die immer wieder aufsteigen. Bei den allermeisten ist es eine einmalige Angelegenheit. Deswegen ja auch das ganze Drum und Dran mit Ballonfahrertaufe samt Urkunde, die auf einen adeligen, natürlich erfundenen Namen ausgestellt wird.« Zweifel erinnerte sich an die »*liebliche Luftfee, Prinzessin über den* usw.«

»Jedenfalls war sein Sohn Feuer und Flamme. Ich war damals auch auf dem Fest und habe alles aus nächster Nähe mitbekommen. Valentin war gerade dabei, den ersten Probestart vorzubereiten. Das heißt, der Ballon war schon gefüllt und stand startklar über dem Korb in der Höhe, nur von einem Seil festgehalten. Valentin war durch einen lauten Wortwechsel zwischen zwei jungen Typen abgelenkt, die sich darum stritten, wer zuerst mit seiner Freundin aufsteigen dürfe. Frido war unbemerkt in den Korb geklettert, das heißt, er hing halb über der Brüstung, als sich das Seil lockerte und der Ballon langsam an Höhe gewann.« Kater machte eine kurze Pause und starrte gedankenverloren auf seine linke Hand, die auf der Rücklehne lag.

»Frido bekam einen Schreck und rief laut nach seinem Vater, der entsetzt nach dem Seil griff. Ein paar andere Männer sprangen geistesgegenwärtig dazu und sie stoppten gemeinsam den Ballon, der erst etwa zwei bis drei Meter gestiegen war. Doch der plötzliche Ruck ließ den Kleinen abstürzen. Er fiel auf seinen Nacken. Seit damals ist er gelähmt. Und sein Kopf hat wohl auch etwas abbekommen.« Kater machte erneut eine Pause.

Zweifel und Melzick sagten nichts. Sie ahnten beide, dass noch etwas kommen musste.

»Valentin hat große Scherereien gehabt, mit dem Jugendamt, der Versicherung, sogar mit der Polizei. Am meisten jedoch mit seiner Frau. Die Arztkosten waren wohl sehr hoch. Valentin musste Schulden machen. Und mit dem Geschäft ging es seither bergab. Seine Frau wollte irgendwann mit dem finanziellen Desaster nichts mehr zu tun haben. Und auch nicht mit einem Sohn, der schwachsinnig ist und im Rollstuhl sitzt. Sie hat beide schließlich nach einem Jahr verlassen.«

»Frido arbeitet in der Scheune«, sagte Melzick. Kater schaute sie erst überrascht und dann prüfend an.

»Sie haben ihn gesehen? Das wundert mich aber. Normalerweise lässt Valentin niemanden an ihn heran.«

»Er hat so eine Art Werkstatt, macht Skulpturen.« Kater verzog das Gesicht.

»Na ja, wenn man das so nennen will. Ist wohl eher eine Art Beschäftigungstherapie.« Zweifel fiel der merkwürdige Unterton Katers bei diesem Satz auf.

»Der Hof macht einen heruntergekommenen Eindruck«, sagte er. Kater nickte.

»Valentin hat eine Zeit lang überhaupt nicht gewusst, wie er aus dem Schlamassel wieder herauskommen soll. Die Schulden, die Sorgen um seinen Sohn, keine Arbeit, keine Aussicht auf Besserung, keinerlei Unterstützung. Es sah sehr schlimm aus.«

»Hätte er den Hof nicht einfach verkaufen können?«, fragte Melzick. Kater schüttelte den Kopf.

»Nein, als Valentins Vater starb, hat er seinem einzigen Enkel Frido alles vererbt. Valentin hat nur das Nutzungsrecht. Ein Verkauf wäre in seinem Fall nur mit Zustimmung des Vormundschaftsgerichts möglich gewesen. Hätte außerdem sowieso nichts gebracht, selbst wenn man einen Käufer gefunden hätte. Nach Abzug der Schulden wäre kaum etwas übriggeblieben.« Wieder wunderte sich Zweifel, wie gut Kater im Bilde war.

»Und die Mutter hat sich nie wieder gemeldet?«, fragte er. Erneut schüttelte Kater den Kopf.

»Nach einiger Zeit ging es mit Fridos Gesundheit wieder bergauf, so dass Valentin daran denken konnte, sich einen festen Arbeitsplatz zu suchen. Mit etwas Glück hat er den dann auch gefunden. Seinen Ballon sieht man seither nur noch ganz selten in der Luft.«

»Verständlich«, sagte Zweifel. »Tja, Herr Kater, das waren wichtige und umfassende Informationen für uns. Ich habe mich nicht in Ihnen getäuscht. Ich werde Ihre Unterstützung sicher noch öfter benötigen.« Kater nickte und lächelte.

»Rufen Sie mich einfach an, Herr Kommissar. Ich muss jetzt aber los.«

»Natürlich, sicher, bis bald.« Melzick hob zum Abschied kurz die Hand. Kater stieg aus, zündete sich eine Zigarette an und lief die Straße entlang. Eine ältere Frau mit zwei Einkaufstüten kam ihm entgegen. Melzick schaute Zweifel an.

»Scheint so, als ob Sie recht hatten, Chef. Der Junge ist wirklich sehr gut informiert. Nur eines kann ich ihm nicht so ganz abnehmen, nämlich, dass Frido schwachsinnig sein soll. Gut, er verhält sich vielleicht nicht gerade kommunikativ, aber ich hab' seine Augen gesehen, Chef. Sein Blick kam mir äußerst wachsam vor. Der ist alles andere als auf den Kopf gefallen.« Zweifel kratzte sich am Kopf und nickte nachdenklich.

»Gut, dann wollen wir mal sehen, wie wir in das Haus hier reinkommen.« Die Frau mit den Einkaufstüten war nähergekommen und blieb nun stehen. Misstrauisch beäugte sie erst das türkisfarbene, fremdartige Auto und danach die beiden Insassen: Einen glatzköpfigen Herrn in den besten Jahren und eine junge Frau mit einer undefinierbaren Frisur. Dann gab sie sich einen Ruck.

»Welletse etwa zum Professor Mindelburg?« Zweifel stieg aus und auch Melzick schlug ihre Wagentür von außen zu.

»Ganz recht«, sagte der Kommissar.

»Der isch wahrscheinlich zu Hause, wie immer um diese Zeit. Meischtens sitzt er hinten, im Garten.«

»Na, dann werd' ich wohl mal klingeln«, spielte Zweifel den Unwissenden.

»Des hilft nix, des hört der idd.« Zweifel schaute sie freundlich an.

»Und was machen wir jetzt?« Die Frau schaute Melzick prüfend an, bevor sie ihn eingehend musterte. Dann schnaufte sie, stellte eine Tüte ab und drückte mit der freien Hand gegen die Palisadenwand. Zur Überraschung der beiden schwenkte eine Tür nach innen auf, die zuvor nicht erkennbar gewesen war, so nahtlos war sie in die Holzfassade eingebaut.

»Isch offen«, sagte die Frau und bückte sich wieder nach ihrer Einkaufstüte. Zweifel kam ihr zuvor. Wenn sie die Gewohnheiten des Professors so genau kannte, konnte sie nicht weit weg wohnen.

»Darf ich Ihnen helfen?«, sagte er und nahm ihr die Tüte aus der Hand. Sie war schwerer als er gedacht hatte.

»Oh, des isch aber aufmerksam. I hab's auch idd weit«, sagte sie und nickte mit dem Kopf zum unmittelbaren Nachbarhaus. Melzick nahm ihr die andere Tüte ab, was sie sich bereitwillig gefallen ließ.

»Kennen Sie den Professor schon lange?«, fragte Zweifel, als sie vor ihrer Eingangstür standen.

»Der isch eizoga in dem Johr, als mei Moa gschtorbe isch. Des war vor sechs Johr.«

»Bekommt er denn oft Besuch?«

»Ach wisset Se«, sagte sie und ließ den Blick zu Zweifels Cabrio schweifen, »da taucht scho immer wiedr mol a buntr Vogel auf. Sind aber bisher alles ruhige Leut gwese, da kann man nix sage.« Fast hörte es sich wie eine Mahnung an. Sie hatte ihre Tür aufgeschlossen und deutete auf eine Fußmatte im Flur.

»Da kennans die Taschn abschtelle. Dankschön«, sagte sie. »Und sagens dem Professor an schöne Gruß von mia. I hätt' wieder Himbeere aus meim Garte für ihn. Die mag er nämlich sehr gern.« Bevor Zweifel oder Melzick antworten konnten, war sie mit einem »wartens amal kurz« im Innern verschwunden. Gleich darauf kam sie mit einem Schälchen appetitlich roter Früchte zurück.

»Greifens zu. Die wern Ihne schmecke.«

Wenig später, nachdem sie sich mit einem Mund voller köstlicher Himbeeren verabschiedet hatten, standen sie wieder vor der Nummer 26.

»Tja Chef, das war die Witwe Bolte«, sagte Melzick.

»Wie kommen Sie denn darauf?«

»Intuition, Kombinationsgabe, gutes Kurzzeitgedächtnis.«

»Da schau her.«

»Außerdem steht der Name auf ihrem Briefkasten.«

»Ich hab' mir schon gedacht, dass Ihnen das nicht entgangen ist.« Melzick grinste. Dann drückte sie zielsicher gegen einen der Holzstämme und die perfekt getarnte Tür ging auf.

»Da schau her«, sagte Zweifel zum zweiten Mal, als sie das Haus des Professors erblickten.

»Das nennt man Bauhausstil, stimmt's?«, sagte Melzick. Ein Steingarten, durch den ein schmaler Pfad aus schwarzen Granitplatten zum Eingang lief, lag makellos weiß vor ihnen. Dahinter erhob sich, nicht allzu groß, eine ebenso makellos weiße Fassade, deren Geometrie von asymmetrisch verteilten, quadratischen Fenstern bestimmt wurde. Schwarz lackiert und ohne Griff wirkte die Eingangstür dennoch einladend.

Melzick ballte eine Faust und stieß sachte mit den Knöcheln gegen glänzendes Schwarz. Auch hier kein Hindernis – die Tür öffnete sich, als hätte man sie mit »Sesam« angesprochen.

»Der Professor macht es einem leicht«, sagte Zweifel.

»Ist das nicht merkwürdig«, meinte Melzick, »von außen

sieht es so aus, als käme man nie ins Innere und dann stehen alle Türen offen.« Zweifel schwieg und ging voraus. Sie durchquerten einen Raum, der sich über die ganze Breite des Hauses erstreckte und auf den ersten Blick wie ein Museumssaal wirkte.

Gegenüber der Eingangstür war ein schmaler Durchgang zu erkennen, durch den sie den ebenfalls riesigen Wohnraum erreichten. Die klaren Linien des Äußeren setzten sich im Innern des Hauses fort. Hohe, offene Räume. Nur ab und zu eine Tür, die sich zur Seite schieben ließ.

»Fangen Sie oben an. Sie wissen ja, worauf es ankommt.« Als Antwort winkte Melzick mit einem Paar weißer Handschuhe aus dünnem Kunststoff und lief über die Wendeltreppe des großzügigen Wohnraumes in die obere Etage. Dort gab es eine großzügige Galerie, von der mehrere Schiebetüren abgingen.

Melzick schob die erste zur Seite. Weg war sie. Zweifel war ihr mit den Augen gefolgt. Er wusste: Wenn es etwas Bemerkenswertes dort oben gab, würde sie es finden. Er schaute sich sorgfältig um und streifte dabei ebenfalls die Spezialhandschuhe über. Es waren unnötige Schritte zu vermeiden. Daher legte er fest, in welcher Reihenfolge er vorgehen wollte.

10. Kapitel

Marie-Theres Mindelburg sah ihr Gegenüber spöttisch an.

»Ich nehme an, Ihr Auftraggeber weiß, warum er Sie zu mir schickt«, sagte sie. Der junge Mann legte seinen Aluminiumkoffer auf seine Knie und öffnete ihn.

»Mein Auftraggeber ist vor allem sehr gut informiert, Frau Mindelburg.«

Sie saßen im Foyer des Hotels *Bayerischer Hof* im Zentrum von München. Vor ihnen stand ein Tablett auf dem niedrigen Tisch, darauf zwei Gläser, darin eine bernsteinfarbene Flüssigkeit.

Der junge Mann im dunkelblauen Armani-Anzug war ihr zutiefst unsympathisch. Was konnte er in seinem Alter schon geleistet haben, das ein solches Selbstbewusstsein rechtfertigte? Er nahm eine dünne blaue Mappe aus seinem Koffer und ließ ihn selbstsicher zuschnappen.

»Das ist keine gute Idee gewesen«, dachte Marie-Theres Mindelburg im Stillen und bereute bereits, hierhergekommen zu sein. Doch das Telegramm (sie hätte nicht gedacht, dass es so etwas überhaupt noch gab) hatte zu verlockend geklungen.

Er hatte die dünne blaue Mappe auf seinem Koffer platziert und darauf legte er nun mit Bedacht seine penibel manikürten gefalteten Hände.

»Wir wissen, dass Ihr Bruder an einem Buch arbeitet, dessen Inhalt uns, sagen wir mal, nicht zum Vorteil gereicht.« Marie-Theres Mindelburg verzog die schmalen Lippen.

»Reden Sie immer so geschwollen daher?«

Der Armani ließ sich nicht verunsichern. Ungerührt fuhr er fort.

»Wir sind jedoch immer auf unseren Vorteil bedacht, und wer mit uns kooperiert, genießt gleichermaßen große

Vorteile.« Er machte eine Pause und griff nach seinem Glas. Marie-Theres Mindelburg musste an James Bond denken und rührte sich nicht.

»Ihr Bruder, Frau Mindelburg, denkt in anderen Kategorien.«

»Offenbar waren die Brüder doch nicht so gut informiert«, dachte sie, »sonst hätte er die Vergangenheitsform gewählt.«

»Tut er das?«

»Sie sind seine einzige Verwandte. Sie treffen sich mit ihm. Sie wissen, wovon ich rede.«

Sie griff nun ebenfalls nach ihrem Glas. Er senkte seine Stimme etwas.

»Wie gesagt, er denkt in anderen Kategorien und handelt danach. Diese Erfahrung durften Sie ja bereits ebenfalls machen.« Sie stellte ihr Glas wieder ab. Getrunken hatte sie nicht. Ihr Bruder hatte nur eine Kategorie gekannt — sich selbst.

»Wie Sie vielleicht ahnen, Frau Mindelburg, denken wir hauptsächlich in Zahlen. In sehr großen Zahlen.« Mit diesen Worten reichte er ihr die blaue Mappe.

»Was ist das?«, fragte sie, ohne einen Blick darauf zu werfen. Er stellte seinen Koffer auf den Boden und lehnte sich bequem zurück.

»Das ist ein sehr gutes Argument dafür, uns behilflich zu sein«, sagte er langsam und verschränkte die Arme. Eine Ewigkeit, so schien es ihr, hielt sie die Mappe in der rechten Hand. Um sie herum war es plötzlich stiller geworden. Schließlich klappte sie die Mappe auf und warf einen Blick auf den Inhalt.

»Es ist unsere feste Überzeugung, dass ihr Bruder vom Schreiben dieses Büchleins Abstand nehmen sollte«, sagte der junge Armani, der da vor ihr im Fauteuil lümmelte. »Wir sind außerdem der festen Überzeugung, dass das, was bisher an Manuskripten vorliegt, der Vergessenheit anheimfallen sollte. Will sagen: vernichtet werden sollte.«

Er machte eine Pause und ließ den Blick durchs Foyer schweifen. »Leider haben wir in seinem Haus nichts dergleichen gefunden.«

Marie-Theres Mindelburg zuckte fast unmerklich zusammen. Sie hatte die blaue Mappe wieder geschlossen und legte sie nun behutsam auf den Tisch. Sie hatte einen Entschluss gefasst.

»Ich denke, mein Bruder wird sich künftig mit anderen Dingen beschäftigen«, sagte sie und nahm ihre schwarz geränderte Brille ab. »Ich habe ihn immer davor gewarnt, seine Türen einfach offen zu lassen. Das erhöht vollkommen unnötig die Gefahr ungebetener Besucher, wie sich nun erwiesen hat.«

»Oh, wir waren sehr diskret. Ihrem Bruder wird nicht auffallen, dass jemand sein Reich betreten hat.«

»Sie haben ja so recht. Es wird ihm nicht auffallen, einfach schon deswegen, weil es nicht mehr sein Reich ist.«

Ihre Stimme wurde allmählich schärfer. Der Armani zupfte irritiert an seinen Bügelfalten. Sie richtete ihre eisgrauen Augen auf ihn. »Mein Bruder wurde heute Morgen auf höchst originelle Weise ums Leben gebracht.«

Sie gab ihrem Gegenüber etwas Zeit, diese Information zu verdauen, bevor sie ihm den Nachtisch servierte. »Vor diesem Hintergrund frage ich mich, wie Ihr Vorschlag zu bewerten ist. Entweder sind Sie und Ihr Auftraggeber deutlich schlechter informiert, als Sie glauben. Das ließe Sie wie einen Anfänger aussehen. Oder aber, was vielleicht näherliegt, Sie haben etwas mit dem Mord an ihm zu tun. Ich könnte mir vorstellen, dass der zuständige Kommissar, mit dem ich im

Übrigen schon Kontakt hatte, großes Interesse an diesem Sachverhalt hat. Was meinen Sie dazu, Herr …«, sie schaute beiläufig auf die Visitenkarte, die er zu Anfang des Gespräches auf den Tisch gelegt hatte, »Herr Muldoon?«

Der junge Mann war um eine Spur blasser geworden, der selbstsichere Zug um die Mundwinkel hatte sich verflüchtigt. Es entstand eine Pause, die beide unterschiedlich lang empfanden.

Er griff nach der dünnen blauen Mappe und hatte sich im gleichen Moment schon wieder gefasst.

»Darf ich Ihnen mein Beileid aussprechen, Frau Mindelburg«, sagte er, ohne sie dabei anzusehen. »Ihre letzten Äußerungen schreibe ich Ihrem großen Kummer zu. Im Übrigen bitte ich Sie, unser Gespräch als gegenstandslos zu betrachten.«

»Dieses Bürschchen hat also im Handumdrehen den Nerv für feine Ironie gefunden«, dachte sie bei sich und lächelte maliziös.

»Gilt das ebenso für den Scheck?«, fragte sie.

»Ich fürchte ja«, sagte er, öffnete seinen Koffer und verstaute darin eine sehr große Zahl.

»Bedauerlich«, sagte sie, »was soll denn nun mit dem Manuskript geschehen?«

Er starrte sie an. »Bluffte diese merkwürdige alte Dame etwa? Sollte er sie tatsächlich unterschätzt haben?«

Einen Moment zögerte er, dann ließ er es auf einen Versuch ankommen.

»Sie haben es also«, sagte er und stellte seinen Koffer auf den Boden.

»Und wenn es so wäre?«

»Frau Mindelburg, für irgendwelche Spielchen bin ich zu alt, auch wenn es nicht den Anschein haben sollte.«

»Was Sie nicht sagen.«

»Entweder Sie haben das Manuskript. Dann finden wir sicher eine Lösung, mit der alle Beteiligten zufrieden sein können. Oder Sie haben es nicht. Dann ist unser Gespräch an dieser Stelle beendet, auch wenn es ein Vergnügen war, mit Ihnen zu plaudern.«

»Das Vergnügen lag durchaus nicht auf meiner Seite, muss ich gestehen«, erwiderte sie und reckte das Kinn. »Außerdem gibt es noch eine dritte Möglichkeit.«

»Schon klar: Sie haben das Manuskript nicht, können es aber beschaffen. Oder Sie wissen, wo es sich befindet.«

»Sie sind von rascher Auffassungsgabe, junger Mann.«

»Das ist eine der Eigenschaften, die mein Auftraggeber an mir zu schätzen weiß.«

»Wer war das nochmal?« Er lächelte ein sehr schmales Lächeln.

»In diesem Leben, Frau Mindelburg, werden Sie ihm nicht begegnen. Daher tut sein Name auch nichts zur Sache.« Er stand auf. »Ich schlage vor, wir treffen uns morgen Vormittag um dieselbe Zeit im Foyer des *Mandarin Oriental*. Ich gehe davon aus, dass es unser letztes Treffen sein wird, gekrönt von einem zufrieden stellenden Ergebnis.« Sie schnalzte mit der Zunge.

»Sie können tatsächlich nicht anders, als so geschwollen daherreden. Vielleicht halten Sie sich zu oft in diesen Luxushotels auf.«

Muldoon sparte sich die Antwort, winkte dem Kellner, der sich diskret im Hintergrund aufgehalten hatte, und nickte ihr zum Abschied zu.

Sie nahm ihr Glas und lehnte sich zurück. Erst jetzt wurde ihr bewusst, wie angespannt sie während des Gespräches mit Muldoon gewesen war.

Sie nippte am Glas, schloss die Augen und dachte an ihren Bruder. Wo in aller Welt nur konnte dieses ominöse Manuskript sein?

Als sie wenig später das Hotel durch die berühmte Drehtür verließ, nickte ihr der grauhaarige Empfangschef freundlich zu. Er kannte sie noch aus einer früheren Zeit.

Nach etwa einer halben Stunde bekam Zweifel Durst. Das Bier, das ihm Lindberg spendiert hatte, hatte nichts ausrichten können gegen den würzigen Knoblauch-Oliven-Geschmack, den er Stavros' Kochkünsten zu verdanken hatte. Nachdem er sicher war, in der Küche, die er sich als erstes vorgenommen hatte, nichts übersehen zu haben, füllte er sich ein Glas Wasser. Und gleich noch ein zweites. Als er es gierig geleert hatte, stellte er es vorsichtig in das Spülbecken.

Eine solche Küche hatte er noch nie gesehen. Sie musste ein Vermögen gekostet haben. Und sie wirkte, als sei sie noch nie benutzt worden. Im Kühlschrank lagerten einige Medikamente, deren Namen er sich notiert hatte. Vier Flaschen Champagner der Merke Taittinger. Eine große Schale Erdbeeren. Das war alles.

Das Silberbesteck in den Schubladen akkurat eingeräumt. Die hochmoderne Espressomaschine auf Hochglanz poliert. Er hatte daran geschnuppert, jedoch keinerlei Aroma wahrgenommen. Diese Küche sollte nichts über ihren Besitzer preisgeben. Und tat es genau deswegen.

Zweifel warf einen Blick in den Mülleimer und fand, was er erwartet hatte, nämlich nichts. Er seufzte. Der Professor machte es einem doch nicht so leicht.

Er konnte hören, wie Melzick auf die Galerie trat, um sich das nächste Zimmer vorzunehmen.

»Schicke Einrichtung, Chef.«

»Was Interessantes dabei?« Sie schüttelte den Kopf.

»Der Professor hat viel Wert auf teure Kleidung gelegt. Sieht alles maßgeschneidert aus, sogar die Schuhe. Im Bett ist er letzte Nacht nicht gewesen, zumindest nicht in diesem hier. Ist nur komisch, dass ich keine Kleinigkeiten finden kann.«

»Kleinigkeiten?«

Melzick lehnte sich mit beiden Unterarmen auf das blank polierte Edelholzgeländer der Galerie.

»Einkaufsquittungen, Tickets, Parkscheine, Eintrittskarten, Visitenkarten, Restaurantrechnungen, Kreditkartenbelege, irgendetwas in der Art hätte ich schon erwartet. Da hängen vierzehn Anzüge im Schrank und alle sind klinisch rein. Als ob schon jemand vor uns da gewesen ist.«

»Das gilt womöglich auch für den Anzug, den er zuletzt anhatte. Hat sich die Spurensicherung übrigens mal gemeldet?«

»Richtig, das hab' ich ganz vergessen. Penny hat mich vorhin angerufen, als ich auf dem Weg zu Ihnen war. Sie hat einen winzigen Papierschnipsel in einer der Taschen des Sakkos gefunden. Den untersucht sie noch eingehender. Ansonsten Fehlanzeige.«

»Was ist mit seinen Händen? Keine Kratzspuren? Nichts unter den Fingernägeln?«

»Die rechte Hand war verletzt. Eine Prellung und Schürfwunden, sonst nichts.«

»Trotzdem ist er hart angefasst worden, darauf deuten ja die Hämatome hin.« Melzick zuckte die Achseln.

»Ach ja, und etwas Ungewöhnliches ist ihr noch aufgefallen, für das es bisher keine Erklärung gibt.« Sie machte eine Pause.

»Sie verraten es mir aber schon noch, oder?«, sagte Zweifel. Sie grinste.

»Die Schnürsenkel an den Schuhen. Wirklich komisch! Also die waren mit unterschiedlichen Knoten zugebunden.« Zweifel pfiff leise.

»Also wohl doch ein Fall für *Hercule Poirot*, meinen Sie nicht? Na ja, bevor ich mich auf dieses Problem stürze, tun Sie mir bitte einen Gefallen, bevor Sie weitermachen. Versuchen Sie nochmal, Dr. Wollmaus zu erreichen. Und außerdem, Melzick: Das nächste Mal behalten Sie so unwichtige Dinge, wie zum Beispiel Ergebnisse der Spurensicherung, nicht ganz so lange für sich.« Melzick hob entschuldigend die Hände.

»Geht klar Chef. Ich wollte Sie eben nicht damit belasten«, sagte sie, während sie schon auf ihrem Smartphone herum tippte.

Zweifel hatte indessen beschlossen, den Raum zu inspizieren, der sich unterhalb der drei Galeriezimmer befand und damit parallel zum großen Wohnraum, dessen Glasfront den Blick zum Garten freigab. Beide Räume waren durch eine deckenhohe Schrankwand aus Palisanderholz voneinander getrennt, in deren Mitte ein schmaler Gang ausgespart war, durch den sie vorhin den Wohnraum erreicht hatten.

Zweifel durchquerte ihn nun in umgekehrter Richtung. Der erste Eindruck bestätigte sich: Es sah tatsächlich einem Museum verblüffend ähnlich, was sich da vor ihm eröffnete. Die Wände in dunklem Anthrazit gestrichen. In regelmäßigen Abständen Gemälde in schlichten Rahmen. Über jedem Werk eine moderne Wandleuchte. Daneben jeweils rechts unten ein kleines Schild.

Zweifel wollte gerade eines der Bilder, das ihn besonders anzog, näher in Augenschein nehmen und vor allem auch das dazugehörige Schildchen, als Melzicks Stimme von oben ertönte.

»Dr. Wollmaus ist temporär nicht blablabla, Sie wissen

schon. Wo sind Sie eigentlich?« Sie wartete seine Antwort nicht ab, sondern kam die Wendeltreppe herunter. »Wow, das ist mir vorhin gar nicht aufgefallen. Ob der Professor wohl Eintritt verlangt hat?«, sagte sie und lief gleich zu dem Bild, das Zweifel am meisten ins Auge gestochen war.

»Was mich mehr interessiert, ist die Frage, ob wir uns langsam Sorgen um Dr. Wollmaus machen müssen. Sollte ein Arzt nicht ständig erreichbar sein? Oder zumindest irgendwann mal zurückrufen?«

Melzick sagte nichts. Sie standen jetzt beide nebeneinander vor einer quadratischen Leinwand. Dargestellt war das lebensgroße Porträt einer jungen Frau aus einem vergangenen Jahrhundert. Ein zweifaches Porträt. Ein ungewöhnlich einprägsames Gesicht mit großen, tiefliegenden, mandelförmigen Augen, welche grün aus dem bleichen Antlitz heraus leuchteten. Die Frau war im Halbprofil gemalt. Sie hielt einen reich verzierten Handspiegel vor ihr Gesicht, so dass das Spiegelbild den Betrachter frontal ansah. Ein unendlich trauriger Ausdruck war im Spiegel erkennbar; unter dem linken Augenlid war der Schimmer einer Träne zu ahnen.

Die merkwürdige Anziehungskraft dieses Porträts entsprang dem Gegensatz zwischen Spiegelbild und Halbprofil. In diesem war von einer Träne keine Spur und die junge Frau blickte zwar ernst, doch auch selbstbewusst in den Spiegel. Und dennoch war mit bloßen Augen nicht erkennbar, wie der Maler diesen unterschiedlichen Ausdruck auf die Leinwand gezaubert hatte, ohne an der Anatomie etwas zu verändern. Es musste allein durch die Farbgebung gelungen sein, die auf subtile Art die Augen des Betrachters an die Augen des Porträts fesselte, das auf diese Weise eine hypnotische Wirkung entwickelte.

Eine Weile standen beide schweigend davor. Dann bückte sich Melzick und versuchte zu entziffern, was auf dem kleinen Schild stand.

»Quod vide«, murmelte sie zögernd, »das hört sich nach Latein an.«

»Was siehst du?« Melzick starrte ihn entgeistert an. Waren sie jetzt plötzlich per du? Zweifel nickte.

»Es ist Latein. Und es heißt: Was siehst du?«

»Wusst' ich's doch«, sagte Melzick erleichtert. »Das ist aber nicht der Titel. Kann ich mir jedenfalls nicht vorstellen.«

»Nein, da haben Sie recht Melzick. Gemälde dieser Art wurden in der Regel anders benannt.«

Melzick wusste, dass ihr Chef ein Faible für Malerei hatte. In seinem Lebenslauf fanden sich einige Semester Kunstgeschichte. Das hatte ihr Lucy unter dem Siegel der Verschwiegenheit verraten. »Der Professor hat sich hier wohl so eine Art künstlerischer Freiheit erlaubt«, sagte er.

»Kennen Sie das Bild?«

»Nein«, musste er zugeben, »das Vergnügen hatte ich bisher noch nicht.« Melzick war bereits zum nächsten Werk geschlichen.

»Hier steht dasselbe.« Nach einer raschen Inspektionsrunde stellte sie fest: »Das steht auf allen Schildern. Was soll denn das bedeuten?« Zweifel zuckte mit den Schultern.

»Wahrscheinlich wollte er mit dieser Frage dazu auffordern, ganz genau hinzusehen und sich ein eigenes Urteil zu bilden, ohne sich von berühmten oder bekannten Namen beeinflussen zu lassen. Deswegen hat er die Namen der Maler weggelassen. Eine sehr kluge Entscheidung, finde ich. Die Signaturen sind darüber hinaus ohnehin so gut wie nie zu entziffern.« Zweifel war vor dem Doppelporträt stehen geblieben und blickte in die Runde.

»Fällt Ihnen eigentlich nichts auf?«, fragte er seine Assistentin, die von einem Bild zum nächsten huschte. Melzick blieb stehen und schaute ihn fragend an.

Er deutete mit seiner Hand vage auf die Wände.

»Na ja«, sagte sie mit Blick auf die rot gepolsterte Bank in der Mitte des Raumes, »es sieht tatsächlich aus wie in einem Museum. Es sind insgesamt«, sie schaute sich kurz um, »siebzehn Gemälde, wovon fünf eher Texte oder Kalligraphien darstellen. Dann haben wir, Moment, sieben abstrakte Gemälde und, ja, mit dem hier«, damit deutete sie auf das von ihnen beiden bewunderte Doppelporträt, »noch fünf Porträts.«

Zweifel nickte zustimmend.

»Fünf, sieben, fünf – sagt Ihnen das was?« Melzick verneinte die Frage. Zweifel schritt die Reihe der abstrakten Gemälde ab und blieb nach kurzem Zögern vor einem stehen.

»Quod vide«, murmelte er und ging ganz nahe an die Leinwand heran. »Wissen Sie, was ein Haiku ist?« Melzick, die sich immer mehr wie in einer mündlichen Prüfung vorkam, schüttelte den Kopf und stellte sich neugierig neben Zweifel, der offensichtlich etwas gefunden hatte.

»Wenn Sie mir einen Tipp geben wollen, Chef, ich sag's garantiert nicht weiter.«

Zweifel schaute sie ungerührt von der Seite an und begann zu dozieren.

»Unter einem Haiku versteht man eine japanische Gedichtform, die strengen formalen Regeln folgt. Jedes Haiku besteht aus siebzehn Silben, fünf Silben in der ersten Zeile, sieben in der mittleren …«

»Und fünf in der letzten Zeile«, unterbrach ihn Melzick und nickte. »Stimmt, davon hab' ich doch schon mal gehört.«

»Ein Haiku trifft eine konkrete Aussage und es bezieht sich auf die Gegenwart.«

»Gut, fünf, sieben, fünf — und was weiter?«, fragte Melzick, die sich nun ebenfalls mit ihrer Nase ganz nahe an die Leinwand heranwagte, während Zweifel zwei Schritte zurücktrat.

»Da steht was geschrieben«, sagte sie verblüfft. Das Bild wirkte wie eine Satellitenaufnahme, so als ob man von sehr weit oben auf exotische Inseln in einem fernen Meer herabblickte. Wenige Farbtöne, dafür umso leuchtender: schattiges Pazifikblau, samtiges Dschungelgrün, scharfes Strandgelb — Flaschenpostfarben. Und zwischen den Inseln, hauchfein auf die glatte Oberfläche des Meeres geschrieben, waren winzig kleine Worte zu entziffern.

»*Birkenseelen. Für …*«, sagte Melzick leise vor sich hin. Sie suchte weiter und fand. »*jede ein Mond. Dazwischen*«, und schließlich: »*kaum Raum für die Nacht.*« Sie zählte die Silben an den Fingern ab und drehte sich dann zu ihrem Chef um.

»Also gut, fünf, sieben, fünf — hier haben wir ein lupenreines Haiku, auch wenn ich in diesem Fall mit der konkreten Aussage noch gar nichts anfangen kann. Außerdem hat uns die Aufteilung der Bilder darauf gebracht. Aber bringt uns das wirklich weiter?« Zweifel verschränkte die Arme.

»Ich will Ihnen sagen, was mir dazu einfällt. Zunächst einmal: Der Professor hat nichts dem Zufall überlassen, in diesem Raum ist alles exakt geplant. Die Art und Weise, wie er uns zu diesem Bild hingeführt hat, deutet darauf hin. Wenn meine Vermutung stimmt, dann muss es noch weitere Hinweise in diesem Raum geben. Daraus folgt, dass er etwas zu verbergen hatte, ein Geheimnis. Und dass jemand seinem Geheimnis auf der Spur war, hat er sicher geahnt. Das hängt womöglich mit dem Buch zusammen, an dem er schrieb. Seine Schwester erwähnte etwas in der Richtung«, sagte Zweifel. »Haben Sie oben so etwas wie ein Manuskript gefunden?« Melzick schüttelte den Kopf.

»Sie glauben also, die Sache mit dem Haiku soll einen dazu anregen, alle Bilder genau zu untersuchen, weil dort irgendeine Nachricht verborgen sein könnte.« Zweifel nickte.

»Und genau das tun wir jetzt.«

»Das Insel-Bild hier ist übrigens von Ferdinand Alba. Ist auf der Rückseite signiert«, sagte Melzick mit der umgedrehten Leinwand in der Hand.

11. Kapitel

22. Juli 19:20 Uhr

Wie fast jeden Abend sitzt der Zweiundachtzigjährige auf der Terrasse in seinem Arbeitssessel, ein dickes Buch mit leeren Blättern auf den Knien, die er mit seinem Füllfederhalter, der ihn seit über fünfzig Jahren begleitet, sorgsam füllt. Am Ende einer Seite angekommen, reißt er das Blatt entlang der Perforation mit Bedacht heraus und legt es auf einen kleinen Beistelltisch zu seiner Rechten. Ein winziges Rauschen wandert durch die hohen Espen am Rand des Gartens, verstummt, ist wieder zu hören, verstummt.

Gerade hält er wieder ein herausgetrenntes Blatt, das Dritte an diesem Abend, vor seine kühlen blauen Augen, als er einen Schatten bemerkt, der sich auf seine Manuskriptseiten legt. Sollte Nachbarin Bolte etwa ihre köstlichen Himbeeren vorbeibringen? Schon liegt ihm ein »aber Frau Bolte, Sie verwöhnen mich« auf den Lippen, als ihm ein eisiger Schreck die Kehle versiegelt.

Vor ihm stehen wie aus dem Nichts zwei Männer in kurzen Hosen, blauen Leinenhemden und leichten Sandalen. Was ihm in die Glieder fährt, ist der Anblick ihrer Köpfe. Beide haben Skimützen auf, dunkle Kapuzen mit Schlitzen für die Augen und den Mund. Und einer der beiden hat ein großes Küchenmesser in der linken Hand, von dem Wasser tropft. Und beide sagen kein Wort.

Er versucht, aufzustehen. Einer der Männer, der ohne Messer, tritt hinter seinen Sessel, legt ihm beide Hände auf die Schultern und hält ihn fest. Der andere legt den Kopf in den Nacken und bewegt ihn dann hin und her, als wolle er seine Muskeln lockern. Dann pflanzt er sich ganz nahe vor ihm auf. Scharfer Nikotingeruch sticht dem Alten in die Nase.

Ihm bricht kalter Schweiß aus. Noch immer fühlt sich sein Kehlkopf an, als wäre er in einen Schraubstock gepresst. Als drehe jemand langsam zu. Er fühlt ein Stechen in seinen Schläfen, er beginnt unkontrolliert zu keuchen, seine Hände verkrampfen sich. Er versucht fieberhaft, einen klaren Gedanken zu fassen. Doch da ist nur panisches Entsetzen darüber, was nun geschehen wird.

Aus dem Augenwinkel sieht er eine getigerte Katze unbeteiligt übers Gras laufen. Mehr wird er an diesem Abend nicht mehr sehen.

Felix Wollmaus schaute mit schwarzen Augen fragend in den Spiegel, doch der gab keine Antwort. Ein Gesicht, mit dem man kleine Kinder erschrecken konnte, blickte ihm entgegen, ein Kriegergesicht, ein Räuberhauptmanngesicht, ein entschlossenes Gesicht. Er knipste das Licht aus und ging zurück in sein Arbeitszimmer.

Auf seinem Schreibtisch lag ein Blatt Papier, beschrieben in einer charakteristischen, altmodischen, großzügigen Handschrift mit einem Füllfederhalter, der eine ungewöhnlich breite Feder haben musste. Es war ein Brief, dessen Wortlaut er auswendig wusste, so oft hatte er ihn gelesen. Er hatte das Blatt Papier einem toten Mann abgenommen. So wie er es zuvor mit dem Toten vereinbart hatte. Ohne zu wissen, was in dem Brief stehen würde. Ohne es auch nur im Entferntesten zu ahnen.

Er nahm das Papier zur Hand und ließ die dunkelblaue, majestätische Schrift auf sich wirken. Stellte sich die Hand vor, die die Feder geführt hatte. Die er so oft beobachtet hatte, wie sie einen klugen Zug ausführte. Die heute Vormittag leblos in seiner Hand gelegen hatte.

Abraham war schon immer weitsichtig gewesen. Stets im

Voraus alle möglichen Varianten in Betracht ziehend. Immer das Schlimmste annehmend. Ein überaus ängstlicher Egoist. Daher hatte Felix nur kurz gestutzt, als ihm sein Schachpartner eröffnete, dass er mit seiner Ermordung rechnete. Für diesen Fall habe er in einem Brief festgehalten, was er, Felix, zu tun hätte und wo er diesen Brief finden würde, wenn es denn so sein sollte. Felix Wollmaus hatte es zwar zur Kenntnis, aber nicht richtig ernst genommen. Und nun hielt er den Brief des toten Professors in seinen Händen.

»Du warst kein Narr«, murmelte er. Sorgfältig faltete er das Blatt zweimal zusammen. Was wäre wohl gewesen, wenn Abraham ihn nicht vorher informiert hätte. Nur so hatte er die Gelegenheit gefunden, den Brief unbemerkt aus seinem linken Schuh zu fischen, auch wenn er dazu nur knapp 30 Sekunden Zeit gehabt hatte.

Er rief sich die Situation zurück ins Gedächtnis und schüttelte beinahe ungläubig den Kopf. Was für ein Glück für ihn. Sein Blick fiel auf das Schachspiel, das auf seinem Schreibtisch stand. Dort war eine Partie nicht beendet worden. Er starrte die schwarzen Figuren an, ohne ihre Position zu verändern. Dann stand er auf. Der nächste Zug würde entscheidend sein.

Zweifel rieb sich mit der Hand über seinen kahlen Kopf.

»Wo würde ich wohl eine Nachricht verstecken? Wie würden Sie das anfangen, Melzick?« Sie brauchte nicht lange zu überlegen.

»Für jeden sichtbar und doch verborgen. Man sieht nur, was man weiß … dazwischen kaum Raum …« Scheinbar zusammenhanglos gingen ihr die Worte von den Lippen, während sie auf die Wand zusteuerte, an der die Kalligraphien aufgereiht waren.

Zweifel verstand plötzlich und folgte ihr. Sie war vor einem Blatt stehen geblieben, das mit einer arabischen Kalligraphie bedeckt war. Doch so sehr sie sich auch in die wunderschönen Linien vertiefte, vertraute Buchstaben taten sich nicht auf. Zweifel hatte sich das Blatt daneben vorgenommen, dessen Schrift Kyrillisch zu sein schien. Schweigend tastete er mit den Augen Wort für Wort ab. Schließlich seufzte er:

»Diese Schrift sieht für mich jedes Mal so aus, als ob sie auf dem Kopf steht.« Melzick, die bereits vor dem dritten Blatt, welches mit Zeichen in Sanskrit bedeckt war, stand, hob ihren Zeigefinger.

»Vielleicht müssen wir das Ganze wirklich auf den Kopf stellen.« Kurzerhand hängte sie das Sanskritbild ab und lehnte es verkehrt herum an die Wand. Beide gingen davor auf die Knie.

»Das ist für mich ein T«, sagte Zweifel und deutete mit dem Finger auf eine hauchfeine Bleistiftlinie, »und hier haben wir ein A. Scheint so, als ob Sie mal 'ne gute Idee gehabt hätten.«

»Schreiben Sie's meinem Konto gut«, grinste Melzick und holte ihr Notizbuch hervor. Nach und nach drehten sie alle in Frage kommenden Bilder um, jedoch ohne weiteren Erfolg. Nur auf dem Sanskritbild waren Buchstaben versteckt worden.

Sie arbeiteten einige Minuten hochkonzentriert.

»Gut, dann haben wir jetzt also die Botschaft des Professors. Sie lautet: TAUSANI PUKE KA HALE«, verkündete Melzick strahlend. »Nach welcher Sprache hört sich das denn an?« Zweifel rieb sich mit der Hand über das Gesicht.

»Ganz so leicht macht es einem der Professor wirklich nicht, oder?«

Sie setzten sich auf die rot gepolsterte Bank. Zweifels Blick fiel auf das Inselbild, das mit einem Haiku verziert war und blieb daran haften. Irgendetwas darauf … Plötzlich machte sich sein Handy bemerkbar. Es war Lucy.

»Hallo Herr Kommissar«, sie klang laut und deutlich, »was machen Sie gerade?«

»Ich denke nach, Lucy.«

»Gut, am besten hören Sie damit auf und kommen ins Büro. Zum Chef. Er braucht Sie.«

»Wobei?«

»Der Kurdirektor, Herr Kinseher, ist bei ihm. Es scheint da atmosphärische Störungen zu geben. Und da braucht er wohl einen Blitzableiter.« Zweifel konnte förmlich hören, wie sie schadenfroh in den Hörer grinste. Dabei fixierte er eine bestimmte Stelle auf dem Bild mit den Inseln.

»Hawaii!«, sagte er, einer plötzlichen Eingebung folgend.

»Nicht nach Hawaii, hierher sollen Sie kommen, und zwar asap, wie sich Herr Klopfer so gern ausdrückt. Ich hab' da mal gegoogelt, das ist die Abkürzung für »as soon as possible«. Er meint also dalli dalli.« Zweifel bedeckte sein Handy mit einer Hand und sagte zu Melzick:

»Kann es sein, dass der Fleck da auf dem Bild, aussieht wie Hawaii?« Melzick schaltete sofort.

»Dann ist das Hawaiianisch. Moment, das haben wir gleich.« Sie zückte ihr Smartphone.

»Sind sie noch dran, Herr Kommissar?«, meldete sich Lucy.

»In ein paar Minuten bin ich bei Ihnen. Verhindern Sie einfach bis dahin das Schlimmste, Lucy.« Damit legte er auf.

»Von den Ideen her sind wir jetzt gleichauf, Chef«, meinte Melzick. TAUSANI PUKE KA HALE ist tatsächlich Hawaiianisch und heißt so viel wie: Haus mit tausend Büchern.« Zweifel steckte sein Handy weg.

»Und wissen Sie auch, was das bedeutet?«

»Wenn meine kleinen grauen Zellen noch richtig zusammenarbeiten, dann will uns der Professor in eine Bibliothek oder eine Bücherei locken.« Sie machte eine kurze Pause. »Und dort werden wir das verflixte Manuskript finden.«

»Nicht wir – Sie werden es finden. Ich muss was Anderes finden.« Melzick war schon aufgestanden und schaute ihn fragend an. »Die richtigen Worte für wichtige Leute«, sagte Zweifel. Dann holte er das neongelbe, polizeiliche Absperrband hervor, mit dem er ungebetene Besucher abhalten wollte, als die schwarze Eingangstür aufging und Witwe Bolte erschien, diesmal ohne Himbeeren.

Sie blieb stehen wie vom Donner gerührt, so als sähe sie die beiden zum ersten Mal. Ihrem Gesichtsausdruck nach zu urteilen, stand sie kurz davor, zu explodieren. Sie richtete ihren Zeigefinger am ausgestreckten Arm auf den Kommissar. Dieser deutete das als Aufforderung, endlich zu reden. Was er auch tat.

»Nochmals vielen Dank, Frau Bolte, für die himmlischen Himbeeren. Ich glaube, ich habe noch nie …«

»Der Professor isch seit heut morge tot«, schrie sie ihn ohne Vorwarnung an. »Was machet Sie hier in seim Haus die ganze Zeit, wenn er tot isch?« Zweifel hob beschwichtigend die Hände und wollte gerade zu einer Antwort ansetzen. Sie machte eine wegwerfende Handbewegung.

»Ich ruf' die Polizei, sofort ruf' ich die Polizei!«, zischte sie und fingerte nervös in den Taschen ihrer grellbunten Kittelschürze. Zweifel warf einen ratlosen Blick zu Melzick hinüber, die sich über den Auftritt der Nachbarin ebenso wunderte wie er. Diese hatte nun endlich ihr Handy gefunden und fing an, hektisch darauf herumzutippen.

»Sie müssen 112 wählen«, sagte Zweifel, »aber wir sind schon da«, und dabei schaute er der Witwe ernst in die Augen.

»Wie? Was moinet Se? Wer isch scho da?«

»Die Polizei, Frau Bolte.« Er zeigte ihr seinen Ausweis. »Ich bin Kommissar Zweifel, das ist meine Assistentin, Frau Zick. Wir wissen, dass Professor Mindelburg tot ist. Deswegen sind wir hier. Wir haben vorhin nichts davon erwähnt, weil wir gerne ungestört arbeiten.« Witwe Bolte blieb der Mund offenstehen, sie starrte Melzick und Zweifel an. »Und die Himbeeren waren wirklich unvergleichlich«, fügte er behutsam hinzu. Dergestalt beruhigt fand die alte Dame ihre Fassung langsam wieder und steckte das Handy weg.

»Kommen Sie, setzen wir uns doch«, sagte Zweifel und bat sie auf die rot gepolsterte Bank. Sie setzten sich, Melzick blieb in der Nähe der Tür stehen.

»Es war ein solcher Schreck für mich, Herr Kommissar. Ich erfahr am Telefon, dass der Professor tot isch und gleichzeitig weiß ich, dass Sie beide seit über einer Stunde allein in seim Haus sind.«

»Verstehe. War trotzdem mutig von Ihnen, hierher zu kommen. Sie konnten ja nicht wissen, wer wir sind.«

»Na ja«, sie schniefte, »da hab' ich gar idd lang überlegt.«

»Wer hat Sie denn angerufen?«

»Das war eine alte Freundin von mir, Anna Eichhorn.« Melzick hatte unbemerkt ihr Notizbuch gezückt.

»Wann haben Sie den Professor denn zuletzt gesehen?«, fragte Zweifel.

»Das war gestern am frühen Nachmittag. Er hat meischtens im *Goldenen Adler* gegessen und so gegen zwei kam er dann zurück, immer zu Fuß. Isch an meim Küchenfenster vorbei glaufe.«

»Und ist Ihnen gestern etwas aufgefallen, das anders war als sonst?« Sie schüttelte zögernd den Kopf.

»Ich hab' ihn danach nimmer gsehe. Aber er war bestimmt wieder hinten in seim Garte. Da hat er immer geschriebe.«

Der Garten! Den hatten sie vollkommen vergessen.

»Kam gestern denn kein Besuch?«

»Ich hab' nix bemerkt. Aber ich pass' ja auch idd dauernd auf.«

»Natürlich, natürlich. Ja, dann danke ich Ihnen, Frau Bolte. Falls wir noch Fragen haben sollten, erschrecken Sie bitte nicht, wenn wir wieder bei Ihnen auftauchen.«

»So schreckhaft bin i au wieder idd.« Sie verabschiedeten sich. Da fiel Zweifel noch etwas ein.

»Wie war das eigentlich gestern mit den Himbeeren?«

»Oh, i wollt' ihm grad welche rüberbringe, aber dann ging des Telefon. Des war dann ein ziemlich langes Gespräch, und danach hab i's dann tatsächlich vergesse.«

»War es Ihre Freundin Eichhorn?«

»Noi, des war jemand andres. So, jetzt muss i aber hoim.«

»Wie konnten wir nur den Garten vergessen, Chef«, sagte Melzick, als die Witwe Bolte gegangen war.

»Der muss warten. Ich fahr' jetzt ins Büro.« Er drückte ihr das neongelbe Band in die Hand. »Könnten Sie hier noch alles absperren, Melzick.« Er schaute auf die Uhr. »Und wenn Sie sich den Garten allein ansehen wollen, können Sie hinterher Feierabend machen.« Melzick nickte.

»Na dann, viel Erfolg bei den wichtigen Leuten.«

12. Kapitel

»Herr Kinseher, was verschafft mir …«

»Sparen Sie sich bitte Ihre Floskeln, Herr Klopfer.«

»Ach, ich nehme mir eigentlich ganz gerne die Zeit, um höflich zu …«

»Was haben Sie bisher unternommen? Gibt es schon irgendwelche Ergebnisse?«

»Sie meinen wegen des toten Professors im …«

»Wegen was denn sonst? Was glauben Sie wohl, weshalb ich hier bin?«

»Oh, Sie hatten bisher noch keinerlei …«

Der erstaunlich junge Kurdirektor, groß, klapperdürr, mit einer Gesichtsfarbe, die nur Rottöne kannte und mit einer Stimme, die nur Misstöne kannte, blieb seiner giftigen Gewohnheit treu und ließ sein Gegenüber keinen Satz zu Ende bringen.

»Aber das hätten Sie sich eigentlich denken können, dass ich wohl kaum wegen eines Strafzettels …, obwohl der, meiner Meinung nach, schon eine Unverschämtheit Ihres Bodenpersonals ist, aber das nur nebenbei, so was zahl' ich natürlich und verbuch' es als Spende an den Staat, äh …« Er hatte sich etwas verzettelt. Klopfer nutzte das, um wenigstens einen Satz zu beenden, auch wenn dieser nur aus zwei Worten bestand und nicht sein eigener war.

»… vorbeikommen würde.«

»Was? Wie? Äh, ah ja, genau! Würde! Hätte ich bei Ihnen schon vorausgesetzt.« Klopfer machte einen neuerlichen Versuch.

»Darf ich Ihnen vielleicht etwas …«

»Ja, danke, eine Tasse, keine Milch und zwei Stück Zucker.« Klopfer starrte auf die widerspenstige, nach allen Seiten strebende, von Wirbeln wimmelnde, schwarze Haarpracht des Kurdirektors und überlegte ernsthaft, ob sich solche Frisuren etwa nachhaltig negativ auf Denk- und Sprechweise ihres Trägers auswirken mochten. Oder ob es sich umgekehrt verhielt. Er verließ den Raum, um Luft zu holen und die Bestellung bei Lucy aufzugeben.

»Tee oder Kaffee«, fragte diese zu Recht.

»Baldriantee mit einem Schuss Rum wäre wohl angebracht. Ich vermute aber, der Kurdirektor bevorzugt Koffein. Ich übrigens auch. Danke Lucy. Ach, und wo bleibt denn der Zweifel?« Womit er sich wieder, ohne ihre Antwort abzuwarten, in die Höhle des Kinsehers begab, die ja eigentlich sein Büro war.

»Zweifel hab ich keinen«, murmelte Lucy und schmunzelte. Als Klopfer eintrat, stand Kurdirektor Kinseher am Fenster und überprüfte unter zusammengezogenen Augenbrauen die Aussicht. Sein Trachtenanzug war mit Sicherheit maßgefertigt. Dennoch passte er zu ihm, wie Vanilleeis zum Weißwurstfrühstück.

»Kommissar Zweifel wird in Kürze hier sein, dann erfahren wir aus erster Hand, wie …« Kinseher drehte sich blitzartig zu ihm um.

»Ich hoffe das ist ein fähiger Mann. Immerhin geht es um eine scheußliche Angelegenheit. Wirklich äußerst unerfreulich für uns als Kurstadt. Die Sache muss äußerst diskret und vor allem sehr zügig aus der Welt geschafft werden, Herr Klopfer.«

»Nun, aus der Welt kann die Sache nicht mehr geschafft …«

»Wir haben uns schon verstanden. Danke.« Das letzte Wort galt Lucy, die zwei dampfende Kaffeebecher auf einem Tablett hereingebracht hatte, nebst einem kleinen Stapel Würfelzucker.

»Kommissar Zweifel ist sehr erfahren in seinem …«

»Wie lange ist er denn schon hier?« Klopfer sah die Chance endlich einen kompletten Satz loswerden zu können.

»Er kam vor vielen Jahren aus Berlin zu uns, wo er sich einen sehr guten Ruf erworben hatte.« Fast hätte Klopfer eine Faust geballt, so groß war die Erleichterung, mal nicht unterbrochen worden zu sein. »Schon seltsam, über welche Kleinigkeiten man sich freuen konnte«, dachte er bei sich.

Kurdirektor Kinseher nippte an seiner Tasse und schien sich gedanklich Munition zurecht zu legen. Auch Klopfer nutzte die Gesprächspause, um sich seinem Kaffee zu widmen. Dabei beobachtete er Kinseher verstohlen über den Rand seiner Tasse hinweg. Sie hatten sich beide wieder an den kleinen quadratischen Besprechungstisch gesetzt, der von vier bequemen Ledersesseln umringt war.

Kinseher stellte seine Tasse unsanft ab und wirkte mit einem Mal etwas unkonzentriert, wie Klopfer fand. Eine dunkle Ahnung beschlich ihn. Hatte Lucy etwa das Koffein mit Hochprozentigem verfeinert? Zuzutrauen war es ihr allemal. Schließlich hatte er selbst ja den Rum erwähnt, jedoch nicht im Traum vermutet, dass sie außer Schokolade auch noch Spirituosen in ihrem Schreibtisch hortete. Während er noch darüber nachdachte, was er von diesem Verhalten halten sollte, ging ein Ruck durch den Kurdirektor. Dessen Gesichtsfarbe hatte sich intensiviert. Er räusperte sich energisch.

»Ich will ja nicht unhöflich sein, Herr Klopfer.«

»Ach was«, dachte dieser.

»Aber wann kommt denn nun endlich Ihr …« In diesem Moment flog die Tür auf und Zweifel unterbrach den Kurdirektor mit einem betont besorgten:

»Komme ich noch rechtzeitig?« Der Auftritt hätte nicht

besser inszeniert sein können, fast wie im Bauerntheater. Kinseher blickte überrascht auf den Kommissar. Klopfer reagierte sofort.

»Darf ich vor...«, begann er und wurde natürlich unterbrochen.

»Mein Name ist Marc Kinseher, ich bin hier in meiner Funktion als ...«

»Kurdirektor von Bad Wörishofen, ich weiß«, vollendete Zweifel den Auftakt, und setzte sich mit einem gewinnenden Lächeln zu den beiden Kontrahenten.

»Wie ich höre, sind Sie mit den Ermittlungen ...«

»Vollkommen richtig, Herr Kinseher, die liegen in meiner Hand und da liegen sie gut«, schnitt Zweifel dem Kurdirektor zum zweiten Mal die Rede ab.

»Dreißig zu null, würde man beim Tennis sagen«, dachte Klopfer und verzog keine Miene.

Kinseher bemühte sich, den Kommissar zu fixieren, doch dieser schien zu schwanken, zumindest in des Kurdirektors Augen.

»Gibt es denn schon irgendwelche ...«

»Dafür ist es noch zu früh. Allerdings haben wir vielversprechende Ansatzpunkte, die meine Mitarbeiterin, Frau Zick, und ich vehement und zielstrebig verfolgen.«

»Vierzig zu null und damit Spielball zum Break«, dachte Klopfer und wunderte sich gleichzeitig über die Eloquenz seines sonst eher wortkargen Untergebenen. Sollte Lucy ihn etwa vorbereitet haben. Auch das wäre ihr zuzutrauen. Sie kannte den Kurdirektor und dessen spezielle Art ja schon länger.

Dieser kämpfte offensichtlich mit der für ihn ungewohnten Situation, verbal nicht Herr der Lage zu sein. Zweifel bedachte ihn siegesgewiss mit einem extra breiten Lächeln.

Kinseher startete einen finalen energischen Versuch.

»Die Presse«, sagte er und nickte bedeutungsschwer und klopfte heftig mit dem Zeigefinger auf die Tischplatte und seine Stimme klang noch eine Spur höher und unangenehmer als sonst. »Das Ganze ist eine gewaltige …, die werden sich da drauf …, die schlachten das aus bis …, was das für Folgen haben…, und auch noch in der Hauptsaison …« Er brach unvermittelt ab und griff nach seinem Kaffeebecher, doch der war bereits leer.

Zweifel schaute Klopfer an, Klopfer schaute Zweifel an und beide schauten den Kurdirektor an.

»Herr Kinseher«, begann Klopfer.

»Natürlich wird sich die Presse darauf stürzen«, sagte Zweifel.

»Aber das muss kein Nachteil sein«, sagte Klopfer.

»Im Gegenteil«, sagte Zweifel, »so etwas kann durchaus auch …«

»… das Interesse an Bad Wörishofen ankurbeln«, sagte Klopfer.«

»Vielleicht wäre eine gemeinsame …«

» … Pressekonferenz zu gegebener Zeit die beste Art und Weise…«

» … den Stier bei den Hörnern …«

» … zu packen. Noch etwas Kaffee?« Kinsehers Kopf war hin und hergeflogen, als schaute er den beiden bei einem Tennismatch zu.

Die Tür ging auf und Lucy (»die muss gelauscht haben«, dachte Klopfer) kam mit einer dicken, gelben Thermoskanne herein. Kinseher hatte es die Sprache verschlagen. Das war ihm zuletzt passiert, als man ihn gefragt hatte, ob er Kurdirektor werden wolle. Er sah drei fragende, freundliche Augenpaare auf sich gerichtet.

Seine Tasse wurde gefüllt und er konnte es nur wehrlos hinnehmen.

»Meine Spezialmischung schmeckt Ihnen, nicht wahr?«, sagte Lucy. Das brachte ihn wieder zurück in die Spur. Er hob die rechte Hand etwas.

»Was immer Sie da hineingemischt haben, das Mischungsverhältnis scheint mir ...«, dabei schaute er sie alle der Reihe nach ziemlich angestrengt an, »scheint mir verbesserungswürdig.«

Er holte tief Luft. »Jedenfalls — Ihr Vorschlag einer gemeinsamen Pressekonferenz — also — das halte ich für eine gute Idee.«

Er schob die Tasse zur Seite und schien einen Entschluss gefasst zu haben, denn er stand ziemlich plötzlich auf.

»Meine Herren, ähm, Sie werden von mir hören zwecks, ähm, einer Terminvereinbarung.« Er nickte ihnen etwas steif zu, wartete eine Antwort gar nicht erst ab und verließ, um sorgfältige Schritte bemüht, Klopfers Büro. Lucy begleitete ihn hinaus.

»So Zweifel, jetzt mal unter uns Erwachsenen: Was gibt es denn wirklich an Konkretem zu vermelden?« Zweifel schlug die Beine übereinander.

»Meinen Sie, Lucy könnte mir auch so eine Spezialmischung bringen?«

Klopfer seufzte.

»Versuchen Sie Ihr Glück.« Doch bevor Zweifel sich aufraffen konnte, erschien die Kaffeefee mit der dicken, gelben Thermoskanne in der einen und einem dritten Becher in der anderen Hand.

»Hat's gewirkt?« Ihre Frage schwebte zufrieden im Raum, während sie den Becher vor Zweifel hinstellte und eine dampfende, dunkelbraune Flüssigkeit eingoss.

»Ich will gar nicht wissen, was da drin ist, Lucy«, sagte Klopfer in strengem Ton.

»Ich habe den Kurdirektor bis zur Tür begleitet und er machte einen durchaus zufriedenen Eindruck«, sagte sie. Zweifel hatte, nach vorsichtigem Schnuppern, einen großen Schluck genommen.

»Aah, un caffe corretto.«

Klopfer verdrehte die Augen.

»Lassen Sie Ihre Geheimwaffe hier stehen, Lucy, vielen Dank.« Sie schenkte ihnen ein strahlendes Lächeln und verschwand. Klopfer räusperte sich.

»Also, Zweifel, ich höre?« Der Kommissar schob die Tasse in die Mitte des Tisches, nachdem er noch einmal einen kräftigen Schluck genommen hatte.

»Gut, also wo stehen wir? Ich habe mit der Schwester des Professors gesprochen, die recht gefasst wirkte. Sie ging augenblicklich von einem Mord an ihrem Bruder aus, nicht von einem Unfall, was zu Anfang ja nicht ausgeschlossen war. Dr. Kälberer informierte mich aber wenig später, dass er schwere Hämatome an Schultern und Oberarmen des Opfers festgestellt hätte. Da fällt mir etwas ein, Moment.« Klopfer hob ergeben die Hände.

»Lucy …«, sagte Zweifel draußen im Vorzimmer. Weiter kam er nicht.

»Geht klar, Herr Kommissar, Dr. Wollmaus, ich weiß, ich weiß. Ich versuch's nochmal. Ich versuch's noch ein paar Mal.« Zweifel hob den Daumen und kehrte zu seinem Chef zurück.

»Freiwillig wäre Mindelburg nie im Leben in einen Ballonkorb gestiegen. Seine Schwester sprach von extremer Höhenangst. Also: Mord. Die erste Frage für mich ist: Wieso auf diese Weise? Wir haben den einzigen Ballonfahrer weit und breit gesprochen. Dessen Alibi wird noch überprüft. Danach haben wir das Haus des Professors durchsucht und mit seiner Nachbarin gesprochen.«

»Und das Ergebnis ihrer Bemühungen lautet?«

»Die Nachbarin bringt Himbeeren und den neuesten Klatsch, ist aber unverdächtig. Der Professor schrieb an einem Buch, wie seine Schwester erwähnte. Wir haben keinerlei Manuskript entdecken können. Allerdings hat er uns einige versteckte Hinweise gegeben.«

»Wer?«

»Der Professor. Das Manuskript hat er raffiniert versteckt, höchstwahrscheinlich in einer öffentlichen Bücherei.«

»Originelle Idee.«

»Ich erzähl ihnen später mal, wie wir dahintergekommen sind.«

»Es deutet also einiges darauf hin, dass Mindelburg davon ausging, jemand könnte starkes, negatives Interesse an seinem Buch haben«, sagte Klopfer und drehte seine Tasse hin und her. »Vielleicht irgendeine Enthüllung, ein Skandal? Ist das denn wahrscheinlich?«

»Es wäre eine Möglichkeit. In der Kunstszene geht es um sehr viel Geld. Und es geht um sehr viel Prestige. Mindelburg verkehrte wohl in diesen Kreisen.«

»Heikle Sache. Kann sein, dass wir uns da auf sehr dünnes Eis begeben. Was ist mit der Frau, die ihn gefunden hat? Und war da nicht noch jemand dabei?«

»Tja — die Frau Anna Eichhorn. Die hat hinter ihrer Fassade einer, mit Verlaub, etwas verfressenen, alleinstehenden Seniorin mit großem Bekanntenkreis, etwas zu verbergen. Sie steckt mit ihrer unangenehmen Freundin Serafina Moor unter einer Decke. Die werden wir bei nächster Gelegenheit mal ein bisschen lüften. Und der junge

Alba, der die Leiche ja als Erster entdeckt hat, scheint ein sehr seltener Vogel zu sein.«

»Alba, sagen sie, Alba, hm, der Name ist mir schon mal untergekommen. Was war da nur? Na — egal, fällt mir sicher noch ein. Wieso war eigentlich dieser Dr. Wollmaus so früh am Tatort? Warum haben sie nicht den Kälberer informiert?«

»Dr. Wollmaus war schon vor uns bei der Leiche, weil der Mann vom Sicherheitsdienst ihn angerufen hatte.«

»Aber der Tote wird schon noch von Dr. Kälberer behandelt, oder nicht?«

»Äh, ja — behandelt — schöner Ausdruck, Herr Klopfer. Ich hoffe sehr, dass der Tote bei ihm in guten Händen ist.« Klopfer verzog das Gesicht. Er hatte schon mitbekommen, dass sein Kommissar mit dem Gerichtsmediziner Dr. Kälberer so seine Schwierigkeiten hatte. »An sich ungewöhnlich, für einen erfahrenen Mann wie Zweifel«, dachte Klopfer. »Irgendetwas muss da vorgefallen sein«. Er wollte dem Kommissar gerade auf den Zahn fühlen, als Lucy hereinkam, wie immer, ohne anzuklopfen. Sie schaute Zweifel stumm an und schüttelte den Kopf.

»Also das wird mir jetzt langsam zu dumm«, brauste Zweifel auf. »Da stimmt doch was nicht.«

»Ich hab's mit seiner Mobilfunknummer probiert. Ich hab' in seiner Praxis angerufen. Ich hab' in der Gerichtsmedizin angerufen«, sagte Lucy. Sie holte tief Luft. »Nacheinander habe ich mit seiner Mailbox, seinem Anrufbeantworter und mit Dr. Kälberer gesprochen.«

Beide schauten sie erwartungsvoll an. »Dr. Kälberer hat mir geantwortet.« Sie konnte nicht umhin, eine Pause zu machen, um die Spannung zu erhöhen. Doch weder Klopfer noch Zweifel sagten etwas. Sie schauten sie einfach nur an. Seufzend gab sie auf.

»Also gut. Er sagte, Dr. Wollmaus sei nicht mehr anwesend. Professor Mindelburg dagegen schon, wenngleich sein Zustand eine vernünftige Konversation nicht erwarten ließe.«

»Warum beharren diese Gerichtsmediziner eigentlich immer nur auf solchen Scherzen, die bereits bei den alten Ägyptern auf Tontafeln verewigt wurden?«, sagte Zweifel genervt.

»Berufskrankheit«, meinte Klopfer. »Wer permanent mit der Vergänglichkeit menschlichen Daseins konfrontiert wird, legt Wert auf ewigen Humor.«

»Dr. Kälberer wollte wissen, ob es mit dem Bericht bis morgen Zeit hat«, meldete Lucy sich zaghaft zu Wort.

»Nein, das hat es nicht«, sagte Zweifel und Klopfer begann zu ahnen, warum der Kommissar Aversionen gegen den Mediziner hegte. »Sagen Sie ihm bitte, es würde meine Arbeit ungeheuer erleichtern, wenn ich so schnell wie möglich von ihm hörte. Danke Lucy«, fügte er etwa wärmer hinzu. Sie verschwand ebenso plötzlich, wie sie gekommen war.

»Dieser Dr. Wollmaus kann mir allmählich gestohlen bleiben«, sagte Zweifel. Klopfer klatschte in die Hände.

»Den lassen wir jetzt mal außer Acht. Wie sehen Ihre nächsten Schritte aus?«

»Sie meinen bis zur Pressekonferenz?«

»Nein, ich meine, was Sie tun wollen, um weiterhin fit zu bleiben. Blöde Frage, Zweifel. Lassen Sie die Pressekonferenz mal meine Sorge sein.« Klopfer schien ungehalten. Der Kommissar kannte die plötzlichen Stimmungswechsel seines Vorgesetzten zur Genüge und hatte sich angewöhnt, sie einfach nicht zu beachten.

»Wir überprüfen für alle Fälle das Alibi von Lindberg, dem Ballonfahrer. Wir werden nach dem Ballon suchen. Der muss ja irgendwo gelandet sein, vielleicht von irgendwem beobachtet worden sein. Womöglich melden sich schon bald Zeugen auf unsere Anzeige hin.«

Klopfer stand auf und ging zum Fenster, während Zweifel weiter referierte.

»Ich werde die Kontakte des Professors zur einschlägigen Kunstszene genauer untersuchen. Wir fragen im Goldenen Adler nach, wo er zuletzt gegessen hat. Wir werden sein Manuskript finden, hoffe ich. Daraus sollten sich dann weitere Hinweise ergeben. Und ich lasse Anna Eichhorn und ihre wirklich unangenehme Freundin Serafina Moor von Melzick unter die Lupe nehmen. Vielleicht ergibt sich hier eine Verbindung zu Mindelburg.«

»Gut, Sie melden sich morgen Nachmittag bei mir. Sagen wir um vierzehn Uhr. Und Sie haben besser gute Nachrichten.«

Zweifel konnte es nicht lassen.

»Haben Sie irgendwelche speziellen Wünsche?« Klopfer verkniff sich eine spontane Reaktion und blieb an seinem Platz stehen, immer noch aus dem Fenster starrend. Nachdem keine Antwort kam, stand der Kommissar ebenfalls auf und ging zur Tür.

»Ach ja«, sagte Klopfer gerade noch rechtzeitig, bevor Zweifel sein Büro verließ, »vielleicht parken Sie Ihre Prachtkarosse künftig nicht unbedingt neben meinem Wagen.«

13. Kapitel

Melzick blieb stehen. Zweifel war bereits gegangen. Sie hatte die riesige Terrassentür zur Seite geschoben und blickte in einen fast baumlosen Garten. Eine einzige Birke mit einem besonders weißen, glatten Stamm stand inmitten einer von wilden Feldblumen übersäten Wiese. Es war kein sehr großer Garten, von hohen Hecken umschlossen.

Die Terrasse, mit blanken, glatten Holzplanken belegt, war ebenfalls kleiner, als Melzick erwartet hatte. Ein einzelner, sehr bequem aussehender Korbstuhl, ein kleiner Glastisch, keine Gartenzwerge.

Warmes Licht eines späten Tages sammelt sich in den Birkenblättern. Melzick betritt die Terrasse, untersucht den Tisch, natürlich keine Fingerabdrücke, bewegt den Korbstuhl, dreht ihn um, findet nichts. Sie bleibt am Rand der Wiese stehen, schaut die Birke an, von der eine merkwürdige Stille ausgeht. Die Stille legt sich auf die Ohren, macht ihre Bewegungen langsamer, fast wie in Zeitlupe.

Sie macht einen Schritt ins Gras, tritt auf Weiches, stutzt. Es ist eine tote Maus. Sie lässt den Blick die dunkle Hecke entlang schweifen. Ein schmaler Durchgang, gerade in der Ecke, fast nicht zu sehen, ist ausgespart. Hier kann man, von den Nachbarn unbemerkt, das Grundstück verlassen.

Melzick lauscht, hebt die Nase, wittert nach allen Richtungen, doch da ist nichts, was ihre Neugier einfangen könnte.

Gerade will sie sich umdrehen, da fällt ihr Blick auf den Boden, auf eine Stelle vor dem schmalen Durchschlupf in der Hecke. Dort liegt etwas. Sie bückt sich. Etwas Schwarzes. Sie zieht einen Plastikhandschuh an, greift danach und hält es staunend in der Hand.

Ein Füller. Ein sehr alter Füllfederhalter. Seine Goldfeder ist abgebrochen. Sie packt ihn sorgfältig ein und überlegt. Schließlich macht sie ein paar vorsichtige Schritte und passiert den schmalen Durchgang in der Hecke.

Draußen beginnt das freie Feld, sie blickt über weite Wiesen, sieht etwas weiter entfernt einen Feldweg. Sie bewegt sich zögernd in dessen Richtung. Dann bückt sie sich erneut, geht runter auf alle Viere.

»Das sind eindeutig Reifenspuren«, murmelt sie für sich. Melzick richtet sich auf, schaut in die Runde, schaut zurück auf die Hecke und das Dach des Hauses. Sie holt das Absperrband hervor. Es wird Zeit.

Äußerlich nicht sichtbar zitterte Serafina Moor vor Wut. Auch vor Ungeduld. Leute, die sie von klein auf kannten, hätten vielleicht gesagt, vor Bosheit. Doch Leute, die sie von klein auf kannten, die gab es nicht mehr.

Serafina Moor hatte sie entweder überlebt oder sie war aus deren Leben verschwunden. Diejenigen, mit denen sie noch eine Rechnung offen hatte, und sie rechnete stets sehr genau, ohne das Geringste zu vergessen, diejenigen also, welche ihren Weg in einer nicht hinnehmbaren Weise gekreuzt hatten, konnten sich auf eine Schlussabrechnung gefasst machen.

Ihr Blick fiel auf die Fotoalben, die sich auf dem Glastisch draußen stapelten. Kein einziges der Fotos von damals war darin zu finden. Dabei war sie so sicher gewesen.

Sie musste an den Fotografen denken, der sie in jenen Tagen überredet hatte, dem sie einfach alles geglaubt hatte. Er war so geschickt gewesen, konnte so wunderbar angenehm und überzeugend reden. Und kein einziges Mal war ihr aufgefallen, dass es gar nicht um sie gegangen war.

Es war einzig und allein um die Bilder gegangen. Sie selbst war nur Staffage. Bei der Erinnerung daran verzog sich ihr Mund unschön.

Sie atmete tief durch. Anna Eichhorn war nach einigem Hin und Her und einem allerletzten Croissant endlich gegangen.

Die junge Polizistin ging Moor nicht aus dem Kopf. Sie hatte in ihren Augen gehörigen Respekt vermissen lassen. Ihre Schlagfertigkeit ging ihr gegen den Strich. Wichtiger war aber im Augenblick aber, Felix Wollmaus zu sprechen, diesen Unauffindbaren.

Schon einmal in ihrem Leben war er unauffindbar gewesen. Sie stand vor der offenen Terrassentür in ihrem Salon und rauchte mit spitzen Fingern einen ihrer schwarzen Zigarillos.

Was für ein unglaublicher Zufall war es doch gewesen, dass sie ausgerechnet an diesem Ort ein passendes Domizil gefunden hatte. Ein Provinznest, in dem Felix sich verkrochen hatte. Ein richtiges Seniorenkaff, in dem der schöne Herr Professor Abraham Mindelburg seinen Geschäften nachging.

Sie blies einen dünnen, violetten Rauchfaden in die ruhige Luft und verzog erneut die Lippen. Ihm würde sie nun nicht mehr begegnen müssen.

Sie inhalierte tief ein letztes Mal und schnippte dann den dunkelbraunen Stummel ins tiefe Gras, wo er noch ein paar Sekunden boshaft nachglühte. Dann griff sie sich seufzend ihr Smartphone.

Zweifel hatte genug für heute. Er brachte sein türkisfarbenes Prachtstück sicher im Schuppen unter. Melzick hatte ihm telefonisch von ihrem Fund im Garten des Professors berichtet. Was die Fingerabdrücke anging, hatte er wenig Hoffnung. Fast schon aus Prinzip. Selten genug hatten ihm diese bei einem Fall geholfen. Dennoch war dieser Füller ein wichtiges Indiz.

Er kam gegen zwanzig Uhr zu Hause an. Wie immer zögerte er kurz, bevor er die Wohnungsschlüssel hervorkramte. Seine Frau hatte die Angewohnheit gehabt, ihm die Tür vor der Nase zu öffnen und ihn mit ihrem unvergleichlichen Lächeln zu begrüßen.

»Wie *Frau Maigret* bei ihrem Kommissar«, hatte sie ihm beim ersten Mal ins Ohr geflüstert.

»Du liest Kriminalromane?«, hatte er verblüfft gefragt.

»Von dir erfahre ich ja nichts«, war ihre prompte Antwort gewesen. »Und außerdem …«

An dieser Stelle versagte regelmäßig sein Gedächtnis. Er wusste einfach nicht mehr, wie ihr Dialog weitergegangen war. Und jedes Mal hoffte er vor seiner verschlossenen Wohnungstür, es würde ihm wieder einfallen. Und die Tür würde sich öffnen. Dieses kleine Ritual hatte sich in Berlin in sein Leben geschlichen, in ihrer plötzlich so leeren Vierzimmer-Altbauwohnung, und wider aller Vernunft hatte er es hier in dieser ebenso leeren, viel kleineren Wohnung beibehalten, die seine Frau nie betreten hatte. Die sie nie betreten hatte. Dieses »nie«! Es schnitt jedes Mal, wenn er es dachte, ein Stück von ihm ab.

»Haben Sie Ihren Schlüssel verloren?« Er fuhr herum.

»Nein, nein, ich hab' ihn schon, danke Gebrael.« Er lächelte den jungen Äthiopier an und hielt den Schlüssel in die Höhe.

»Ah — gut. Dann schönen Abend«, sagte Gebrael und ging hinauf in seine Mansarde im Dachgeschoss.

Zweifel musste wohl langsam etwas befremdlich auf den jungen Afrikaner wirken. Gebrael hatte ihn bestimmt schon drei oder vier Mal ertappt, wie er regungslos vor seiner Wohnungstür stand, so als hätte er urplötzlich vergessen, wo er war. »Und wenn schon«, dachte Zweifel. Gebrael hatte mit Sicherheit gerade andere Dinge im Kopf. Sein Jurastudium stand kurz vor dem Abschluss.

Sie hatten sich erst kürzlich unterhalten und nach möglichen Themen für seine Doktorarbeit gesucht. Zweifel hatte »die unglaubliche Wirkung eines Schwarzen im schwarzen Talar auf schwarze Schafe der Hochfinanz« vorgeschlagen, und Gebrael hatte ergänzt: »unter besonderer Berücksichtigung der weißen Weste als Dresscode«.

Zweifel schloss auf und betrat seine Wohnung. Dieser Abend, das wusste er, hielt eine Avocado, einige Tomaten und ein paar Scheiben Toast für ihn bereit. Und zwei oder drei Stunden vor seinem Laptop. Und vielleicht, wenn seine Recherche erfolgreich sein sollte, einen großen Glenfiddich Single Malt Whisky, um den Tag abzuschließen und sich für die Nacht zu wappnen.

Das Messer lag vor ihr auf dem Tisch. Die Klinge war feucht, von Tropfen übersät. Die Spitze zeigte auf sie. Sie stand auf, ging zum Fenster und blickte die Straße entlang. Niemand war in der Dämmerung zu sehen.

Gegenüber im ersten Stock bewegte sich ganz leicht ein Vorhang. Dort stand jemand und beobachtete wie sie die menschenleere Straße.

Es war nun fast dunkel im Zimmer. Sie hörte leise Schritte im Flur. Die Tür stand offen. Sie hörte die Schritte, wie Atemzüge, einen nach dem anderen. Dann wieder einen, und noch einen. Und noch einen.

Es hielt sie nicht mehr am Fenster. Sie stürzte zur Tür und starrte panisch den Flur entlang. Dort war niemand. Dort war nie jemand. Sie keuchte fassungslos. Mit kalten Fingern knipste sie den Lichtschalter an und schaute zum Tisch. Dort lag das Messer, mit wenigen Tropfen noch auf der Klinge. Die Spitze zeigte immer noch auf Melinda Zick.

22.Juli 19:30 Uhr

»So Professor, jetzt sind wir da. Es ist so weit.«, flüstert der mit dem tropfenden Messer. Wie Ameisen, die unbeirrbar ihren Weg finden, kriechen die Worte in Abraham Mindelburgs Ohren. Es ist still im Garten, nur das Keuchen des alten Mannes ist zu hören.

»Was kommt jetzt?«, denkt er fieberhaft, »um Himmels Willen, was kommt jetzt?«

Die Katze schleicht über den Rasen, stockt kurz in ihrer Bewegung, eine Pfote leicht erhoben, starrt die drei merkwürdigen Menschen mit grünen Augen gleichgültig an und setzt dann gemächlich ihren Weg fort.

Dem Professor wird schwarz vor Augen. Der ohne Messer hat ihm etwas über den Kopf gezogen, eine schwarze Kapuze mit drei Löchern für Nase und Ohren. Damit er sie besser hören kann. Damit er sie besser riechen kann. Der scharfe Nikotindunst dreht ihm den Magen um. Das Flüstern lässt ihn zittern.

»Kommen sie Professor, wir wollen uns nun auf Ihren letzten Weg machen«, flüstert die Stimme direkt an seinem Ohr.

Zwei harte Hände packen ihn an den Schultern und zerren ihn in die Höhe. Ein Gurgeln entringt sich seiner Kehle. Er versucht instinktiv, sich gegen den Griff zu wehren, doch die harten Hände pressen sich unerbittlich in seine alten Muskeln. Er schwankt, als er steht, die Knie wollen nicht gehorchen.

Er hört ein Rascheln von Papier. Sie nehmen mit, was er zuletzt geschrieben hat, die letzten drei Seiten. »Aber die sind doch bedeutungslos«, denkt er. Er stolpert vorwärts, macht ein paar Schritte ins Nichts, gehalten und geführt von einer Kraft, gegen die er nichts vermag. Er fühlt etwas in seiner rechten Hand. Sein Füller, seine Waffe. Sie haben sie ihm nicht abgenommen.

Sie gehen über den Rasen jetzt, er spürt es. Einen Moment lang überlegt er, um Hilfe zu schreien, doch er traut seiner Kehle nicht und er spürt den harten Griff, der sich in seine Arme bohrt. Nein, das kann er nicht wagen. Das kann er nicht.

Jetzt kratzt etwas scharf an seiner Wange durch die Kapuze hindurch, ein Zweig, er riecht die Hecke, »sie müssen sich auskennen, sie kennen den versteckten Durchgang, diese verdammten Kerle«. Sie haben ihn in der Hand.

Der Füller in seiner Hand. Er schließt seine Finger fest um ihn. Will ihn nicht loslassen. Will stehen bleiben. Sein Hintermann stößt ihn hart in die Rippen. Er stöhnt auf. Eine plötzliche Wut lässt ihn blindlings ausschlagen, seine rechte Hand landet im dichten Gestrüpp, Fingerknöchel gegen hartes Holz. Ein dicker Ast bricht seinen letzten Widerstand.

Und er lässt seinen Füller fallen.

Und verlässt sein bisheriges Leben.

24.Juli
Valentin Lindberg saß in der Nacht um halb eins in seiner Küche, wählte eine Nummer und wartete. Dann meldete sich jemand.

»Du woisch wer dro isch. I hob' schlechte Neuigkeiten für di. I hob' den Ballonkorb g'funde. Und no was Andres. Wie — des intressiert di idd? Des wird di scho intressiere. Und i kenn jemand, den des no vui mehr intressiere wird. Zweifel hoaßt er, von der Kripo. Sehr neigieriger Typ.

Ha — Beweise! Was für Beweise? Di brauch i idd. Die findet der scho selbsch. Da langt scho a bloßer Verdacht. Der Schatten von am Verdacht langt da scho. I woiß doch, was du für a Roll spuist. Mir kannst nix vormacha. A geh, hör mir auf mit dera Vasicherungsgschicht, die is scho lang verjährt. Vergiss es.

Sag i doch, den Korb hob' i und noch was Kloines, vui Intressanteres. Und beides hob' i gut vasteckt. Des find koi Sau idd. Nia!

I woiß, dass du dahinter stecksch, weil i an Zeugn hob', mit dem du dich ausführlich unterhalten hosch, auch wenn der gar idd begriffa hot, was du da vorhasch. Na — fällt der Groschn jetzt? Na oiso. Jetza samma beinand.

Und no was isch vollkommen kloar. Du hosch an Auftraggeber, der den armen Herrn Professor bseitige wollt. Hinter der ganzen Sach steckt an Haufen Geld.

Wia? Ach was, vakauf mi idd für dumm! I hob' für sowas an Riecher. I riech die Kohle scho von weitem. I will aber idd bloß dro rieche. Oiso. Jetza pass auf! I will fair sei und i find's idd übertriebn, wenn i fuffzigtausend kriag — na, na, du hosch mi scho richtig vastandn — in Worten: fünfzigtausend — und die Sach isch für dich ausgschtande.

Wia? Na oiso. Dann schlag i vor, mia treffn uns morge Abend um zehne an der alten Falknerei. Da samma ungschtört und du hosch gnug Zeit, dich um die fuffzigtausend zu kümmern.

Und glaub mir, mein Liaber, i hob' mi abgsichert.«

Er legte auf. Dann schlug er mit der flachen Hand auf den Tisch und grinste über das ganze Gesicht. Sollte seine elende Pechsträhne endlich ein Ende haben? Da hatte dieses Bürscherl doch tatsächlich seine Finger da drin. War ja eigentlich eine Nummer zu groß für die halbe Portion. Egal.

Er hatte gepokert, richtig gut gepokert und würde morgen den Tisch abräumen. Er stand auf, holte sich fünf Dosen Bier aus dem Kühlschrank und stellte sie in einer Reihe vor sich auf den Tisch. »Fuffzigtausend«, sagte er leise vor sich hin und dann musste er wieder grinsen.

14. Kapitel

Marie-Theres Mindelburg nahm ihre schwarz geränderte Brille ab und legte das Blatt Papier, das sie soeben studiert hatte, verächtlich zur Seite. Sie saß im Schreibzimmer ihres Penthauses. Es war ein ein Uhr nachts und niemand konnte ihr helfen. Das wusste sie, es war schon immer so gewesen. Alle wichtigen Entscheidungen in ihrem Leben hatte sie allein getroffen, weil es niemanden gab, der ihr hätte beistehen können.

Sie lehnte sich in ihrem Sessel zurück und presste die Lippen aufeinander.

Dies war nicht das richtige Manuskript. Das war nicht der Text, der gewissen Zeitgenossen so gefährlich werden konnte, dass mit extremen Gegenmaßnahmen zu rechnen war. Ihr Bruder musste um seine Brisanz gewusst haben und hatte das Manuskript aus diesem Grund sicher nicht in seinem Haus versteckt.

Ihre Enttäuschung darüber, dass Willoughbys Fund (sie hatte ihn gleich nach ihrer Rückkehr aus München mit einer unauffälligen Durchsuchung des Hauses im Königsparkweg beauftragt) sich nun als Mogelpackung entpuppte, war nicht allzu groß. »Dann eben nicht«, dachte sie. Es wäre ja auch zu einfach gewesen.

Ihr Sohn kam ihr in den Sinn. Ihr kleiner Sohn. So viele Jahre waren vergangen. So viele Jahre!

»Mama, lass mich mitgehen. Bitte! Darf ich mit Onkel Bramm mit? Oh, bitte! Es ist überhaupt nicht gefährlich, hat Onkel Bramm gesagt. Und es geht ja auch gar kein Wind. Darf ich mit raus? Bitte, bitte!« Seine großen blassen Augen hatten sie flehentlich angesehen. Sein Onkel war dabeigestanden und hatte geschwiegen. Hatte ihr die

Entscheidung nicht abgenommen. Auch diese musste sie alleine treffen. Und sie hatte gegen ihr Gefühl entschieden. Gegen ihre Vorahnung. Diese Sekunde ihres Lebens verfluchte sie bis auf den heutigen Tag. Und dies war nicht das Einzige, was sie verfluchte.

Sie hatte die Augen geschlossen. Die großen, blassen, starren Augen ihres Sohnes geschlossen, als er reglos vor ihr im Sand lag. Marie-Theres Mindelburg hielt beide Hände vor ihr Gesicht und atmete langsam und tief durch. Ein scharfer Schmerz schoss ihr in die Schläfen, als ihr plötzlich klar wurde: Es war nicht besser geworden. Auch jetzt war nichts besser geworden. Es hatte nicht geholfen. Mit einer müden Handbewegung wischte sie ihre Brille vom Sekretär und wartete auf den Schlaf.

»Guten Morgen, Lucy.« Zweifel war zwar mit einem Brummschädel, dafür aber mit guter Laune, mit einer Tüte Nussschnecken und mit einer Stunde Verspätung erschienen.

»Ah — die Sonne geht auf, und das um kurz nach neun mitten im Juli. Einstein muss sich geirrt haben«, begrüßte sie ihn. Zweifel schaute sie ratlos an.

»Wieso Einstein?«

»Dann eben Kopernikus oder sonst irgendwer«, ergänzte sie und schielte auf die Tüte mit dem süßen Gebäck. »Mel wartet auf Sie in Ihrem Wohnzimmer.«

»Dachte ich mir schon. Die sind für Sie, Lucy.«

»Mein Dank wird Ihnen ewig hinterher schleichen, Kommissar.«

»Solange Sie es nicht tun, kann ich damit leben.«

»Apropos schleichen — der Chef kommt heute erst gegen Mittag ins Büro.«

»Tennis? Golf?«

»Das wäre mir neu. Nee, nee, der Polizeipräsident gewährt ihm eine Audienz. Es geht um den neuen Stellenplan.«

»Muss ich mir Sorgen machen?«

»Höchstwahrscheinlich.«

»Gut, dann gibt es eben künftig irgendwann keine Nussschnecken mehr.«

»Eine Katastrophe mehr in meinem Leben.«

»Katastrophen sind bei Ihnen doch gut aufgehoben, Lucy.« Sie hatte bereits herzhaft in den süßen Teig gebissen.

»Daf fdimd.«

»Na dann füttern Sie mal schön ihren inneren Schweinehund.« Sie hob die Hand, in der sich der Rest der ersten Schnecke befand und nickte. Zweifel verschwand in seinem Bürozimmer.

»Morgen Melzick.«

»Ohne Zweifel ein guter Morgen, Chef.« Melzick stand mit den Händen in den Hosentaschen am Fenster. »Ich sag jetzt mal nichts«, meinte sie.

»Brauchen Sie auch gar nicht, das hat Lucy schon erledigt.«

»Warum wundert mich das nicht?«

»Weil Sie besonders klug sind. Deswegen arbeiten Sie ja auch mit mir zusammen.«

»Richtig — gut, dass Sie mich daran erinnern. Übrigens liegt Dr. Kälberers Bericht auf Ihrem Schreibtisch.«

»Tatsächlich, na also, was hat er denn herausgefunden?«, murmelte er und griff sich die dünne Mappe, während Melzick aus dem Fenster starrte. Ein paar Minuten lang herrschte Schweigen. Sie versuchte, den Albtraum der vergangenen Nacht aus ihrem Bewusstsein zu verscheuchen, und sie wusste, dass die Arbeit ihr dabei helfen würde. Deswegen konnte sie es kaum erwarten, bis Zweifel mit dem Bericht zu Ende war.

»Hm, so was Ähnliches dachte ich mir schon. Sie haben ihn gelesen?« Melzick nickte. »Die Hämatome hatte er ja schon erwähnt. Verletzung der rechten Hand — hatte Ihre Freundin von der Spurensicherung nicht etwas Ähnliches erwähnt?« Melzick nickte. »Der Mageninhalt, aha, kein Obst, also auch keine Himbeeren. Witwe Bolte hat ihn wohl wirklich nicht besucht. Massive innere Verletzungen, unter anderem Abriss der Herzaorta. Todeszeitpunkt zwischen 5:30 Uhr und 6:30 Uhr. Also vergessen wir mal die Behauptung von Dr. Wollmaus, der Tod sei bereits in der Luft eingetreten.«

»War vielleicht eine Wunschvorstellung von ihm. Immerhin waren sie ja sehr lange befreundet. Da ist der Gedanke an einen plötzlichen Herztod wahrscheinlich leichter zu ertragen.«

»Irgendwann in diesem Jahrhundert werde ich ihn deswegen nochmal zur Rede stellen. Falls ich ihn treffe.«

»Na ja — sogar Parallelen treffen sich irgendwann einmal, habe ich gehört«, warf Melzick ein.

»Keinerlei Betäubungsmittel und seltsamerweise keinerlei Knebelspuren. Warum hat er dann nicht um Hilfe gerufen, als man ihn überfiel? Die Nachbarin hätte ihn doch bestimmt gehört.«

»Es hat ihm wohl glatt die Sprache verschlagen. Der Überfall kam für ihn aus heiterem Himmel. Der Schreck fährt manchem eben direkt in die Kehle.«

»Sie haben Recht, Melzick.«

»Die Fingerabdrücke auf dem Füller sind einzig vom Professor. Die abgebrochene Feder kann ich mir noch nicht so recht erklären.«

»Wir wissen demnach, dass er von einer oder mehreren Personen am helllichten Tag aus seinem Garten entführt wurde. Ganz schön kaltblütig.«

»Ich bin ziemlich sicher, dass es nicht nur einer war«, sagte Melzick. »Das passt einfach nicht. Und sie waren bestens über alles informiert.«

»Ich frage mich, wieviel Kraft man braucht, um einen erwachsenen Mann aus einem Ballonkorb zu werfen. Selbst wenn er bewusstlos gewesen sein sollte, wird er deswegen nicht leichter, im Gegenteil. Ich denke, es müssen wirklich zwei Täter gewesen sein, mindestens. Wenn wir den Ballon nur schon gefunden hätten. Wenn wir wenigstens wüssten, in welcher Gegend er heruntergekommen ist. Das kann im Umkreis von schätzungsweise zwanzig Kilometern gewesen sein, wenn nicht noch mehr.«

»Ich kann mir nicht helfen, Chef, aber dieser Mord sieht für mich nach Rache aus. Da war jemand verdammt böse auf Mindelburg. Da wollte jemand, dass er Todesängste aussteht. Irgendwann in seinem Leben muss der Professor einen großen Fehler gemacht haben. Und er hat ihn nicht wiedergutgemacht. Aug' um Aug' — das ist das Motiv. Finden wir die Person, der er Todesängste beschert hat und wir haben den Todesengel des Professors.«

»So pathetisch heute, Melzick? Wir sprachen aber gerade von zwei Tätern.«

Melzick schwieg und dachte darüber nach.

»Die betreffende betroffene Person muss den Überfall ja nicht selbst ausgeführt haben«, meinte sie schließlich.

»Sie denken an einen Auftragsmord? Das riecht mir zu sehr nach Mafia. Aber bitte — in diesem Stadium können wir noch gar nichts ausschließen. Verfolgen Sie Ihren Ansatz, ich verfolge meinen.«

»Und der wäre?«

»Gestern Nacht habe ich versucht, Mindelburgs

147

Fußabdrücke in der Kunstszene nachzuverfolgen, wenn uns schon seine Fingerabdrücke nicht weiterbringen.«

»Sie haben im Internet recherchiert?«

»Gewiss, ich weiß durchaus mit meiner Entertaste umzugehen. Und, Melzick, zum wiederholten Mal: Ich bin sehr dafür, sich per Internet schlauer zu machen. Ich bin nur sehr dagegen, sich per Smartphone zum Idioten zu machen.«

»Hab' ich das nicht schon mal gehört?«

»Wenn ich jetzt etwas zum Werfen hätte, müssten Sie in Deckung gehen.«

»Dann werfen Sie stattdessen doch einfach mal ein paar Namen, Daten, Fakten in den Raum.«

»Das würde den Raum sprengen. Aber es gibt da tatsächlich ein paar Leute, die von Mindelburg nicht in den höchsten Tönen reden, ihn gar zum Teufel wünschen, wo er sich aller Wahrscheinlichkeit nach auch gerade aufhält.«

»Wie kann man sich als Kunstprofessor Feinde machen?«

»Falsche Expertisen, Gefälligkeitsgutachten, bei denen es um mächtig viel Geld geht, kritische Äußerungen in der Fachpresse über einen Sammler, über einen Künstler, über ein Auktionshaus. Da gibt es einen großen Teich, in dem jede Menge Feinde schwimmen und Mindelburg hat sich einige der Größten geangelt. Mehr will ich jetzt noch nicht dazu sagen. Vorerst trample ich noch auf einem sehr staubigen Teppich aus Gerüchten herum. Und ich vermute, dass noch viel mehr unter dem Teppich liegt.«

Zweifel dachte kurz nach, wobei er über seinen kahlen Schädel rieb. »Sie überprüfen also sein privates Umfeld und ich sein berufliches. Und wenn Sie vorher noch sein Manuskript aufstöbern, wäre mir das ein Mittagessen wert.«

»Mit Nachtisch?«

»Nein, ohne!« Melzick grinste. Sie hatte noch keinen

Kollegen oder gar Chef erlebt, mit dem sich so angenehm verbal Florett fechten ließ.

»Was ist mit Lindbergs Alibi?«, fragte sie, als sie schon an der Tür stand.

»Das übernehme ich. Um 14:00 Uhr treffe ich mich mit Klopfer. Wir zwei setzen uns vorher kurz zusammen.« Sie hob leicht die Hand und verschwand.

Zweifel nahm noch einmal den Autopsiebericht zur Hand und überflog ihn.

Dann führte er einige Telefonate. Schließlich ging er noch bei Lucy vorbei, die gerade telefonierte und ihm mit der Hand ein Zeichen machte.

»Und wo war das genau? Am See. An welchem See? Ach, Sie meinen den Bingstetter Stausee. Hat der Mann Sie bemerkt? Haben Sie ihn angesprochen? Aha, verstehe. Wie? Ja natürlich. Können Sie das buchstabieren?« Sie machte sich sorgfältige Notizen. Dann bedankte sie sich und legte auf.

»Wir haben Glück, Herr Kommissar, unsere Anzeige hat gewirkt. Das war gerade ein Herr Dingsbums. Also den Namen kann ich beim besten Willen nicht aussprechen, wenn ich all die Buchstaben sehe, irgendwas Ungarisches. Jedenfalls hat er gestern Morgen etwas beobachtet, und was wohl?«

»Den Heißluftballon.«

»So ist es. Angelt am See, guckt in die Landschaft und entdeckt am gegenüberliegenden Ufer eine Ballonhülle samt Korb. War zwar ziemlich weit weg, aber er hatte ein Fernglas dabei und ist sich ganz sicher. Und er hat einen Mann gesehen, so einen kurzen, stämmigen, der den Korb abtransportiert hat. Der Mann war allein, merkwürdigerweise. Fuhr ein großes Auto, eine Art Lieferwagen oder Transporter mit einer Aufschrift. Die konnte er aber nicht entziffern.«

»Hat er die Farbe erkannt?«

»Das weiß ich nicht. Soll ich ihn anrufen?«

»Tun Sie das und sagen Sie ihm außerdem, dass er seine Beobachtungen auf keinen Fall weitererzählen darf.« Ein kurzes Telefonat später hatte sich Zweifels Verdacht bestätigt.

»Gute Arbeit, Lucy. Ich bin um kurz vor zwei zurück. Falls es etwas später werden sollte, machen Sie so lange Smalltalk mit Klopfer.«

»Ich werde mich hüten.«

»Mel, du musst mir helfen.« Melzick stöberte gerade in der Kunstabteilung der städtischen Bibliothek unter MIN nach Professor Mindelburgs Manuskript, als die Stimme ihres vielbeschäftigten Bruders ihr ins Ohr säuselte.

»Und wieso bitte? Du kriegst doch alles allein hin«, antwortete sie und ging in die Hocke, um die untere Regalreihe zu durchforsten.

»Schon, aber dieses Mal brauch ich einfach deine Meinung. Kannst du heute mal bei mir im Laden vorbeischauen?« Melzick seufzte.

»Reicht eine Viertelstunde? Mehr Zeit hab' ich wirklich nicht.«

»So lange wird's gar nicht dauern, Mel. Wann kommst du?«

»Sobald ich hier den Schatz gefunden habe.«

»Ihr sucht 'nen Schatz?«

»Wir haben sogar so etwas wie eine Schatzkarte entziffert. Aber das darfst du gar nicht wissen.«

»Schon klar, Mel. Ich sitz' übrigens gerade über meinen Rezepten. Du weißt schon.« Melzick rutschte nun auf den Knien am nächsten Regal entlang.

»Unglaublich«, dachte sie, »wieviel kunsthistorische Bücher es unter MIK, MIL, MIM, MIN gibt.« Doch sie entdeckte kein einziges von Abraham Mindelburg. Hatte ihre Theorie nun doch nicht gestimmt, oder hatten sie einen weiteren versteckten Hinweis übersehen? Es musste ja auch nicht diese Bücherei sein. Melzicks Jagdinstinkt bekam einen Dämpfer, während ihr Bruder munter weiter plauderte.

»Ich mach' eine Liste mit den Zutaten. Mondamin ist schon vegan, oder?«

»Da bin ich mir nicht ganz so sicher«, murmelte Melzick, als sie die Buchreihen noch einmal überflog. »Musst du schon selbst rausfinden. Halt — das ist es«, rief sie in einer plötzlichen Eingebung.

»Was ist los, Mel?« Sie sprang auf und lief vier Regalreihen zurück, bis sie bei A angekommen war.

»Erklär ich dir später, Zack, ich muss jetzt Schluss machen.« Ihr Bruder hatte sie auf eine glorreiche Idee gebracht.

»Dieser tückische Professor, dachte sie und fuhr mit den Fingern die oberste Buchreihe entlang, bis sie ganz rechts bei AMIN gelandet war. Dort stand unscheinbar und etwas nach hinten geschoben ein blaugrauer Buchrücken im DIN-A5-Format, der einzige mit dem Kürzel AMIN.

Sie zog ihn vorsichtig heraus. Es war eine Loseblattsammlung. Sie wusste sofort, dass dies das Manuskript sein musste, denn die Blätter waren von Hand beschrieben. Mit schwarzblauer Tinte. Und es gab jede Menge Abbildungen alter Fotoaufnahmen.

15. Kapitel

Beim ersten Mal hatte Zweifel zweihundert Meter vom Hof entfernt geparkt. Dieses Mal sah er dafür keine Veranlassung. Als er seinen alten Toyota langsam vor dem Wohnhaus ausrollen ließ, kam er direkt neben dem auffälligen Transporter von Valentin Lindberg zum Stehen. Er stellte den Motor ab und blieb erst mal sitzen. Die Beschreibung passte.

Er war gespannt, wie Lindberg reagieren würde. Zweifel hatte schon die ganze Bandbreite an Reaktionen erlebt, wenn er Menschen mit ihren offensichtlichen Lügen konfrontierte. Manche lachten und spielten Vergesslichkeit vor; manche wurden rot vor Scham und brachten kein Wort hervor; manche leugneten stur; manche riefen sofort ihren Anwalt an; manche spielten souverän die Bedeutung herunter und manche wurden laut und aggressiv.

Auf Letzteres machte sich Zweifel gefasst, als er ausstieg und in Gedanken eine möglichst scharfe Formulierung wählte. Er war sich sicher, dass Einschüchterung bei Lindberg trotz seiner schroffen und widerspenstigen Art, oder gerade deswegen am ehesten zum Erfolg führen dürfte.

Zweifel ging, wie beim letzten Mal auf die Haustür zu und öffnete sie. Sie war, wie beim letzten Mal nicht abgeschlossen. Niemand war zu sehen oder zu hören. Es roch muffig und unangenehm säuerlich im dunklen Flur. Fliegen summten wild durch die stickige Luft. Wie beim letzten Mal waren die Türen zu den Räumen offen. Zweifel warf einen flüchtigen Blick in jeden. Die Zimmer waren leer, wie beim letzten Mal, wenn man von dem schäbigen und abgewetzten Mobiliar einmal absah. Und es war dämmerig und trübe überall trotz des strahlenden Sommermorgens draußen. Der säuerliche

Bierdunst verstärkte sich, als er sich der Küche näherte. Ein ganzer Fliegenschwarm kam plötzlich herausgeschossen. Zweifel schlug ein paar Mal wild um sich.

»Herr Lindberg!«, rief er. »Kommissar Zweifel. Ich muss nochmal mit Ihnen reden.« Seine Stimme klang lauter, als er es wollte.

Dann hatte er die Küchentür erreicht und schaute hinein. Dort saß Valentin Lindberg auf einem Stuhl mit dem Rücken zur Tür, vor sich mehrere Bierdosen auf dem Tisch. Eine davon war umgefallen, der Inhalt hatte sich über die grellbunte Plastiktischdecke ergossen und war auf den schmierigen Fußboden getropft.

»Herr Lindberg?«, versuchte Zweifel es etwas leiser. Valentin Lindberg machte einen ruhigen Eindruck. Das war anders als beim letzten Mal. Und noch etwas war anders: Aus seiner mächtigen Brust ragte ein Brotmesser. Die Schublade, aus der der Mörder es genommen haben musste, war halb herausgerissen und hing schief in der Luft.

Zweifel ging näher heran und schaute ihm ins Gesicht. Dabei versuchte er, ganz flach zu atmen und er achtete auf seine Schritte. Die Nickelbrille war dem Ballonfahrer auf die Nase gerutscht. Die kleinen blauen Augen, wässrig und blutunterlaufen, starrten verblüfft und ungläubig an Zweifel vorbei ins Nichts.

»Halloho, jemand zu Hause?« Zacharias stürzte aus der Küche.

»Mel, du bist schon da! Hast du deinen Schatz gefunden?«

»Was für einen Schatz denn?«

»Schon klar, davon darf ich gar nichts wissen.«

»Du darfst nicht mal wissen, wovon du gar nichts wissen darfst, kleiner Bruder. Also, was willst du wissen?«

»Äh ja — genau. Pass auf. Ich hab' hier ein paar Pläne gezeichnet und muss jetzt entscheiden, welcher der Beste ist, wegen der Raumaufteilung. Daraus ergibt sich dann, wie viele Stühle, Tische und Monitore ich bestellen muss.«

»Was für Monitore denn?«

»Na ja, meine Idee ist, in jedem Tisch einen drehbaren Monitor zu versenken. Die Leute können sich darauf meine Desserts in 3-D-Animation anschauen und per Touchscreen bestellen.«

»Aha. Und deine Mousse au Caramel kommt dann per E-Mail.« Zacharias verdrehte die Augen.

»Mel, du redest schon daher wie Mum. Das hab' ich mir alles ganz genau überlegt. Und das werde ich auch alles ganz genau so machen. Die Software hab' ich schon, und für die Monitore krieg' ich Mengenrabatt. Das läuft alles ganz easy.«

»Schon gut, schon gut. Den Vergleich mit Mum kannst du dir aber sparen.« Melzick beugte sich über die drei Blätter, die ihr Bruder vor ihr ausgebreitet hatte und runzelte die Stirn. Nach kurzem Überlegen traf sie ihre Wahl.

»Da kommt für mich nur die Variante hier in Frage. Bei den anderen hocken die Gäste viel zu dicht nebeneinander.«

»Meinst du wirklich?« Sie nickte und tippte entschieden auf das Blatt.

»Geh' einfach mal von dir selbst aus, dann …« In diesem Moment meldete sich ihr Handy. »Ja, Chef?«

»Melzick, kommen Sie auf schnellstem Weg hier raus. Bringen Sie ein paar Leute mit und die Spurensicherung.«

»Klar Chef, wenn Sie mir noch sagen, wohin der Ausflug geht. Zum Lindberghof etwa?«

»Erraten.« Sein Tonfall ließ sie aufhorchen.

»Was ist mit ihm? Ist er fort?«

»Könnte man so ausdrücken. Denken Sie auch an Dr.

Kälberer. Und beeilen Sie sich.« Sie steckte ihr Smartphone weg, schaute ihren Bruder an und zuckte mit den Schultern.

»Geht in Ordnung, Mel. Du hast wahrscheinlich Recht. Schwirr ab.« Sie klopfte ihm kurz auf die Schulter und eilte dann hinaus.

»Okay, das wären dann also acht Tische, acht Monitore und 32 Stühle«, murmelte Zacharias und seine Augen begannen zu leuchten.

Eine Viertelstunde später erreichte Melzick zusammen mit Penny Stock, deren zwei Assistenten sowie vier weiteren Beamten Lindbergs Hof. Dr. Kälberer würde sich etwas verspäten. Zweifel war nicht zu sehen. Sie bedeutete den vier Beamten, sich vor den Türen des Wohnhauses, der Scheune und des Gewächshauses zu postieren und dirigierte Penny und ihre beiden Kollegen in den Hausflur. Sie ging voran.

»Na, das riecht ja ziemlich eindeutig hier«, meinte Stock trocken, ging kurz zurück ins Freie und streifte sich den weißen Schutzanzug über ihre umfangreiche Figur. Die Kollegen taten es ihr gleich. Melzick war an der Eingangstür stehengeblieben und ließ den dreien dann den Vortritt.

»Hinten rechts ist die Küche.«

»Das ist da, wo die Fliegen wohnen, so wie es aussieht«, sagte Penny Stock und ging den Flur entlang. Die beiden Assistenten machten keinen Mucks. Einer der beiden war etwas blass um die Nase, als er an Melzick vorbeiging. Penny blieb am Rücheneingang stehen.

»Ja, schönen guten Tag der Herr.« Melzick wusste, dass dies die Art und Weise war, mit der Penny ihre »Kunden« zu begrüßen pflegte. Im Verlauf eines späten Rotweinabends hatte sie Melzick einmal erklärt, dass sie davon überzeugt sei, dass die Seele vor kurzem Verstorbener sich noch einige Zeit im gleichen Raum, am gleichen Ort wie der Körper befinde.

»Quasi bis sie sich neu orientiert hat«, so hatte sie sich ausgedrückt. »Und es gibt keinen Grund, die toten Leute nicht ebenso höflich zu begrüßen wie die Lebenden.« Außerdem beruhige es die Arbeitsatmosphäre.

Über die Schulter fragte sie Melzick, die ihr gefolgt war und nun dicht hinter ihr stand:

»Ist das Herr Lindberg?« Diese sah ihn zwar nur von schräg hinten, doch es gab für sie keinen Zweifel über die Identität der Person auf dem Stuhl. Sie nickte und verschränkte die Arme, während sie die drei bei ihrer Arbeit beobachtete.

»Also dann, Herr Lindberg. Mein Name ist Stock. Nun wollen wir mal sehen, was Sie uns erzählen können«, sagte Penny und ging leise schnaufend vor ihm in die Hocke. Sie schaute ihm zunächst mit höchster Konzentration ins Gesicht, suchte jede einzelne Falte ab und blickte ihm besonders lang in die Augen, so als könne sie dort seinen Mörder erkennen. Melzick schüttelte sich. Sie bekam einen Hustenanfall und drehte sich weg.

»Bin draußen«, rief sie ihrer unerschrockenen Kollegin zu. Diese antwortete nicht. Sie war bereits zu sehr in ihre Arbeit vertieft.

Als Melzick auf den Hof hinaustrat, kam Zweifel gerade aus der Scheune. Er unterhielt sich kurz mit dem Beamten, der dort Wache hielt und kam dann auf Melzick zu.

»Böse Sache«, sagte er. Sie nickte wortlos. »Sein Sohn weiß es noch nicht.« Sie schaute ihn fragend an.

»Sind Sie sicher?« Zweifel setzte gerade zu einer Antwort an, als eine Bewegung hinter Melzick seine Aufmerksamkeit erregte.

»Sieh an«, sagte er und begrüßte den Näherkommenden. »Herr Kater, was machen Sie denn hier?«

»Guten Tag, Herr Kommissar, Frau Zick. Ach, ich war in der Nähe und habe beobachtet, wie gleich zwei Autos hier zum Hof fuhren. Das ist sehr ungewöhnlich für die Lindbergs.« Er kratzte sich verlegen am Kopf. »Also ich will ehrlich sein, es ist reine Neugier. Was ist denn passiert? Kann ich helfen?« Zweifel schaute Melzick an und zögerte.

»Ich wollte mit Herrn Lindberg sprechen. Dazu wird es nun wohl nicht mehr kommen.« Kater schaute erst ihn an, dann Melzick.

»Was ist mit Frido?«, fragte er. Zweifel nahm dieses Missverständnis etwas erstaunt zur Kenntnis. Nach kurzer Überlegung beschloss er, mit offenen Karten zu spielen, schließlich hatte er ja selbst um die Mitarbeit Katers gebeten. Melzick registrierte unauffällig, aber doch präzise die Reaktion des jungen Mannes, als Zweifel deutlich wurde.

»Fridolin Lindberg weiß noch nicht, dass sein Vater vermutlich heute Nacht mit einem Brotmesser in seiner Küche erstochen worden ist.« Katers Augen weiteten sich, er schlug die Hand vor den Mund und stammelte:

»Was? Wie ist das …? Aber das kann doch nicht … Noch ein Mord?!« Er war blass geworden und hielt immer noch die Hand vor den Mund gepresst.

»Es ist sicher ratsam, Herr Kater, wenn Sie das vorläufig für sich behalten«, sagte Zweifel. Kater nickte heftig und steckte beide Hände in die Hosentaschen, als suche er nach etwas.

»Melzick, vielleicht sehen Sie mal nach Frido. Ich habe mit ihm nicht reden können. Er hat in keiner Weise auf mich reagiert.«

»Oh, vielleicht kann ich …«, sagte Kater hastig. »Ich kenn' ihn ja schon sehr lange. Wenn Sie einverstanden sind, versuche ich, mit ihm zu reden. Auf mich wird er eher reagieren. Sie kennt er ja überhaupt nicht.« Melzick schaute

Zweifel fragend an und auf dessen Nicken hin machte sie sich mit Kater auf den Weg in die Scheune.

»Haben Sie schon was?«, sagte Zweifel wenig später, als er vorsichtig in die Küche spähte.

»Auf die Gefahr hin, dass sich das geschmacklos anhört«, sagte Penny Stock und drehte sich mit vor Eifer gerötetem Gesicht zu ihm um, »aber für die Spurensicherung ist diese Küche ein Paradies.«

»Sie haben Recht, das hört sich sehr geschmacklos an. Sie sind Penny Stock, nehme ich an. Adam Zweifel. Melzick hat mir von Ihnen erzählt.« Penny nickte und hob die Hand zum Gruß. Ihre beiden Assistenten ignorierten Zweifel und arbeiteten konzentriert weiter.

»Ich fürchte, meine Fußspuren werden Sie auch finden.«

»Größe 47, schätze ich«, sagte sie mit einem leichten Lächeln. Zweifel gab ein anerkennendes Brummen von sich.

»Was denken Sie, wie lange er schon tot ist?«

»Na ja«, sie zuckte mit den Schultern, »Dr. Kälberer kann Ihnen das sicher ganz genau sagen, oder«, sie machte eine kleine Pause und zog die Nase kraus, »fundierter präzisieren, aber ich denke, zwischen Mitternacht und ein Uhr morgens ist Herr Lindberg seiner Zukunft aus dem Weg gegangen.«

»Sagen wir, sie kam ihm abhanden, das trifft es wohl besser. Was halten Sie von seinen Augen?«

»Er war sicher Alkoholiker, er war höchstwahrscheinlich Hypertoniker und er war vollkommen überrascht vom Ausgang seines letzten Dates.«

»Er war vollkommen überrascht«, wiederholte Zweifel leise und nickte langsam.

»Es muss sehr schnell gegangen sein, nehme ich an.« Penny Stock nahm ihre kleine, rote Brille ab und rieb sich die Augen.

»Jedenfalls haben wir bisher keine Anzeichen einer

körperlichen Auseinandersetzung feststellen können.« Einer der beiden Assistenten hatte sich den Fußboden vorgenommen und untersuchte ihn akribisch mit Lupe, Pinsel, Graphitstaub und Abdruckfolie.

»Hier sind Barfußabdrücke, Penny«, sagte er mit leiser Stimme, so als befürchte er, die Spuren durch zu lautes Reden zu verwischen. Automatisch blickten Zweifel und die Chefin der Spurensicherung auf die Füße des Toten. Sie steckten in alten, zerschlissenen Sandalen. Ohne Socken.

»Die sind nicht von ihm«, sagte der Assistent. »Dazu sind sie zu schmal, fast wie Frauenfüße.«

»Vorsicht, Ben, keine voreiligen Behauptungen«, sagte Penny Stock und kniete sich vorsichtig neben ihn.

»Lässt sich denn feststellen, wie alt die Spuren sind?«, fragte Zweifel.

»Sie gehören sicher mit zu den frischesten auf diesem Fußboden«, sagte Stock mit dem Gesicht dicht über den schmierigen Steinfließen.

»Ein Barfußmörder in der Stadt der Barfußpfade«, sinnierte Zweifel.

»Prima Schlagzeile, wenn Sie mich fragen«, sagte Stock und stand mit einem anerkennenden Schnaufen wieder auf.

16. Kapitel

Kater schwieg, als sie die Scheune betraten. Melzick beobachtete ihn verstohlen von der Seite. Er hatte seine Hände wieder in die Hosentasche gesteckt und schien sehr konzentriert und in sich gekehrt. Sie blieben nebeneinander im Dämmerlicht stehen. Es war totenstill. Melzick blickte nach oben. Ihre Augen gewöhnten sich schnell an die Dunkelheit.

»Wie wollen Sie …?«, Kater brachte sie mit einer raschen Handbewegung zum Schweigen und ging voraus. Sie sah ihn um die Ecke des Holzverschlags verschwinden und folgte ihm wortlos.

Frido saß in seinem Rollstuhl mit dem Rücken zur Tür. Seine Arme hingen kraftlos herab. Sein Kopf war zur Seite geneigt. Fast sah es aus, als ob er schliefe. Von der Seite drang durch das winzige, mit Holzstaub verklebte Fenster nur ein müdes Licht, das die Schatten schwächte. Die Skulptur, an der er am Vortag noch gearbeitet hatte, schien nun vollendet zu sein. Der Lehmboden war zentimeterdick mit Holzspänen übersät. Frido musste die ganze Nacht Hammer und Beitel in den Händen gehabt haben. Beide Werkzeuge lagen gleichsam erschöpft auf dem chaotischen Teppich aus Holzresten.

Melzick musterte die Holzfigur genauer, dabei kam ihr ein überraschender Gedanke. Ihre und Zweifels Arbeit glich in gewisser Weise der Arbeit eines Bildhauers. Sie suchten die Wahrheit, das Wesentliche, den Kern. Sie entfernten alles, was überflüssig war, was ablenkte, was verbarg. Dabei gab es viele Wege, zum Ziel zu kommen, doch keinen halben Weg. Die Arbeit endete erst mit dem letzten Schlag, mit dem letzten Wort und übrig blieb die Wahrheit eines Geschehens, die Seele eines Rohlings.

»Frido, schläfst du?«, sagte Max Kater und Melzick wurde beim rauen Klang seiner Stimme aus ihren Gedanken gerissen.

»Frido, hörst du mich?«, sagte Kater nun etwas eindringlicher, ohne sich um Melzick zu kümmern. Da bewegten sich die Hände des Jungen im Rollstuhl. Er ballte und spreizte sie mehrmals. Sie kamen Melzick ungewöhnlich groß und kräftig vor. Dann ergriffen sie die Reifen und er drehte sich langsam zu ihnen um. Es gab ein knirschendes Geräusch, als die Gummireifen sich auf dem zersplitterten Holz bewegten. Ein herber Schweißgeruch stieg ihnen in die Nase. Frido starrte sie an. Seine blonden Stoppelhaare waren schweißverklebt, auf der geröteten Stirn waren einige Kratzer zu erkennen. Seine kleinen blauen Augen blitzten.

«Frido ich muss mit dir reden«, sagte Kater. Der Junge streckte seinen linken muskulösen Arm aus und deutete mit spitzem Zeigefinger auf Melzick.

»Herr Lindberg, ich war gestern schon …«, weiter kam sie nicht.

»Raus hier! Raus! Raus! Raus!«, brüllte Frido ohne Vorwarnung und mit einer solchen Urgewalt, dass sie vor Schreck erstarrte. Er stemmte sich gewaltsam hoch und brüllte ohne Unterlass:

»Raus! Raus! Raus hier! Raus!« Seine Stimme überschlug sich, Speicheltröpfchen spritzten aus seinem vor Wut verzerrten Mund. Dicke Adern traten auf seiner dunklen Stirn hervor. Melzick hielt sich die Ohren zu. Kater packte sie am Arm.

»Es ist wohl besser, wenn Sie gehen, Frau Zick.« Sie starrte ihn an und riss sich dann los. Draußen in der Scheune waren eilige Schritte zu hören.

Der Wachbeamte kam herbeigestürzt, durch den Lärm

161

alarmiert. Sie stieß fast mit ihm zusammen.

»Schon in Ordnung«, sagte sie zu ihm und zu Kater gewandt:

»Versuchen Sie ihr Glück.«

Frido schien sich etwas beruhigt zu haben. Er brüllte nicht mehr. Stattdessen saß er schweratmend und vornübergebeugt da und hielt seinen ausgestreckten Arm unverändert wie eine Waffe auf sie gerichtet. Vor Ärger schnaubte sie durch ihre Nase. Sie hatte erst mal genug von diesem Lindberg und ging. Doch kaum stand sie gemeinsam mit dem Beamten wieder im Freien, machte sie nach ein paar tiefen Atemzügen auf dem Absatz kehrt und schlich sich unbemerkt wieder an den Verschlag heran.

Hier war das letzte Wort noch nicht gesprochen. Doch so sehr sie sich auch anstrengte, mehr als das hastige Gemurmel Katers und das sporadische Grunzen und Zischen, mit dem Frido antwortete konnte sie nicht wahrnehmen.

Sie wartete, an die raue Holzwand des Verschlags gelehnt und atmete ganz flach.

Weit oben über ihr im Gebälk knackte es. Das alte Holz der großen Balken streckte und dehnte sich in der zunehmenden Hitze des Sommermorgens.

»Schöne Tage«, dachte sie, »es könnten schöne Sommertage sein, wenn diese Morde nicht wären«. Wieder einmal fragte sie sich, ob sie den richtigen Beruf gewählt hatte.

Der nervöse Lichtpunkt, den sie tags zuvor schon bemerkt hatte, fesselte auch heute wieder ihre Aufmerksamkeit, von der Sonne an eine staubige Stelle der düsteren Scheunenwand gebeamt. Der feine leichte Staub, der hier stets in der alten Luft zu tanzen schien, reizte ihre empfindliche Nase. Sie beschloss, nun doch draußen zu warten. Kommissar Zweifel kam ihr entgegen.

»Frido kann also reden«, sagte er.

»Klar und deutlich. Überdeutlich.«

»Allerdings, das war wirklich nicht zu überhören. Kommt Kater denn mit ihm zurecht?«

»Von dem Gespräch hab' ich kein einziges Wort verstehen können. Die beiden reden auf einem anderen Niveau miteinander, vermute ich.«

»Wie auch immer — Lindberg wurde beobachtet, als er gestern Morgen einen Ballonkorb in seinem Transporter verstaute.«

»Da schau her.«

»Da ist er aber nicht mehr. Er muss ihn versteckt haben. Hier irgendwo auf dem Hof, nehme ich an. Und warum?«

»Erpressung?«, sagte Melzick und putzte sich die Nase.

»Sieht ganz danach aus.«

»Da hat er seine Position aber ganz schön falsch eingeschätzt.«

»Das haben wir auch. Wir hätten seinen Transporter gestern schon durchsuchen müssen.«

»Also gut, er hat den Ballon gefunden. Das reicht aber noch nicht für eine Erpressung. Da müssen Spuren existieren, die ganz eindeutig auf den Mörder des Professors hinweisen. So gesehen hat er die richtigen Leute erpresst. Er wusste, wen er anrufen musste. Was ist mit seinem Handy?«

»Penny und ihre Leute suchen danach, aber sie werden es nicht finden, schätze ich.« Melzick spann den Faden weiter, während sie langsam auf und ab ging.

»Er ruft also den vermeintlichen Ballonmörder an. Mitten in der Nacht. Stellt seine Forderungen. Und leert in der Vorfreude auf baldigen Reichtum ein paar Bierchen.« Sie war stehen geblieben. »Er muss sich sehr sicher gefühlt haben. Welche Summe wird er wohl verlangt haben?«

»Mit Sicherheit einen Betrag, den keiner mitten in der Nacht so einfach auftreiben konnte. Die Übergabe wird er für den nächsten Tag oder die nächste Nacht vereinbart haben, damit sein Geschäftspartner genügend Zeit haben würde, die Scheine zu besorgen. Umso überraschter dürfte er gewesen sein, als dieser so plötzlich vor ihm stand.«

Zweifel rieb seinen kahlen Kopf mit der linken Hand. »Unser Täter wirft zwei Schatten.«

»Sie meinen …«

»Genau. Diese zwei Morde sprechen doch eine deutliche Sprache. Der eine: sorgfältig geplant mit einem logistischen Aufwand, dessen Sinn ich noch immer nicht ganz nachvollziehen kann. Ja ja, ich weiß«, er winkte ab. »Rache kann seltsame Blüten treiben. Trotzdem: Von so etwas zu träumen, ist eine Sache. Das dann aber auch genauso durchzuführen, um jemandem Todesängste zu bescheren, ist was ganz anderes. Etwas ganz anderes ist auch der zweite Mord. Nicht weniger kaltblütig. Dafür aber spontan und mit minimalem Aufwand. Selbst die Mordwaffe hielt das Opfer praktischerweise in einer Schublade bereit.«

»Wir gehen also von zwei Tätern aus«, sagte Melzick und verschränkte die Arme. Dabei spürte sie das Manuskript in ihrer Innentasche. »Übrigens hab' ich mir ein Mittagessen verdient«, sagte sie und grinste Zweifel an.

»Sie haben das Manuskript! Gute Arbeit. War ja zu erwarten«, antwortete ihr Chef trocken. »Sind Sie sicher, dass es das Richtige ist?«

»Es war zumindest auf eine Art und Weise in der Bücherei versteckt, die zur Denkweise des Professors passt.« Sie erzählte ihm kurz, wie sie es gefunden hatte.

»Kann ich es sehen?«, sagte Zweifel gerade, als Kater mit betont gleichgültiger Miene aus dem Innern der Scheune trat.

Zweifel gab ihr mit einem Zeichen zu verstehen, dass sie es stecken lassen sollte.

»Frido hat es ganz gefasst aufgenommen«, sagte Kater.

»Er hat sich ja auch vorher schon verausgabt.« Melzick hatte immer noch an Fridos Ausbruch zu kauen. Kater nickte.

»Diplomatie gehört nicht zu seinen Stärken. Seit dem Sturz damals, Sie wissen schon, hat sein Vater ihn isoliert. Er wollte nicht, dass man sich über seinen Sohn das Maul zerriss. Natürlich hat er damit genau das Gegenteil erreicht.« Er machte eine Pause und fischte eine Zigarette aus der Brusttasche.

»Es ist für Frido«, sagte er und zündete sie mit einem Streichholz an, »eine absolute Ausnahmesituation, wenn ihn jemand anspricht, den er nicht kennt — purer Stress.« Er inhalierte tief und ließ den Rauch langsam durch die Nase entweichen, während er nachdenklich auf den Boden starrte.

»Er ist ein ganz armer Teufel«, sagte er und klopfte die Asche ab.

»Hat er in der Nacht irgendetwas bemerkt?« Kater schüttelte den Kopf und nahm noch einen tiefen Zug.

»Wenn er an seinen Figuren arbeitet, hört und sieht er nichts. Manchmal kann er die ganze Nacht nicht damit aufhören. Das ist schon zwanghaft. Aber es hilft ihm.«

»Wobei?« Kater blickte Melzick an und blies eine feine Rauchfahne aus dem Mundwinkel. Er hob die Achseln.

»Na ja, es hilft ihm, seine Situation zu akzeptieren. Rollstuhl und so. Kann man sich ja vielleicht vorstellen. Ich wüsste jedenfalls nicht, was ich täte, wenn ich mein Leben lang in so einem Ding sitzen müsste.« Zweifel schaute zum Gewächshaus hin.

»Haben Sie eine Ahnung, wie er mit seinem Vater zurechtkam?« Kater hustete und wandte sich ab. Er ließ seinen Blick ebenfalls zu dem halb verfallenen, gläsernen Gebäude wandern. Bevor er antwortete, nahm er noch einen Zug und ließ die halbgerauchte Zigarette dann beiläufig auf den Boden fallen.

»Das kann ich nicht so genau sagen. Wahrscheinlich nicht besser oder schlechter, als andere Söhne mit ihren Vätern auskommen.« Er steckte seine Hände wieder in die Hosentaschen, eine nervöse Angewohnheit, fand Melzick.

»Wer kümmert sich denn jetzt um ihn?«, fragte sie.

»Gute Frage. Frido ist jetzt ganz allein. Aber es gibt unter den Eingeborenen hier genügend hilfreiche Geister, die Langeweile haben. Er hat ja den Hof, aber er braucht auch nicht viel. Und er ist am liebsten allein.« Der Kommissar fixierte ihn.

»Sie kennen sich gut aus hier auf dem Gelände.« Es war eher eine Feststellung als eine Frage. Kater kniff die Augen zusammen.

»Warum fragen Sie?«

»Weil wir etwas suchen, von dem ich glaube, dass es hier irgendwo versteckt sein muss.« Kater räusperte sich, dann fingerte er nach einer neuen Zigarette, steckte sie sich zwischen die Lippen und fragte, während er fahrig seine Taschen nach Streichhölzern abklopfte:

»Und was genau suchen Sie?«

»Einen Ballonkorb. Sollte eigentlich nicht allzu schwierig sein, den zu finden. Ist ja nicht gerade eine Streichholzschachtel.« Katers Hände hatten das Gesuchte gefunden. Erleichtert riss er ein Streichholz an und brachte seine Zigarette zum Glühen, während er Zweifels Worte verarbeitete.

»Sie glauben, dass Lindberg hier auf dem Gelände einen Ballonkorb versteckt hat?«

Zweifel ließ ihn nicht aus den Augen.

»Wir wissen, dass Lindberg einen Ballonkorb gefunden und mit großer Wahrscheinlichkeit hierhergebracht hat.« Kater blinzelte hinter dem aufsteigenden Zigarettenrauch.

»Ich verstehe nicht ganz. Wieso soll er das denn getan haben?« Zweifel ging auf seine Frage nicht ein.

»Das Gelände ist recht groß. Ich kann mir nicht vorstellen, dass er ihn in einem der Gebäude versteckt hat, aber möglicherweise …« Er verstummte, schaute Melzick an und rieb seine Glatze. »Würden Sie uns bei der Suche helfen, Kater? Wir könnten systematisch vorgehen.«

»Warum nicht, natürlich.« Wieder schaute er sich nach dem Gewächshaus um und nahm einen tiefen Zug. »Ich kann ja da drüben anfangen«, meinte er und deutete auf das Glashaus und das dornige Gebüsch, das sich undurchdringlich dahinter erstreckte.

»Gut, einer der Beamten wird Sie unterstützen«, sagte Zweifel und winkte dem Posten, der drüben gewartet hatte. »Melzick, können Sie die restlichen Leute bitte einteilen? Sie sollen das gesamte Grundstück durchkämmen. Und wenn Sie dann anschließend zu meinem Wagen kommen, danke.« Zweifel klatschte einmal in die Hände. Dann drehte er sich um und verschwand im Wohnhaus. Dort wäre er fast über einen der beiden Assistenten gestolpert, der auf allen Vieren auf dem schmutzigen Hausflur kauerte. Penny Stock lugte aus dem mittleren Zimmer. Ohne Zweifels Fragen abzuwarten, berichtete sie.

»Die Barfußabdrücke sind in der ganzen Küche und im hinteren Teil des Flurs, da wo sie im Moment stehen, allesamt sehr frisch. Das Handy von Lindberg ist nicht da. Wir hätten es mit Sicherheit gefunden. Dr. Kälberer hat angerufen, es wird noch etwas dauern, bis er kommt.« Sie drehte die Augen zur Decke, als ob dort etwas geschrieben stünde.

»Ach ja, und da ist noch etwas ganz Merkwürdiges.«

»Tatsächlich. Ist das so?«, sagte Zweifel nicht ohne Ironie. Da geriet er bei Penny Stock jedoch an die Falsche.

»Ich kann das sehr gerne auch für mich behalten, Herr Kommissar«, sagte sie und zog sich wieder in das Wohnzimmer zurück. Zweifel stutzte. Dann machte er ein paar vorsichtige Schritte um den knienden Assistenten herum und steckte seinen Kopf durch die Tür.

»Lassen Sie mich raten«, sagte er zu dem überaus beschäftigt aussehenden Rücken der professionellen Spurensucherin.

»Sie haben etwas nicht gefunden, das eigentlich da sein müsste.« Der Rücken reagierte nicht.

»Sie haben etwas gefunden, für das es aus jetziger Sicht noch keine logische Erklärung gibt.« Außer tiefen Atembewegungen zeigte der Rücken im weißen Schutzanzug immer noch keine Reaktion. Zweifel startete einen dritten Versuch.

»Was könnte es wohl sein, das ein mit allen Wassern gewaschener Spürhund wie Sie, oder sollte ich sagen, eine Spürhundedame wie Sie, als ›ganz merkwürdig‹ klassifiziert?« Penny Stock drehte sich um und schaute Zweifel, der seine unschuldigste Miene aufgesetzt hatte, offen ins Gesicht.

»Sparen Sie sich die Spürhundedame. Was unsere Zusammenarbeit angeht, so tanzen Sie gerade auf sehr dünnem Eis.« Zweifel hob beide Hände.

»Das bringt meine Art so mit sich. Ich hab's ganz gern, wenn es knistert, selbst wenn es Eis ist. Das beflügelt das Denken, finden Sie nicht?« Penny Stock schüttelte ergeben den Kopf.

»Also gut, Sir.« Sie konnte ein Grinsen nicht unterdrücken

und nickte dann. »Sie waren schon ziemlich nahe dran. Wir haben tatsächlich etwas nicht gefunden, das da sein müsste.«

»Gut, dann weiß ich, was Sie meinen. Wenn es an der Zeit ist, sag ich's Ihnen. Und wenn ich falsch liegen sollte, dürfen Sie sich was wünschen.« Er schaute auf seine Uhr. »So und jetzt muss ich los.« Damit ließ er eine sprachlose Penny Stock zurück und begab sich zu seinem altersschwachen Toyota, wo Melzick ihn schon erwartete.

»Die Jungs sind alle beschäftigt?«, fragte er sie.

»Allerdings. Und unser Freund Kater legt sich ganz besonders ins Zeug.«

»Umso besser. Dann können Sie mir jetzt das Manuskript geben. Ich werde es mir zu Gemüte führen, bevor ich die Pressekonferenz und alles Weitere mit Klopfer bespreche.« Sie reichte ihm das braune Kuvert, in dem sie das Manuskript aufbewahrt hatte. Zweifel nahm es mit der Linken entgegen und legte die rechte Hand auf das flache Päckchen.

»Irgendwas Brauchbares, das Ihnen dabei aufgefallen ist?«

»Ich bin mir nicht ganz sicher, aber beim Durchblättern schoss mir etwas in den Sinn.«

»Deja vu?« Sie rümpfte die Nase und griff sich ratlos in ihre rote Dreadlockmähne. »So, als ob Sie etwas schon mal gesehen hätten?«

»Ich weiß, was »Deja vu« bedeutet, Chef. Ich weiß aber auch, dass uns unser Gehirn manchmal einen Streich spielt.« Er nickte.

»Wir müssen alles zulassen, Melzick, jeden noch so abwegigen Gedanken. So kommt das Unbewusste, das häufig die Wahrheit schon längst kennt, an die Oberfläche und damit zu seinem Recht. Wenn es bei Ihnen dämmert, schließen Sie die Augen, bis es blitzt. Und dann rufen Sie mich an. Übrigens auch dann, wenn Sie den verflixten

Ballonkorb gefunden haben.« Sprach's, setzte sich in sein Gefährt, ließ den Umschlag auf den Beifahrersitz fallen, winkte ihr zu und brauste davon.

Melzick sah ihm nach. Zweifels Staubwolke drang ihr beißend in die Augen. Sie musste sie schließen. Und plötzlich fiel es ihr wieder ein.

17. Kapitel

22.Juli 19:45 Uhr

Sie gehen jetzt über flaches Gras, es ist die Wiese hinter den Häusern. Ganz entfernt sind Stimmen zu hören, eine Grillparty ist im Gange in der Villa am Ende der Straße.

Die nahe Kirchenglocke schlägt drei Mal. Sie laufen im Zickzack, um ihn zu verwirren. Seine rechte Hand schmerzt höllisch, die Knöchel schwellen an. Der mit den harten Händen geht links von ihm und hat einen langen Arm um seine Schultern gelegt. Er drückt ihn fest an sich. Rechts hört er die Schritte des anderen. Ist denn niemand in der Nähe? Um diese Zeit? Er muss doch auffallen mit diesem schwarzen Ding auf dem Kopf. Alle drei haben sie doch Kapuzen auf. Oder nur noch er?

Er stolpert schwerfällig. Die körperliche Nähe ist ihm unerträglich. Dieser ekelhafte Atem. Diese rücksichtslose Stärke. Sie sagen nichts zu ihm, als sie plötzlich stehen bleiben. Er wendet den Kopf nach allen Seiten.

Eine Wagentür wird geöffnet. Eine Schiebetür. Er hört sie miteinander flüstern. Er versteht kein Wort davon. Sie drücken ihm den Kopf nach unten. Er hebt seinen Fuß, um einzusteigen. Dabei schlägt sein Schienbein an eine Metallkante. Noch mehr schlimme Schmerzen. In seinem Kopf ist nur noch Platz für Schmerzen und die Angst vor noch mehr Schmerzen. Tränen schießen ihm in die Augen, dem alten Mann. Er kneift sie zusammen unter der Kapuze, die nun schon nach seiner Angst riecht.

Der ihn im Arm hatte schiebt ihn ins Innere des Wagens. Es mieft nach alten Autopolstern. Er tastet mit den Händen, lasst sich auf die Sitzbank fallen, rutscht weiter weg, nur weg von dem, der sich neben ihm schwerfällig niederlässt und seinen linken Arm um ihn legt, auf seine zitternde Schulter presst.

Die Schiebetür wird leise zugezogen. Der andere steigt vorne ein. Er hört mehrere Schlüssel klappern. Dann schlängelt sich die fürchterliche Flüsterstimme unvermittelt in seine Ohren:

»Sind Sie bereit Professor? Sie werden nun Ihre Reise antreten. Und es wird hoch hinausgehen, Professor, es wird sehr hoch hinausgehen.« Ein schrilles Zischen lässt ihn zusammenfahren. Diese Stimme! Er hebt seine Hände, um sich die Ohren zuzuhalten, doch die harten Hände sind schneller. Die linke Pranke quetscht die Finger seiner linken Hand zusammen. Ein harter Schlag auf die schmerzhaft geschwollenen und abgeschürften Knöchel seiner rechten Hand lässt ihn aufschreien.

Der Motor wird angelassen. Langsam setzt sich der Wagen in Bewegung. »Was um Himmels Willen hat er gemeint mit ›sehr hoch hinaus?‹ Was haben diese Teufel mit mir vor?« Eine eiskalte Schlange kriecht langsam durch seinen Magen. »Das alles ist nicht passiert. Es passiert nicht. Es darf nicht passieren! Mein Gott, was wird passieren?« Das Blut hämmert in seinem Kopf. Er fühlt eine bittere Übelkeit aufsteigen. Er schmeckt Galle auf der Zunge.

»Willoughby, wir fahren in einer halben Stunde.«

»Sehr wohl, Madam.« Marie-Theres Mindelburg hatte eine Entscheidung getroffen am Ende einer sehr langen Nacht, in der sie keinen Schlaf finden konnte. Sie hatte keinen blassen Schimmer, wo dieses ach so wichtige Manuskript sein konnte. Es war ihr auch einerlei. Das Geplänkel mit diesem jungen Schnösel Muldoon hatte sie im Grunde sogar amüsiert. Er war auf ihren Bluff eingegangen. Aber wenn es nach ihr ginge, konnte er auf seinem schmalen Aluminiumkoffer im feinen Hotel *Mandarin Oriental* sitzen bleiben, bis ihm ein Dreitagebart gewachsen war.

Sie war nicht daran gewöhnt, sich Gedanken um ihr Vermögen zu machen. Ganz einfach, weil all die Jahre ihr Vermögen ihr Vorstellungsvermögen überstiegen hatte. Dieser Scheck hatte ihr wieder einmal einen Eindruck davon verschafft, wie reich sie war. Und wie gleichgültig ihr das war.

Was ihr den Schlaf raubte, waren ganz andere Gedanken. Es waren die Gedanken an ihren vor Jahrzehnten ums Leben gekommenen Sohn. Es waren die Gedanken an ihren seit vielen Jahren toten Bruder. Und es waren die Gedanken an ihren anderen seit gestern toten Bruder.

Die Gedanken an ihren Sohn waren ihr lieb gewordene Vertraute, deren Schmerz sie wärmte. Die Gedanken an ihren Bruder, der sich vor langer Zeit aus Furcht vor finanziellem Ruin in seinem Treppenhaus erhängt hatte, waren für sie wie alte Kleider, die sie in einem Schrank auf dem Dachboden aufbewahrte, unfähig, sie aus ihrem Leben zu verbannen, ihre Existenz gleichwohl nur mit Schaudern ertragend.

Die Gedanken an ihren zu Tode gestürzten Bruder schließlich, waren andere, als sie erwartet hatte. Was hatte sie auch erwartet? Sie verdrängte diese Gedanken. Und da kam ihr noch jemand in den Sinn. Sie zog die Stirn in Falten und nahm unwillig ihre schwarz geränderte Brille ab.

Wo konnte sie am ehesten ihren Kopf frei bekommen? Das war die Frage, die sie schließlich im ersten Morgenlicht für sich beantwortet hatte. Sie würde nach Sylt fahren. Zwei Tage nur. Die würden reichen.

Melzick war eingeschlafen. Den ganzen Nachmittag hatte sie bei der Suche nach dem Ballonkorb geholfen. Schließlich hatten sie aufgegeben. Penny Stock war mit ihren beiden Assistenten schon wieder abgerückt, nachdem sie sich kurz und knackig unterhalten hatten.

»Dein Chef hat schon eine merkwürdige Art an sich, oder?«

»Gilt für dich doch genauso, Penny, wenn ich mir vorstelle, wie du jedes Mal deine Leichen begrüßt.«

»Na ja — Dr. Kälberer ist da ganz anders. Der schafft es tatsächlich, den Toten in meiner Anwesenheit eine Stunde lang zu untersuchen, ohne auch nur ein Wort zu verlieren. Verabschiedet sich nicht mal.«

»Vielleicht hast du ihn eingeschüchtert.«

»Seh' ich so aus?«

»Willst du eine ehrliche Antwort?« Penny schaute an ihrem umfangreichen Körper, der immer noch in dem weißen Schutzanzug steckte, herab, und ließ ein ärgerliches Schnaufen hören.

»Ein anderes Mal, Mel.«

Wenig später waren nur noch Kater und Melzick auf dem Hof. Die Leiche des Ballonfahrers war abtransportiert worden. Kater hatte die letzte Zigarette aus einem Päckchen gefischt und dieses zusammengeknüllt auf den Boden geworfen.

»Wundert mich ehrlich gesagt nicht, dass wir nichts gefunden haben. Wie kommt der Kommissar auf die Idee, dass ausgerechnet hier etwas versteckt sein könnte?«

Melzick musterte ihn von der Seite und antwortete nicht. Kater drehte die Zigarette ein paar Mal zwischen seinen Fingern, dann zündete er sie an.

»Nobler Ring, den Sie da haben«, sagte Melzick.

»Ach der, na ja, ist ein Erbstück. Von meinem Vater.« Er steckte, die Zigarette lässig im Mundwinkel, beide Hände in die Hosentaschen. »Wie auch immer«, sagte er und zuckte mit den Schultern, »für heute hab' ich genug. Kann ich Sie mit in die Stadt nehmen?« Melzick ließ sich das Angebot durch den Kopf gehen. Bei dem Gedanken war ihr unwohl.

»Was ist mit Frido? Können wir ihn denn einfach hier draußen lassen, ganz allein?« Kater stieß eine dicke Rauchwolke aus.

»Keine Angst. Der kommt schon zurecht. Außerdem hab' ich ihm versprochen, heut Abend noch einmal vorbeizusehen.« Er schnippte die Asche auf den Boden.

»Also, wie steht's?« Sie schüttelte den Kopf.

»Danke für das Angebot, aber ich werde laufen.« Er hob die Hände und nickte dann.

»Gut, wenn Sie oder der Kommissar mich brauchen — Sie haben ja meine Nummer.« Er nahm noch einen Zug und warf die nicht zu Ende gerauchte Zigarette etwas heftig auf den Boden. Dann lief er über den Hof bis zu seinem Wagen, stieg ein, startete, wendete und fuhr langsam davon.

Melzick hatte ihn nicht aus den Augen gelassen. Sie atmete tief durch.

Dann lief sie los, quer über die Felder, es waren ja nur ein paar Kilometer bis in die Stadt. Nach einer halben Stunde kam sie an eine alleinstehende Rotbuche mit ausladenden Zweigen, in deren Schatten eine alte Holzbank sie zu einer Pause verlockte.

Mit einem Mal fühlte sie eine ungewohnte Schwäche. Sie musste sich setzen, lehnte die Ellbogen auf die Knie, ließ den Kopf hängen und atmete ein paar Mal tief durch. Die Nacht steckte ihr in den Knochen. Mehr als sie sich eingestehen wollte. Der Albtraum. Der tote alte Lindberg. Der tobende junge Lindberg. Die mühselige Suche ohne Erfolg.

Sie seufzte tief auf. Dann legte sie sich einem Impuls folgend vorsichtig auf die altersschwache Bank.

Ihr letzter Gedanke, bevor sie der Schlaf überkam, galt Kater. Irgendetwas an seinem Verhalten war …

Bis zu seinem Gespräch mit Klopfer war noch ausreichend Zeit, so dass Zweifel beschloss, zunächst den *Goldenen Adler* aufzusuchen, das Lokal, in dem der Professor an seinem letzten Tag gegessen hatte. Es war das älteste Gasthaus in der Stadt, erstmals erwähnt 1492. So zu lesen auf einer bronzenen Plakette neben der rustikalen Eingangstür aus uraltem Holz.

»War zu der Zeit Kolumbus nicht den Indianern auf der Spur? In der Ferne wurde blutig erobert und hier wurde fröhlich gezecht«, dachte Zweifel. Ein beruhigender Gedanke, wie er fand.

Er fand einen Platz in der Ecke des Schankraumes. Mehr als fünfhundert Jahre lagen in diesem Raum. Zweifel verscheuchte die Ehrfurcht, die bei dieser Vorstellung in ihm aufkeimen wollte und beobachtete den Kellner, der an der Schwingtür zur Küche das Geschehen überwachte. Er war unverkennbar der Chef des Bedienungspersonals, allein schon durch seine Erscheinung: Ebenso groß wie Zweifel, kerzengerade Haltung, hellwache, freundliche Augen, kurz geschorenes, dichtes weißes Haar. Ein scharfer Blick, ein Nicken, eine hochgezogene Augenbraue genügten ihm, um seine Leute zu dirigieren. Dies war sein Mann.

Zweifel suchte seinen Blickkontakt und nickte ihm dann freundlich zu. Gemessenen Schrittes kam er an seinen Tisch. Zweifel hatte seinen Dienstausweis auf die Serviette gelegt. Der Chefkellner streifte diesen nur kurz und fragte dann unbeeindruckt:

»Guten Tag, Herr Zweifel, was darf ich Ihnen bringen?«

»Guten Tag, Herr …?«

»Albert.«

»Guten Tag, Herr Albert. Richtig. Ich sollte vielleicht etwas essen. Bringen Sie mir bitte irgendetwas Leichtes.«

»Unseren Premiumsalat zum Beispiel?«

»Ja, das ist genau das Richtige. Und wenn Sie etwas Zeit finden, können Sie mir sicher auch mit ein paar Antworten behilflich sein.« Albert hob darauf leicht seine rechte Hand. Sofort kam eine der jungen Kellnerinnen herbei, die ständig hin und her wuselten.

»Premiumsalat und ein alkoholfreies Pils«, dabei schaute er Zweifel fragend an und als dieser nickte, verschwand sie ebenso rasch wieder. Albert blieb am Tisch stehen, behielt jedoch seine Mannschaft weiterhin im Blick.

»Professor Mindelburg hat hier wohl ganz gern gegessen«, begann Zweifel.

»Er war Stammgast, kam praktisch jeden Tag, außer an den Wochenenden.«

»Sie kannten ihn also gut?«

»So gut man eben jemanden kennt, dem man seit vier Jahren täglich beim Essen zusieht.«

»War er immer allein?«

»Das war er. Das heißt«, er zögerte kurz, »in letzter Zeit hatte er doch einige Male Gesellschaft.« Albert hatte, während er antwortete, ein Paar beobachtet, das seit einigen Minuten an einem Fenstertisch saß und nickte nun einer Kellnerin energisch zu.

»Was für eine Begleitung war das?« Albert räusperte sich.

»Nun, es war ein junger Mann, etwa dreißig, sehr elegant angezogen, mit einem schmalen Koffer.«

»Lassen Sie mich raten«, sagte Zweifel, dem die Szene am Münchner Hauptbahnhof vor Augen stand, als jemand, auf den diese Beschreibung passte, zu Marie-Theres Mindelburg in den Wagen gestiegen war, »es war ein Aluminiumkoffer.«

Albert nickte unbeeindruckt.

»Jedenfalls war er aus Metall.«

»Haben die beiden zusammen gegessen?«

»Nein, das nicht. Ich hatte auch den Eindruck, dass sie sich das erste Mal sahen. Der junge Mann blieb etwa eine Viertelstunde, in der er sehr intensiv auf den Professor einredete, wenn auch sehr höflich. Erst als er gegangen war, habe ich dem Professor sein Essen serviert.«

»Haben sie etwas von dem Wortwechsel mitbekommen?«

»Bedaure, so weit geht meine Neugier nicht.«

»Haben die beiden sich denn noch ein zweites Mal getroffen?« Die junge Kellnerin brachte Zweifels Pils und stellte es mit einem fröhlichen »wohl bekomm's« vor ihn hin. Albert wartete, bis sie wieder verschwunden war und der Kommissar einen ersten herzhaften Schluck genommen hatte.

»Ein paar Tage später tauchte der junge Mann erneut auf. Der Professor schien nicht sehr erfreut darüber. Sie wechselten nur ein paar Sätze. Dann ging der junge Mann mit seinem Koffer unverrichteter Dinge.«

»Den hatte er also wieder mit dabei?« Albert nickte.

»Wann war das, also dieses zweite Treffen?« Albert musste nicht lange nachdenken.

»Das war letzte Woche, Mittwoch.«

»Und Sie haben den Koffermann seitdem nicht wiedergesehen?« Albert schüttelte sein weißes Haupt.

»Hat der Professor Ihnen gegenüber irgendeine Bemerkung fallen lassen? Sie kannten sich ja immerhin schon ein paar Jahre. Da redet man doch sicher auch mal über was anderes, als nur übers Wetter.«

Albert antwortete nicht sofort. Er ließ seinen Blick durch den Raum schweifen. Alle Gäste schienen zufrieden. Das

Personal war besonders aufmerksam. Es waren keine Anweisungen erforderlich.

Zweifel nahm einen weiteren Schluck und wartete, ohne Albert anzusehen. Die junge Kellnerin kam mit dem Salat. Albert ging ihr entgegen, nahm ihr den Teller ab und servierte ihn dem Kommissar.

»Lassen Sie es sich schmecken.«

»Danke, Albert.« Er schien sich einen Ruck zu geben, dann zog er einen Stuhl heran und setzte sich.

»Sie erlauben?« Zweifel hatte so etwas erwartet und nickte mit vollem Mund.

»Ich weiß natürlich, dass der Professor tot ist«, begann Albert vorsichtig, »und offensichtlich muss dieser Tod genauer untersucht werden, sonst wären Sie nicht hier, Herr Kommissar.« Zweifel schwieg und widmete sich seinem Salat. Er schmeckte vorzüglich. Albert legte seine Hände zusammen.

»Der Professor war ein sehr ruhiger Gast, fast immer kam er allein, ich sagte es schon. In all den Jahren sind wir praktisch nie über Smalltalk hinausgekommen.« Zweifel nahm eine neue Gabel in Angriff und schaute Albert an. Dieser erwiderte den Blick.

»Vorgestern allerdings, als er das letzte Mal bei uns war, fragte er mich nach meiner Frau. Ich hatte irgendwann einmal beiläufig erwähnt, dass sie seit einem Autounfall blind ist. Das hatte er sich gemerkt. ›Ihre Frau wird Sie also nie wieder sehen‹, hat er gesagt. ›Jedenfalls nicht mit ihren Augen‹, hab’ ich geantwortet. ›Haben Sie ihr heute in die Augen gesehen?‹, hat er gefragt. Bei dem Unfall wurde der Sehnerv beschädigt, den Augen selbst ist nichts anzumerken, sie sind so schön wie am ersten Tag. Auch das hatte ich ihm damals erzählt, müssen Sie wissen.«

Zweifel nickte. Er hatte seine leere Gabel hingelegt. Albert räusperte sich dezent. »Ja, antwortete ich, ich sehe ihr jeden Tag in die Augen, jeden Morgen, bevor ich aus dem Haus gehe.« ›Sie sind zu beneiden‹, hat er gesagt, ›ich hoffe, Sie wissen das.‹ Und dann hat er mir ein Trinkgeld gegeben, von dem Sie hier eine Woche lang bei uns essen könnten.«

»Haben Sie eine Ahnung, warum er das tat?« Albert schüttelte den Kopf.

»Ich wollte es nicht annehmen, es war einfach zu viel, aber er bestand darauf.«

»Hatten Sie den Eindruck, dass er wusste, dass er das letzte Mal bei Ihnen war?« Albert zögerte etwas.

»Darüber hab' ich noch nicht nachgedacht, aber — nein, das glaube ich eigentlich nicht. Trotz des ernsten Gesprächs machte er einen gelösten Eindruck. Ganz so, als ob er ein Ziel erreicht hätte. Vielleicht wollte er einfach nur jemanden belohnen und das war dann eben ich.«

»Interessant, wie Sie das formulieren.« Zweifel begann wieder zu essen. »Wann ist er denn gegangen?«

»Das war etwa um halb zwei, ganz so wie gewöhnlich. Um zwölf Uhr war er gekommen. Er ließ sich viel Zeit beim Essen.«

»Wissen Sie vielleicht, was er davor, also den ganzen Vormittag über gemacht hat?« Albert schüttelte den Kopf.

»Ich vermute, dass er gearbeitet hat. Er hatte immer Notizen dabei, mehr kann ich dazu nicht sagen.« Zweifel nickte.

»Sie haben mir sehr geholfen, vielen Dank. Der Salat hat mir übrigens ausgezeichnet geschmeckt.« Albert nickte und stand auf.

»Ein Kaffee vielleicht?«

»Das ist eine gute Idee. Und vielleicht etwas Süßes dazu.«

Albert verschwand. Zweifel holte seinen Notizblock hervor und notierte etwas. Dann nahm er das Manuskript des Professors zur Hand. Ein unscheinbares Objekt, von Größe und Farbe her leicht zu übersehen. Das war ja wohl auch beabsichtigt. Versehen mit dem für öffentliche Büchereien typischen Buchstabenkürzel, um die Tarnung perfekt zu machen. AMIN.

Zweifel blätterte flüchtig durch die Seiten im DIN-A5-Format, es mochten etwa hundert sein. Viele Fotos darunter. Der Text handschriftlich, eine großzügige, gut leserliche Handschrift. Er studierte die Fotos genauer. Alles alte Schwarzweißaufnahmen, die eine junge Frau zeigten, was ihn im ersten Moment verwirrte. Dann erinnerte er sich an die Frage auf Lateinisch, die sie in Mindelburgs Privatmuseum entdeckt hatten: quod vide — was siehst du. Und da fiel es ihm schlagartig auf.

Die junge Frau war ein Ablenkungsmanöver. Sie hatte häufig etwas anderes an, es gab eine Reihe von Hüten zu bewundern, die in jenen Jahren wohl modern gewesen waren; mal trug sie lange Handschuhe, mal einen Schleier, auch die Frisuren wechselten, doch immer war sie allein zu sehen. Und immer gab es eine Wand im Hintergrund.

Zweifel suchte nun systematisch nach den Fotos, die im Manuskript verteilt waren und nach und nach seine Vermutung bestätigten.

Es waren insgesamt siebenundzwanzig Aufnahmen, die stets diese junge Frau zeigten. Und an der Wand im Hintergrund hingen siebenundzwanzig verschiedene Gemälde, von denen er fast alle aus seinen Studienzeiten kannte. Samt und sonders Meisterwerke aus vier Jahrhunderten. Unbezahlbar, eines wie das andere. Eine Sammlung von außerordentlicher Qualität.

Der Kaffee kam, nebst einem Stück hausgemachter Schokoladentorte.

Zweifel bemerkte es nicht. Er hatte angefangen zu lesen, um zu erfahren, was diese Bilder miteinander verband.

18. Kapitel

Melzick drehte sich im Schlaf auf die Seite, doch die alte Holzbank war zu schmal für dieses Manöver. Aus unerfindlichen Gründen träumte sie von Pool-Billard, und gerade als sie eine Kugel traumhaft sicher versenkte, fiel sie von der Bank.

Sie erwachte genau in der Zehntelsekunde, bevor sie schmerzhafte Bekanntschaft mit dem staubigen Boden machte. Benommen tastete sie im Liegen nach dem Queue aus ihrem Traum und geriet mit ihrer rechten Hand in die Brennnesseln, die unter der Holzbank lauerten. Das brachte sie vollends zu sich.

Sie rappelte sich auf, klopfte mit der Linken den Staub aus ihrer Jeans und bewegte dann vorsichtig die Finger ihrer rechten Hand. Weit und breit war niemand zu sehen. Sie zog ihr Smartphone aus der Gesäßtasche. Es hatte den Sturz unversehrt überstanden und zeigte 16:05 Uhr, sie musste fast eine Stunde geschlafen haben. Es war höchste Zeit, sich bei ihrem Chef zu melden.

Zweifel ging erst nach dem fünften Klingelton ran. Während er sein altes Handy hervorkramte, fiel sein Blick auf den Kuchenteller mit seiner Schokoladentorte und auf die volle Kaffeetasse.

»Melzick, wo sind Sie? Auf der Bank? Wieso? Versteh ich nicht, na das können Sie mir später erklären, wenn — wie bitte? Melzick, geht's Ihnen gut? Sie nuscheln so. Nein, bei Klopfer war ich noch nicht, er ist immer noch in München, im Ministerium. Lucy hat mich rechtzeitig informiert. Sie sollen sie übrigens bei Gelegenheit anrufen, am besten gleich. Halt, erst sagen Sie mir noch, wie die Suche verlaufen ist.

Haben Sie den Korb gefunden? Aber das kann nicht sein! Er muss dort irgendwo sein. Fragen Sie mich nicht — ich weiß das einfach. Okay, ich werde selbst nochmal da draußen herumstöbern. Da fällt mir ein: Wer hat denn hinter dem Gewächshaus gesucht? Richtig, das war Kater.«

Zweifel versuchte einen Schluck Kaffee. Er war kalt, aber sehr stark. »Nein, ich sitze hier noch über dem Manuskript. Der gute Professor Mindelburg hat in ein Wespennest gestochen mit seiner Theorie. Das Brisante dabei ist, dass er Beweise hatte. Und die waren sehr ernst zu nehmen, todernst. Nein, ich denke, Sie setzen sich jetzt vor Ihren Bildschirm und versuchen, alles über die Familie Mindelburg zu recherchieren. Kann sein, dass Sie da ziemlich weit in die Vergangenheit eintauchen müssen. Vielleicht stoßen Sie dabei auf etwas, das Ihre Rachetheorie bestätigt. Wir treffen uns dann morgen früh im Büro. Und denken Sie dran, Melzick, vergessen Sie nicht zu schlafen!«

Zweifel legte auf und beschloss, sich jetzt erst einmal auf die Schokoladentorte zu konzentrieren und ließ sich dazu einen heißen Kaffee kommen.

»Sagen Sie, Albert«, fragte er, als dieser mit der dampfenden Tasse vor ihm stand, »haben Sie den Namen Quirin van Berg schon mal gehört?«

»Lucy, ich soll dich anrufen.«

»Na endlich«, sagte die Perle des Büros und überprüfte beiläufig den Süßigkeitenvorrat in ihrer rechten Schublade.

»Also, was gibt es?«

»Mel, du weißt, dass ich auf deiner Seite bin, also tu' jetzt gefälligst nicht so gelangweilt.« Melzick wechselte ihr Smartphone in die andere Hand und rieb ihre immer noch schmerzhaft juckenden Finger an ihrer Jeans.

»Tut mir leid, Lucy. Ich bin ganz Ohr.« Lucy schob die enttäuschend leere Schublade zu und öffnete die Linke. Hier lagen, in alle vier Ecken verstreut, die Überlebenden ihrer Heißhungerattacken: vier Kirschpralinen älteren Datums.

Lucy schnaufte ergeben ins Telefon und gab dieser Schublade einen heftigen Stoß. Dann eben nicht. Eher würde sie einen Marathon laufen, als sich diese Dinger einzuverleiben. Sie fragte sich nebenbei, wie die überhaupt dorthin gekommen waren.

»Also gut, pass auf, Mel«, sagte sie und notierte gleichzeitig mit dickem grünem Filzstift ›Nussschokolade‹ auf einen gelben Zettel. »Das wird euch sicher interessieren. Ich wollte es aber dir zuerst sagen. So kannst du Pluspunkte sammeln.« Sie machte eine Pause, damit Melzick Zeit hatte, sich zu bedanken.

»Ich hab' ein bisschen gestöbert und dabei einen Zeitungsbericht gefunden. *Mindelheimer Zeitung.* Etwas über ein Jahr alt. Also noch gar nicht so lange her. Komisch, dass das schon so in Vergessenheit geraten ist.«

»Lucy, um was geht es denn in dem Artikel?«

»Ja doch! ›Sturz aus dem Heißluftballon‹ lautet die Überschrift. Da ist jemand aus ziemlicher Höhe aus einem Ballon gefallen. Es gab angeblich eine Hand voll Zeugen. Natürlich kann man als Laie die genaue Höhe schwer abschätzen. Jedenfalls war es so hoch, dass keiner der Zeugen erkennen konnte, ob da eine Frau oder ein Mann vom Himmel fiel. Sie konnten auch nicht mit Gewissheit sagen, ob noch jemand im Ballonkorb war.

Und jetzt kommt es: Man hat nie eine Leiche gefunden, obwohl die Leute den Absturzort sehr genau einkreisen konnten. Bis heute fehlt die Leiche. Und der Ballon übrigens auch. Leider hat sich auf den keiner konzentriert.«

Sie machte erneut eine Pause. Melzick verarbeitete unterdessen diese Informationen und schwieg.

»Dachte nur, das könnte euch vielleicht weiterhelfen, Mel. Was meinst du?«, ergänzte Lucy mit einem zaghaften Unterton.

»Du bist nicht mit Gold aufzuwiegen, Lucy.« »Wohl eher mit Schokolade«, dachte sie insgeheim. »Wirklich, das ist ein enorm wichtiger Hinweis. Kannst du mir den Artikel schicken?« Lucy drückte auf die Entertaste.

»Schon unterwegs. Und vielleicht sagst du mir bei Gelegenheit, was daraus geworden ist.«

»Mach ich, Lucy, und was war nochmal deine Lieblingsschokolade?«

»Quirin van Berg, Herr Kommissar? Warten Sie. Kommt mir bekannt vor. Den habe ich schon mal gehört, nein, gelesen habe ich über ihn. Einer von den Superreichen, die van Gogh für ein Statussymbol halten, und die Millionen, die sie mit Öl verdient haben, in alte Ölfarbe investieren.«

Zweifel war mit seiner vollen Kuchengabel auf halber Höhe hängen geblieben und schaute den Chefkellner verdutzt an. Dieser konnte noch zulegen.

»Wenn man der Klatschpresse glauben darf, und wer tut das nicht, dann hat er wohl neben den üblichen Villen, Chalets, Penthäusern und Sommerresidenzen auch eine kleine Hütte am Starnberger See.« Zweifel hatte die Kuchengabel samt ihrer süßen Last auf den Teller gelegt, und lehnte sich mit verschränkten Armen in seinem Stuhl zurück.

»Kuchen, Kaffee, Informationen — ist hier eigentlich alles erstklassig, Albert?«

»Um der Wahrheit die Ehre zu geben, Herr Kommissar, unser Birnenkuchen ist nicht immer zu empfehlen.«

Der weißhaarige Chefkellner hob bedauernd die Schultern und drehte auf dem Absatz um. Zweifel schüttelte seinen Kopf und betrachtete gedankenverloren seine Kaffeetasse. Quirin van Berg. Er hatte am Vorabend im Internet einiges über ihn herausgefunden. Die Hütte am Starnberger See war ihm entgangen. Er schnalzte mit der Zunge und nahm einen großen Schluck Kaffee. Die Spur schien heiß zu werden und diese Tasse würde er nicht kalt werden lassen.

Nelson Muldoon saß seit dreißig Minuten in der edlen Lounge des *Mandarin Oriental* Hotels und nippte bereits an seinem zweiten Cocktail, während er sich betont gelangweilt umschaute.

Die alte Dame hatte geblufft. So viel stand für ihn fest. Es wunderte ihn nicht, dass Marie-Theres Mindelburg ihn versetzte, damit hatte er gerechnet. Er saß nur hier, weil er es gewohnt war, alles für möglich zu halten und jede noch so geringe Chance wahrzunehmen.

Natürlich hatte der Tod des Professors ihre Ausgangslage deutlich verändert. Das Manuskript jedoch fehlte immer noch, ein ärgerlicher Umstand. Andererseits — wer sollte es denn jetzt noch zur Veröffentlichung bringen? Existierte es denn überhaupt? Schon seit längerem wurde in den einschlägigen Kreisen darüber gemunkelt. Es hatte einige Unruhe verursacht.

Sein Auftraggeber war nicht der einzige, der von Mindelburgs Behauptungen betroffen sein konnte. Aber er war derjenige, der etwas unternommen hatte. Dieser Mann war es gewohnt, zu handeln und schreckte auch vor ungewöhnlichen Maßnahmen nicht zurück. Davon war Nelson Muldoon überzeugt, wenngleich er selbst nicht in alles eingeweiht war.

Das war ihm, wenn er es genau bedachte, auch lieber so. Er leerte sein Glas und stand auf. Marie-Theres Mindelburg spielte keine Rolle mehr.

Melzick war zu Hause angelangt. Sie schaute erst gar nicht in ihren Briefkasten, der ein ereignisloses Dasein fristete. Nachbarn und Mitbewohner des alten Gebäudes, das vor Jahrzehnten mal ein Hotel gewesen war, waren so freundlich, ihr nicht zu begegnen, als sie müde und hungrig nach dem langen Fußmarsch in den vierten Stock hoch schlurfte. Als sie endlich vor ihrer Wohnungstür stand, atmete sie tief durch.

Wenig später, nach einer schnellen Dusche, zwei Gläsern Wasser und einem Apfel, beschloss sie, sich ein Abendessen mit allem Drum und Dran zu gönnen.

Für die vermutlich stundenlange Recherche am Bildschirm musste sie ausreichend Energie tanken. Außerdem würde sie das Kochen auf andere Gedanken bringen. Zuerst einmal ein frischer, saftiger Salat aus Tomaten, rotem Paprika, Feldsalat und Mais, veredelt mit gerösteten Sonnenblumenkernen. Danach Süßkartoffelpommes, panierte Zucchini und Avocadomousse. Den dazugehörigen Tofu würde sie in der Pfanne goldbraun anbraten und mit einer Sojasauce ablöschen.

Und für den Nachtisch eine Mousse aus ganz dunkler Schokolade mit einem Sahnehäubchen aus Kokoscreme.

In Gedanken stellte sie sich diese drei Gänge im Detail vor, sah die gefüllten Teller mit geschlossenen Augen und zählte bis zehn. Dann nahm sie ihr Handy aus der Hosentasche, schaltete es aus und warf es auf das Schlafsofa in ihrem winzigen Wohnzimmer. Sie inspizierte ihren Balkon, pflückte ein paar Kräuter, und machte sich mit Vorfreude ans Werk.

Zweifel hatte unterdessen sein Manuskriptstudium beendet und war ins Büro gefahren. Lucy hatte ihn kurz vor ihrem Feierabend noch erreicht.

»Kommissar, gut dass Sie rangehen. Was machen Sie gerade?« Das schien sich zu ihrer Standardfrage zu entwickeln.

»Was vermuten Sie denn, Lucy?«

»Wenn ich das sage, reden Sie kein Wort mehr mit mir.«

»Ich vermute mal, der Chef ist von seinem Ausflug zurück.«

»Er will Sie heute Abend noch sprechen. Am besten gleich. Dann haben Sie es hinter sich.«

»Danke für den Tipp, Lucy.«

Um halb sieben saß Zweifel bei seinem Chef im Büro und erstattete in kurzen Worten Bericht von seinen Ergebnissen im *Goldenen Adler*, seinem Studium des von Melzick aufgespürten Manuskriptes und seinen Erkenntnissen daraus, speziell was die Fotos anging, sowie von der großen Neuigkeit.

Alois Klopfer saß auf der Kante seines ausladenden Schreibtisches und hörte schweigend zu. Als Zweifel den zweiten Mord erwähnte, entfuhr ihm ein leiser Fluch.

»Das hätte nicht passieren dürfen, Zweifel.«

»Der alte Lindberg würde Ihnen da sicher zustimmen.«

»Jetzt ist keine Zeit für Sarkasmus. Morgen Vormittag findet die Pressekonferenz statt. Kinseher und ich. Und Sie natürlich. Wir werden den zweiten Mord auf gar keinen Fall erwähnen. Den dürfte ja ohnehin niemand mitbekommen haben, oder?« Zweifel schüttelte den Kopf.

»Außer Kater natürlich.«

»Dieser Kunstsammler, wie heißt er nochmal?«

»van Berg, Quirin van Berg.«

»Richtig. Wenn Sie dem auf den Pelz rücken, ziehen Sie bitte Handschuhe an. Sie wissen schon — die ganz feinen.«

»Aus Glacé, ich weiß.«

Zweifel stand auf.

»Morgen um elf. Und bitte pünktlich!«

»Pünktlichkeit ist für mich kein Problem.« Diesen Seitenhieb auf seinen Chef konnte Zweifel sich nicht verkneifen, schließlich hatte er ja stundenlang auf ihn warten müssen. Klopfer tat, als habe er die spitze Bemerkung nicht gehört.

»Vielleicht ziehen Sie sich auch was Ordentliches an, also dem Anlass angemessen.«

»Und das wäre?« Klopfer öffnete seine Bürotür und gewährte seinem Untergebenen ein dünnes Lächeln.

»Sie haben mich schon verstanden, Zweifel, guten Abend«, womit er entlassen war.

Es schlug gerade sieben, als er in seinen Wagen stieg. Er legte die Hände aufs Lenkrad und ließ sich Verschiedenes durch den Kopf gehen. Der Himmel hatte sich fast unbemerkt mit riesigen, bedrohlich gefärbten Wolken verkleidet. Es schien heute eher dunkel zu werden, als sich das für einen Hochsommerabend gehörte. Zweifel beschloss, gleich zum Lindberghof zu fahren, um das restliche Tageslicht ausnutzen zu können.

Sie hatte sich mit dem Essen viel Zeit gelassen. Und ganz gegen ihre Gewohnheit konnte sie dafür endlich mal ihren Balkon nutzen. Die nervigen Nachbarn waren ausgeflogen und sie konnte ihr Drei-Gänge-Menü in Ruhe genießen, ohne lästige Kommentare befürchten zu müssen.

Danach war Melzick einfach nur dagesessen und hatte vor sich hingestarrt, bis ein plötzlicher Windstoß sie in die

Wirklichkeit zurückbrachte. Sie räumte ab, schnappte sich ihren Laptop und machte es sich auf ihrem Sofa bequem.

Bevor sie sich den Artikel vornahm, den Lucy ihr geschickt hatte, gab sie nacheinander ein paar Schlagworte ein, unter anderem Key West, Florida, Hemingway.

Nach wenigen Minuten hatte sich ihr Verdacht bestätigt. Bei passender Gelegenheit würde sie ihren Chef damit konfrontieren.

Der Bericht über den mysteriösen Ballonsturz datierte vom 20. Juni des Vorjahres. Sie war den ganzen Juni und bis weit in den Juli hinein mit dem Rucksack in England und Schottland unterwegs gewesen. Daher hatte sie damals von dem rätselhaften Vorfall überhaupt nichts mitbekommen.

Eine Person war aus einem Heißluftballon gestürzt, von fünf Zeugen zufällig beobachtet: einem Jogger, einer Radfahrerin, einem älteren Ehepaar und einem Bauern auf seiner Zugmaschine. Sie hatten übereinstimmend ausgesagt, dass sie sofort zum Absturzort geeilt waren, und zwar aus unterschiedlichen Richtungen.

Es war ein weitläufiges und flaches Acker- und Wiesengelände, keinerlei Bäume oder Hecken. In einer Senke ein kleiner Teich, eher ein Biotop.

Der Bauer war zuerst angelangt und hatte zu suchen begonnen, kurz darauf unterstützt von dem jungen Jogger und der etwas älteren Radfahrerin. Sie fanden niemanden. Nachdem sie zuerst hektisch und oberflächlich und laut rufend erfolglos kreuz und quer gelaufen waren, beschlossen sie, systematisch vorzugehen.

Auch das ältere Ehepaar kam ihnen dabei zu Hilfe. Keiner von diesen Fünfen achtete auf den Heißluftballon, es gab keinerlei Hinweise, wohin er verschwunden war.

Erst nach einer halben Stunde kamen sie auf die Idee, die

Polizei zu rufen. Ein unscharfes Schwarzweißfoto zeigte den ungefähren Absturzort. Melzick hatte keine Ahnung, wo das war. Es fehlten die markanten Anhaltspunkte.

Die fünf Zeugen wurden getrennt voneinander befragt. Ihre Aussagen stimmten in allen wichtigen Punkten überein. Die einzige, wenn auch verständliche, Unstimmigkeit ergab sich, als sie die Höhe des Ballons schätzen sollten. Von hundert bis fünfhundert Metern reichte die Bandbreite. Melzick wusste aus Erfahrung, dass es für die meisten Menschen schwierig war, große Höhen richtig einzuschätzen. Das ältere Ehepaar hatte außerdem zutreffend bemerkt, dass sie froh sein konnten, nicht die einzigen Zeugen gewesen zu sein. Ihnen allein hätte man die Sache wahrscheinlich nicht abgenommen. Das fehlende Absturzopfer erschütterte die Glaubwürdigkeit ihrer Aussagen. Fast war es so wie bei Ufo-Meldungen. Nur schied in diesem Fall eine optische Täuschung aus.

Melzick war neugierig geworden, ob es in den darauffolgenden Tagen noch weitere Berichte gegeben hatte und begann zu suchen. Am 21. Juni lautete die Überschrift: »Ballonleiche bleibt verschwunden«. Freiwillige hatten das vermeintliche Absturzgebiet, das von der Polizei ja schon durchkämmt worden war, nochmals abgesucht und auch im weiteren Umkreis keinerlei Spuren gefunden. In dem kleinen Biotop hatten ein paar alte zerrissene Strohsäcke im fauligen Wasser gelegen, das war das ganze Resultat. Es blieb ein ungeklärter Unglücksfall ohne Unglück.

Melzick wollte die Zeitungsseite gerade wegklicken, als ihr am rechten Bildschirmrand ein Foto auffiel. Es zeigte ein bekanntes Gesicht. Der Modellfliegerclub hatte sein alljährliches Sommerfest veranstaltet, ein Anziehungspunkt für tausende Besucher. Auf dem Foto war der Bürgermeister neben dem Clubpräsidenten zu sehen, aber was sie neugierig machte, war das Gesicht in der Mitte, das hinter den beiden freundlich in die Kamera lächelte. Es gehörte Max Kater.

Sie vertiefte sich in den dazugehörigen Text. Kater wurde namentlich nicht erwähnt, sondern nur als Nordlicht bezeichnet, was sie stutzig machte.

Außerdem war die Rede vom Sicherheitspersonal und von allerlei technischen Details, unter anderem von Fernsteuerungen. Langweiliges Zeug. Melzick überprüfte noch die Zeitungsausgaben der folgenden Tage, entdeckte jedoch nichts von Belang.

Sie stand auf und machte sich einen Kaffee, bevor sie sich mit der Familie Mindelburg und deren Geschichte befasste. Das konnte unter Umständen ein langer Abend werden.

Eine Stunde und zwei Tassen Kaffee später schob sie ihren Laptop auf die Seite und rieb ihre trockenen Augen. Dann stand sie auf und ging ein paar Schritte zum Fenster, drehte um, nahm ihre leere Tasse und stellte sie in die Spüle zu dem restlichen schmutzigen Geschirr, ging ins Bad, knipste das Licht an und wieder aus, kehrte ins Wohnzimmer zurück, lief in die Küche, warf einen Blick in den Kühlschrank, ging wieder ins Wohnzimmer, stellte sich ans Fenster, und während all dieser Bewegungen rekapitulierte sie, was sie nun über die Mindelburgs erfahren hatte.

Eine alteingesessene Familie auf Sylt. Durch den Tod des Professors war Marie-Theres Mindelburg nun die letzte derer von Mindelburg.

Ihr Vater war in der dritten Generation Großgrundbesitzer gewesen und hatte mit viel Geschick und Gespür ein riesiges Vermögen angehäuft. Seine drei erwachsenen Kinder, Marie-Theres, Abraham und Karl waren bei seinem frühen Tod jedoch leer ausgegangen — das gesamte Erbe war für ihre

Stiefmutter bestimmt, die am Tag nach der Beerdigung verschwand.

Gerüchten zufolge hatte sie von der kalten Nordseeküste die Nase voll gehabt und war in ihre Heimat zurückgekehrt, irgendwo auf der Südhalbkugel dieser Erde.

Marie-Theres, die älteste der drei Geschwister, heiratete einen dänischen Kaufmann, bekam spät einen Sohn und blieb zunächst auf Sylt.

Karl, der jüngste, geriet nach dem Tod des Vaters mehr und mehr in finanzielle Not. Zu gutgläubig für das Geschäftsleben, verspekulierte er sich mehr als einmal und zeigte eine große Begabung darin, aufs falsche Pferd zu setzen.

Von klein auf mit wenig Selbstbewusstsein ausgestattet und zur Schwermut neigend, zog er sich immer mehr zurück. Seine Nachbarin, Geigenlehrerin von Beruf, freundete sich mit ihm an. Es entspann sich eine Liaison, der ein uneheliches Kind entsprang. Karl fühlte Verantwortung und war ihr doch nicht gewachsen. Es war ein jahrelanger Kampf. Ein vergeblicher. Hoch verschuldet, ohne jede Aussicht auf Einkommen, umzingelt von Gläubigern, wusste er nur noch einen Ausweg.

Sein kleiner Sohn, kaum sechs Jahre alt, fand ihn im Treppenhaus, tot an einem Strick hängend. Wie sich herausstellen sollte, hatte Karl sich in höchster Not zuvor am selben Tag an seinen Bruder Abraham gewandt. Doch der hatte ihm kategorisch jede Hilfe verweigert.

Marie-Theres erfuhr von alldem aus der Zeitung. Melzick war überrascht, wie detailliert die Lokalzeitungen und die Klatschpresse damals darüber berichteten. Das war nun mehr als zwanzig Jahre her.

Fast vierzig Jahre her war ein weiteres Ereignis.

Abraham Mindelburg war mit seinem achtjährigen Neffen, dem Sohn seiner Schwester Marie-Theres, bei einem Segeltörn gekentert. Die genaue Ursache konnte nie geklärt werden. Der Junge ertrank, sein Onkel konnte sich mit letzter Kraft ans Ufer retten. Es gab viel Gerede damals und kaum einer redete gut über Abraham.

Marie-Theres brach den Kontakt zu ihm endgültig ab. Ihr damaliger Mann, der Vater des Jungen, kam über dessen Tod nicht hinweg. Schließlich trennte er sich von ihr und ging zurück nach Dänemark, wo er bald darauf starb. Er hinterließ ihr Anteile an einer Schiffsbaufirma, sowie mehrere Patente. Sie kümmerte sich nie darum.

Als sie nach Jahrzehnten beschloss, Sylt zu verlassen, fielen sie ihr bei Durchsicht ihrer Papiere wieder in die Hände. Ein guter Freund riet ihr zum Verkauf. Zu ihrer großen Verwunderung erhielt sie einen zweistelligen Millionenbetrag dafür.

Danach ging sie auf Reisen, lebte einige Zeit in Südengland und gelangte auf Umwegen schließlich nach Bad-Wörishofen.

Abraham Mindelburg wusste schon sehr früh, dass für ihn nur eine akademische Karriere in Frage kam. Bereits mit dreißig Jahren war er Professor für Kunstgeschichte an der Berliner Humboldt-Universität. Ihm stand eine glänzende Laufbahn bevor, bis zu jenem unglückseligen Tag, da er seinen Neffen mit an Bord nahm.

Melzick fand keinerlei Hinweise darauf, wie sein Leben in den unmittelbar folgenden Jahren verlaufen war. Erst zwölf Jahre später gab es wieder einen Anhaltspunkt. Er war als Kunstsachverständiger in England tätig geworden, arbeitete dort in renommierten Museen, veröffentlichte vielbeachtete Artikel in Fachzeitschriften, begann, sich einen Namen zu machen.

Über sein Privatleben war nichts in Erfahrung zu bringen. Es folgten Auslandsaufenthalte in den USA, in Russland und in Saudi-Arabien. In dieser Zeit musste Mindelburg eine Reihe von Kontakten geknüpft haben. Er erwarb sich den Ruf eines unbestechlichen, unerbittlichen und unerschrockenen Fachmanns. Sein Urteil hatte enorme Auswirkungen auf den Wert einer Kunstsammlung.

Für manchen Sammler war er ein Schrecken, für manchen ein Segen. Als die Preise für namhafte Kunst die Erde in Richtung ferner Galaxien verließen, begann auch der Professor, sich neu zu orientieren. Immer häufiger tauchte sein Name in Verbindung mit Persönlichkeiten der Kunstszene auf, deren Ruf zumindest zweifelhaft war.

An dieser Stelle ihrer Recherche hielt Melzick inne. Das war nun eindeutig Chefsache. Der Kommissar hatte sich ja vorgenommen, in dieser Richtung zu ermitteln. Darüber hinaus fand sie nicht mehr viel Bemerkenswertes zu ihrem Thema.

Das Privatleben des Professors war weitgehend unbekanntes Land. Keine Frauen, keine Freunde, keine Familie, außer seiner Schwester, zu der er immerhin vor einigen Jahren den Kontakt wiederaufgenommen hatte. Schließlich war er ebenfalls nach Bad-Wörishofen gezogen. Gab es einen Zusammenhang zwischen dem spät erblühten Familiensinn und seiner Arbeit an dem Manuskript?

Das Manuskript. Melzick holte sich noch einmal die Zeitungsausschnitte auf den Bildschirm, die am weitesten zurücklagen. Es gab ein Foto der drei Mindelburgs aus den späten sechziger Jahren, etwa um die Zeit, als ihr Vater gestorben war. Ein Schwarzweißfoto mit schmalem, weiß geriffelten Rand.

Nachdenklich musterte sie es. Dann rieb sie sich mit der

Hand über das Gesicht, als ihr plötzlich wie Schuppen von den Augen fiel, was ihr auf dem Lindberghof in den Sinn geschossen war. Sie starrte das Foto an.

Zweifel hatte sich von ihr verabschiedet und beim Wegfahren eine Menge Staub aufgewirbelt. Deswegen hatte sie ihre Augen schließen müssen und plötzlich gewusst, woran sie beim Durchblättern des Manuskriptes erinnert worden war: Es waren die Fotos. Die alten Schwarzweißfotos mit dem geriffelten weißen Rand. Das waren dieselben, die sie in Ferdinand Albas Baumhaus gesehen hatte. Wo war da der Zusammenhang? Hatte etwa Alba den Professor auf eine Spur gebracht?

Sie trank ihre Tasse aus und stand auf. Ihr Jagdinstinkt war geweckt — das wollte sie sofort wissen. Mit dem Rad würde sie höchstens eine halbe Stunde bis zu dem Baumhaus benötigen.

Da drang lautes Stimmengewirr von draußen herein. Die Nachbarn hatten ihren Balkon wiedererobert. Ein Grund mehr für Melzick, das Haus zu verlassen.

19. Kapitel

22. Juli 20:20 Uhr

Er weiß nicht, ob sie schon weit gefahren sind. Sie sind nicht sehr schnell unterwegs. In den Kurven fahren sie langsam. Dann wieder geht es bergauf, er hört es am Motorengeräusch, am Herunterschalten. Sie sprechen nicht.

Er versucht, von seinem Wächter abzurücken. Es gelingt ihm nicht. Dieser hält ihn unbarmherzig fest. Dieser Geruch. Es ist stickig in dem alten Fahrzeug. Sie halten die Fenster geschlossen. Er ist schweißgebadet. Es stinkt.

Dann biegen sie langsam ab. Schlaglöcher schütteln sie durch. Er kann keinen Gegenverkehr wahrnehmen. Sie müssen auf einem Feldweg sein. Ein ewig langer Weg, auf dem sie oft scharf abbiegen. Es ist ein Labyrinth. Längst hat er aufgegeben, zu erraten, wo sie sind. Da wird es plötzlich merklich kühler. Sie fahren im Schatten. Sie fahren durch einen Wald. Es muss ein Wald sein. Es geht wieder bergauf, in endlosen Serpentinen.

Sein Wächter stößt schließlich einen unterdrückten Ruf aus. Der andere bremst ruckartig, lässt den Motor noch eine Weile laufen, schaltet ihn dann aus. Und es ist still.

Der Professor wagt einen tiefen Atemzug. Der Fahrer steigt aus, lässt die Tür offen. Er hört seine Schritte, hört ihn ums Auto herumgehen. Die Schiebetür öffnet sich. Kühle, würzige Waldluft strömt herein. Er macht noch einen tiefen Atemzug.

Der unerträgliche Druck auf seinen Schultern lässt urplötzlich nach. Sein Wächter steigt ebenfalls aus, macht ein paar Schritte nach hinten, öffnet die Heckklappe. Der Durchzug lässt das schweißnasse Hemd des Alten kalt werden. Wo ist der Fahrer? Der Professor dreht seinen Kopf.

Er weiß, dass er da ist. Es sind keine Schritte zu hören, die sich entfernten. Der andere, sein Wächter, holt etwas aus dem Kofferraum, schlägt die Heckklappe leise wieder zu.

Der Professor wartet mit angehaltenem Atem. Die plötzliche Kälte auf seinem Rücken, die unerklärliche Stille — sie lassen ihn frösteln. Dann endlich, schrecklich: die Flüsterstimme.

»Sie sind weit gekommen, Professor. Ihr Weg ist fast zu Ende. Fast.« Ein leises, ein teuflisches Kichern.

Sein Wächter steigt wieder ein, lässt sich schwer auf die Sitzbank neben ihn fallen. Packt ihn an den Schultern, dreht seinen Oberkörper zum Fenster hin, reißt seine Arme nach hinten, überkreuz. Fesselt ihn mit einem Seil. Ein dickes Seil. Er zieht den Knoten fest zu. Der Professor keucht.

»Sie werden hier auf Ihr Ende warten, Professor«, flüstert der Fahrer heiser, »und es wird sehr weit oben sein.«

Die giftigen Worte hängen vor ihm in der Luft. Er versteht ihren Sinn nicht. Aber sie halten seinen Sinn gefangen. Wie in einer eisernen Klammer. Die ganze Nacht hindurch. Er weiß, dass er nicht schlafen wird. Er wird nie mehr schlafen. Sein letzter Schlaf ist Vergangenheit. Er ist so gefangen. Er fühlt seine Ohren vibrieren, als die giftige Stimme ganz nah flüstert:

»Machen Sie es sich doch bequem.«

Zweifel war mit seinem alten Toyota hinaus zum Lindberghof gefahren. Der Himmel verhieß nichts Gutes. Es war sehr schwül und absolut windstill.

Während er fuhr, war ihm Frido eingefallen. Er dachte kurz daran, ihn in seiner Scheune aufzusuchen. Doch dann beschloss er, ihm nicht auf die Pelle zu rücken. Für einen Besuch war auch später noch Zeit. Vor allen Dingen wollte er unbedingt den verschwundenen, vielmehr versteckten, Ballonkorb finden.

Wie beim ersten Besuch, parkte er seinen Wagen ein paar hundert Meter entfernt und näherte sich dem Hof zu Fuß. Er lag da, als ob er seit vielen Jahren verlassen sei. Ein trostloser Anblick.

Zweifel war fast am Wohnhaus angelangt, als er stehen blieb und angestrengt lauschte. Er nahm sein Handy aus der Hosentasche und schaltete es aus. Dann ging er vorsichtig weiter, überquerte den Hof, die immer noch offenstehende Scheunentür im Auge. Nichts rührte sich dort.

Er hatte den Transporter erreicht, der vor dem Gewächshaus stand. Er legte die Hand auf eine Scheibe und lugte hinein. Hätte er ihn doch nur schon bei ihrem ersten Besuch durchsucht. Das Fahrzeug war leer, bis auf ein Paar Gummistiefel, die auf dem Beifahrersitz lagen, und Werkzeug, das lose auf dem Boden hinter den Sitzen verteilt war.

Er umkreiste lautlos das Fahrzeug. Schaute zum Himmel empor. Ein Milan ließ seinen Schrei hören in der Sommerabendgewitterdämmerung. Noch ein Blick zum Scheunentor, dann wandte er sich dem Gewächshaus zu.

Ein paar zerbrochene Scheiben gaben den Blick ins Innere frei. Jede Menge Gestrüpp, vertrocknete Pflanzen, die ihre dürren Stängel anklagend in die Höhe hielten. Ein merkwürdiger Geruch, eine Mischung aus Pflanzengift, Benzin und Bärlauch.

»Ein idealer Ort um Hanf anzubauen«, dachte Zweifel unwillkürlich. »Das würde nie im Leben auffallen«. Doch sein Instinkt sagte ihm, dass er woanders suchen musste. Das Innere des Gewächshauses konnte er sich später noch vornehmen.

Er ging rechts um den Glasbau herum, ein letzter Blick zurück zur Scheune. Er wartete einen Moment, lauschte. Nichts. Kein Windhauch. Er spürte, wie ihm schon jetzt der Schweiß auf der Stirn stand. In dem dichten, staubigen Gestrüpp hing noch die Hitze des langen Sommertages.

Er betrachtete kritisch seine Schuhe. Hellbraune Mokassins. Nicht gerade ideal für dieses Gelände. Einen Augenblick dachte er an die Gummistiefel im Transporter. Dann fiel ihm ein, was Melzick sagen würde. Ihm kam in den Sinn, was seine Frau gesagt hätte: »Stell' dich nicht so an!« Dabei hätte sie ihm mit der Hand über seinen kahlen Kopf gestrichen.

Sein Blick schweifte über den Himmel. Ein grünlich gelbes Leuchten lag in der Luft. Es raschelte und knisterte, als er begann, sich einen Weg zu bahnen. Er suchte den sandigen Boden, die niedrigen Sträucher, die hohen Gräser nach Spuren ab.

Dicht an der rückwärtigen Glaswand des Gewächshauses standen ein paar riesige Sonnenblumen Spalier. Vor ihm lagen mächtige Brombeersträucher, von dichten Brennnesseln bewacht. Dornenranken verliefen kreuz und quer. Unkraut überall.

Er suchte nach einem klaren Hinweis, einem eindeutigen Zeichen, dass vor ihm schon jemand da gewesen war. Zweifel hob die Knie, bewegte sich langsam vorwärts, wischte sich den Schweiß von der Stirn. Blieb erneut stehen, folgte einem Impuls und ging in die Hocke, um seine Perspektive zu ändern.

Er war nun schon weit vorgedrungen und spähte in alle Richtungen. Eine Wespe umschwirrte seinen Kopf. Er wollte sie verscheuchen, verlor dabei etwas das Gleichgewicht und stützte sich mit der rechten Hand am Boden ab.

Er griff auf Holz. Ein Holzbrett! Als er den Dreck darauf beseitigte, sah er, dass es ziemlich neu sein musste. Und dass es ziemlich groß sein musste. Er kniete sich hin und begann, unter einer Ecke des Brettes mit den Fingern im trockenen Boden zu graben, bis er das Brett richtig zu fassen bekam. Er versuchte, es anzuheben und entdeckte an den Umrissen, die sich abzeichneten, dass es etwa so groß wie zwei normale Wohnungstüren sein mochte, fast vollständig mit Unterholz, Grüngewächs und Dorngestrüpp bedeckt.

Bei genauem Hinsehen wurde deutlich, dass sich jemand viel Mühe mit der Tarnung dieses Brettes gegeben haben musste. Es ließ sich nur ein paar Zentimeter anheben.

Zweifel hatte das Jagdfieber gepackt. Das dumpfe Donnergrollen des sich nähernden Unwetters drang nur am Rande in sein Bewusstsein. Er versuchte es noch einmal mit aller Kraft. Zwecklos. »Ich brauche einen Hebel«, sagte er zu sich, stand etwas atemlos auf und schaute sich suchend um. Nur wenige Meter entfernt erhob sich das staubige, verschmierte Glas des Gewächshauses. Er befand sich ungefähr in der Mitte der Längsseite, vielleicht dreißig Meter von den Schmalseiten entfernt, und beschloss, den kürzesten Weg zu nehmen.

Ein paar alte Backsteine, zu einem kleinen, schiefen Turm direkt am niedrigen Fundament aufgestapelt, kamen wie gerufen. Er nahm den Obersten und wog ihn prüfend in der Hand. In der schwülen Stille vor dem Sturm kam ihm gleich darauf das Klirren des zerberstenden Glases besonders laut vor.

Er stieg vorsichtig ins Innere und nahm dort einen merkwürdigen Geruch wahr, den er nicht zuordnen konnte. Nach kurzem Suchen fand er auf dem Boden ein langes, verrostetes Eisenrohr. Es gehörte zu der ehemaligen

Bewässerungsanlage, die schon viele Jahre außer Betrieb war. Damit würde es gehen.

Gleich darauf war er zurück, klemmte das Rohr unter die freigelegte Ecke des Brettes und stemmte sich dagegen. Das Brett bewegte sich, Zentimeter für Zentimeter. Es war harte Arbeit. Zweifel musste an Lindberg denken, den bärenstarken Mann, dem er in die toten blauen Augen geblickt hatte. Nach ein paar Minuten hatte er das Brett so weit verschoben, dass er deutlich erkennen konnte, was darunter war.

Melzick war schnell unterwegs. Der Himmel sah nicht sehr Vertrauen erweckend aus. Ab und zu fauchte ihr eine kühle Bö ins Gesicht und jedes Mal trat sie umso heftiger in die Pedale. Nach kaum zwanzig Minuten war sie am Waldrand angelangt. Spaziergänger waren keine zu beklagen, so dass sie ihr Tempo auf den schmalen Forstwegen noch verschärfen konnte.

Bald sah sie aus der Entfernung Albas Baumhaus in der dämmerigen Höhe. Sie rollte aus, stieg schwer atmend ab und schaute sich um. Niemand.

Hinter ein paar Brombeersträuchern, flach auf dem Boden, war ihr Rad kurz darauf so gut wie unsichtbar.

Sie näherte sich sachte den hohen, grünsilbrigen Buchen und blickte dabei forschend nach allen Seiten. Von ferne war Donner vernehmbar. Die Strickleiter bewegte sich leicht im diffusen gelbgrünen Dämmerlicht. Es war merklich dunkler geworden und als sie nach oben spähte, war kein Lichtschein in den beiden Teilen des Baumhauses zu erkennen.

Sie drehte sich langsam um die eigene Achse, suchte die Bäume ringsum ab, die Zwischenräume, das Unterholz, während sie einen Moment lang nur ihren eigenen Atem hörte, der sich langsam beruhigte. Niemand. Ein paar Schritte noch und sie stand bei der Strickleiter, legte ihre rechte Hand auf eine Sprosse und schaute prüfend nach oben.

Laut nach Alba zu rufen widerstrebte ihr. Entschlossen kletterte sie nach oben. Sie hoffte, dass sie sich ungestört umsehen könnte. Als sie auf halber Höhe angelangt war, hielt sie für zwei, drei Augenblicke inne. Der Eindruck, mutterseelenallein zu sein, verstärkte sich, als ein schmaler Schatten gelassen über die Baumwipfel hoch über ihr strich. Ein Raubvogel.

Sie achtete auf die sechste und die siebte Sprosse, kletterte weiter und schwang sich mit angehaltenem Atem durch die niedrige Eingangstür des unteren Baumhausapartments. Gleichzeitig lauschte sie auf Schritte im oberen Atelier. Doch außer dem zunehmenden Blätterrauschen ringsumher konnte sie nichts hören.

Alba war nicht da. Seit ihrem ersten Besuch hatte sich nichts verändert. Die beiden blauen Kaffeebecher standen auf dem Hocker, die Thermoskanne daneben auf dem Boden. Durch die beiden kleinen Fenster drang fast kein Licht mehr.

Melzick aktivierte das Display ihres Smartphones, um für etwas Helligkeit an der Bretterwand rund um die Eingangstür zu sorgen. Sie ging nahe an die vergilbten Schwarzweißfotos heran. Wie hatte Alba sich ausgedrückt – »die alten Momente leuchten auf«. Das waren eindeutig dieselben Momente, die der Professor in sein Manuskript gepackt hatte. Dieselben Fotos, dieselbe Frau. Hatte Alba den Professor bei der Recherche zu seinem Buch unterstützt?

Melzick ärgerte sich jetzt, dass sie das Manuskript nicht gelesen, sondern nur durchgeblättert hatte. So hing sie mit ihren Vermutungen in der Luft. Zweifel wusste da bestimmt schon viel mehr. Sie überlegte kurz und wählte dann seine

Nummer. Als sie dabei aus einem der beiden Fenster in den dunklen Wald hinaussah, sträubten sich ihre Nackenhaare.

23. Juli 5:05 Uhr

Er weiß nicht, wie spät es ist. Er ist allein in dem miefigen alten Van. Seine beiden Begleiter sind draußen zu hören. Sie laufen hin und her, reden abgehackt, unverständlich. Vereinzelt sind Vogelstimmen vernehmbar, so unbeschwert über allem.

Die Nacht muss vorüber sein. Er kann sich nicht erinnern, geschlafen zu haben. Genauso wenig kann er sich erinnern, gewacht zu haben. Er liegt unbequem auf der Seite, die Hände auf dem Rücken gefesselt, die Beine angezogen.

Der Kopf schmerzt fürchterlich. Wenn nur die elende Kapuze nicht wäre. Mühsam richtet er sich auf, sitzt da, atmet ganz flach, denkt über seine unausweichliche Entführung nach. Unausweichlich? Spürt, wie allmählich eine Wut in ihm keimt, von innen glüht, an Hitze zunimmt, immer weiter aufsteigt, die lähmende Angst wie ein Lavastrom überflutet, bis ihm, für einen wilden Moment, alles egal ist.

»Heh!«, brüllt es aus ihm heraus. Seine Stimme ist wieder da. »Heh!«, brüllt er noch einmal, lauter. »Heh! Heh, verdammt noch mal!« Seine Stimme überschlägt sich, zeigt Wirkung. Die Schiebetür wird aufgerissen. Er will dem giftigen Flüstern zuvorkommen. »Runter mit der Kapuze! Sofort! Nimm mir die verfluchte Kapuze ab!« Ihm ist jetzt alles egal. »Du Saukerl!«, brüllt er mit jetzt schon heiserer Stimme. Sein ganzer Körper bebt vor Wut.

Sie antworten ihm nicht. Sie starren ihn schweigend an. Er fühlt es. Und dann, nach ein paar quälend langen Sekunden springt ihm die verhasste Flüsterstimme mit einem scharfen Zischen ins neu erwachte Selbstbewusstsein.

»Dafür, Professor, ist es noch etwas zu früh.«

»Runter mit der gottverdammten Mütze!«, brüllt er noch einmal mit erlahmender Kraft. Sie schlagen die Schiebetür zu. Er will noch einmal schreien, doch es kommt nur ein Keuchen. Er hat sich verausgabt. Sein Herz schlägt bis zum Hals. Es schlägt. Er denkt. Denkt an die, denen er gefährlich geworden ist. Zu gefährlich. Aber das Manuskript war ja noch nicht veröffentlicht. Er muss verhandeln. Da muss doch etwas zu machen sein. Fieberhaft sucht er nach den richtigen Worten, als die Schiebetür wieder aufgerissen wird.

»Ich muss mit Ihnen reden. Ich muss mit Ihrem Auftraggeber reden«, stammelt er hastig unter seiner Kapuze hervor.

»Dafür, Professor, ist es zu spät.«

»Nein! Ist es nicht! Ich weiß es. Sie können das Manuskript haben, alles, komplett, sämtliche Aufzeichnungen. Es ist noch nichts draußen. Es gibt nur meine Notizen. Sie können alles haben.« Doch die Flüsterstimme bleibt unerbittlich.

»Das hat keine Bedeutung, Professor. Sie sind jetzt besser still«, und dann, wieder direkt an seinem Ohr: »Sie haben mich verstanden, nicht wahr?«

Ein harter Stoß in seine Rippen nimmt ihm den Atem. Und die Hoffnung. Und den Widerstand. Er stöhnt auf vor Schmerz und Verzweiflung.

Der andere ist jetzt auch eingestiegen. Sie packen ihn an den Schultern, zerren ihn ins Freie. Der frische Sommermorgen duftet. Sie nehmen ihn in die Mitte, schleifen ihn durch tiefes, taufeuchtes Gras. Er lässt es hilflos geschehen. Kommt ins Stolpern. Sie packen ihn fester.

Nach etwa fünfzig Metern bleiben sie abrupt stehen und nehmen ihm die Fesseln ab. Sie hieven ihn hoch, über ein Geländer oder so etwas Ähnliches, lassen ihn fallen.

Sie reißen ihm die Kapuze vom Kopf. Das kommt so plötzlich, dass er aufschreit.

Er liegt auf hartem Holz, sieht jetzt, wo er ist und begreift es nicht. Ein schwarzer Kapuzenkopf beugt sich über das Geländer zu ihm herab.

Der Professor schaut nach oben. Seine Augen weiten sich ungläubig. Jähes Entsetzen packt ihn, als er versteht.

20. Kapitel

Zweifel schnalzte mit der Zunge. Dann ließ er sich vorsichtig in die freigelegte Grube hinab. Sie mochte etwa anderthalb Meter tief sein, rundum betoniert.

Er hatte keine Ahnung, zu welchem Zweck sie angelegt worden war. Derzeit jedenfalls diente sie als Versteck für den Korb eines Heißluftballons. »Hätte Kater eigentlich auch entdecken müssen«, dachte er.

Dieser Korb war ein sehr außergewöhnliches Exemplar. Beispielsweise war in die Seitenwände jeweils ein großes, rautenförmiges Loch geschnitten. Auch der Boden war offensichtlich eine Spezialanfertigung. Er beantwortete die Frage, die den Kommissar schon länger umtrieb, nämlich wie viele Hände nötig waren, einen erwachsenen Mann aus einem Heißluftballon zu werfen.

Nach dem ersten Adrenalinstoß reagierte Melzick instinktiv. Zwischen den Bäumen hatte sie in der tiefen Dämmerung einen schmalen Schatten entdeckt. Er näherte sich mit raschen Schritten. Das musste Alba sein.

Sie wollte ihm nicht begegnen. Zum Runterklettern blieb keine Zeit mehr. Es gab nur einen Ausweg. Sie verließ den Raum rasch und lautlos durch die Eingangstür, bewegte sich auf dem schmalen Sims fünfzehn Meter über der Erde rechts um die Ecke und nahm die Stufen, die dort an der Außenwand angebracht waren, hoch zum oberen Teil des Baumhauses.

Alba kam von der anderen Seite, so dass er sie nicht sehen konnte. Sie schlüpfte durch den Eingang des Ateliers und wartete atemlos ab. Vorerst kam sie nicht weiter. Seine Stimme kam näher, er telefonierte. Sie tastete hektisch nach ihrem Smartphone, fand es in der hinteren Hosentasche, hatte es zum Glück nicht liegen gelassen.

»Wart' einen Moment, ich bin gleich wieder da«, hörte sie ihn sagen. Er war an der Strickleiter angelangt und begann hochzuklettern. Sie spürte eine leichte Vibration.

Es war nun sehr dunkel. Schemenhaft konnte sie etwas Helles mitten im Raum erkennen: eine Leinwand. Sie schaute nach oben. Durch die gläserne Dachluke sah sie dunkle Gewitterwolken rasch vorüberziehen. Das Grollen kam näher.

»Nelson, hörst du mich? Ja, ich weiß, der Empfang ist echt miserabel.«

Albas Stimme klang in ihren Ohren besonders laut. Ihre Augen hatten sich jetzt vollkommen an die Dunkelheit gewöhnt. Sie versuchte, sich zu orientieren. Ihr wurde bewusst, dass sie wie ein Kaninchen in der Falle saß. Sie inspizierte die Fensteröffnungen. Sie waren groß genug.

»Das kannst du mir nicht erzählen, Nelson. Es gibt keine Zufälle. Du arbeitest doch für so einen …« Seine Stimme bekam einen ungeduldigen und aggressiven Ton. »Ach was, ich weiß gar nichts. Ich hab' ihm nur meine Fotos …, und die kriegt sonst keiner, nein, auf gar keinen Fall …, hier kommt mir niemand …, hör mir zu …, jetzt hör mir mal genau zu, du lässt mich gefälligst aus der Sache raus! Ich hab' keine Lust auf so'n Scheiß. Ich hab' keine Lust auf das, was ihr mit dem Professor gemacht habt!«

Melzick war im Dunkeln an eine Glasflasche gestoßen und konnte sie gerade noch festhalten. Atemlos lauschte sie. Alba war verstummt. Er rührte sich nicht. Hatte er etwas gehört? Einige Sekunden lang standen beide unbeweglich, er misstrauisch, sie konzentriert, nur durch dünnes Holz voneinander getrennt.

In diesem Moment schwieg der Wind. Wildes Wetterleuchten flackerte über den Gewitterhimmel. »Lichtgespenster«, dachte Melzick.

»Und wie willst du mir das beweisen?«, sagte Alba leiser, aber umso deutlicher.

Melzick machte sich bereit. Ihr Instinkt sagte ihr, dass es klüger war, Albas Gespräch zu einem späteren Zeitpunkt zu verwenden. Wenn sie ihn jetzt zur Rede stellte, würde sie bestenfalls empörtes Abstreiten und bockiges Schweigen ernten. Davon abgesehen bewegte sie sich rechtlich auf sehr dünnem Eis. Sie machte sich darauf gefasst, dass er hoch ins Atelier kommen würde, sobald das Gespräch beendet war.

»Wie kommst du darauf?«, hörte sie ihn sagen. »Wie kommst du darauf, ich könnte dir glauben?« Sie lehnte sich rückwärts aus einem der Fenster und langte mit beiden Armen nach oben, wo sie den Dachrand zu fassen bekam. Sie rüttelte sachte daran.

»Leute wie dein Chef sind zu allem fähig. Sie haben die Kohle, die sie zu allem fähig macht.«

Melzick hätte zu gern gewusst, mit wem Alba telefonierte. Immerhin — Nelson war kein allzu häufiger Vorname. Früher oder später würden sie es herausfinden.

»Also gut Nelson, jetzt reicht es! Ich hab' keine Lust mehr, mit dir hier rumzudiskutieren. Die Fotos könnt ihr vergessen. Ein für alle Mal! Ich lass' mich nicht kaufen. Ist das jetzt klar? Und sonst will ich nichts damit …, was? Wann? Von mir aus. Aber sei pünktlich. Ja. Sag ich doch! Was sagst du?«

Melzick zog sich mit beiden Armen vorsichtig nach oben rückwärts aus dem Atelierfenster hinaus und kam mit einem Fuß auf dem Fenstersims zu stehen.

»Scheiß Empfang«, war das Letzte, was sie ihn sagen hörte. Jetzt musste es schnell gehen.

23. Juli 5:17 Uhr

Professor Abraham Mindelburg starrt in eine Stichflamme. Das grelle Fauchen eines Gasbrenners dröhnt in seinen Ohren. Über ihm wölbt sich die riesige weiße Hülle eines Heißluftballons.

Er liegt auf dem hölzernen Boden des Ballonkorbes. Sein Herz schlägt bis zum Hals. Seine linke Hand sucht hektisch nach einem Halt. Seine rechte Hand kann er vor Schmerzen nicht bewegen. Der schwarze Kapuzenkopf nickt langsam.

Mindelburg sieht durch ein Loch in der Seitenwand, dass der andere Kapuzenmensch etwas weiter weg wartet, mit einem schwarzen Kasten in den Händen, der aussieht, wie eine Fernsteuerung.

Mindelburg versucht, sich aufzurichten. Der Kopf seines Bewachers hört auf zu nicken. Er gibt dem anderen mit der Hand ein Zeichen, dann dreht er den Gasbrenner herunter.

»Das ist keine gute Idee, Professor«, flüstert er. Hören Sie gut zu. Sie begeben sich jetzt auf Ihre Himmelfahrt.« Mindelburg schüttelt wild mit dem Kopf.

»Das überleb' ich nicht. Lassen Sie mich raus«, keucht er. »Das ist Mord. Lassen Sie mich raus! Lassen …«

Die schwarze Kapuze hebt die rechte Hand, die einen Holzknüppel umklammert, so weit, dass der Professor sie sehen kann. Ihm bleiben die Worte im Halse stecken.

»Wie gesagt, Professor, Sie begeben sich jetzt auf Ihre Himmelfahrt. Ob Sie überleben, hängt von Ihnen ab. Mein Rat lautet: Bewegen Sie sich nicht vom Fleck. Auf gar keinen Fall. Der Boden, auf dem Sie liegen ist eine Falltür. Wenn Sie Ihr Gewicht verlagern, besiegeln Sie Ihr Schicksal. Die Sensoren sind unbestechlich.

Wir haben es Ihnen versprochen: Sie werden sehr hoch steigen. Himmelhoch. Und wie Sie sehen, werden Sie eine wunderbare Aussicht haben. Nach allen vier Seiten.«

Mindelburg gefriert das Blut. Tatsächlich hat jede Seitenwand des Korbs ein großes, rautenförmiges Loch. In der Mitte des Bodens verläuft ein schmaler Spalt, an den Rändern sind Scharniere zu sehen. Es ist tatsächlich eine Falltür.

Der Professor macht einen letzten Versuch.

»Das ist mein Tod«, keucht er, »ob mit oder ohne Falltür, ich sterbe vor Höhenangst. Ich werde das nicht überleben, verdammt! Lassen …« Der Kapuzenmann hebt erneut die Knüppelhand. Dem Professor versagt die Stimme. Der schwarze Kopf senkt sich tief zu ihm herab.

»Ich lasse nicht mit mir handeln, Professor.« Zwischen den schmalen Augenschlitzen funkelt es. »Es gibt nichts mehr zu verhandeln«, zischt er. Dann richtet er sich zu voller Größe auf. Dieses Mal kommen die Worte nicht geflüstert, einer giftigen Schlange gleich, sondern mit tiefer, kräftiger Stimme, die dem Professor seltsam bekannt vorkommt.

»Sie werden eine schöne Aussicht haben, Professor Abraham Mindelburg, eine Mordsaussicht.«

Zweifel bückte sich. Ein metallischer Schimmer zog seine Aufmerksamkeit an. Unter einem Stück Holz lag halb verborgen ein verchromter Zylinder, etwas größer als ein Feuerzeug, größtenteils verdreckt und verstaubt. Zweifel verpackte ihn sorgfältig in ein Taschentuch.

Dann schaute er sich den auf der Seite liegenden Korb genauer an. Durch die großen Löcher in den Seitenwänden machte er einen fast schon fragilen Eindruck. Die in der Mitte geteilte Bodenklappe, deren Hälften lose in ihren Scharnieren hingen, tat ein Übriges. Ein leichter Uringeruch schlängelte sich in seine Nase. Er versuchte, den Korb anzuheben, was leichter ging, als erwartet. Jemand wie Lindberg hätte ihn ohne Weiteres allein tragen können.

Weitere Spuren, wie zum Beispiel »dreizehn angebrannte Streichhölzer«, oder eine »halb geschälte Orange, in der ein dreimal gefalteter Zettel mit einer verschlüsselten Botschaft steckte«, womöglich »in Mandarin«, blieben ihm erspart. Solchen Rätseln begegnete nur Sherlock Holmes.

Dieser Korb war in Zweifels Augen eindeutig der Schauplatz des Mordes an Professor Mindelburg. Er kroch gebückt zurück zum Einstieg, stemmte sich an der Betonwand in die Höhe und war mit einem eleganten Schwung wieder im Freien.

Er begann, das Brett wieder in seine Ausgangslage zu bugsieren, was mit einiger Mühe gelang. Die Schwüle war einer frischen Brise gewichen. Er streckte sich und wischte sich den Schweiß von der Stirn.

Dann hörte er ein Knistern in den vertrockneten Pflanzen und drehte sich um. Vor ihm stand eine gedrungene Gestalt in kurzen Hosen, Gummistiefel an den Füßen. Bedrohlicher war die Tatsache, dass sie außerdem eine potthässliche Kapuze trug. Und einen noch viel hässlicheren Holzknüppel.

»Verdammt', dachte Zweifel und hob reflexartig beide Arme, als der andere ausholte, »wo kommt der auf einmal ...«

Etwa eine Stunde später war Melzick damit beschäftigt, möglichst lautlos das Dach des Baumhausateliers zu entern. Sie stand mit beiden Füßen auf dem Fenstersims und suchte mit flinken Händen die Außenwand ab, begleitet vom heftiger werdenden Blätterrascheln der alten Buchen. Deren schwarze Schatten hoben sich vom indigofarbenen Gewitterhimmel ab.

Alba kam herauf. Sie spürte die Vibration jedes einzelnen

seiner Schritte auf den Holzstufen. Aber sie konnte ihn nicht hören. Ihre rechte Hand ertastete einen Holzvorsprung an der Ecke. Zwei kurze Schritte, am Dach festhalten, den Vorsprung mit dem linken Bein erklimmen, mit dem rechten Schwung holen und sich gleichzeitig mit den Armen hochziehen geschah ohne nachzudenken, lautlos und geschmeidig, nach Art der Katzen.

Sie war oben, legte sich flach auf das Dach und versuchte, nicht zu atmen. Ihr Herz klopfte zu laut, als dass Alba es nicht mit sorgsam in Ruhe gespitzten Ohren hätte hören können. Doch der verließ sich auf seine Augen. Ein nervöser Lichtkegel tastete die umliegenden schwarzen Baumriesen ab, hastete die Stämme hinauf und hinab, wie ein geisterhaftes Eichhörnchen.

Melzick lag auf der Seite, um sich möglichst klein zu machen. Während sie zusah, wie Alba die Lichtgeschwindigkeit in einem finsteren Wald untersuchte, dachte sie an ihre eigene Taschenlampe, die sie zu Hause hatte liegen lassen. Sie wartete eine halbe Ewigkeit und anschließend noch ein paar sehr lange Minuten, bis er seine Suche abbrach. Als das Licht erlosch, fielen die ersten schweren Tropfen auf das Dach und auch auf Melzick.

Sie hoffte auf Albas Flucht vor den Naturgewalten, als sie, flach aufs Holz gepresst, spüren konnte, wie er die Stufen hinunterkletterte. Doch er blieb im Baumhaus. Ihr blieb als Ausweg nur der Luftweg.

23.Juli 5:23 Uhr
Die neue Stichflamme lässt ihn zusammenzucken. Das Fauchen des Gasbrenners zerrt an seinen Nerven. Er spürt eine ruckartige Bewegung. Der Harndrang, der ihn seit dem Aufwachen plagt, lässt sich nicht mehr kontrollieren. Er

presst vergebens die Beine zusammen, als der Ballon sich hebt und rasch an Höhe gewinnt. Er schließt die Augen und wagt keine Bewegung.

Sie stand jetzt aufrecht auf dem Dach im plötzlich niederprasselnden Sommernachtsregen. Alba unten hatte seine Kerzen angezündet. Ein schwacher Lichtschein drang ins Freie. Sie schätzte den Abstand zur nächsten Buche ab, deren Äste sich freundschaftlich näherten. In Gedanken ging sie rasch alle Optionen durch, die sie hatte. Nur diese eine blieb in ihren Augen übrig.

Kaum stand dies für sie fest, strömte frische Energie in ihre Arme und Beine, als hätte sie eine nur ihr zugängliche Quelle angezapft, als wäre sie an eine unsichtbare Batterie angeschlossen.

Sie wartete den nächsten Blitz ab. Den unmittelbar folgenden Donner nutzte sie für einen energischen Drei-Schritte-Anlauf. Alba würde kurzzeitig abgelenkt sein und die Bewegung auf dem Dach nicht so deutlich wahrnehmen können. Sie riss die Arme nach oben und bekam den schmalen Buchenast zu fassen, den sie für ihren Rückweg auserkoren hatte.

23.Juli 5:37 Uhr

Durch die Seitenöffnungen des Korbes strömt die frische Morgenluft. Noch immer faucht der Brenner, noch immer steigt der Ballon.

Er öffnet blinzelnd seine von Panik verklebten Augen. Kilometerweit geht der Blick. Sein alter Körper verkrampft sich. Er muss schon über tausend Meter gestiegen sein, so kommt es ihm vor. Niemand würde seine Hilfeschreie aus dieser Höhe hören können. Und selbst wenn — wie sollte diese Hilfe aussehen? Sein umherirrender Blick wird von einem kleinen Metallzylinder gefesselt, der am Boden montiert ist: Seine einzige Verbindung mit der Erde, während er unter dem Himmel hängt. Er fixiert das Gerät. Es würde ihm den Tod bringen.

Melzick klammerte sich an der rutschigen Rinde fest, schwang ihre Beine hoch und schlang sie um das feuchte Holz. Sie hing da an diesem Ast wie ein Faultier im Regen. Alba hatte nichts bemerkt. Er hätte sich weit aus dem Fenster lehnen müssen, um sie zu entdecken, doch er befand sich auf dem Weg zu fernen Ländern. Davon konnte Melzick nichts ahnen. Hätte sie seinen schmächtigen Körper auf dem Siebzigerjahre-Sitzsack liegen sehen, die Augen zu schmalen Schlitzen geschlossen, zwischen den dünnen Fingern einen großzügig gefüllten Joint, dann wäre sie entspannter gewesen. So aber rechnete sie damit, jeden Moment von ihm entdeckt zu werden.

Sie hangelte sich mit allen Vieren den Ast entlang, der unter ihrem Gewicht auf und abschwang. Der Regen prasselte unvermindert. Sie beeilte sich, ihre Kräfte ließen nach. Mit Schrecken spürte sie, wie ihr Smartphone sich selbständig machte. Es rutschte aus ihrer Gesäßtasche und fiel hinab in den dunklen, feuchten Wald.

Melzick machte sich bewusst, dass sie immer noch fünfzehn Meter über dem Erdboden hing und verdoppelte ihre Anstrengungen. Endlich war sie am Stamm der Buche angelangt, umklammerte ihn und suchte mit den Füßen Halt.

23. Juli 5:44 Uhr

Es ist sehr still hier oben, jetzt wo der Gasbrenner aufgehört hat. Er schaut nach oben, ins riesige Innere der Ballonhülle.

Ein Gedanke durchzuckt ihn. Was, wenn er außer Reichweite ihrer Fernsteuerung kommen könnte? Aber dazu müsste er selbst den Brenner aktivieren. Und dazu müsste er die Falltür überqueren.

Andererseits wollen sie ihn vielleicht nur in Todesangst versetzen, nichts weiter. Dann müsste er einfach nur abwarten und die Qual aushalten. Es ist sehr still, als er erschöpft flüstert:

»Was soll ich tun?« Er richtet seine müden Augen nach oben. »Was soll ich tun? Was soll ich nur tun?«

Die ersten Äste, auf denen sie zu stehen kam, hielten und hatten den richtigen Höhenabstand zueinander. Je weiter sie nach unten kletterte, desto größer wurden diese Abstände. Die letzten Meter bis zum Waldboden würde sie springen müssen.

Sie schaute hoch zum Baumhaus, das wie ein großer, dunkler Troll schräg über ihr auf dem Nachbarbaum hockte. Dann wischte sie sich mit ihrem Ärmel den Regen aus dem Gesicht.

Im nächsten Moment hörte sie ein Knacken. Sie sackte ein Stück tiefer. Ihre suchenden Hände glitten an der nassen Baumrinde entlang, schürften sich auf.

»Na prima«, dachte sie wütend. Dann stürzte sie ab.

23. Juli 5:52 Uhr

Ein leises Klicken ist zu hören. Wie ein eisiger Blitz fährt es ihm in die Brust. »Jetzt!«, denkt er.

Er starrt mit tränenden Augen auf die Falltür. Es gibt einen Ruck.

»Jetzt!« Er klammert sich mit letzter Kraft an die durchbrochenen Seitenwände.

»Jetzt!« Es gibt noch einen Ruck.

»Das Ding klemmt, das verdammte Ding klemmt!«, jubelt es in ihm. Er stößt einen Schrei aus vor irrer Erleichterung.

»Jaa! Jaaaa!«

In diesem Moment öffnet sich die Falltür und gibt den letzten Weg für Professor Abraham Mindelburg frei.

21. Kapitel

25. Juli

»Guten Morgen, haben Sie Zweifel schon gesichtet?« Lucy verschluckte sich fast an einem Pfefferminzbonbon.

»Guten Morgen, Herr Klopfer. Er wird sicher bald hier sein.«

»Das will ich hoffen. Wenn Herr Kinseher kommt, lassen Sie ihn bitte hier draußen warten und geben mir ein Zeichen.«

»Sie meinen — ein Notrufsignal.« Klopfer starrte sie an, zog die Augenbrauen nach oben und sparte sich eine Antwort. Als er in seiner Bürotür stand, drehte er sich noch einmal um.

»Wäre vielleicht ganz gut, wenn Frau Zick auch pünktlich erscheinen könnte. Sorgen Sie dafür! Danke.« Er schloss die Tür energisch.

Lucy seufzte und zerbiss das Bonbon. Eigentlich mochte sie den Geschmack von Pfefferminze am Morgen überhaupt nicht. Es war nur wegen des Knoblauchs vom Vorabend. Sie wählte die Nummer des Kommissars und zwitscherte ihm eine Nachricht auf die Mailbox.

»Sitzt wahrscheinlich gerade im Auto«, dachte sie. Dann wählte sie Melzicks Nummer und musste es achtmal klingeln lassen.

»Hallo Mel, schon wach? Du hörst dich aber nicht gut an. Solltest vielleicht mal etwas mehr schlafen. Was sagst du?«

Lucy lauschte. »Das ist jetzt aber etwas unpraktisch. Unser aller Chef legt Wert auf dein Erscheinen. Du weißt schon, wegen der Pressekonferenz. Na ja — und der Kommissar ist auch noch nicht erschienen. Vielleicht kannst du ein bisschen die Zähne zusammenbeißen und trotzdem herkommen? Kannst dich ja hinterher wieder ins Bett legen. Ich hab' hier auch ein paar Aspirin für dich. Und einen starken Kaffee.

Wirkt antibakteriell. Lach' nicht. An sowas muss man glauben, dann hilft's auch. Also — du kommst? Dann bis gleich.«

Lucy versuchte es noch einmal bei Zweifel, verzichtete dann aber darauf, einen weiteren Kommentar auf seine Mailbox zu sprechen. Wozu auch, wenn er gerade, arg ramponiert, durch die Glastür vor ihre Theke taumelte.

»Um Gottes Willen, wie sehen Sie denn aus!« Er hob schwach eine Hand und ließ sich dann auf einen der Besucherstühle fallen. Sein linkes Auge war zugeschwollen, ein gewaltiger Bluterguss bedeckte seine ganze linke Gesichtshälfte. Hemd und Hose waren total verdreckt und teilweise zerrissen; die Schuhe sahen aus wie nach einem Zwanzigkilometermarsch durchs wilde Kurdistan.

»Kaffee wäre gut, Lucy«, brachte er schwach hervor.

»Sie brauchen einen Arzt, winken Sie nicht ab. Das sieht böse aus. Hier.« Sie reichte ihm einen Kaffeebecher, während sie telefonierte. Zweifel nahm vorsichtig einen Schluck, hustete und nahm noch ein paar Schlucke.

»Klopfer hat schon nach Ihnen gefragt, wegen der Pressekonferenz. Na, die fällt ja wohl flach.« Zweifel schüttelte den Kopf.

»Na ja, Melzick ist ja auch noch da, die kann Sie vertreten, wenn Sie dazu in der Lage ist. Hat sich 'ne üble Erkältung zugezogen. Mitten im Sommer. Isst einfach zu wenig Schokolade.« Sie hatte sich wieder auf ihrem Bürostuhl niedergelassen. »Der Arzt wird gleich da sein.«

»Dr. Kälberer?« Lucy schaute ihn todernst an.

»Sie sehen zwar übel aus, Kommissar, aber so übel, dass ich einen Pathologen auf Sie hetze, auch wieder nicht.« Zweifel versuchte ein Lächeln. Es misslang. Er konzentrierte sich wieder auf seinen Kaffee.

Lucy ließ ihn nicht aus den Augen, während sie Klopfer informierte.

»Schicken Sie ihn rein und drücken Sie ihm einen Kaffee in die Hand«, sagte dieser. Lucy zwinkerte Zweifel zu, der seine fast leere Tasse gerade auf ihrer Theke abstellte. Sie füllte sie erneut mit ihrem dampfenden, schwarzen Gebräu und nickte zu Klopfers Tür hin.

»Gut, dass Sie pünktlich …«, Klopfer blieb das Wort im Hals stecken, als er seinen Untergebenen sah. »Was zum Teufel …?«

Zweifel unterbrach ihn mit einer müden Handbewegung und setzte sich etwas schwerfällig in einen der Sessel am Besprechungstisch.

»Ist das mein Kaffee?«, fragte Klopfer.

»Nein, meiner, aber wenn Sie möchten, Chef«, sagte Zweifel und schob seine Tasse in Richtung Chef. Klopfer stürmte hinaus, um seiner Empfangsdame den Sinn seiner Anweisungen zu verdeutlichen. Lucy stand vor der Tür mit einer zweiten Tasse in der Hand und einem unschuldigen Ausdruck im Gesicht.

»Hab' nur gemacht, was Sie gesagt haben«, sagte sie. Klopfer verdrehte die Augen, nahm ihr die Tasse aus der Hand und knurrte ein »Danke« aus dem Mundwinkel. Er setzte sich neben den Kommissar an den Besprechungstisch und musterte dessen Erscheinung eine Weile schweigend. Schließlich konnte er nicht länger nichts sagen.

»Ich habe schon öfters die Erfahrung machen dürfen, dass man meinen Hinweisen und Anweisungen keine Bedeutung schenkt.« Zweifel schaute ihn aus einem müden Auge an. »Daher wundert es mich nicht, dass Sie meine Bemerkung, Sie sollten sich etwas Ordentliches anziehen, sehr eigenwillig ausgelegt haben.«

Mit einer raschen Handbewegung hinderte er Zweifel an einer Antwort. »Aber wenn ich mir Ihr Gesicht so ansehe, vermute ich schlagende Argumente auf Ihrer Seite.«

Er beugte sich vor und legte die Hand auf den Arm seines besten Mannes.

»Was ist denn passiert, Zweifel? Lucy hat schon einen Arzt gerufen, nehme ich an?« Zweifel nickte. Dann berichtete er in kurzen und abgehackten Sätzen von seinem Fund auf dem Lindberghof.

»Wir müssen sofort ein paar Leute rausschicken, um den Korb sicherzustellen«, sagte Klopfer.

»Das können Sie gerne tun, Chef, aber ich bin sicher, dass die dort nichts finden werden. Wer mich aus dem Weg räumen wollte, hat auch das verflixte Ding aus dem Weg geräumt. Aber ich weiß, was ich gesehen habe.« Zweifel holte den kleinen Metallzylinder aus seiner Hosentasche und legte ihn auf den Glastisch.

»Was ist das?«, fragte Klopfer.

»Ein Empfänger«, sagte Zweifel. »Damit wurde per Fernsteuerung die Falltür im Ballonkorb des Professors ausgelöst.«

»Sie meinen diese Dinger, mit denen auch Modellflugzeuge gesteuert werden?« Zweifel nickte.

»Sehr ausgeklügelte Mordmethode, das Opfer mit einem kleinen Hebeldruck aus dem Ballon stürzen zu lassen.«

»Ich verstehe nur nicht, wieso der Professor so passiv war. Soviel ich weiß, war er nicht gefesselt und geknebelt, als man ihn fand.«

»Die Angst hat ihn gelähmt. Seine Schwester sagte mir, dass er unter krankhafter Höhenangst litt. Ich vermute das ist auch der Grund für die großen Löcher in den Seitenwänden. Die Mörder wollten ihn gezielt in Todesangst versetzen.«

Klopfer ließ sich das durch den Kopf gehen.

»Klingt plausibel. Wie sind Sie denn jetzt eigentlich hierhergekommen? Wo sind Sie denn aufgewacht?«

Zweifel nahm einen weiteren Schluck aus seiner Tasse. Dieses Gebräu wirkte Wunder.

»In meinem Wagen. Auf der Straße von Mindelheim, kurz vorm Ortseingang, in der Nähe der Tankstelle dort. Der Typ mit den Gummistiefeln muss mich zu meinem Toyota geschleift haben.« Zweifel deutete auf seine Hosen und Schuhe. »Dann hat er mich irgendwie auf den Rücksitz verfrachtet und ist ein Stück spazieren gefahren.« Klopfer runzelte die Stirn.

»Was wiegen Sie, Zweifel?« Dieser hob abwehrend die Hände.

»Ich weiß, ich weiß, Sie haben ja Recht. Es müssen zwei gewesen sein. Mein Auto stand 200 Meter entfernt.«

»Und wie ging es weiter?«

»Ich bin irgendwann heute Morgen mit höllischen Kopfschmerzen wach geworden und hab' an der Tankstelle ein Taxi gerufen und …«, er griff sich an den Kopf, »und noch nicht bezahlt. Die steht sicher noch draußen.«

»Die?«

»Ja, die Taxifahrerin. Sehr unfreundlich übrigens. Würde mich nicht wundern, wenn …« In diesem Moment kam Lucy herein, wie immer ohne anzuklopfen.

»Lucy, Sie kommen wie gerufen. Draußen wartet eine Taxifahrerin und …«

»Jetzt nicht mehr«, unterbrach sie den Kommissar. »Ich hab' ihr zehn Euro und eine Tafel Nussschokolade spendiert, zur Beruhigung. Können Sie mir bei Gelegenheit zurückgeben. Beides! Außerdem ist jetzt der Onkel Doktor da.«

Dieser stand schon hinter ihr in der Tür und vernahm die letzten Worte leicht irritiert.

Lucy verschwand und während der nächsten zehn Minuten herrschte Stille in Klopfers Büro, nur dann und wann unterbrochen von den leise vorgebrachten Anweisungen des Arztes. Zweifel wurde gründlich und in routinierter Geschwindigkeit von dem jungen Arzt, der sich nicht vorgestellt hatte, untersucht. Schließlich gab er seine professionelle Meinung zum Besten.

»Schwerer Bluterguss samt Prellungen. Ohr, Auge und Zähne sind intakt, da haben Sie viel Glück gehabt und einen guten Reflex, wenn ich mir Ihre Unterarme anschaue. Die haben wohl das Schlimmste verhindert. Gebrochen ist nichts, soweit ich feststellen kann. Kein Schwindel, keine Sehstörungen. Könnte trotzdem eine Gehirnerschütterung vorliegen. Sollte sicherheitshalber durchleuchtet werden, Herr äh …«

»Zweifel, Adam Zweifel.«

»Herr Zweifel. Am besten in meiner Praxis. Am besten gleich.«

»Das wird nicht gehen. Wir haben hier um elf Uhr eine Pressekonferenz.«

»Dann kommen Sie bitte anschließend zu mir. Ist in Ihrem Interesse, das brauche ich wohl nicht extra zu betonen.«

»Versteht sich. Wo ist Ihre Praxis, Herr Doktor …?«

»Wollmaus. Entschuldigung, ich vergaß, mich vorzustellen. Dr. Wollmaus. Sie finden meine Praxis im Ärztehaus in der Gartenstadt, gar nicht weit von hier. Bis dann also.«

Der Doktor gab dem sprachlosen Kommissar die Hand und nickte Klopfer zu, der verblüfft am Fenster stehen geblieben war. Bevor sich beide gefasst hatten, war er schon zur Tür hinaus.

Da Zweifel nach der Nacht im Auto immer noch ein wenig unbeweglich war, stürmte Klopfer dem Arzt hinterher.

»Ach, Dr. Wollmaus!«, hörte Zweifel ihn rufen, während Lucy große Augen hinter ihrem Empfangstresen machte.

»War das der unauffindbare Dr. Wollmaus?«, fragte sie den Kommissar, der zu ihr gekommen war und durch die Glastür beobachtete, wie sein Chef mit dem jungen Mann redete. Er schüttelte den Kopf. Klopfer kam zurück.

»Tja, mein lieber Zweifel, dieser Dr. Wollmaus verursacht nicht nur Ihnen Kopfzerbrechen, sondern auch seinem Sohn, den wir gerade kennengelernt haben.«

»Ach was«, sagte Zweifel.

»Ich hab' im Ärztehaus angerufen und gesagt, wir bräuchten einen Doktor. Bin gar nicht auf die Idee gekommen, dass …, mischte Lucy sich ein.

»Jedenfalls«, würgte Klopfer sie ab, »jedenfalls ist der junge Dr. Wollmaus sicher, dass der alte Dr. Wollmaus verreist ist. In den hohen Norden. Nach Sylt.«

Zweifel schüttelte abermals den Kopf.

»Und warum verhält sich der alte Dr. Wollmaus so seltsam?«

Klopfer zuckte mit den Achseln.

»Sie sind der Polizist, finden Sie's raus, um in den Worten des Juniors zu reden.«

Bevor Zweifel hierauf die passende Antwort loswerden konnte, zischte Lucy:

»Verschwinden Sie, alle beide, rasch«, und bewegte sich in ungeahnter Geschwindigkeit von ihrem Platz hinter der Empfangstheke zur Eingangstür. Klopfer begriff mit einem Blick nach draußen die große Gefahr, packte Zweifel am Arm und zog ihn mit in sein Büro.

»Kinseher im Anmarsch«, raunte er ihm zu.

»Lassen Sie ihn eine halbe Stunde warten«, rief er Lucy noch von seiner Bürotür aus zu. Dann waren beide verschwunden.

Melzick saß auf ihrem Sofa und starrte aus geröteten Augen vor sich hin. Sie bewegte vorsichtig ihre schmerzenden Schultern, streckte behutsam ihren schmerzenden Rücken, betrachtete nachdenklich ihre aufgeschürften Hände und wunderte sich dankbar, dass sie sich bei ihrem nächtlichen Sturz vom Baum keine schweren Verletzungen zugezogen hatte.

Alba hatte tatsächlich nichts davon mitbekommen. Irgendwie hatte sie ihr Smartphone zu fassen bekommen und irgendwann war sie im triefend nassen Sommernachtswald über ihr Rad gestolpert. Für den Heimweg hatte sie fast eine Dreiviertelstunde gebraucht. Vollkommen erschöpft war sie in tiefen Schlaf gesunken, kaum dass sie ihr Sofa erreicht hatte.

Sie fühlte sich wie gerädert. Lucys Worte gingen ihr durch den Kopf. Sie schaute müde hinüber zu ihrer Spüle, in der sich das schmutzige Geschirr stapelte. Dann atmete sie ein paar Mal tief durch und raffte sich auf. Als sie eine halbe Stunde später ihre Wohnung verlassen wollte, meldete sich ihr Smartphone. Zacharias war dran.

22. Kapitel

»Kein Wort zur Presse über den zweiten Mord.« Klopfer wiederholte sich. Sie waren fast alle Aspekte der bisherigen Ermittlungen miteinander durchgegangen, wobei dieser Aspekt ihm besonders wichtig schien.

»Übrigens ist mir eingefallen, woher ich den Namen Alba kenne.« Zweifel lehnte sich in seinem Sessel zurück und schaute seinen Chef, der am Fenster stand, fragend an. »Georg Alba. Das ist der Großvater von Ferdinand Alba. War mal verstrickt in einen Kunstraub. Ist schon sehr lange her. Nach dem zweiten Weltkrieg haben die Amerikaner die Raubkunst aus ganz Europa in Sammelstellen deponiert.«

»Hab' davon schon gelesen«, sagte Zweifel, »war nicht in München auch eine?« Klopfer nickte.

»Über Geheimgänge ist damals einiges hinausgeschmuggelt worden. Georg Alba stand im Verdacht, diese Gemälde, zumeist Kleinformate, im großen Stil auf dem Schwarzmarkt ergattert zu haben. Man konnte ihm allerdings nichts nachweisen. Die Bilder blieben unauffindbar.« Zweifel musste wieder mal an das Manuskript denken.

»Der Professor hat insgesamt 27 Fotos von Gemälden in seinem Buch vorgesehen. Keines davon größer als das da«, sagte Zweifel und deutete auf eine Luftbildaufnahme von Bad Wörishofen, die hinter Klopfers Schreibtisch an der Wand hing.

»Kollegin Zick sollte nochmal bei diesem Ferdinand Alba nachforschen, schlage ich vor. Außerdem soll sich jemand um den jungen Lindberg kümmern. Vielleicht hat er da draußen irgendwas von ihrer unheimlichen Begegnung der dritten Art mitbekommen. Gummistiefel und schwarze Kapuze – Mann, sie standen Aug' in Auge mit einem Mörder, Zweifel.«

»So viel ist mir auch schon klargeworden, Chef. Es liegt auf der Hand, dass beide Morde, so unterschiedlich sie auch ausgeführt wurden, eng zusammenhängen.« Er strich über seine Glatze und legte dann die Hände zusammen.

»Der alte Lindberg findet den Ballonkorb. Vermutlich hat er den Ballon auf seinem Heimweg am Himmel entdeckt und ist wegen der ungewöhnlichen Größe des Korbs neugierig geworden. Also folgt er ihm, weil er wissen will, wer da wohl aussteigt. Er findet ihn am Ufer des Sees. Es steigt aber niemand aus. Das ist ein ganz besonderer Korb. Das wird ihm klar, als er ihn untersucht, die Falltür entdeckt, den elektronischen Empfänger. Da wittert er seine Chance. Der Korb ist leicht, für ihn kein Problem. Er packt ihn in seinen Transporter. Wird dabei beobachtet. Bringt ihn auf seinen Hof, wo er ihn verstecken will. Doch da kommen Melzick und ich ihm in die Quere. Hätte ich damals nur seinen Wagen untersucht, dann wäre er wohl noch am Leben. So aber erfährt er durch uns von dem Mord an Mindelburg. Und da muss es bei ihm klick gemacht haben.«

»Sie meinen, er wusste, wer dahinter steckt?« Zweifel nickte.

»Entweder das oder er hatte zumindest eine sehr starke Vermutung. Er versteckt also den Korb hinter dem Gewächshaus in dieser Grube und ruft später seine vermeintliche Geldquelle an.«

»Die Nummer müsste man doch leicht ausfindig machen können.«

»Wir haben sein Telefon nicht gefunden. Vermutlich ist es längst vernichtet. Das Telefonat muss nach seinem Geschmack verlaufen sein, denn wir fanden ihn, gemütlich in seiner Küche sitzend umgeben von Bierdosen.«

»Der Mörder hat sich also verhandlungsbereit gezeigt. Zum Schein.«

»Und hat dann gehandelt, ebenso entschlossen, wie spontan. Er muss sich hier gut auskennen. Immerhin ist er mitten in der Nacht zum Lindberghof gefahren.« Klopfer kratzte sich am Kopf.

»Das könnte auch bedeuten, dass Lindberg und der Mörder sich kannten. Vielleicht sogar gut kannten.« Zweifel befühlte vorsichtig seine linke Gesichtshälfte.

»Das würde auch den überraschten Gesichtsausdruck Lindbergs erklären, wenn dieser Jemand, den er gut zu kennen glaubte, plötzlich ganz anders agierte, als er erwarten konnte.« Klopfer schaute auf seine Uhr.

»Ich glaube beinahe, Herrn Kinseher kann ich jetzt nicht länger warten lassen.« Zweifel stand, immer noch etwas schwerfällig, auf.

»Dann werd' ich mich mal umziehen. Ich hab' ja für alle Fälle einen Kleiderschrank in meinem Büro.«

»Die Vorstellung findet oben im großen Besprechungsraum statt. Wir wollen dem Kurdirektor doch ein ordentliches Podium bieten.« Mit diesen Worten öffnete er Zweifel seine Bürotür.

»Herr Kinseher, welche Freude, Sie zu sehen.« Zweifel warf Lucy einen verschwörerischen Blick zu, als er Klopfers überschwängliche Begrüßung hörte. Er selbst nickte Kinseher, der hastig aufgestanden war, nur kurz zu und schlängelte sich an ihm vorbei zu seinem eigenen Büro.

Eine Viertelstunde später fand er sich im großen Besprechungsraum im zweiten Stock des Gebäudes ein. Er bot Platz für etwa sechzig Personen.

Vorne stand auf einer kleinen Bühne ein schmaler Tisch, hinter dem sechs Stühle platziert waren.

Dort saßen bereits in der Mitte der Kurdirektor und der Polizeichef, die sich piano miteinander unterhielten, das heißt: Kinseher sprach und Klopfer hörte zu.

Zweifel ging die Stuhlreihen entlang, die etwa zur Hälfte mit Presseleuten besetzt waren. Er setzte sich neben Klopfer, nachdem er Kinseher erneut nur zugenickt hatte. Dieser bemerkte erst jetzt Zweifels Verletzungen und beugte sich besorgt zu ihm herüber. Doch bevor er eine Bemerkung loslassen konnte, winkte Zweifel ab.

»Ich beantworte die Fragen — den Rest machen Sie.«

Nach 45 Minuten war alles vorbei. Klopfer hatte die Begrüßung und ein paar einleitende Worte übernommen. Kinseher hatte eine Art Wahlrede vorbereitet, in der er die Vorzüge seiner Stadt und seiner Stadtverwaltung so ausführlich pries, bis es einem der Journalisten zu dumm wurde.

»Rechnen Sie in den nächsten Tagen mit weiteren originellen Todesfällen?«, war die Frage, die Kinseher zunächst die Sprache verschlug, was Zweifel ausnutzte. Er beantwortete auch alle weiteren Fragen routiniert, ohne allzu viel preiszugeben.

Kurz vor dem Ende ging die Tür auf, Melzick kam herein und nieste erst einmal kräftig, womit sie sofort die Aufmerksamkeit aller Anwesenden auf sich zog und ein Kopfschütteln Klopfers erntete. Sie hatte sich kaum neben Zweifel auf das Podium gesetzt, als auch schon ihr Einsatz kam.

»Hat denn der ominöse Ballonsturz vom letzten Jahr, bei dem vom Opfer keine Spur zu finden war, mit diesem Mordfall zu tun?«, war die Frage eines älteren Reporters, der bis dahin geschwiegen hatte. Zweifel schaute Melzick fragend an, die eine Hand auf seinen Unterarm gelegt hatte.

»Wir sehen da keinerlei Zusammenhang, absolut nicht«, war

ihre klare Aussage in einem Ton, der weiteres Nachfragen überflüssig erscheinen ließ. Kurz darauf war der Spuk vorbei und alle verließen den Raum.

Melzick und Zweifel standen noch beisammen, nachdem sie sich von Kinseher, der sichtlich zufrieden war, verabschiedet hatten, und nachdem Klopfer sich für ihr professionelles Auftreten bedankt hatte.

»Was hat er damit gemeint?«, fragte sie Zweifel.

»Das war ein Lob, Melzick, und ohne jede Ironie ganz ehrlich gemeint. Entspannen Sie sich. Was macht Ihre Erkältung?«

»Ist auszuhalten. Wie geht es Ihrem Gesicht?«

»Ist auszuhalten.«

»Na ja, Sie müssen es ja nicht ständig anschauen. Lucy hat mir alles erzählt. Ich begleite Sie zum Arzt. Wir müssen unbedingt reden.«

»Das sehe ich auch so. Aber Sie könnten mir einen Gefallen tun. Hier sind meine Autoschlüssel. Mein kleines Schmuckstück steht am Ortsausgang Richtung Mindelheim, bei der Tankstelle. Wenn Sie so kollegial sind, wie ich vermute, dann holen Sie mich damit nachher am Ärztehaus in der Gartenstadt ab. Was halten Sie davon?« Melzick nahm ihm die Autoschlüssel aus der Hand.

»Ich geh' sogar noch ein Stück weiter: Was halten Sie von einem veganen Lunch bei uns zu Hause? Damit meine ich bei meiner Mutter und bei meinem Bruder. Er hat mich vorhin angerufen. Braucht robuste Versuchskaninchen für seine neuesten Dessertkreationen. Robust sind wir ja.«

»Ich schätze mal, mein Hunger lässt mir keine Wahl. Angebot angenommen, danke Melzick. Übrigens — es ist nicht der Cadillac, den Sie abholen dürfen.«

»Das ist ein großes Glück für Sie, Chef. Dieser

Lenkradschaltung hätte ich wahrscheinlich den Rest gegeben.« Sie trennten sich und trafen sich später vor der Praxis von Dr. Wollmaus jun.

»Ich wusste nicht, dass es zwei von der Sorte gibt«, sagte Melzick, als sie in Zweifels Auto einstiegen.

»Sie werden es nicht glauben, aber den Senior habe ich immer noch nicht erreicht.«

»Und?«

»Was und?«

»Müssen Sie jetzt operiert werden, oder was?«

»Ich soll mich schonen und Kopfarbeit vermeiden in den nächsten Tagen.«

»Das ist nicht Ihr Ernst.«

»Tja, sieht so aus, als müsste ich das Denken in nächster Zeit Ihnen überlassen.« Er zog etwas Kleines aus der Hosentasche und hielt es ihr vor die Nase.

»Was halten Sie zum Beispiel hiervon?« Sie wich mit dem Kopf zurück, nahm es ihm aus der Hand und betrachtete es eine Weile wortlos. Dann gab sie es ihm zurück, während sie in den Rückspiegel schaute.

»Das ist der Ring unseres Freundes Kater«, sagte sie und startete den Wagen. Zweifel war beinahe sprachlos.

»Melzick, Sie machen mich sprachlos. Wie kommen Sie darauf?«

»Hab' ihn deswegen angesprochen, als wir die Suche nach dem Korb beendet hatten. Es war ihm wohl etwas peinlich, so wie er gleich danach seine Hand versteckte. Er sagte, es sei ein Erbstück seines Vaters. Wo haben Sie ihn denn her?« Zweifel drehte den altmodischen Siegelring zwischen seinen Fingern.

»Hm, KM ist eingraviert. Sind Sie ganz sicher Melzick?« Sie bremste etwas abrupt an einer roten Ampel.

»So sicher wie ich weiß, dass unser Freund Kater Kettenraucher ist. Also, sagen Sie schon.«

»Das ist allerdings eine große Neuigkeit. Denn das Merkwürdige ist, Melzick, dass ich den Ring hier in meinem Auto auf dem Rücksitz gefunden habe.«

Melzick fuhr mit quietschenden Reifen an. Sie schaute verblüfft zu Zweifel hinüber.

»Aber das würde ja bedeuten, dass …«

»Ich habe keine Ahnung, was das zu bedeuten hat.«

»Dann vermute ich einfach mal drauflos«, sagte Melzick und bog links ab. »Wenn ich Lucy richtig verstanden habe, dann sind Sie doch heute Morgen in Ihrem«, sie klopfte auf das Lenkrad, »Schmuckstück aufgewacht. Unterbrechen Sie mich, wenn ich danebenliege.« Zweifel winkte zustimmend ab. »Das Letzte, was Sie vor ihrer Narkose gesehen haben, waren zwei Gummistiefel und eine schwarze Maske.«

»Sowie ergänzend ein Holzknüppel.«

»Gut, Sie werden niedergeschlagen von jemandem, der allen Grund dazu hat, jedenfalls aus seiner Sicht. Da haben wir also unseren Mörder mal live in Aktion und Sie erkennen ihn nicht.«

Zweifel hob seine Hand, als wollte er sich dafür entschuldigen.

»Das Ganze passiert in unwegsamem Gelände hinter dem Gewächshaus. Ihr Auto steht wie weit entfernt? 200 Meter? Weiter? Also sagen wir 250 Meter. Der Gummistiefelmann packt Sie mit Ihren 85 Kilo auf die Schultern und stiefelt mit Ihnen durch die Landschaft. Für mich sehr unwahrscheinlich. Ihm muss jemand geholfen haben.«

Zweifel dachte an sein Gespräch mit Klopfer und nickte, während Melzick noch einmal links abbog. »Also haben wir den Unbekannten Nummer Zwei, der seinem Kumpel hilft, ein Hindernis zu beseitigen. Und hier«, sie schaute etwas verlegen zu Zweifel und schaltete herunter, um an einer Baustelle vorbei zu manövrieren, »hier stellt sich die Frage, wieso, äh weshalb ...«

»Wieso ich noch am Leben bin, wollen Sie sagen. Gute Frage. Ich bin immerhin derjenige, der ein wichtiges Beweisstück — das wichtigste Beweisstück — entdeckt und untersucht hat. Da sag' ich übrigens gleich noch was dazu. Zwei Menschen haben die beiden schon umgebracht, da kommt es auf einen dritten nicht mehr an, das meinen Sie doch, oder?«

»Äh ja, das ist doch komisch. Also, ich wäre da anders vorgegangen.«

»Ah ja? Vorsicht — der Radfahrer weiß nicht, dass hier eine mordsgefährliche Polizistin unterwegs ist.« Melzick ließ sich nicht aus dem Konzept bringen und wartete, bis der Radler links abgebogen war. »Es sei denn, der Unbekannte Nummer Zwei ist mit dem Verhalten seines Kumpels ganz und gar nicht einverstanden. Er kommt erst dazu, als Sie schon bewusstlos am Boden liegen. Er will das Schlimmste verhindern und Sie trotzdem aus dem Weg schaffen. Also schleppen die beiden Sie zu Ihrem Auto und bugsieren Sie auf den Rücksitz. Dabei verliert einer der beiden unbemerkt seinen Ring. Kann leicht passieren. Häufig sind diese Siegelringe eine Nummer zu groß und sitzen sehr locker. Sie werden ein paar Kilometer spazieren gefahren und dann Ihrem Schicksal überlassen.« Zweifel hatte aufgehört zu nicken.

»Ich wüsste sehr gerne, wieso Herr Kater mich zusammen mit Unbekannt Nummer Eins so behandelt hat.« Melzick hatte den Wagen eingeparkt und überreichte Zweifel die Autoschlüssel.

»Er wird seine Gründe haben. Wir sind übrigens da. Sie wollten mir noch etwas sagen wegen des Beweisstücks.« Zweifel nahm die Schlüssel und stieg aus. Über das Autodach hinweg schaute er ihr in die geröteten Augen.

»Kann ich sicher sein, dass wir vor Ihrer Familie über den Fall reden können, ohne dass irgendetwas davon nach außen dringt?«

»Meine Mutter nennt sich Ma Prema. Wissen Sie, was das hier im Allgäu bedeutet? Meine Arbeit und alles, was damit zusammenhängt liegt nicht auf ihrer Ebene.«

Melzick schlug die Fahrertür zu. Ein bisschen fester als notwendig, fand Zweifel. »Vermutlich weiß sie nicht einmal, was passiert ist. Sie kennt niemanden, der es ihr hätte erzählen können. Das hier ist einfach nicht ihr Universum. Und mein Bruder steckt bis über beide Ohren in seinem Projekt. Außerdem weiß er, dass ich ihm die Zunge rausschneide, wenn er plappert. Hab' ich ihm oft genug angedroht.«

»Allright, dann reden wir drinnen weiter.«

23. Kapitel

Sie waren noch nicht am Eingang des kleinen Holzhauses angelangt, als die Tür bereits aufging und ein junger Mann in blauer Kochschürze, der eindeutig beide Hände gerade in einem Teig gehabt haben musste, sie begrüßte. Seine roten Haare, seine hellblauen, flinken Augen, das freche Grinsen – er ähnelte seiner Schwester wie ein Pinguin dem anderen.

»Hallo Mel, hallo Herr Zweifel, prima, dass Sie sich zur Verfügung stellen. Kommen Sie rein.« Dem Kommissar gefiel es, dass er nicht auf sein deformiertes Gesicht angesprochen wurde. Auch von Melzicks Mutter nicht, deren rote Haarmähne ihm die Augen überschwemmte.

»Herr Kommissar, ich bin ja so froh«, kam sie ihm entgegen. »Endlich erfahre ich einmal aus erster Hand, welchen Fortschritt die kriminalpolizeilichen Ermittlungen machen. Meine Freundinnen werden platzen vor Neid, wenn ich ihnen erzähle, was ich sicher heute Abend noch erfahren werde.« Zweifel schüttelte ihr die Hand mit einem etwas gezwungenen Lächeln. Melzick starrte fassungslos auf ihre Mutter. Krimhild Zick, genannt Ma Prema, strahlte die beiden an.

»Ich lebe zwar möglicherweise in einem anderen Universum, warum auch nicht, aber ich höre durchaus Dinge, die in diesem Universum gesprochen werden.«

»Du hast gelauscht, Ma.« Melzicks Mutter hob beide Hände.

»Unabsichtlich. Man kann leider die Ohren nicht so schließen, wie man die Augen schließt. Ich habe von oben zufällig gesehen, wie ihr hergefahren seid. Und ich war neugierig.« Damit warf sie Zweifel einen spöttischen Blick zu.

»Das kann ich gut verstehen«, sagte dieser.

Die Eröffnung war gelungen, und die gegenseitige Sympathie lag wie ein angenehmer Duft in der Luft.

Sie setzten sich an den großen quadratischen Tisch in der geräumigen Wohnküche. Zacharias verteilte mit vor Eifer geröteten Ohren die Schalen mit der farbenprächtigen Vorspeise. Nach der ersten Gabel wurde Zweifel bewusst, wie groß sein Hunger inzwischen war. Melzick erging es nicht anders. Sie waren so konzentriert bei der Sache, dass die ersten Minuten in einvernehmlichem Schweigen verliefen.

»Sie haben großes Talent«, sagte Zweifel zu Zacharias, als dieser die Schalen abräumte. »Ich habe zwar fast alles erkannt, was ich gegessen habe, aber ich wäre nie auf die Idee gekommen, es so zu kombinieren und vor allem mit diesen ungewöhnlichen Dips zu unterstreichen.« Zacharias' Ohren wurden noch röter.

»Sie hören sich an wie ein Restaurantkritiker«, sagte Melzick.

»Aber deswegen bin ich doch hier, oder nicht?«

»Na dann sind wir gespannt, wie Sie auf Zacks neue Desserts reagieren«, flocht ihre Mutter ein.

»Was ist nun mit diesem Beweisstück, Chef?« Zweifel legte seine Serviette auf die Seite und rieb an seiner Nase.

»Mich würde eines interessieren, Melzick. Haben Sie sich in der Zwischenzeit mal überlegt, wie der Professor aus dem Korb gestürzt wurde?« Melzick verschränkte die Arme.

»Da fällt mir ein, dass ich Ihnen noch nichts von meinem zweiten Besuch in Albas Baumhaus erzählt habe.«

»Lassen Sie hören.« Melzick berichtete von der Identifizierung der Fotos und ihrer anschließenden nächtlichen Kletterpartie, wenn auch nicht in allen Einzelheiten.

»Worauf ich hinauswill, ist Folgendes: Ich stehe

vermeintlich sicher auf einem Ast in luftiger Höhe …«

»Wie hoch?«, unterbrach sie ihre Mutter.

»Einer ausgewachsenen Giraffe hätte ich schon den Kopf kraulen können.« Ma Prema schloss ergeben die Augen.

»Und dann bricht ohne Vorwarnung der Ast weg. Diese Erfahrung wünsche ich jedem einmal in seinem Leben. Kein Halt mehr und du fällst ins Bodenlose.« Sie schaute ihren Chef an.

»In dem Moment wurde mir schlagartig klar: Der Professor hat dieselbe Erfahrung gemacht. Der war allein in dem Ballonkorb. Da war niemand, der ihn hinausgeworfen hat. Der Boden ist ihm ohne Vorwarnung unter den Füßen weggerissen worden.« Sie legte ihre Hand flach auf den Tisch. »So war es, ganz sicher.«

»Und wie willst du das beweisen?«, fragte Zacharias, der im Hintergrund dabei war, den Hauptgang auf ihren Tellern zu arrangieren.

»Willst du damit sagen, dass dieser Mann mit einer Art Fernbedienung umgebracht wurde?«, fragte ihre Mutter.

»Genauer gesagt, mit einer Fernsteuerung. So eine, die bei Modellfliegern verwendet wird«, sagte Zweifel. »Übrigens hab' ich den Korb gesehen. Mit eingebauter Falltür.«

»Sie haben ihn wirklich gefunden«, sagte Melzick, »und das sagen Sie erst jetzt.«

»Ich wollte einfach mal sehen, ob sie von allein auf den modus operandi kommen.« Damit legte er den kleinen Metallzylinder auf den Tisch.

»Was ist das?«, fragte Ma Prema.

»Das ist das einzige Beweisstück, das wir haben — bisher.«

»Wie jetzt — und wo ist der Korb?« Zweifel zuckte die Achseln.

»Der dürfte endgültig verschwunden sein. Kaum hatte ich ihn

entdeckt wurde ich selbst entdeckt.«

Dann deutete er auf seine dick angeschwollene Gesichtshälfte.

Melzick verstand.

»Haben Sie wenigstens Fotos gemacht?«

»Dazu kam ich nicht mehr.« Melzick stöhnte auf.

»So ein …«

»Lupinensteak für die Unwissenden«, sagte Zacharias und stellte dem Kommissar schwungvoll einen gut gefüllten Teller vor die Nase.

»Süßkartoffelmus für den Hunger. Rote-Beete-Kugeln, versteckt hinter einem Blumenkohlgebirge. Das Ganze infiziert mit einer Chilikürbiscreme.

»Sie sind doch offen für neue Erfahrungen?«, sagte Ma Prema und sprühte ein paar Funken.

»Mache ich so einen verschlossenen Eindruck?«, erwiderte er und nahm Messer und Gabel zur Hand. Zacharias brachte die restlichen Teller.

»Was wissen Sie eigentlich über diesen Ballonsturz vom letzten Jahr?«, fragte Zweifel, vorsichtig kauend. »In der Pressekonferenz waren Sie ja sehr überzeugend.«

»Das war die Generalprobe«, sagte Melzick mit vollem Mund.

»Klar«, sagte Zacharias, »die haben das getestet. Hätte ich auch gemacht.«

»Deswegen hat man nur ein paar leere Säcke in diesem Teich gefunden. Die waren ursprünglich mit Sand gefüllt und haben als Dummy gedient«, sagte Melzick. »Den Zusammenhang wollte ich der Presse aber nicht auf die Nase binden.«

»Moment mal, davon hab' ich damals auch was mitbekommen«, sagte Ma Prema. »Da gab's doch Zeugen, die gesehen haben, wie die Person abstürzte.« Melzick schüttelte den Kopf.

»Ma, stell dir mal vor, du siehst, wie etwas mit Armen, Beinen und Kopf vom Himmel fällt. Natürlich hältst du das für einen lebenden Menschen.«

»Ich hätte bestimmt was gemerkt.«

»Das Auge ist sehr leicht zu täuschen«, schaltete Zweifel sich ein, »und außerdem dauerte das Ganze nur ein paar Sekunden. Ich bin mir nicht sicher, ob jemand, der mit einer solchen Situation unvorbereitet konfrontiert wird, hinterher etwas anderes aussagen würde, Frau Zick.«

»Sagen Sie einfach Ma Prema zu mir, Kommissar.« Zweifel spitzte die Lippen.

»Und warum sollte ich das tun?« Ma Prema sortierte mit der Gabel das Gemüse auf ihrem Teller.

»Nun, oberflächlich betrachtet, aus akustischen Gründen.« Sie fasste ihn ins Auge und lächelte. »Woran denken Sie, wenn sie Krimhild Zick hören? Und woran denken Sie bei Ma Prema?« Zweifel erwiderte ihren Blick.

»Wenn ich offen sein darf, dann an Krieg bei Ersterem und Frieden bei Letzterem.«

»Oh«, sie griff sich mit der linken Hand in die Haare, »Sie haben den Kern auf Anhieb getroffen.« Melzick schaute leicht beunruhigt zu ihrem Chef hinüber.

»Gut, dann also Ma Prema, sagen Sie einfach Adam zu mir.«

»Und warum sollte ich das tun?«

»Weil ich darauf am ehesten reagiere.«

»Und was sagen Sie zur Lupine?«, mischte sich Zacharias leicht angespannt ein.

»Äh ja! Was sage ich zur Lupine?« Zweifel verstummte und dachte ernsthaft nach, während er sich eine Gabel vom fraglichen Steak einverleibte.

Die übrigen Anwesenden warteten gleichermaßen geduldig wie gespannt ab.

»Sie wissen, ich bin kein Veganer. Der Geschmack ist bemerkenswert. Nein, das ist zu wenig. Es schmeckt ausgezeichnet, sobald man vergisst, dass Sie es als Steak bezeichnet haben. Für mich ist ein Steak etwas ganz anderes, aber«, er deutete mit der Gabel auf seinen Teller, »aber das hier ist extrem lecker.« Er nickte noch einmal. «Hätte ich nicht vermutet.«

»Sie haben Recht«, sagte Ma Prema. »Ein Steak ist wirklich etwas ganz anderes. Man könnte es als Teil einer Tierleiche bezeichnen, die mit allerlei Tricks am Verwesen gehindert wird.«

»Ma!« Melzick wollte verhindern, dass ihre Mutter zu einem ihrer gefürchteten Monologe ansetzte. Doch das kam dieser nicht in den Sinn. Nicht heute Abend.

»Schon gut. Du brauchst einen anderen Namen dafür, Zacharias, was ich ja schon lange sage.«

»Wie wär's mit Lupileckerli?«, schlug Melzick vor.

»Quatsch!« Zacharias stand vom Tisch auf. Er hatte sich selbst nur eine kleine Portion genehmigt und war in Gedanken schon einen Gang weiter.

»Habt ihr es gehört?«, fragte er und hob lauschend einen Zeigefinger. »Die Schokolade — sie ruft mich. Zeit für das Dessert.« Und er verschwand wieder im Hintergrund. Die anderen aßen schweigend ihre Teller leer. Schließlich legte Zweifel sein Besteck hin.

»Es war also von langer Hand geplant«, sagte Ma Prema zusammenhanglos. Zweifel war sofort wieder beim Thema.

»Das war es wirklich. Nun stellen sich zwei wesentliche Fragen: erstens: Wer war technisch dazu in der Lage, diesen Mord auszuführen?«

»Zweitens: Wer hatte Grund dazu?«, ergänzte Melzick. »Und mir fallen dazu noch einige Fragen ein: Wie kommen die Fotos aus Albas Baumhaus in das Manuskript des Professors?«

»Warum gibt es im ganzen Haus von Lindberg keine Spuren vom Rollstuhl seines Sohnes?«, warf Zweifel ein.

»Ist das so?«, fragte Melzick.

»Fragen Sie Ihre Freundin Penny Stock. Sie wird es bestätigen, da bin ich sicher.«

»Gut«, sagte Melzick, »nächste Frage: Warum liegt in dem Scheunenatelier von Frido ein Technikkatalog auf dem Boden?«

»Ist das so?«, fragte Zweifel.

»Ist mir gerade wieder eingefallen, ich hab' das eher unbewusst wahrgenommen«, antwortete Melzick. Zweifel griff in seine Tasche und legte den Siegelring, den er in seinem Auto gefunden hatte, neben den kleinen Metallzylinder. Ma Prema, die sich all diese Fragen ruhig angehört hatte, meldete sich nun wieder zu Wort.

»Und schließlich die Eine-Million-Euro-Frage«, sie nahm den Ring in die Hand, »wofür steht K und M?«

»Das wissen wir«, sagte Melzick, »und wir haben auch eine Vermutung, warum Max Kater seinen Ring im Auto des Kommissars verloren hat.«

»Dann steht KM also für Kater Max?«

»Nein, Ma, das sind die Initialen seines Vaters. Den Ring hat er von ihm geerbt.«

»Und wie hieß sein Vater?«, beharrte Ma Prema.

»Das werde ich noch herausfinden«, sagte Melzick.

»Aber«, meldete sich Zacharias zu Wort, »ihr werdet nie herausfinden, was hier drin ist.« Er stellte eine große Platte mit einer dreieckigen, dicken, dunklen Torte mitten auf den

Tisch. Einen Augenblick lang herrschte verblüffte Stille.

»Die Form erinnert mich an das rechtwinklige Dreieckslineal aus Holz, das wir früher im Geometrieunterricht für die Tafel verwendet haben«, sagte Ma Prema.

»Es hatte auch die gleiche Größe«, stimmte Zweifel zu, »mindestens.«

»Respekt, kleiner Bruder«, sagte Melzick, »größer ging's wohl nicht.«

Sie betrachteten eingehend das gewaltige Stück schokoladiger Pracht, das sie alle herauszufordern schien: »Na, wer wagt es wohl als erster, wer sticht seine Gabel in mich, wer wetzt sein Messer an mir, wer schlägt seine Zähne in die größte Versuchung seit der Erfindung von Karies?«

»Pythagoras' Rettung — was haltet ihr von dem Namen?«, fragte Zacharias in die Runde seiner Opfer.

»Bescheuerter Name«, entfuhr es Melzick.

»Passt aber irgendwie«, meinte der Kommissar.

»Angewandte Mathematik, würde ich sagen«, ergänzte Ma Prema.

Zacharias hatte bereits begonnen, asymmetrische Stücke auf die einzelnen Teller zu verteilen.

Kurz darauf hörte man nur noch andächtiges Seufzen, ab und zu unterstrichen von leise gemurmelten Superlativen. Ma Prema warf ihrem Sohn schließlich einen misstrauischen Blick zu, den dieser in aller Unschuld erwiderte. Doch das überzeugte sie keineswegs.

»Zacharias«, sagte der Kommissar und schob seinen Teller, von jeglichen Krümeln befreit, von sich, »ich möchte gar nicht herausfinden, was alles in dieser Premiumtorte steckt. Meine Erfahrung ist, dass etwas Wunderbares verliert, sobald man zu viel darüber weiß.«

»Aha, jetzt ist Philosophie an der Reihe«, merkte Ma Prema an.

»Sie mögen Philosophie nicht?«, fragte Zweifel. Zur Antwort legte sie ihre Hand auf seinen Unterarm. Das gab ihm einen Stich ins Herz.

»Doch, Adam, Sie haben da einen sehr wahren Satz ausgesprochen. Ich bin einfach zu spöttisch, mir liegt zu viel Ironie auf der Zunge und die lass ich dann auch raus. Eine schlechte Angewohnheit von mir.«

»Möchte jemand noch etwas Pythagoras?«, fragte Zacharias.

»Ich glaube, du musst dir wirklich was Anderes überlegen. Das klingt doch sehr nach einem Schmerzmittel.«

»Meine Dosis war ausreichend«, sagte Zweifel.

»Meine nicht.« Zacharias' Schwester hielt ihm ihren Teller hin, den er sofort mit einem weiteren rautenförmigen Kuchenstück belud.

»Und jetzt zurück zu unseren Fragen«, sagte sie mit vollem Mund. »Chef, erinnern Sie sich, was Sie draußen auf dem Lindberghof zu mir gesagt haben?«

»Was meinen Sie?«

»Das Unbewusste kennt schon längst die Wahrheit. Man muss nur jeden Gedanken zulassen, auch die absurden.«

»Die Methode kenn' ich«, sagte Zacharias und leckte seine Gabel ab, »genauso komm' ich auf meine Rezepte.«

»Und auf die Namen wohl auch«, sagte Melzick. »Also, Leute, die Fragen liegen auf dem Tisch. Und jetzt«, dabei schaute sie der Reihe nach jedem in die Augen, »sagt einfach jeder, was ihm dazu durch den Kopf geht. Kommentieren ist verboten, jedenfalls am Anfang.«

»Ich verstehe«, sagte Zweifel, »ein Gedankengewitter.«

»Nur die Blitze, den Donner sparen wir uns«, antwortete sie

und verputzte ihr zweites Stück Kuchen in Rekordzeit.

Ma Prema verschränkte die Arme und lehnte sich zurück. Melzick legte die Ellbogen auf den Tisch und starrte die gegenüberliegende Wand an. Zweifel hielt die Hände gefaltet und die Augen geschlossen. Und Zacharias hatte seine Hände hinter dem Kopf verschränkt und musterte die Decke.

Ein Schweigen traute sich aus den Ecken und saß nun mit am Tisch.

24. Kapitel

Es war an Zacharias, es zu verscheuchen. Danach ging es hin und her, Schlag auf Schlag.

»Der Professor hat Selbstmord begangen und Mord vorgetäuscht.«

»Ferdinand Alba und Professor Mindelburg waren miteinander verwandt.«

»Alba hat ihn mit diesen Fotos auf eine Spur gebracht.«

»Quirin van Berg hat seine Gemäldesammlung auf Naziraubkunst gegründet.«

»Wer ist Quirin van Berg?«

»Keine Fragen, bitte.«

»Frau Bolte verschenkt vergiftete Himbeeren.«

»Wer ist Frau Bolte?«

»Ich sagte doch: Keine Fragen bitte, nur Antworten.«

»Frau Bolte hat ihren Mann auf dem Gewissen und ihr Nachbar, Professor Mindelburg, kam dahinter.«

»Max Kater kommt aus dem Norden.«

»Dr. Wollmaus ruft nie zurück.«

»Die Mindelburgs kommen aus dem Norden.«

»Max Kater und Frido Lindberg sind befreundet.«

»Es war Max Kater, der mich niedergeschlagen hat.«

»Dr. Wollmaus ist tot.«

»Es war Kater, der mich niedergeschlagen hat.«

»Das sagten Sie bereits.«

»Bitte, Ma, nicht kommentieren!«

»Kater hat mich in mein Auto verfrachtet, und dabei seinen Ring verloren.«

»Sie haben das kleine glitzernde Ding hier gefunden und werden kurz darauf außer Gefecht gesetzt.«

»Alba kifft im Baumhaus.«

»Die Katze sitzt im Cadillac.«

»Was soll das denn sein, irgendein Code, oder was?«

»Zum letzten Mal — Kommentare sind verboten.«

»Es war ein Mord aus Rache.«

»Es war ein Mord, um Dinge zu vertuschen.«

»Es geht um sehr viel Geld.«

»In dieser Torte steckt jede Menge Gras.«

»Cannabis ist rezeptpflichtig.«

»Ich ess' jetzt noch ein Stück.« Ma Prema schaute ihre Tochter skeptisch an. »Was ist? Ich hab' eben einen Mordshunger.« Melzick bugsierte ein weiteres Stück auf ihren Teller. Zweifel hatte die Augen wieder geöffnet.

»Ich vermute mal, der Sturm ist jetzt vorbei. Jetzt geht's ans Aufräumen, stimmt's Melzick?«

»Das wollte ich vorhin schon fragen, Adam, Sie nennen meine Tochter Melzick?« Zacharias grinste.

»Mir gefällt's Ma, können wir es dabei belassen?«, sagte Melinda. Ma Prema hob abwehrend beide Hände.

»Du hast Recht. Über Namen haben wir heute schon genug Rauch aufsteigen lassen.«

»Apropos Rauch«, sagte Zacharias, »meine Torte ist absolut harmlos. Kein Gras, kein Cannabis, kein Hasch, Ma.« Zweifel zog die Augenbrauen in die Höhe.

»Schon gut, Zack«, sagte Melzick, »dann glauben wir das auch noch.«

»Moment, was haben Sie da gesagt, Melzick?«, fragte Zweifel.

»Diese Wahnsinnstorte meines Brüderleins verstößt nicht gegen das Betäubungsmittelgesetz, Chef.«

»Nein, nein, das meine ich nicht. Sie haben wörtlich gesagt: ›Dann glauben wir das auch noch‹, stimmt's?«

»Ja, und?«

»Das bringt mich auf eine Idee. Wir glauben an noch etwas, ohne es hundertprozentig überprüft zu haben.«

»Und das wäre?«

»Ich ergänze unser Brainstorming von gerade eben noch um einen kurzen Satz«, sagte der Kommissar. »Frido Lindberg kann gehen und sitzt nur zum Schein im Rollstuhl.«

»Wer ist das?«, fragte Ma Prema.

»Das ist der Sohn des Ballonfahrers, du weißt schon, der vor vielen Jahren so schwer gestürzt ist«, sagte Melzick.

»Stimmt, ich kann mich dunkel erinnern. Den hat man aber hier im Ort seitdem fast nie zu Gesicht bekommen«, sagte Ma Prema. »Ist ein armer Teufel. Das war sicher ein großer Schock für so 'nen kleinen Kerl, plötzlich gelähmt zu sein. Ich glaube, da ist damals sogar eine Sammlung organisiert worden. Wie können Sie behaupten, dass er gar nicht gelähmt ist?«

»Gummistiefel«, antwortete Zweifel.

»Geht's auch ein bisschen ausführlicher, Chef?«

»Der mich niedergeschlagen hat, trug Gummistiefel. Die hatte ich vorher schon mal gesehen. Im Auto vom alten Lindberg.«

»Vorhin haben Sie gesagt, es sei Kater gewesen.«

»Und jetzt weiß ich, es war der junge Lindberg. Das erklärt auch die fehlenden Reifenspuren im Haus. Den Rollstuhl hat er nur benutzt, wenn Fremde auf dem Hof waren. Die Scheune hat er damit nie verlassen. Er muss gehört haben, wie ich den Stein gegen das Gewächshaus geworfen habe. Und Kater, der ja behauptet, ihn schon sehr lange zu kennen, hat ihm geholfen, mich bis zu meinem Auto zu schleppen. Und da hat er dann seinen Ring verloren.«

»Das können wir aber alles nicht beweisen, Chef.«

»Zum jetzigen Zeitpunkt müssen wir das auch nicht. Aber

es sind einige Puzzleteile, die wirklich gut zusammenpassen.«

»Und warum hätten die beiden das tun sollen?«, fragte Zacharias. Melzick zählte an den Fingern ab:

»Erstens: auf dem Gelände der Lindbergs wurde der Ballonkorb versteckt, der besonders präpariert war, und per Fernsteuerung die Möglichkeit bot, den Professor ins Jenseits zu befördern. Zweitens: In Frido Lindbergs Atelier befindet sich ein Technikkatalog, wie er bei Modellfliegern sehr beliebt ist. Drittens: Ich habe ein Foto von Max Kater entdeckt, dass ihn beim Fest des Modellflugclubs zeigt. Viertens: Der junge Lindberg kann völlig ausrasten, er ist jähzornig und unberechenbar. Das habe ich selbst erleben dürfen. Kater dagegen konnte sich ganz leise mit ihm unterhalten, so dass ich kein Wörtchen mitbekam. Fünftens: …«

»Darf ich auch mal was sagen«, fragte Zweifel in aller Ruhe. Melzick grinste und nickte ihm zu.

»Fünftens: Kater suchte auf seinen eigenen Vorschlag hin selbst genau die Stelle ab, an der ich den Ballonkorb fand. Dieses Brett am Boden hätte er eigentlich auch entdecken müssen, aber er wusste ja von dem Versteck und hat es verschwiegen. Und sechstens: Kater war in der Nähe, als man Professor Mindelburg fand und er war in der Nähe, als ich den alten Lindberg fand.«

»Wieso, was ist mit dem?«, fragte Zacharias. Zweifel atmete tief durch.

»Ich verlasse mich jetzt wirklich auf Ihre absolute Verschwiegenheit.« Zacharias hob die Hand wie zum Schwur. Seine Mutter begann:

»Sie wissen ja, Adam, in meinem Universum …«, weiter kam sie nicht. Weit entfernt war eine Feuerwehrsirene zu hören.

»Ich weiß Ihr Universum zu schätzen, Ma Prema.«

Die Sirene kam etwas näher und entfernte sich dann wieder.

»Als mir klargeworden war, dass Valentin Lindberg den Ballonkorb gefunden und abtransportiert hatte, bin ich sofort zu ihm hinausgefahren, um ihn zur Rede zu stellen. Mir gegenüber hatte er nämlich bei unserem ersten Gespräch behauptet, nichts beobachtet zu haben, eine glatte Lüge.«

»Und was sagte er dazu?«, fragte Ma Prema.

»Er hat sich ausgeschwiegen«, sagte Melzick, »er schweigt jetzt bis in alle Ewigkeit.«

»Hat man ihn …?«

»Er wurde erstochen, zu seiner eigenen Überraschung. Kurz darauf kam Kater vorbei.«

Ma Prema stützte ihr Kinn auf die Hand und schüttelte ungläubig mit dem Kopf. Es hatte ihr erst einmal die Sprache verschlagen.

Zacharias begann allmählich Gefallen an ihren Gedankenspielen zu finden.

»Aber wo ist die Verbindung zwischen diesem Kater und Professor Mindelburg? Ich meine, welchen Grund sollte er denn gehabt haben? Sind die beiden sich überhaupt jemals begegnet?«

»Er muss ihm nicht begegnet sein. Er muss auch kein Motiv gehabt haben«, sagte Zweifel.

»Weißt du, Zack, er könnte auch einfach nur einen Auftrag ausgeführt haben. Gegen Bezahlung versteht sich«, sagte Melzick.

»Was die Sache nicht besser macht, und einfacher für uns auch nicht«, ergänzte Zweifel.

»Dann muss der Professor also einen Todfeind gehabt haben«, sagte Ma Prema mit leiser Stimme, als scheue sie davor zurück, ein solches Wort auszusprechen. Melzick nickte und lehnte sich zurück.

»Unter Freunden passiert so etwas jedenfalls nicht.«

»Unter ehemaligen Freunden soll es schon vorgekommen sein«, gab ihre Mutter zu bedenken.

»Wie war das, Melzick, Sie sagten, dass Alba telefonierte, als er zum Baumhaus zurückkam. Haben Sie von dem Gespräch etwas mitbekommen?« Sie kratzte sich am Kopf, bevor sie antwortete.

»Er war aufgebracht, ärgerlich, wütend fast, auch besorgt. Wollte ›aus der Sache rausgelassen‹ werden, wie er sich ausdrückte. Glaubte dem, was der andere sagte, kein Wort.«

»Ist ein Name gefallen?« Melzick schaute Zweifel in die großen dunklen Augen, während sie überlegte.

»Nelson«, sagte sie schließlich, »er hat ihn Nelson genannt. Und er hat noch etwas gesagt: Er wolle nicht so enden wie der Professor. Und, dass er ihm die Fotos gezeigt habe. Und, dass Leute wie sein Chef, also Nelsons Auftraggeber, zu allem fähig wären. Sie wollten Alba wohl die Fotos abkaufen. Darauf hat er sich aber überhaupt nicht eingelassen.«

»Alba hatte also Kontakt zu jemandem, den er des Mordes für fähig hält. Es dürfte ratsam sein, Melzick, wenn wir diesem jungen Mann auf den Zahn fühlen. Ich habe allerdings keine Lust, auf Bäume zu klettern. Sorgen Sie dafür, dass er bei uns im Büro erscheint, am besten noch heute.«

»Ay Käptn.« Melzick entwickelte allmählich eine Vorliebe für diese Floskel.

»Scheint ein größeres Feuer zu sein«, meinte Zacharias, »das war jetzt bestimmt schon der vierte Feuerwehrwagen.«

»Irgendwo außerhalb, so wie sich's anhört«, vermutete Melzick.

»Was hat es denn mit diesem van Berg auf sich, den Sie vorhin erwähnt haben? Den mit diesem merkwürdigen Vornamen«, fragte Ma Prema.

Zweifel rieb sich mit der Rechten über seinen kahlen Schädel.

»Quirin van Berg. Kunstsammler. Unermesslich reich. Umgibt sich bisweilen mit zwielichtigen Typen. Hat nach außen hin eine tadellos weiße Weste. Der gute Professor hat jedoch einige verborgene Flecken darauf entdeckt, darunter einen besonders Hässlichen. Er schreibt sehr detailliert darüber in seinem Manuskript. Es gab immer wieder mal Gerüchte über das Zustandekommen der formidablen Gemäldesammlung van Bergs.«

Er machte eine kurze Pause. »Sagt Ihnen der Begriff *monuments men* etwas?«

»Den Film kenn' ich«, verkündete Zacharias. »War ganz in Ordnung, obwohl ich da eher aus Versehen gelandet bin. George Clooney mag ich überhaupt nicht, aber als ich gemerkt habe, dass ich im falschen Film bin, war es schon zu spät. Ich wollte dann aber schon wissen, worum es da eigentlich geht.«

Ma Prema stand auf.

»Wer möchte einen Kaffee?« Drei Finger schnellten in die Höhe. »Schön«, sagte sie, als sie die Espressomaschine in Gang setzte, »das haben Sie also mit der Anspielung auf die Naziraubkunst gemeint, Adam. Ist das nicht etwas weit hergeholt. Und ist das nicht gefährlich, solche Behauptungen aufzustellen?«

»Der Professor war, trotz allem, Wissenschaftler. Er hat aufgeschrieben, wofür er Beweise zu haben glaubte. Und jetzt kommt ein interessantes Detail: Der Großvater unseres Baumhäuslers, Georg Alba, war in Kunstschiebereien kurz nach dem zweiten Weltkrieg verwickelt. Die Fotos in Albas Baumhaus sind von ihm. Und als dem Professor klar war, was Georg Alba da dokumentiert hatte, war der Ausgangspunkt seines Manuskriptes gefunden. Von da aus muss er seine

Nachforschungen betrieben haben. Er war wohl auf der richtigen Spur. Und ja, es ist gefährlich, solche Behauptungen aufzustellen.«

»Es ist lebensgefährlich.« Melzick legte beide Hände flach auf den Tisch. »Da wir gerade bei Behauptungen sind — ein paar Sätze von vorhin sind natürlich Blödsinn oder einfach unwahr.«

»Und was zum Beispiel?«, fragte Zacharias. Melzick, die ein phonographisches Gedächtnis zu haben schien, zählte an den Fingern ab:

»Selbstmord war es nicht. Jemand, der unter krankhafter Höhenangst leidet, setzt sich selbst nicht einer solchen Qual aus, selbst wenn er sich umbringen will. Der Professor war auch nicht mit Ferdinand Alba verwandt. Frau Bolte …«

»Wer ist denn das jetzt?«, wollte Zacharias wissen.

»Die Nachbarin des Professors. Ihre Himbeeren sind nicht vergiftet — das hätte sich längst herumgesprochen. Ob sie ihren Mann auf dem Gewissen hat, ist im Augenblick für uns nicht wichtig.«

»War ja auch nur so eine Schnapsidee von mir«, gab Zweifel zu. »Wir können uns ja damit beschäftigen, wenn wir diesen Fall abgeschlossen haben.«

»Dann bleibt noch die Tatsache, dass Dr. Wollmaus nie zurück ruft. Das heißt aber nicht, dass er tot ist. Sein Sohn wüsste sicher davon.«

»Trotzdem bin ich dafür, diesen Punkt offen zu lassen«, sagte Zweifel.

»Ob Alba im Baumhaus kifft …« Melzick stockte etwas ratlos.

»Das lassen wir mal im Raum stehen«, meinte Zweifel. »Wir werden uns ja noch mit ihm unterhalten.«

»Diese Gemäldesammlung, von der Sie sprachen, Chef,

also ich denke, selbst wenn die Herkunft der Bilder zweifelhaft ist, da gibt es doch sicher Mittel und Wege, um im Nachhinein für entsprechende Gutachten zu sorgen. Das ist wahrscheinlich doch nur eine Frage des Geldes, oder? Können die Aufzeichnungen eines alten Mannes wirklich so viel Wirbel verursachen?« Zweifel nippte an seiner Tasse und behielt sie in der Hand.

»Sie dürfen nicht vergessen, Melzick, dass wir uns hier in einer anderen Welt bewegen.«

»Noch ein Universum«, stöhnte Zacharias.

»Die Kunstszene, die auf diesem Niveau ihre Blasen schlägt, ist hypersensibel. Da braucht es keine Beweise, da genügen Gerüchte. In der Öffentlichkeit hat die Frage ›Wem gehört dieses Meisterwerk?‹, vor allem, ›Welcher Familie wurde es unrechtmäßig entwendet?‹ in den letzten Jahren große Wellen geschlagen. So große, dass auch die Politik glaubte, sich einmischen zu müssen. Auch wenn jemand wie van Berg bisweilen Umgang mit Leuten hat, mit denen man nicht zusammen in einem Flugzeug sitzen möchte, so ist er trotzdem auf seinen Ruf bedacht. Der Text, den Professor Mindelburg veröffentlichen wollte, hat es in sich. Seine Beweisführung klingt plausibel, ist lückenlos und zudem mit diesen Fotos eindrucksvoll belegt. Die Folgen für van Berg wären unberechenbar gewesen, der finanzielle Schaden immens, gerade weil sich solche Geschichten über Jahre hinziehen können.«

»Sie vermuten folglich, dass van Berg sich eine Dienstleistung der besonderen Art organisiert hat«, sagte Ma Prema.

Zweifel trank seine Tasse aus und stellte sie behutsam auf den Tisch.

»Das dürfte für jemanden wie ihn ein Leichtes sein.«

»Gut, angenommen, das lief tatsächlich so ab«, hakte Ma Prema nach, die ebenfalls Lust am Spekulieren bekommen hatte, »wieso sollte dann ausgerechnet ein Knabe wie Max Kater, ein in diesem Metier ja wohl unerfahrener Mitarbeiter eines provinziellen Wachdienstes, diesen Job ergattert haben? Hat er womöglich Referenzen vorzuweisen, die vorzugsweise auf irgendwelchen Friedhöfen liegen? Was wissen Sie über seine bisherige Killerkarriere, Adam? Spannen Sie uns nicht auf die Folter.« Sie hatte sehr sanft und ruhig gesprochen, was die Wirkung ihrer Worte nur verstärkte. Zweifel schmunzelte und schwieg.

»Ma hat recht«, sagte Zacharias und begann, die leeren Tassen einzusammeln. Melzick warf ihrem Chef einen prüfenden Blick zu.

»Wir wissen noch nicht alles über ihn, aber ...« Sie drehte sich so plötzlich um, als hätte ihr ein unsichtbares Wesen seine Hand auf die Schulter gelegt, »aber mir fällt gerade etwas ein.« K und M — Katers Vater: Sie wusste plötzlich dessen Namen. Die Lösung lag im Norden.

Vor der Eingangstür waren hastige Schritte zu hören, gefolgt von einem heftigen, drängenden Klopfen.

»Siehst du mal nach, Zacharias«, sagte seine Mutter. Zacharias ging zur Tür und ließ den unerwarteten Besucher eintreten.

Kurz darauf stand dieser in der geräumigen Wohnküche, an deren schönem, quadratischen Tisch Zweifel, Melzick und Ma Prema saßen.

Sie starrten den Gast mit unterschiedlichen Graden der Überraschung an. Er hatte ein rußverschmiertes Gesicht und verströmte einen brandigen Geruch.

»Kater!«, sagte Zweifel, nachdem er einmal geschluckt hatte.

»Es brennt«, sagte dieser.

»Das haben wir uns schon gedacht, die Feuerwehr war ja nicht zu überhören.«

Kater keuchte.

»Es ist Fridos Scheune. Sie brennt lichterloh.«

25. Kapitel

Marie-Theres Mindelburgs Augen hatten die Farbe der See angenommen, ein blasses, verwaschenes Rauchblau. Das geschah jedes Mal, wenn sie diesen Ort besuchte.

Sie saß auf dem höchsten Punkt einer Düne an der Westküste von Sylt, nicht weit von Wenningstedt entfernt. Das Dünengras stach in ihre alten Hände. Ein scharfer Wind wehte und trieb ihr Tränen aus den Augen. Es war für sie schon seit sehr langer Zeit die einzige Art, Tränen zu haben.

Sie achtete nicht auf den glasklaren, sommerblauen Himmel. Sie achtete nicht auf das exakte Lineal des Horizonts. Vor vielen Jahren hatte sie einmal versucht, herauszufinden, wie weit der Horizont entfernt sein kann. Als ihr klar wurde, dass es dafür eine Formel gab, als ihr klar wurde, dass man den Horizont einfangen kann, verlor sie jegliches Interesse daran. Viertausendsiebenhundertzwanzig Meter — das Wissen um diese überraschend kleine Zahl hatte die Magie der Ferne, von der sie seit Kindertagen bezaubert war, aufgesaugt. Sie war darüber hinweggekommen. Und nun saß sie da im Dünensand und befühlte mit ihren Händen das harte, scharfe Gras und dachte an ihren Sohn.

»Du musst mir glauben«, sagte der massige Mann, der neben ihr auf seinem ausgebreiteten schwarzen Cordsakko saß. Marie-Theres Mindelburg schloss ihre Augen und schwieg.

»Abraham hat damit gerechnet, dass ihm etwas zustoßen könnte. Aber das hat ihn nicht von seinem Vorhaben abbringen können. Seine Sturheit war größer als seine Feigheit.«

Dr. Wollmaus machte eine Pause und verfolgte mit zusammengekniffenen Augen ein Containerschiff, das weit draußen den Horizont nachschärfte. »Er hat einen Brief geschrieben«, sagte er nach einer Weile. Marie-Theres Mindelburg reagierte nicht. »Vor ein paar Tagen saßen wir noch zusammen, nachdem wir unsere letzte Schachpartie beendet hatten. Er sagte: ›Sieh zu, dass du mich als erster findest, wenn mir was passieren sollte.‹ Ich nahm ihn nicht ernst, sagte ihm, er übertreibe da wohl etwas. Insgeheim glaubte ich, dass er sein Buch überschätzte, seinen Enthüllungen eine Bedeutung beimaß, die sie einfach nicht hatten. Das war ein Irrtum.«

Er atmete tief durch.

»›Es wird bald passieren, oder überhaupt nicht‹, sagte er.

›Und wie soll ich das machen?‹, fragte ich ihn.

›Bleib in der nächsten Zeit in Bad Wörishofen, verreise nicht. Wenn es so weit ist, wirst du mich finden.‹«

Dr. Wollmaus schüttelte den Kopf. »Ich konnte das nicht ernst nehmen, verstehst du, Marie-Theres? Das hörte sich in meinen Ohren zu dramatisch an.« Sie schaute zum Strand hinunter.

»Ich finde, das hört sich ganz genau nach ihm an«, sagte sie.

»›Du wirst in meinem linken Schuh einen Brief finden‹, sagte er dann noch, um das Ganze auf die Spitze zu treiben.

›Warum gibst du ihn mir nicht gleich?‹, fragte ich ihn, ›was soll das ganze Theater?‹

›Es ist besser so. Ich will nicht, dass du diesen Brief kennst, solange ich am Leben bin.‹«

Marie-Theres Mindelburg sah ihn von der Seite an.

»Das klingt wirklich ganz nach Abraham.«

Wollmaus nahm eine Handvoll Sand und ließ ihn langsam durch die dicken Finger rieseln. Der Wind zerstäubte ihn.

»Das Verrückte daran ist, dass er Recht behalten hat. Ich habe keine Ahnung, wer ihn umgebracht hat, und ich bezweifle, dass man das je herausfinden wird.«

»Und warum bist du mir hierher gefolgt, Felix?«, sagte sie und ließ den Blick nicht vom Strand.

Wollmaus stand ächzend nicht ohne Mühe auf, ergriff sein schwarzes Cordsakko und klopfte es mit einer Hand aus, so wie man einen alten Teppich klopft. Dann zog er es an und schaute auf die alte Dame herab, die unbewegt dasaß und durch ihre schwarz geränderte Brille den Strand beobachtete. Wollmaus langte in die Innentasche seines Sakkos und zog einen schmalen Umschlag hervor.

»Ich wollte dir das hier geben. Es ist Abrahams Brief. Lies ihn, oder lass es bleiben.« Damit hielt er ihr den zerknitterten Umschlag hin, den sie nach kurzem Zögern ergriff. »Ich wünsch' dir viel …« Er brach ab. »Ich gehe jetzt.«

Sie hielt das dünne Kuvert in der Hand, ohne es anzusehen. Nach einer Weile drehte sie den Kopf in den Wind. Der dicke Mann im schwarzen Sakko wanderte schwerfällig über die Dünen. Aus der Entfernung sah er aus wie ein müder alter schwarzer Käfer.

Melzick fasste sich als Erste. Sie war aufgesprungen.

»Und was ist mit Frido?« Kater zuckte mit den Schultern.

»Wir wissen es noch nicht.«

»Wie haben Sie uns gefunden?«, fragte Zweifel. Kater wischte sich über das verschwitzte Gesicht und verschmierte dabei etwas Ruß. Er schaute Zweifel an.

»Hab' Ihr Auto erkannt.«

»Ich komm' mit«, sagte Zacharias.

»Das kommt überhaupt …« Doch bevor Melzick ihrem Bruder widersprechen konnte, hatte Zweifel mit einer raschen Handbewegung sein Einverständnis signalisiert.

»Blaulicht hab' ich allerdings nicht«, sagte er zu Zacharias.

»Im Hochsommer ein Feuer bestaunen? Ohne mich«, sagte Ma Prema, schüttelte den Kopf und blieb demonstrativ mit verschränkten Armen sitzen.

Kurz darauf fuhr Zweifel mit Kater, Melzick und Zacharias in halsbrecherischem Tempo Richtung Lindberghof. Die dunklen Rauchschwaden waren schon zu sehen, bevor sie den Ortsrand erreicht hatte. Keiner sagte etwas.

Kater griff, nachdem Zweifel nur knapp einem plötzlich in einer Rechtskurve auftauchenden Traktor hatte ausweichen können, automatisch an seine Brusttasche. Er klopfte eine Zigarette aus dem Päckchen und steckte sie zwischen die Lippen, ohne sie anzuzünden.

Als sie noch etwa zweihundert Meter vom Ort des Geschehens entfernt waren, stellte sich ihnen ein Feuerwehrmann, in voller Montur, mit Helm und mit einer Signalkelle bewaffnet in den Weg. Er kontrollierte Zweifels Ausweis gewissenhaft und warf einen misstrauischen Blick ins Wageninnere.

»Alle von der Polizei?«, fragte er schlecht gelaunt, während ihm der Schweiß in Strömen über das Gesicht lief. Zweifel nahm ihm den Ausweis aus der Hand und steckte ihn weg.

»Sonderkommando«, sagte er und fuhr an der Absperrung vorbei. Am Gewächshaus angelangt, stiegen sie aus.

Die Scheune war ein riesiger, funkensprühender, flammender Scheiterhaufen. Das hölzerne Dach war bereits nach innen gestürzt. Melzick musste an Fridos Skulpturen denken.

Das Prasseln des gewaltigen Feuers wurde vom dumpfen Poltern herabfallender Balken und von kurzen, abgehackten Rufen der Feuerwehrleute begleitet.

Sechs dicke Wasserrohre waren auf die Reste des riesigen Holzbaus gerichtet. Sie schienen überhaupt nichts auszurichten. Die abstrahlende Hitze war so stark, dass sie ihre Gesichter mit den Armen schützen mussten. Intensiver Brandgeruch stach ihnen in die Nase. Zwei Wasserrohre waren auf den direkt angrenzenden Teil des Wohnhauses gerichtet, um ein Überspringen der Flammen zu verhindern. Der Feuerwehrhauptmann trat zu ihnen, nachdem Zweifel sich bemerkbar gemacht hatte.

»Haben Sie den jungen Lindberg herausholen können?«, fragte Zweifel ihn. Er nahm den Helm ab, wischte sich mit dem Ärmel über das Gesicht und schüttelte den Kopf.

»Da war keiner drin. Meine Leute haben nur einen leeren Rollstuhl gefunden.«

»Und im Wohnhaus? Im Gewächshaus? Er kann ja nicht weit sein, ohne seinen Rollstuhl, oder?«, sagte Zweifel.

»Da ist niemand, das sage ich Ihnen doch«, beharrte der Einsatzleiter.

Zweifel beobachtete aus den Augenwinkeln Katers Reaktion auf diese Worte. Der junge Mann stand da, beide Hände in den Hosentaschen und rauchte. »Täuscht der Augenschein oder macht er tatsächlich einen sonderbar zufriedenen Eindruck?«, fragte sich der Kommissar.

»Bin gleich wieder da«, meinte Melzick und verschwand hinter dem Gewächshaus. Kater sah ihr betont gleichgültig hinterher.

Zacharias hatte sich indes, soweit es eben ging, der Scheune genähert. Er stand neben den Feuerwehrleuten, die unermüdlich arbeiteten.

Zweifel beobachtete, wie er mit ihnen redete. Sie hatten keinen Blick für ihn.

»Pfeifen Sie den Jungen mal zurück«, sagte der Kommandant, doch Zacharias hatte sich bereits umgedreht. Er langte gleichzeitig mit Melzick wieder an.

»Die Grube ist leer«, sagte sie. »War leicht zu finden — das Brett war zur Seite geschoben.« Sie warf einen Blick zur Scheune, die immer mehr in sich zusammenstürzte. Eine dicke Säule aus grauschwarzem Qualm stieg über ihr in den klaren Sommerhimmel.

»Unser Beweismaterial geht höchstwahrscheinlich gerade zum Teufel«, stieß sie hervor.

»Die Männer haben nichts gehört und auch keinen weglaufen sehen«, sagte Zacharias.

»Wo kann er also jetzt sein?«, sagte Zweifel und schaute Kater von der Seite an. Dieser hatte zu Ende geraucht und warf den Stummel gleichgültig auf den Boden. Er hustete und schwieg.

»Machen Sie sich gar keine Sorgen um ihn?«, fragte Zweifel. Kater schüttelte langsam den Kopf. Dann holte er erneut die Zigarettenschachtel hervor. Zweifel legte ihm die Hand auf den Arm und hinderte ihn daran, die nächste Zigarette anzuzünden. Er stellte sich direkt vor ihn hin.

»Wo ist Frido Lindberg?« Kater zuckte mit den Schultern.

»Er ist ja nicht in der Scheune, also muss ich mir um ihn keine Sorgen machen.«

»Diese Begründung reicht mir nicht«, sagte Zweifel. Kater wich seinem Blick aus und schwieg. Zweifel rieb sich vorsichtig die Glatze und fixierte ihn weiterhin.

»Verraten Sie mir doch eines, Kater. Praktisch jede Person, die das Vergnügen hatte, mir heute ins Gesicht zu sehen, wollte von mir wissen, was mir denn passiert sei.« Er verschränkte die Arme. »Sie haben mich nicht danach gefragt.«

Kater zündete sich die Zigarette an, machte einen tiefen Zug und ließ den Rauch langsam durch die Nase entweichen.

»Kann es sein«, sagte Zweifel in zuvorkommendem

Tonfall, »dass Sie mich deshalb nicht gefragt haben, weil Sie es schon wissen?« Kater starrte auf einen Punkt, der sich oberhalb von Zweifels kahlem Schädel befinden musste.

»Kann es sein«, sagte Zweifel unverändert freundlich, »dass Ihnen die Buchstaben K und M etwas sagen, abgesehen von ihrem eigenen Namen natürlich?« Kater inhalierte noch einmal und schnippte die halb gerauchte Zigarette in hohem Bogen fort. Dann blickte er Zweifel ins Gesicht.

»Sie dürfen mir den Ring gerne zurückgeben, Herr Kommissar.« Melzick, die ungeduldig neben den beiden gestanden war, schnaubte verächtlich. Zweifel griff in seine Hosentasche und reichte Kater den Ring mit Daumen und Zeigefinger.

»Zu klein für den Mittelfinger, zu groß für den Ringfinger«, sagte dieser und steckte ihn ohne Anzeichen schlechten Gewissens in die Brusttasche seines dunkelblauen Security-Hemdes.

»Was für ein Pech«, sinnierte Zweifel, »ihn ausgerechnet in meinem Auto zu verlieren.«

Zacharias, Melzick und er umstanden Kater in einem Halbkreis. Er schaute sie der Reihe nach an und richtete den Blick dann auf den verdreckten Boden. Mit leiser, ruhiger Stimme begann er zu reden, während seine Finger sich ganz wie von selbst um die nächste Zigarette kümmerten.

»Frido kann wahrscheinlich nichts dafür, dass er so ist. Vielleicht ist es eine Folge seines Sturzes von damals. Vielleicht liegt es auch an den langen Jahren, die er im Rollstuhl sitzen musste.«

»Heißt das, da muss er jetzt also nicht mehr sitzen?«, fragte Melzick. Kater steckte das Zigarettenpäckchen wieder ein.

»Ich hab' ihm gleich am Anfang gesagt, dass es rauskommen wird.«

»An welchem Anfang?«

»Als er merkte, dass noch Leben in seinen Beinen ist. Nach all den Jahren hatte sich etwas gelöst. Vielleicht war es auch eine reine Kopfsache, keine Ahnung, ich hab' nicht Medizin studiert. Ich war dabei, als es passierte«

»Als was passierte?«

»Ich war dabei, als er stürzte, und ich war dabei, als er seine Zehen plötzlich wieder bewegen konnte. Es kam so unerwartet wie eine Schneeflocke im August. Verrückt. Seinen Gesichtsausdruck werde ich nie vergessen.« Kater atmete Rauch aus.

»Und es kamen noch ein paar Schneeflocken: Nach ein paar Wochen stand er auf eigenen Füßen. Doch niemand sollte davon wissen. Er hatte Angst, die Versicherung würde nichts mehr zahlen. Und er bildete sich ein, dass es gut für seine Pläne wäre, wenn alle Welt ihn weiterhin als Krüppel sähe.«

»Und weiter?«, sagte Zweifel.

»Seit damals hat er immer wieder diese Anfälle.« Er schaute Melzick an. »Sie haben ja selbst einen erlebt. Er wütet wie ein Berserker, brüllt die ganze Welt nieder. Schlimmstenfalls nimmt er Dinge in die Hand, die er in diesem Zustand besser nicht anrühren sollte.« Er schaute Zweifel nicht an. »Ich weiß nicht, warum er Sie angegriffen hat. Als ich kam, war es schon passiert.« Er legte eine Pause ein.

Zacharias fühlte sich zunehmend unbehaglich. Fürs erste hatte er genug von der Polizeiarbeit.

»Äh, ich geh' dann mal zum Auto. Muss ein paar Telefonate erledigen.« Zweifel nickte und warf ihm die Autoschlüssel zu. Der nächste Zigarettenstummel fiel zu Boden.

»Ich hab' Sie untersucht, Kommissar, dachte, Sie wären bewusstlos. Ihr Puls ging ganz normal. Sie können sich ja denken, wie Sie in Ihr Auto gekommen sind. War vielleicht ein Fehler von mir, aber ich wollte eben den Schaden begrenzen.«

»Den Schaden für wen?«, fragte Melzick. Kater steckte beide Hände in die Hosentaschen.

»Ich wollte verhindern, dass Frido Probleme bekommt, ganz einfach«, sagte er in einem trotzigen Ton. »Ist ja auch gut gegangen. Bis auf den Ring.« Er schwieg.

»Sie sprachen von Fridos Plänen. Was für Pläne waren das?«, fragte Zweifel. Kater zuckte mit den Schultern.

»Ich weiß es nicht. Er wollte weg vom Hof, weg von seinem Vater.«

»Tja — und jetzt ist sein Vater tot und er«, Zweifel schaute zum Himmel, »hat sich in Rauch aufgelöst oder wie sehen Sie das?« Wieder zuckte Kater nur mit den Schultern.

»Was ist mit dem Ballonkorb passiert?« Kater schaute ihm fest in die Augen.

»Davon weiß ich nichts. Ich hab' keinen gesehen. Als ich ankam, war die Grube, neben der Sie lagen, offen und leer.«

»Glaub' ich nicht«, sagte Melzick und verschränkte die Arme. Zweifel blickte in die Runde, während er überlegte.

»Sagen Sie den Feuerwehrleuten, sie sollen versuchen, Fridos Schuppen nicht zu betreten und dort so sparsam wie möglich mit dem Wasser umzugehen.«

»Wenn's nicht schon zu spät ist«, sagte Melzick, die sofort Zweifels Gedankengang erfasst hatte und davoneilte. Kater runzelte die Stirn, stellte aber keine Fragen.

Zweifel hielt den lädierten Teil seines Gesichtes ganz dicht vor Katers Gesicht und drehte ein wenig an den Daumenschrauben.

»Ich finde nicht, dass es gut gegangen ist. Ganz im Gegenteil.« Kater wich etwas vor ihm zurück. Zweifel begann, ihn langsam zu umkreisen. Er hatte die Hände ebenfalls in die Hosentaschen gesteckt. »Genauso gut könnte ich tot sein, das ist Ihnen doch sicher klar geworden in dem Moment, als Sie Frido und mich entdeckten. Was haben Sie mit ihm gemacht?« Kater war ihm mit den Augen gefolgt und antwortete nicht. Zweifel ging weiterhin in langsamen, bewussten Schritten um ihn herum, flocht einen unsichtbaren Käfig aus Fragen um ihn und Kater sah ihm wortlos dabei zu.

»Nehmen wir einmal an, Frido war es, der seinen Vater erstach. Können Sie sich denken, was ihn dazu brachte?«, sagte Zweifel, ohne eine Antwort zu erwarten.

»Nehmen wir einmal an, Sie hätten den alten Lindberg erstochen. Würde das Ihrem Charakter entsprechen?« Melzick war noch bei den Feuerwehrleuten.

»Nehmen wir an, die Gummistiefel, denen ich hier draußen begegnete, hätten genau Ihre Größe. Würde mich das überraschen? Hätte das überhaupt eine Bedeutung? Nehmen wir an«, Zweifel machte eine kurze Pause, ohne stehen zu bleiben, »nehmen wir an, Sie wissen, wohin Frido geflohen sein könnte. Kämen Sie sich wie ein Verräter vor, verrieten Sie es mir?«

In Zweifels Gesichtskreis tauchte vorübergehend Melzick wieder auf. Nach Vollendung seines nächsten Kreises stand sie neben ihm.

»Wir nehmen an …«, sagte Zweifel zu ihr.

»Es war noch nicht zu spät«, beendete Melzick den Satz. Kater sah von ihr zu ihm.

»Nehmen wir an«, sagte Zweifel und ging im Takt weiter, »wir finden Spuren von nackten Füßen und Fingerabdrücke. Wie können wir sicher sein, dass es Fridos sind? Nehmen wir an, es sind Fridos Fingerabdrücke, sind sie dann ebenfalls auf dem missbrauchten Brotmesser zu finden? Nehmen wir an, sie sind dort zu finden. Bewiese das Fridos Schuld? Nehmen wir an, Frido hat den Ballonkorb ins Feuer gebracht, wusste er, warum?«

Zweifels Schritte waren unerbittlich und gleichmäßig. Katers linke Hand bewegte sich zur Brusttasche. Zweifel sah es und drehte weiter.

»Nehmen wir an, das war gerade eben Ihre letzte Zigarette, hielten Sie das aus?«

Kater grinste gequält und steckte eine weitere Zigarette in Brand. Zweifel nahm sie ihm mit flinken Fingern aus dem Mund und warf sie fort.

»Nehmen wir an, das wäre mein Ernst gewesen, Kater. Wie weit sind Sie bereit zu gehen?« Kater starrte ihn wortlos an. Melzick stand schweigend daneben. Sie kannte Zweifels Methoden.

Ein dumpfes Krachen, ein Poltern, als ob ein Riese in Holzschuhen einen Stepptanz in der Scheune versuchte.

Sie beachteten es nicht. Drei weitere gewaltige Holzbalken waren auf den Scheunenboden gekracht. Gleich darauf kippte die rechte Außenseite der Scheune seufzend und Funken stiebend nach außen um.

Fridos Atelier war jetzt gut zu erkennen: Ein kleiner Schuppen, fast unversehrt inmitten der Ruine. Die Flammenwut war verraucht. Penny Stock würde genug zu untersuchen haben.

»Ich nehme an«, sagte Zweifel, »dass Sie über Einiges nachdenken müssen, Kater. Sie sollen die Zeit dazu haben. Ihre Sanduhr läuft ab sofort, aber sie hat keine schmale Taille. Kommen Sie, Melzick, wir haben zu tun.« Sie ließen Kater stehen, wo er war.

»Soll ich eine Fahndung nach Frido Lindberg rausjagen?«, fragte Melzick, als sie sich der Scheune genähert hatten, um sie von außen zu inspizieren.

Zweifel nickte und sie kümmerte sich darum.

Während sie telefonierte, sprach er nochmals mit dem Einsatzleiter.

»Wer hat Sie eigentlich alarmiert?« Der Kommandant hatte den Helm unter den Arm geklemmt und wischte sich mit einem Taschentuch übers Gesicht.

»Das war Herr Kater«, sagte er und hustete.

»Könnte es Brandstiftung gewesen sein?«

»Kann ich nicht ausschließen. Wäre bei den Verhältnissen eine Kleinigkeit gewesen. Aber fragen Sie mich nicht nach dem Motiv. Es gibt immer irgendjemand, der ein Motiv hat.« Zweifel nickte.

»Der Schuppen hat ein Wellblechdach, das hat ihn gerettet. Ob Sie da allerdings noch verwertbare Spuren finden werden, ist fraglich. Da müssen Spezialisten ran.«

»Keine Sorge, da kenne ich jemanden«, sagte Zweifel. Melzick, die etwas abseits telefoniert hatte, kam zurück.

»Penny hab' ich auch gleich informiert«, sagte sie.

»Gut. Was macht unser junger Freund?« Melzick spähte unauffällig an ihrem Chef vorbei.

»Steht immer noch da. Raucht aber nicht mehr.« Sie drehte sich zu Zweifel um. »Wir könnten ihn festnehmen, so tief, wie er da drinsteckt.« Zweifel schüttelte den Kopf.

»Ich will wissen, wer hinter ihm steht und das finden wir nicht raus, wenn er im Käfig hockt. Nein, Melzick, das werden wir anders lösen. Wir fahren jetzt zurück. Konnten Sie Alba schon erreichen?« Sie zückte ihr Smartphone.

»Wollte ich gerade tun, Chef.«

»Wenn wir mit ihm geredet haben, werde ich mich um eine Audienz bemühen.«

»Bei ›Ihrer Scheinheiligkeit‹?«

»Genau, bei Herrn van Berg.«

Zacharias wartete in sich versunken auf dem Beifahrersitz von Zweifels altersschwachem Toyota und schreckte hoch, als beide Türen gleichzeitig aufgerissen wurden.

»Andiamo Brüderchen«, trompetete Melzick, »die Arbeit ruft.«

26. Kapitel

Marie-Theres Mindelburg saß noch lange im kühlen Sand weit oben über dem Strand an diesem Nachmittag. Nichts ereignete sich auf dem schiefergrauen Meer. Das tat ihr wohl. Und auch der abgeflaute westliche Wind war gut und angenehm auf der Haut. Und auch der Strand blieb leer: Keine schmalen Silhouetten, welche belästigend größer werden konnten.

In ihrer Hand der Brief blieb lange ungelesen. Sie fürchtete die Worte und wusste nicht, warum. Sie saß und ließ den Blick ruhen und schweifen über Strand und Meer und war allein. Und schloss die Augen ab und zu. Und dachte sich zurück in weit Entferntes.

Willoughby wartete während dieser Stunden nicht weit entfernt und lehnte am Bentley, der grün schimmernden Andeutung ihres Reichtums.

Sie konnte das Kuvert nicht loslassen, was sicher vernünftig gewesen wäre. Ein Brief von Abraham. Was für eine Unwahrscheinlichkeit. Was für eine Ungeheuerlichkeit! Was waren seine letzten Worte an sie gewesen, in kalter Verachtung über die Schulter hingespuckt? »Du bist keinen Gedanken wert, Marie, nicht einen einzigen«. Ein Satz wie eine Guillotine. Und hier nun hielt sie von ihm Geschriebenes in der Hand. Es war, als ob eine Leiter von außen an ihre Festungsmauern gelehnt worden war, um einen präzisen Angriff vorzubereiten.

Sie fürchtete diese Worte, weil sie den Irrtum fürchtete, den großen Irrtum. Sie dachte an ihre allnächtlichen Zwiegespräche mit ihrem vor Dekaden an diesen Gestaden ertrunkenen Sohn. An dessen Worte, die sie in ihrem Geist hütete wie unvergängliche Edelsteine.

Sie dachte an die seltenen nächtlichen Zwiegespräche mit ihrem Bruder Karl, der sich einen Strick um den Hals gelegt, eine Leiter im Treppenhaus bestiegen und in seiner ausweglosen Verzweiflung übersehen hatte, dass sein kleiner Sohn seinen zu Tode gezappelten Körper finden könnte. Karls Worte hütete sie wie ein Gebirgsfluss, der auf seine schönsten Kieselsteine achtet.

Sie wollte keine anderen Worte mehr für ihre schlaflosen Nächte. Eine einsame Möwe fing ihren Blick und entführte ihn in die klare Ferne dieses Hochsommertages. Sie nahm ihre Brille ab. Dann öffnete sie den Umschlag und begann zu lesen.

Max Kater wartete. Er wartete bis der Kommissar mit seiner Assistentin und deren Bruder weggefahren war. Er wartete und beobachtete, wie die Feuerwehrmänner die Löscharbeiten beendeten. Die Flammen waren gebannt, die Feuernester erstickt und ein durchdringender Brandgeruch wehte zu ihm herüber.

Die Männer achteten nicht auf ihn, bis sie schließlich ihre Fahrzeuge bestiegen und ebenfalls abfuhren. Einer der Fahrer winkte ihm kurz zu. Nur der Einsatzleiter war bei seinem Fahrzeug geblieben und telefonierte.

Wenig später traf ein grüner Kombi ein, dem eine kräftige Frau und zwei junge Männer entstiegen. Sie hatten helle Schutzanzüge dabei. Kater war in der Nähe des Gewächshauses, für andere nicht sichtbar, stehen geblieben und verfolgte von dort aus konzentriert, wie die Leute der Spurensicherung sich daranmachten, die Reste der Scheune zu untersuchen. Der Einsatzleiter hatte mit Penny Stock gesprochen und war dann abgefahren.

Kater wartete und dachte nach. Er hatte keine Zigaretten

mehr, aber das störte ihn vorerst nicht. Sie hatten ihn nicht gesehen, so viel war sicher. Also wagte er es und betrat das Gewächshaus durch die halb offenstehende Tür. Er warf einen prüfenden Blick über die staubige Hundertschaft verdorrter Pflanzen. Er wusste, wo er zu suchen hatte.

Zweifel setzte Zacharias bei seinem Nachtischtempel ab und fuhr mit Melzick ins Büro, wo sie Lucy mit vollem Mund ertappten. Sie wedelte stumm und gelassen mit einem gelben Zettel.

»Habb amgerufn«, sagte sie, den Mund voller schokoladenumhüllter Nüsse.

Zweifel las: ›Nelson Muldoon, persönlicher Assistent von Quirin van Berg, bittet um dringenden Rückruf.‹

»Lucy, Sie schreiben genauso undeutlich, wie Sie sprechen.«

»Keiner versteht mich, das war schon immer so«, sagte sie, zuckte gleichmütig mit den Schultern, riss ein Stück Alufolie ab und biss in ihre Tafel.

»Wir sind in meinem Büro und werden versuchen, nachzudenken. Fällt Ihnen dazu etwas ein?« Lucy sagte nichts, öffnete ihre legendäre Schublade und legte eine Tafel ihres unerschöpflichen Vorrats auf den Empfangstresen.

»Gut für die Botenstoffe im Gehirn, Kommissar. Sie wissen ja: Schokolade fragt nicht — Schokolade hat die Antworten.« Melzick schnappte sich die Tafel und ging voraus zu Zweifels Büro. Dort angekommen ließ sie sich in einen der grauen Sessel fallen. Zweifel setzte sich ihr gegenüber und befühlte vorsichtig seine linke Gesichtshälfte.

»Alba müsste bald hier sein«, sagte sie. »Ich bin sicher, er kennt diesen Assistenten Nelson. Er hat mit einem Nelson telefoniert, als ich mich in seinem Baumhaus versteckt hatte.« Zweifel nickte.

»Diesen Muldoon werde ich später anrufen. Im Augenblick bin ich etwas verwirrt, Melzick. Wir müssen mehr Klarheit bekommen. Übrigens — eines immerhin ist mir inzwischen klargeworden.« Melzick schaute ihn an.

»Ihre Freundin Penny hatte doch davon gesprochen, dass die Schuhe des Professors mit unterschiedlichen Knoten zugebunden waren. Übrigens wirklich erstaunlich, dass sie das bemerkt hat.«

»Penny ist bekannt dafür, dass sie solche Dinge bemerkt.«

»Haben Sie über das Problem der Schnürsenkelknoten mal nachgedacht?«

»Bis jetzt noch nicht, Chef. Geben Sie mir zwei Minuten.« Sie verbarg ihr Gesicht hinter ihren Händen. Zweifel wartete ab und schenkte sich ein Glas Wasser ein. Nach einer Weile nahm sie die Hände vom Gesicht, griff nach der Schokoladentafel Lucys, die sie auf den Tisch gelegt hatte und brach einen Riegel ab.

»Wie ich das sehe«, sagte sie kauend, »hat ihm jemand den Schuh angezogen, als er tot war. Er könnte ihn zwar durch den Sturz verloren haben, das halte ich aber für unwahrscheinlich, denn warum hätte man ihm den Schuh dann wieder anziehen sollen? Nein, das geschah nur, weil dieser Jemand ihm den Schuh eigenhändig vorher ausgezogen hatte, und zwar, weil er hoffte, oder sogar wusste, etwas darin zu finden. Es muss ein Blatt Papier gewesen sein oder etwas Ähnliches, denn etwas Anderes hätte keinen Platz gehabt. Es blieb offensichtlich nicht viel Zeit, den Schuh wieder anzuziehen, sonst wäre der Betreffende bestimmt sorgfältiger vorgegangen.«

Zweifel trank sein Glas aus und stellte es auf den Tisch, wie zur Bestätigung von Melzicks Thesen.

»Wer kommt dafür in Frage?«, fuhr Melzick fort und brach

sich noch einen Riegel ab. »Meiner Meinung nach sind das vier Personen: Frau Eichhorn, Ferdinand Alba, Max Kater, und Dr. Wollmaus. Unterstellen wir mal, dass ihnen die unterschiedlichen Knoten aufgefallen wären. Die beiden ersten hätten genug Zeit gehabt, den richtigen Knoten zu verwenden, denn es war niemand in der Nähe, der sie beobachtet hätte, als sie den toten Professor fanden. Als Kater auf der Bildfläche erschien, waren Alba und Eichhorn anwesend. Kater hätte wohl kaum unbemerkt nach dem Papier suchen können, dazu gab es keine Gelegenheit.«

»Bleibt Dr. Wollmaus«, sagte Zweifel.

»Er saß allein auf der Bank, als wir zu ihm kamen«, erwiderte Melzick. »Die Zeit hätte ihm wohl gerade ausgereicht. Sie wäre für ihn jedoch sicher zu knapp gewesen, um auf das Knotenproblem zu achten.«

»Das deckt sich mit meinen Überlegungen. Wir haben also jetzt eine Erklärung für das Phänomen der zwei unterschiedlichen Knoten«, sagte Zweifel.

»Unterstellen wir einmal, dass er in diesem Schuh ein Papier mit einer wichtigen Botschaft gefunden hat — dies könnte der Grund dafür sein, dass er sich anschließend so rargemacht hat. Es könnte der Grund dafür sein, dass er so Hals über Kopf nach Sylt gefahren ist, wie sein Sohn sagte.« Zweifel seufzte.

»Mir geht aber vor allem anderen dieser Kater nicht aus dem Kopf, Melzick. Wenn er etwas mit dem Freiflug des Professors zu tun hatte, kann es einerseits mit Quirin van Berg zusammenhängen oder aber es gibt irgendeine Verbindung zwischen ihm und den Mindelburgs. Sagten Sie nicht, dass die Familie aus dem Norden stammt?«

Melzick schielte zur Schokoladentafel, die aufreizend auf dem Tisch lag, ließ sie aber in Ruhe.

»Der Vater der Mindelburgs war Großgrundbesitzer. Steinreich, hat aber seinen drei Kindern nichts vererbt. Marie-Theres Mindelburg kam durch die Weitsicht und Klugheit ihres verstorbenen Mannes zu ihren Millionen. Dem Professor Mindelburg war die Familie egal. Für ihn stand seine akademische Karriere im Vordergrund. Seine Geschwister standen nicht einmal im Hintergrund, sie waren Luft für ihn. Und der jüngste Bruder hat sich erhängt.«

»Depressiv?« Melzick schüttelte den Kopf.

»Verzweifelt. Er war finanziell in einer ganz üblen Klemme und hat keinen Ausweg gefunden. Er war wohl auch Zeit seines Lebens nicht gerade der Stolz der Familie. Er hatte einen Sohn, unehelich. Sie wissen, was das in gewissen Kreisen damals bedeuten konnte. Angeblich hat er am Tag seines Selbstmordes seinen Bruder, also unseren Professor Mindelburg, um Hilfe gebeten. Die Schwester Marie-Theres war zu der Zeit außer Reichweite, in Dänemark. Doch der Professor war zu keiner Hilfe bereit, er hat ihm kategorisch jegliche Unterstützung verweigert. Ein harter Knochen. Ihm war, wie gesagt, die Familie vollkommen gleichgültig. Damals jedenfalls.«

»Und wie hieß dieser bedauernswerte Bruder des Professors?«

»Karl«, sagte Melzick und schaute Zweifel erwartungsvoll an.

»Karl Mindelburg.« In Zweifels Augen blitzte es.

»K und M«, sagte er. »Da gab es also einen unehelichen Sohn. Kommt das hin vom Alter her — was meinen Sie?«

»Der kleine Junge war sechs, als er seinen Vater im Treppenhaus fand. Das war Anfang der neunziger Jahre. Es kommt also hin. Da fällt mir ein: Max Kater wurde in einem Zeitungsbericht als Nordlicht bezeichnet.«

»Das passt fast schon zu gut zusammen für meinen Geschmack. Was ist eigentlich mit Marie-Theres Mindelburg, hatte sie keine Kinder?«

»Noch so ein Drama in der Familie. Ihr Sohn ist mit acht Jahren ertrunken, bei einem Segelausflug mit seinem Onkel.«

»Mit welchem der beiden, Karl oder Abraham?«

»Raten Sie mal.«

»Unser Professor scheint ein Talent zum Unglück gehabt zu haben.« Zweifel griff zu Melzicks großem Bedauern nun ebenfalls nach der Schokolade. Die Tür ging auf, es war natürlich Lucy.

»Hier ist jemand, den Sie sprechen wollten. Herr Ferdinand Alba!«, verkündete sie, als stellte sie einen Preisträger vor. Alba, bleich und dünn, mit glasigen Augen, trat nervös ein und schaute sich suchend um, als hätte er Zweifel und Melzick nicht gesehen. Zweifel begrüßte ihn und bot ihm einen Platz an.

Alba konnte seinen Schreck kaum verbergen, als er dem Kommissar ins Gesicht sah. Melzick war sitzen geblieben. Er lehnte das Glas Wasser ab, das der Kommissar ihm angeboten hatte und verschanzte sich hinter seinen dünnen Armen, die er zuerst auf die eine, dann auf die andere Weise verschränkte. Seine Augen irrten hin und her, dabei vermied er direkten Blickkontakt.

Zweifel ließ ein, zwei Minuten verstreichen, vielleicht auch drei, in denen die Stille den Raum vorbereiten sollte für Albas Antworten.

Melzick hatte sich in ihrem Sessel zurückgelehnt und ebenfalls die Arme verschränkt. Es war klar, dass der Kommissar die Fragen stellen würde. Und da geschah etwas Seltsames. In der ruhigen Oase dieses Zimmers schloss Alba in seinem Sessel die Augen und schlief fast augenblicklich ein.

Die beiden konnten es an seinen langsamer werdenden und bald schon gleichmäßigen Atemzügen erkennen. Melzick schüttelte perplex den Kopf.

»Ungewöhnliche Zeit für ein Nickerchen, Herr Alba«, sagte Zweifel etwas lauter als notwendig gewesen wäre. »Hat Sie die Nacht im Baumhaus so erschöpft?« Alba riss die Augen auf und starrte erst Melzick und dann Zweifel verständnislos an. Zentimeterweise kehrte sein Bewusstsein zurück.

»Sie müssen …«, für einen kompletten Satz reichte es nicht sofort. Er schluckte und rieb sich mit zwei Fingern heftig über die blasse Stirn.

»Entschuldigung …, ich muss mich entschuldigen …, ich bin äh …, bin gerade etwas …, vielleicht können …, kann ich vielleicht doch etwas zu trinken …, wenn Sie einen Kaffee, oder so etwas …«. Er brach ab und klopfte sich mit der Faust ein paar Mal an die Stirn. Melzick ging hinaus und besorgte einen Kaffee.

»Sie müssen ein bemerkenswertes Haus in den Bäumen haben, nach allem, was mir meine Assistentin berichtet hat. Mit allem ausgestattet, was man wohl braucht, so allein im Wald, nicht wahr?«

Zweifels Worte und die schwarzheiße Flüssigkeit, die Melzick vor ihn hingestellt hatte, brachten ihn vollends zur Besinnung. Er schlürfte hörbar und behielt die Tasse in der Hand.

»Ich will es kurz machen, Herr Alba, mich interessieren vor allem die Fotos dort.« Alba schaute ihn abwartend an, etwas lauerndes im Blick. »Ihr Großvater war Georg Alba, stimmt das?« Er nickte. »Die Fotos sind von ihm. Wissen Sie, was für eine Bedeutung sie haben?« Er schüttelte den Kopf.

»Ich habe ihr schon gesagt«, Alba blickte kurz zu Melzick hinüber, »dass ich keine Ahnung habe, wer die Frau ist, die mein Großvater damals fotografiert hat.«

»Es geht nicht um die Frau, Herr Alba, es geht um die Gemälde. Die Frau steht quasi als Alibi im Vordergrund. Die Gemälde im Hintergrund sind das eigentliche Motiv.« Alba zuckte unbehaglich mit den Schultern.

»Ist mir nie aufgefallen.«

»Ihr Großvater war kurz nach dem zweiten Weltkrieg in Kunstschiebereien verstrickt. Im großen Stil, auch wenn es zumeist kleine Bilder waren. Solche, die man gut unter dem Mantel transportieren konnte.«

»Davon weiß ich nichts.«

»Professor Mindelburg wusste davon. Sie hatten Kontakt zu ihm?« Zweifel verschärfte die Gangart. »Natürlich hatten Sie Kontakt zu ihm, Herr Alba, denn von Ihnen hat er die Fotos für sein Buch bekommen.«

Alba stellte die leere Tasse ab und verschränkte erneut seine Arme.

»Er hat mich nach alten Fotos gefragt, das stimmt. Ich hab' ihm ein paar mitgebracht und er wollte dann alle sehen. Also hab' ich Kopien gemacht. Das war alles.«

»Sie haben ihn nicht nach dem Grund gefragt?« Alba schüttelte den Kopf. »Sie haben ihn nicht gefragt, ob er die Frau kennt?« Abermals nur Kopfschütteln. »Sie haben ihn nicht gefragt, ob er Ihren Großvater kannte?«

»Nichts hab' ich gefragt, absolut nichts, ich gab ihm die Fotos und das war's«, sagte Alba in einer Mischung aus Trotz und Ärger. Melzick ließ ein verächtliches Schnauben hören. Zweifel fuhr ein anderes Geschütz auf.

»Kennen Sie Nelson Muldoon?« Alba schlug nun auch die Beine übereinander. Hätte er darüber hinaus noch weitere Arme und Beine gehabt, er hätte sie ebenfalls verschränkt, dessen war sich Melzick sicher.

»Wer soll das sein? Wie heißt der?« Zweifels Stimme wurde leise.

»Sie haben mich ganz genau verstanden, Herr Alba. Nelson Muldoon, der Sekretär oder Assistent oder Adlatus von Quirin van Berg. Sie kennen ihn, denn Sie haben neulich Abend sehr wütend mit ihm telefoniert, nicht wahr?«

Zweifels Stimme hatte sich ruhig und eindringlich im Raum verbreitet. Alba wusste nicht, wie er reagieren sollte, das war offenkundig. Er schwieg, um Zeit zu gewinnen, um nachdenken zu können. Plötzlich kam ihm etwas in den Sinn. Er starrte Melzick an.

»Sie waren gestern Abend draußen! Sie waren in meinem Atelier und Sie waren auf dem Dach!«, stieß er hervor. »Ich war mir sicher, dass ich etwas gehört hatte. Ich wusste es.« Melzick sagte nichts und blickte ihm ungerührt ins Gesicht.

»Dann wissen Sie ja, wer Ihr Gespräch mit angehört hat, Herr Alba. Woher also kennen Sie Nelson Muldoon?«, bohrte Zweifel nach. Alba kroch förmlich in seinen Sessel hinein und schien fieberhaft zu überlegen. Schließlich gab er seinen Widerstand auf.

Er schaute Zweifel kurz an und konzentrierte sich dann auf den Kunstdruck, der an der Wand hinter dem Kommissar hing, ein Waldstück von Gustav Klimt mit viel rotem Laub und einem Gewirr von schmalen, dunklen Baumstämmen. Es war keines von den bekannten Bildern Klimts, doch Alba war es vertraut. Klimt war sein Lieblingsmaler.

»Nelson war mit mir im Internat«, sagte er und wirkte mit einem Mal sehr erschöpft. Er machte immer wieder große Pausen zwischen seinen Sätzen, so als müsste er einige besonders schwere Worte mühsam vom Boden aufheben. Zweifel und Melzick wussten, dass sie den zähen Redefluss jetzt nicht unterbrechen durften.

»Er hat mir ein paar Mal geholfen, als ich da abhauen wollte. Für ihn war das Internat eine warme Höhle, ich habe es gehasst. Wir waren sechs Jahre dort, sind fast am selben Tag angekommen, hatten unsere Zimmer nebeneinander. Nelson war ein As in Mathe, dafür hab' ich ihm in Geschichte, Literatur, Kunst geholfen. Nach der Abschlussprüfung haben wir uns aus den Augen verloren. Er war sehr gut darin, Kontakte zu knüpfen, vor allem zu Leuten, die Geld hatten, die Macht hatten, die alles hatten. Und er war ehrgeizig. Mir war klar, dass er es weit bringen würde.« Alba legte eine seiner längeren Pausen ein und schien Erinnerungen zu sortieren.

Gerade als Zweifel das Gefühl hatte, ihn zu weiteren Sätzen animieren zu müssen, fuhr er in seinem Bericht fort.

»Nelson ist skrupellos. Ich kenne seinen Boss nicht, weiß nur das, was man über ihn so lesen kann. Aber ich kann mir gut vorstellen, dass Nelson diesem van Berg imponiert hat — wenn so etwas bei so einem überhaupt möglich ist. Irgendwann muss dann wohl der Name meines Großvaters gefallen sein — und Nelson hat sich natürlich sofort an mich erinnert. Ich war einer der vielen — nützlichen Kontakte, die ihm in seinem bisherigen Leben zugutekamen. Mir war das nicht sofort klar. Zu Anfang — hab' ich ihm das abgenommen, dass er alte Verbindungen auffrischen wollte. Er erwähnte auch — zwei, drei andere Jungs aus unserer Internatszeit, die er angeblich — schon besucht hatte — sprach von einem gemeinsamen Projekt, das er mit ihnen — und mir plant. Er kann sehr überzeugend sein. Erst allmählich wurde ich misstrauisch. Er hat sich ein bisschen zu sehr — für die Geschichte von meinem Großvater interessiert. Und irgendwann dann auch den — Professor ins Spiel gebracht. Ob ich Kontakt zu ihm hätte. Ob ich ihm etwas — von meinem Großvater erzählt hätte. Und ob ich ihm die Fotos gezeigt hätte.« Wieder machte Alba eine lange Pause. Melzick warf ihrem Chef einen fragenden Blick zu. Dieser gab ihr mit den Augen zu verstehen, abzuwarten.

»Durch Zufall hab' ich dann erfahren, dass er für van Berg arbeitet. Daraufhin — wollte ich nichts mehr mit ihm zu tun haben. Das ist — einfach nicht meine Welt. Diese Leute …«

Er brach ab und rieb seine Hände heftig gegeneinander, als müsste er sie aufwärmen.

»Ich kann mir vorstellen, dass Nelson — dem Professor einen Besuch abgestattet hat mit einem eindeutigen Auftrag von seinem Boss. Er wird — ihm ein Ultimatum gestellt haben.«

Er schüttelte widerwillig den Kopf und schaute Zweifel aus müden Augen an.

»Ich hab' mit dieser ganzen Sache nichts zu tun. Ich will mit diesen Typen nichts zu tun haben. Sie haben meinen Streit mit Nelson ja belauscht«, sagte er mit einem giftigen Seitenblick auf Melzick.

»Haben Sie seitdem nochmal mit ihm gesprochen?«, fragte sie. Er schüttelte den Kopf.

»Halten Sie Nelson für fähig, einen Mord zu begehen?«, fragte Zweifel. Alba ließ sich Zeit mit seiner Antwort und studierte dabei seine Fingernägel.

»Vermutlich schon«, sagte er schließlich, »er würde jedoch so raffiniert sein, und es nicht selber tun. Dafür gibt es Profis. Das ist nur eine Frage des Geldes und sein Budget dürfte ausreichend groß sein.«

»Haben Sie dem Professor von Nelson erzählt?«

»Nein. Nein, das hab' ich nicht.«

»Warum nicht?« Alba zuckte mit den Schultern und schwieg. Zweifel stand auf und ging zum Fenster. Er öffnete es, atmete ein paar Mal tief durch und überlegte. Dann drehte er sich um und nickte Alba kurz zu. Dieser erhob sich und blieb unschlüssig stehen.

»Ich danke Ihnen, Herr Alba«, sagte Zweifel. Albas bleiches Gesicht überlief ein scheues Lächeln, das sich sofort wieder entfernte. Nach kurzem Blickkontakt mit Melzick verließ er wortlos das Büro.

27. Kapitel

Zweifel drehte sich wieder um und schaute in den Sommernachmittag hinaus.

»Denken Sie, er hat uns alles gesagt, was er weiß?«, fragte Melzick von ihrem Sessel aus.

Zweifel reagierte nicht. »Chef …?« Er rieb sich mit der Hand bedächtig im Kreis über seinen Kopf.

»Was die wichtigen Dinge angeht, so lautet meine Antwort: ja. Ein paar unwichtige Aspekte wird er wohl für sich behalten haben. Das ist für uns nicht von Belang.« Zweifel verlor sich in der Betrachtung einiger sehr weißer Wolken, die von einem starken Wind sehr weit oben über den Himmel gehetzt wurden. Melzick wurde ungeduldig

»Chef …!« Er drehte sich zu ihr um. Sie hatte fragend beide Hände gehoben.

»Was wir jetzt tun, wollen Sie wissen. Nun wir werden den Bösen mal ein bisschen aus der Reserve locken. Denn eines ist klar, Melzick, dieser Mord ist verdammt nah an einem perfekten Mord, denn es gibt keine Beweise.«

»Aber …«

»Ich weiß, was Sie sagen wollen. Wir wissen, wie es gemacht wurde, wir haben den Korb mit der Falltür gefunden, wir haben den Empfänger. Doch wer auch immer die Fernsteuerung in der Hand hatte und den tödlichen Impuls auslöste, lässt sich nicht beweisen. Fingerabdrücke, sofern wir welche finden, sofern wir überhaupt die Fernsteuerung finden, besagen gar nichts, weil sie ganz leicht und plausibel erklärt werden können. Eine Fernsteuerung ist im Normalfall eben keine Waffe. Nein, Melzick, entweder finden wir einen Zeugen der Tat und bringen den zum Reden. Oder wir bringen den Mörder selbst zum Reden.«

»Und wie wollen Sie das anstellen, Chef?«

»Darüber darf ich nicht nachdenken, Melzick. Denken hat mir der Arzt verboten, das wissen Sie doch. Es ist Ihnen also erlaubt, Vorschläge zu machen«, sagte Zweifel und grinste seine Assistentin breit an.

»Na toll«, sagte Melzick und griff sich die restliche Schokolade.

Max Kater war verblüfft. Er befand sich im hinteren Viertel des maroden Gewächshauses. Dort war, wie er wusste, ein Kellerraum unter den verdorrten Pflanzen verborgen. Man musste schon sehr genau hinsehen, um den kleinen, eisernen Ring auf dem staubigen, verdreckten Boden zu entdecken. Mit Kraft und Geschicklichkeit ließ sich die dünne Eisenplatte daran zur Seite heben, die eine höchstens sechzig Zentimeter breite, steile Betontreppe zum Vorschein brachte.

Valentin Lindberg hatte den Bunker, zu dem diese Treppe hinab führte, in früheren Zeiten gebaut. Niemand sonst wusste davon, es war ein Geheimversteck. Kater hatte von Frido erfahren, dass sein Vater dort wertvolle Elektronikbauteile zu deponieren pflegte, die er bei seinem Arbeitgeber »gefunden« hatte, bis er sie günstig an den Mann bringen konnte.

Kater war sicher gewesen, Frido dort zu finden. Er fand ihn auch dort. Das war es nicht, was ihn verblüffte. Es war der Zustand Frido Lindbergs, mit dem er nicht gerechnet hatte. Denn er war tot.

Lucy kam herein:

»Da ist Frau Mindelburg in der Leitung, Herr Kommissar. Sie möchte wissen, wann sie ihren Bruder beerdigen kann.« Zweifel tauschte einen Blick mit Melzick aus.

»Dr. Kälberer ist ja wohl fertig mit seiner Arbeit, also gibt es keinen Grund, noch länger damit zu warten, denke ich. Richten Sie ihr das bitte aus und außerdem, dass ich sie heute Abend noch aufsuchen werde. Danke Lucy.«

»Soll ich mitkommen?«, fragte Melzick, als sich die Tür wieder geschlossen hatte.

»Nein, Sie denken scharf nach, über das was wir besprochen haben.« Er tastete vorsichtig mit den Fingerspitzen sein Gesicht ab. »Ich denke, ich werde mich für ein halbes Stündchen hinlegen. Nelson Muldoon kann warten.

Dr. Felix Wollmaus war zufrieden. Marie-Theres Mindelburg hatte reagiert, wie er es erwarten durfte und war vorzeitig abgereist. Er beschloss, sich ein feudales Menü zu gönnen. Anschließend würde er sich in aller Ruhe ebenfalls auf den Heimweg machen. Er setzte sich bequem in seinem Stuhl zurecht und winkte dem Kellner. Alles war gut.

Max Kater beschlich das pure Entsetzen in diesem engen Bunker mit diesem stechenden Geruch, mit diesem trüben, staubigen Licht, mit diesem massigen Körper, der tot vor ihm auf dem Boden lag. Er stand dort, unfähig, auch nur einen Finger zu rühren. Allenfalls das Atmen gelang ihm noch, wenn auch nur sehr flach und hastig. Er versuchte, einen klaren Gedanken …, nein, nicht einmal das gelang ihm.

»Kommissar Zweifel hier. Mit wem spreche ich? Ah ja. Sie wollten sich mit mir treffen, Herr Muldoon. So rasch wie möglich, meinen Sie?« Zweifel lauschte ein paar Augenblicke. »Nein, das passt mir nicht. Kommen Sie doch einfach hier bei mir im Büro vorbei. Wir haben durchaus genießbaren Kaffee, kein Vergleich mit der obskuren Flüssigkeit, die in Krimiserien üblich ist. Nein, nein, ich fürchte, ich muss darauf bestehen. Wo sind Sie denn im Augenblick? Na bitte, dann können Sie ja in einer knappen halben Stunde hier sein.«

Melzick schaute auf ihre Armbanduhr, es war kurz vor sechs. Das schien wieder ein langer Arbeitstag zu werden. Ihre Erkältung war allerdings wie weggeblasen.

»Vielen Dank, Herr Muldoon, für Ihr Entgegenkommen«, sagte Zweifel und legte auf.

»Eins zu null für Sie, Chef. Wo wollte er Sie denn treffen?« Zweifel runzelte die Stirn.

»Autobahnraststätte. Merkwürdiger Vorschlag. Könnten Sie bitte Lucy informieren? Wenn ich ihn schon hierherlocken konnte, möchte ich ihm auch etwas bieten. Am besten etwas von Lucys Spezialmischung.« Melzick verschwand für ein paar Minuten. Zweifel hatte der kurze Schlaf gutgetan. Das Gefühl von Erschöpfung war davongeschlichen und er erwartete ungeduldig Melzicks Vorschläge.

»Ich höre«, sagte er und sah sie mit hochgezogenen Augenbrauen an, als sie es sich wieder in ihrem Sessel bequem gemacht hatte. Sie rieb ihre Handflächen aneinander und schaute an die Decke, als ob sie dort oben, während er geschlafen hatte, heimlich Notizen hinterlassen hätte.

»Wie bringt man einen Mörder, dem man nichts beweisen kann, zum Reden«, begann sie. »Einen, der sich was darauf einbildet, alles bis ins Detail geplant zu haben. Der außerdem in der Lage war, diesen Plan exakt auszuführen.«

»Aber entspricht das denn den Tatsachen?«, unterbrach Zweifel sie. »Ich kann mir nicht vorstellen, dass zum Beispiel der Landeplatz des Ballons so vorgesehen war. Mit Sicherheit war nicht geplant, dass Valentin Lindberg diesen Ballon findet und für seine Erpressung zu nutzen versucht. Es war auch nicht geplant, ihn deswegen zu ermorden, dazu machte dieses Brotmesser einen zu spontanen Eindruck auf mich.«

»Darauf wollte ich ja hinaus, Chef«, sagte Melzick und griff mit beiden Händen in ihre hennaroten Dreadlocks, als könne sie ihre Gedanken so besser ordnen.

»Wäre unser Mörder allein für alles verantwortlich gewesen, ergäbe sich für uns kaum ein Ansatzpunkt. Aber er brauchte einen Helfer und das ist sein Schwachpunkt. Hier liegt der Grund, warum eben nicht alles nach Plan lief. Im Grunde genommen ist die ganze Sache für ihn aus dem Ruder gelaufen. Und das dürfte unseren Kandidaten ganz schön nerven.« Sie holte tief Luft.

»Mein Kandidat ist Kater, Chef. Eigentlich machte er von Anfang an einen fragwürdigen Eindruck auf mich. Er ist der uneheliche Sohn von Karl Mindelburg, davon bin ich überzeugt. Sein Vater hat sich umgebracht, weil sein Onkel, Abraham Mindelburg, sich zu fein war, ihn zu unterstützen. Er hat seinen Vater nach dessen jämmerlichem Ende gefunden. Mit sechs Jahren. Seitdem hatte er genug Zeit, die Hintergründe zu erfahren. Und genug Zeit, seinen Wunsch nach Rache zu hegen und zu pflegen. Ich weiß, er macht vielleicht einen ganz anderen Eindruck, aber er ist ein Schauspieler. Heute Nachmittag haben Sie ja schon ein bisschen an seiner Maske gerüttelt, oder?« Zweifel schlug die Beine übereinander.

»Machen Sie ruhig weiter, Melzick.« Sie stand auf und begann, im Büro des Kommissars auf und abzugehen.

»Frido ist sein Freund. Die beiden haben erfolgreich verheimlicht, dass Frido gar nicht im Rollstuhl sitzen muss. Der Technikkatalog in Fridos Verschlag. Katers Foto vom Modellfliegerfest. Der Beruf vom alten Lindberg. Wenn man alles zusammennimmt, ist es bis zur Vorstellung eines ferngesteuerten Heißluftballons nicht sehr weit. Das haben die beiden miteinander ausgeheckt. Und sie haben sich viel Zeit damit gelassen, um so wenig wie möglich aufzufallen.

Es ist fast ein Jahr her, dass sie ihren Versuchsballon starteten. Sie wollten in jedem Fall vermeiden, dass man die Sache mit der Falltür im Korb herausfindet. Und als Sie den Korb mit der Falltür entdeckten, war das der Supergau. Frido rastete aus, als er das sah.

Sehr wahrscheinlich hat er auch das Telefonat mit dem Erpressungsversuch seines Vaters mitbekommen. Noch ein Grund für ihn, die Nerven zu verlieren. Er reißt die Schublade mit dem Brotmesser auf und Valentin Lindberg hat allen Grund, sich zu wundern. Passt das etwa nicht, Chef?

Als ich mit Kater in der Scheune war, konnte ich von dem Gespräch der beiden nichts verstehen, aber ich hab' die Tonlage mitgekriegt und die war nicht sehr mitfühlend. Ich bin sicher, Kater hat gleich vermutet, dass Frido seinen Vater erstochen hat. Er ist der Schwachpunkt. Wenn wir ihn haben, können wir Kater richtig unter Druck setzen.«

»Aber wir haben ihn nicht, Melzick.«

»Das weiß Kater ja nicht. Wir behaupten einfach, dass wir Frido gefunden und verhaftet haben. Und dass er soeben verhört wird. Von Spezialisten. Die ganze Nacht lang, wenn es sein muss.« Sie blieb vor Zweifel stehen und hatte die Hände in die Seiten gestemmt. »Was halten Sie davon?« Zweifel rümpfte die Nase.

»Sie wollen bluffen, ohne einen Trumpf in der Hand?«

»Das ist normalerweise der Grund, weswegen man blufft, dachte ich. Sie haben doch die Nummer von Kater.« Zweifel ließ sich das eine Weile durch den Kopf gehen. Dann stand er auf und ging kurzentschlossen zu seinem altertümlichen

Telefon, das schwarz und matt auf seinem Schreibtisch der Dinge harrte. Er drehte die Wählscheibe, doch Kater war nicht zu erreichen.

»Einerlei. Ich werde es später nochmal versuchen.« Er hatte den mattschwarzen Hörer noch in der Hand, als Lucy hereinplatzte und die Augen vielsagend verdrehte.

»Muldoon ist da?«, fragte Zweifel, worauf sie kurz wie zur Bestätigung in die Hände klatschte und auf dem Absatz kehrtmachte. Draußen vor der Bürotür stand abwartend ein junger Mann in einem perfekt geschnittenen, dunkelblauen Anzug. Er mochte im gleichen Alter wie Ferdinand Alba sein, er war dessen Vertrauter im Internat gewesen, doch seine ganze Erscheinung war so vollkommen anders, als die des schmächtigen Baumhausbewohners, der vor kaum einer Stunde aus diesem Büro verschwunden war, als kämen sie von zwei verschiedenen Planeten.

Zweifel ging ihm entgegen, begrüßte ihn, stellte sich und Melzick vor und bot ihm einen Platz an sowie einen Kaffee.

»Ach ja«, sagte Muldoon gelassen, »der Kaffee«, und schlug, sorgfältig an der Bügelfalte ziehend, die langen Beine übereinander, so dass seine maßgefertigten, rehbraunen Budapester voll zur Geltung kamen.

Zweifel betrachtete das mit einem Schmunzeln. Er war sich ganz sicher: Dies war der Mann, der in München zu Marie-Theres Mindelburg in den Fond ihrer Limousine gestiegen war. Nur der Alukoffer fehlte. Albert vom *Goldenen Adler* hätte ihn sicher ebenso identifiziert. Muldoon hatte etwas sehr Prägnantes an sich.

Die Tür wurde vorsichtig geöffnet und Lucy kredenzte auf einem Tablett ihr wundersames Getränk.

»Gehen Sie vorsichtig damit um«, raunte sie Muldoon zu und verschwand wieder.

»Nun, Herr Muldoon«, begann Zweifel direkt an den Hörnern des Stieres, »Sie werden sicher nicht fürs Kaffeetrinken bezahlt. Welche Neuigkeiten haben Sie also für mich?«

Muldoon hatte Lucys Tasse nicht angerührt. Stattdessen behielt er seine lässig-arrogante Haltung bei und inspizierte angelegentlich seine blank polierten Fingernägel.

»Sie irren sich, Herr Kommissar, ich werde sehr wohl fürs Kaffeetrinken bezahlt. Darüber hinaus fürs Champagner-, Cognac- und Whiskytrinken, natürlich nur, wenn dies im Rahmen einer Unterredung geschieht. Wissen Sie, Herr Kommissar«, dabei warf er einen kritischen Blick zu Melzick hinüber, die er bisher ignoriert hatte, »meine Hauptaufgabe ist es, Gespräche zu führen und vor allem«, er entfernte ein Haar, das sich auf seinem Hosenbein verirrt hatte, »zum Erfolg zu führen. Das eine oder andere Getränk hat sich dabei nach meiner Erfahrung als durchaus hilfreich erwiesen.«

»Verstehe«, sagte Zweifel, »was müsste demnach geschehen, damit Sie unser Gespräch als erfolgreich bezeichnen könnten?«

»Nun, dazu genügt es, wenn Sie meinen Worten Glauben schenken, Herr Kommissar.«

»Das fällt mir in der Regel besonders leicht, wenn es sich dabei um die Wahrheit handelt, Herr Muldoon, und jetzt wäre ein günstiger Zeitpunkt, mich damit zu konfrontieren.« »Was für ein Geplänkel«, dachte Melzick im Stillen. Muldoon warf ihr erneut einen kritischen Blick zu, als könnte er ihre Gedanken lesen. Sie erwiderte den Blick mit hochgezogenen Augenbrauen und er wandte sich wieder Zweifel zu.

»Ich bin hier, um Sie aus erster Hand darüber zu informieren, wie Herr van Berg in Bezug auf eine Anzahl gewisser Gemälde vorzugehen beabsichtigt.«

»Ah ja — und warum sollte mich das wohl Ihrer Meinung nach, oder besser: seiner Meinung nach, interessieren?«

Muldoon atmete durch und schluckte eine bissige Bemerkung hinunter.

»Das überlasse ich Ihrem eigenen fachmännischen Urteil, sobald ich mit meinen Ausführungen geendet habe.« Zweifel antwortete nicht, sondern verschränkte stattdessen seine Arme.

Er reagierte üblicherweise allergisch auf arrogantes Verhalten, doch er würde sich von der aufreizenden Art seines Gegenübers nicht provozieren lassen, eine echte Herausforderung.

»Quirin van Berg«, dozierte Muldoon, »hat entschieden, insgesamt rund fünfzig Gemälde seiner in Fachkreisen viel beachteten Sammlung an die ursprünglichen Eigentümer zurückzugeben. Es handelt sich ausnahmslos um Werke, die sich schon sehr lange in seinem Besitz befinden, deren Herkunft jedoch nach heutigen Maßstäben mit einem Fragezeichen versehen werden könnte.«

»Raubkunst, meinen Sie wohl«, warf Melzick ein. Muldoon beachtete sie nicht. Er schlug die Beine anders übereinander.

»Uns ist zu Ohren gekommen, dass Professor Mindelburg auf, sagen wir einmal, ungewöhnliche Weise starb. Dieser Professor war im Begriff, ein Manuskript zu veröffentlichen. Unsere Bemühungen, ihn von diesem Vorhaben abzubringen waren leider erfolglos. In diesem für uns sehr unerfreulichen Manuskript ist die Rede von«, Seitenblick auf Melzick, »Raubkunst. Sie werden darin, falls Sie es finden sollten, eine Reihe der bereits erwähnten Gemälde entdecken.« Er machte eine Pause, griff nach dem Kaffeebecher und nippte vorsichtig daran.

»Herr Kommissar, seit ich für Herrn van Berg arbeite, weiß ich, wie man Ziele erreicht. Mit allen Mitteln. Allerdings nur mit erlaubten.« Er stellte den Becher wieder auf den Tisch. »Mord gehört nicht zu unserem Geschäftsgebaren. Das ist einfach kein guter Stil, ganz gleich, auf welche Weise er ausgeführt wird.«

»Haben Sie das Frau Mindelburg bei Ihrem Rendezvous in München deutlich machen können?« Muldoon stutzte eine Zehntelsekunde lang.

»Sie sind gut informiert, Kommissar. Ich habe mich mit Frau Mindelburg getroffen, um sie zur Mitarbeit anzuregen. Wir dachten, sie hätte einen gewissen Einfluss auf ihren Bruder.«

»War dieses Gespräch denn erfolgreich?«, fragte Zweifel. Muldoon runzelte die Stirn.

»Ich muss gestehen, das war es nicht, trotz eines ausgezeichneten Cognacs. Allerdings war ihr Bruder zu diesem Zeitpunkt ohnehin leider schon verschieden.«

»Ärgerlich, nicht wahr?«, sagte Zweifel, dem nach einem kleinen Seitenhieb zumute war. Muldoon zuckte mit den Schultern, schwieg aber.

»Sie kennen Ferdinand Alba«, sagte Melzick mit einer Stimme, die keinen Widerspruch duldete. Muldoon ignorierte sie und griff erneut zum Kaffeebecher, um einen ordentlichen Schluck zu sich zu nehmen.

»Darf ich fragen, was genau da drin ist?«, fragte er und blickte den Kommissar an.

»Ich habe keine Ahnung, Herr Muldoon. Bisher hat es noch keiner meiner«, winzige Pause, »Gäste herausgefunden. Ich gehe mal davon aus, es sind erlaubte Mittel. Wenn Sie es allerdings genau wissen wollen, müsste ich unsere …«« Muldoon winkte ab.

»Lassen Sie nur. Ich wollte ja nur etwas Zeit gewinnen. Ja, ich kenne Ferry. Wir waren im selben Internat. Wohnt er immer noch in seinem alten Baumhaus?«

»Sie haben ihn ziemlich unter Druck gesetzt wegen der Fotos.«

»Wenn das so bei ihm ankam, tut es mir leid. Ich habe ihm lediglich angeboten, mit uns zusammenzuarbeiten.«

»Und das wollte er nicht?«

»Er hatte wohl seine Gründe.«

»Noch ein erfolgloses Gespräch«. Diese Bemerkung konnte Zweifel sich nicht verkneifen. Muldoon schaute ihn schweigend an. Dann erhob er sich.

»Unsere Absicht war es, Herr Kommissar, Sie bei ihrer Suche nach dem Mörder vor eventuellen Irrwegen zu bewahren, die Zeit kosten und schmerzhaft sein können. Diese Erfahrung haben Sie offensichtlich schon gemacht, wenn ich mir Ihr Gesicht so ansehe. Ich will Ihre kostbare Zeit nicht länger in Anspruch nehmen.« Zweifel stand ebenfalls auf.

»Ja, die Zeit ist kostbar. Dasselbe gilt für die Wahrheit. Manche halten sie für so kostbar, dass sie nur sehr sparsam damit umgehen, nicht wahr?« Muldoon lächelte schmal.

»Es freut mich, dass Mark Twain zu Ihren Ratgebern gehört. Das zeugt doch von einem gewissen Niveau. Ich finde allein hinaus. Guten Abend.«

28. Kapitel

»Na das war doch mal ein eleganter Abgang«, sagte Melzick, als sich die Tür hinter Muldoon geschlossen hatte. »Helfen Sie mir, eine Bildungslücke zu schließen, Chef. Was war das doch gleich mit Mark Twain?«

»Nur ein Zitat von ihm, das ich etwas umformuliert habe: ›Die Wahrheit ist das Kostbarste, was wir haben. Gehen wir sparsam damit um‹.«

»Aha. Werd' ich mir merken. Wie sieht's aus Chef, glauben Sie diesem Wahrheitsliebenden?«

»Wenn ich mir seine Arroganz wegdenke und seine Aussage nüchtern betrachte, dann spricht viel dafür. Wenn van Berg die Bilder zurückgeben will, dann lässt sich das höchstwahrscheinlich im Internet verifizieren.«

»Vorsicht Chef, Internet und verifizieren — diese beiden Begriffe verhalten sich manchmal wie Wasser und Öl.«

»Nach meiner Erfahrung ist allein entscheidend, wer vor dem Bildschirm sitzt, Melzick, und ich entscheide jetzt mal, dass Sie das sind.«

»Ich fühle mich geehrt, Chef, aber wenn Sie glauben, ich lasse Sie allein den Besuch bei Frau Mindelburg machen, muss ich Sie enttäuschen. Ich will unbedingt wissen, wie es in so einem Penthaus von innen aussieht.«

»Es ist schon spät, Melzick, Sie hatten einen langen Arbeitstag.«

»Ich will aber noch nicht ins Bett. Außerdem brauchen Sie mich zum Nachdenken, schon vergessen?« Zweifel hob ergeben beide Hände.

»Also gut, überredet. Vorher will ich's aber nochmal bei Kater versuchen.«

Was wieder nicht gelang.

»Lucy, was machst du denn noch hier?«, sagte Melzick, als sie das Büro verließen.

»Ach, ich dachte, wenn ich schon mal hier bin, räum' ich ein bisschen auf, aber …«

»Sehr weit sind Sie damit nicht gekommen«, sagte Zweifel und deutete auf ihren überladenen Schreibtisch.

»Sehr fein bemerkt, Herr Kommissar, deswegen hab' ich auch beschlossen, morgen nochmal vorbei zu kommen.«

»Da wird Klopfer sich aber freuen.«

»Ich würd' auch kommen, wenn er sich nicht freut«, sagte Lucy, ließ einen skeptischen Blick über die Gebirgslandschaft auf ihrem Schreibtisch gleiten, schnappte sich ihre Handtasche und stand auf. »Ich hab' nämlich so das Gefühl, als ob ihr beiden morgen den Fall gelöst haben werdet und da will ich die erste sein, die es erfährt.«

»Ich verspreche Ihnen, Lucy, wenn es so sein wird, wird es so sein.« Sie wünschten sich gegenseitig einen erfolgreichen Abend, bevor Zweifel mit Melzick im Schlepptau zu seinem Wagen ging.

Auf der Fahrt zum Victoria-Palais war Melzick sehr in ihr Smartphone vertieft. So sehr, dass sich in Zweifel der altbekannte Widerwille regte.

»Was tun Sie denn da so lange?«

»Ich verifiziere.«

»Dann passen Sie bloß auf, dass sie keine Flecken in mein Polster machen.«

»Wird sich nicht vermeiden lassen«, antwortete sie prompt, worauf Zweifel erstmal nichts einfiel.

Gerade als er eine passende Antwort gefunden hatte, blickte sie auf und nickte.

»Muldoon scheint wahr gesprochen zu haben. Hier ist

gleich auf mehreren Seiten die Meldung zu finden, dass van Berg wertvolle Gemälde zurückgeben will. Die Nachricht ist brandneu, gerade mal ein paar Stunden alt. Wird als Sensation gefeiert. Kluger Schachzug von ihm. Andererseits kann ich leicht auf Millionen verzichten, wenn mir Milliarden gehören.«

»Also fällt mangels Motiv ein Verdächtiger weg.«

»So ist es. Weshalb sollte Quirin van Berg den Mann umbringen lassen, wenn er durch diese Geschenkaktion dem Enthüllungsmanuskript des Professors zuvorkommt. Andererseits gäbe es für ihn keinen Grund, die Bilder zu verschenken, wenn er den Professor auf seinem Gewissen hätte. Wahrscheinlich ging ihm das ganze Theater einfach nur auf die Nerven. So ein Milliardär hat schließlich andere Sorgen, auch wenn mir da gerade keine einfallen.«

»Schön«, sagte Zweifel und bog in eine Parkbucht, »dann erläutere ich Ihnen mal, wie wir da drin jetzt vorgehen werden.« Zehn Minuten später stiegen sie aus und näherten sich den unverändert majestätischen Gebäuden des Victoria-Palais, wie kurz zuvor ein anderer Besucher.

»Guten Abend, Herr Kater. Sie wünschen Frau Mindelburg zu sprechen?«

»Allerdings, Willoughby, sie ist doch da? Ich hab' gar nicht auf die Flagge geachtet.«

»Die Flagge, Sir?«

»Na, oben auf dem Dach. Sie wissen schon, wie bei der Queen.« Willoughby ließ sich sein Entsetzen über diesen Vergleich nicht anmerken.

»Dieser Brauch ist meines Wissens allein der Queen vorbehalten, Sir. Unsere Flagge weht unabhängig von unserer Anwesenheit. Wenn Sie mir bitte folgen wollen.«

Kater hatte die Antwort des Butlers nach fünf Minuten schon wieder vergessen, die er mit zuckenden Knien und kalten Händen im Panoramazimmer auf einem der unbequemen Sessel sitzend verbrachte.

Seine Gedanken bewegten sich wie in einer unentrinnbaren Spirale. Frido war tot und er hatte keine Ahnung, was mit ihm passiert war. Eine sichtbare Verletzung hatte er in dem trüben Licht des Bunkers nicht feststellen können. Er war nicht in der Lage gewesen, Frido genauer zu untersuchen.

Die Erinnerung hatte ihn plötzlich wie ein Fallbeil getroffen.

Das unauslöschliche Bild seines Vaters, der an einem Strick baumelte.

Seine entsetzlichen, hervorgequollenen, blutunterlaufenen Augen. Auch Fridos Augen hatten ihn angestarrt.

Marie-Theres war die Einzige, mit der er darüber zu reden wagte. Katers Knie bewegten sich unkontrolliert. Er fuhr sich mit seinen eiskalten Händen übers Gesicht. Seine Finger rochen nach Nikotin und reflexartig tastete er nach der Schachtel. Als er eine Zigarette zwischen den Fingern hielt, trat Marie-Theres Mindelburg ein.

»Muss das sein?«, fragte sie ihn mit müder Stimme. Er hielt sie noch einen kurzen Moment zwischen Daumen und Zeigefinger. Einem plötzlichen Impuls folgend zerknüllte er sie dann in seiner Hand. Tabakkrümel rieselten auf den dunkel schimmernden Parkettboden. Seit ihrem letzten Treffen am Tag der Entführung des Professors hatten sie keinerlei Kontakt gehabt.

»Was willst du hier, Max?« Er war aufgestanden und atmete tief durch. Dann brach es aus ihm heraus:

»Frido ist tot, Herrgott nochmal, Frido ist tot.« Sie starrte an ihm vorbei zur Fensterfront, die den Blick auf einen sanften Sommerabend freigab, der sich in warmes Orange gehüllt hatte. »Er ist tot, hörst du? Und ich weiß nicht, wie das …«

»Wo ist er?«

»Draußen, im Gewächshaus, im Bunker unter dem Gewächshaus.«

»Was ist passiert?«

»Ich weiß es nicht. Ich weiß es doch nicht.« Er sank wieder zurück auf seinen Sessel. »Die Scheune ist abgebrannt. Die Feuerwehr war da und die Kripo, und …«

»Der Kommissar?«

»Ja, natürlich, und der hat mich ziemlich in die Mangel genommen. Aber ich hab' durchgehalten.«

»Wie meinst du das?«

»Er war der Meinung, er könnte mich provozieren, hat mir die Zigarette aus der Hand geschlagen. Hat komische Fragen gestellt, dachte wohl, ich wüsste, wo Frido ist. Aber ich wusste es ja nicht. Er war fort. Ich hab' ihn erst später gefunden, als alle weg waren.«

»Hat der Kommissar dir gedroht?«

»Er hat mir ein Ultimatum gestellt, aber er hat mich nicht verhaften können, weil er eben nichts weiß, nur wild herumspekuliert. Er kann mir gar nichts anhaben. Ich hab' ja nichts getan.« Sie drehte sich um und fixierte ihn durch ihre Brille, deren Gläser funkelten. Er wich ihrem Blick aus. »Ich habe jedenfalls nicht auf den Auslöser gedrückt«, sagte er. Sie wandte sich wieder von ihm ab.

»Das verstehe ich nicht«, murmelte sie leicht verwirrt und fügte dann etwas lauter hinzu: »Und was willst du jetzt hier?« Er zuckte mit den Schultern und schwieg.

»Kann ich was zu trinken haben«, brachte er schließlich hervor.

»Was darf ich Ihnen bringen, Sir?«, kam Willoughbys Stimme aus dem Hintergrund. Kater hatte ihn gar nicht bemerkt.

»Ich äh, haben Sie, vielleicht, ich …« Er brach ab. Es war ihm nicht möglich, sich zu konzentrieren. Er bekam die toten Augen von Frido nicht aus dem Kopf. Und er bekam die abweisende Reaktion von Marie-Theres nicht in den Kopf. Er hatte sich etwas anderes erhofft, als er sich auf den Weg zu diesem Penthaus gemacht hatte, das über allem zu thronen schien. Immerhin gehörten sie doch zusammen, so dachte er. Nach allem, was sie miteinander überlegt, besprochen, verworfen und am Ende beschlossen hatten. Vielleicht sah sie das jetzt, nachdem passiert war, was passiert war, mit anderen Augen. Aber er konnte sich doch nicht so in ihr getäuscht haben. Ratlos drehte er sich nach Willoughby um.

»Zuletzt bevorzugten sie Wodka, Sir.« Er nickte zerstreut und erleichtert zugleich.

»Ja, ja, das ist eine gute Idee, Willoughby, danke.« Der Butler verschwand lautlos.

»Es war ein Irrtum, Max, ein schrecklicher Irrtum.« Er starrte in ihre Richtung.

Sie hatte ihm den Rücken zugewandt und stand reglos vor dem riesigen Panoramafenster wie der Schattenriss einer Statue. Einer Statue, deren Abwesenheit durch ihre Anwesenheit noch verstärkt wurde.

»Was meinst du damit?«, fragte er verblüfft. Sie antwortete nicht. Willoughby kam herein und servierte den Wodka formvollendet. Dann trat er einen Schritt zurück.

»Kommissar Zweifel und seine Assistentin wünschen Sie zu sprechen, Madam.«

»Oh, verdammt«, entfuhr es Kater. Marie-Theres Mindelburg drehte sich um. Sie nahm ihre Brille ab.

»Vielleicht ist es ganz gut so, Max.« Sie nickte Willoughby zu.

»Ich halte das für keine gute Idee, dass die beiden mich hier bei dir finden, wirklich, das ist gar nicht gut.«

»Das ist jetzt aber nicht zu ändern. Also stellen wir uns der Sache.«

»Nein!« Er war wütend aufgesprungen mit dem Wodkaglas in der Hand. In diesem Moment trat Willoughby erneut ein, mit unerschütterlicher Miene, gefolgt von Zweifel und Melzick. Alle drei mussten den zornigen Ausbruch Katers gehört haben, der wie angewurzelt vor seinem Sessel stand.

»Herr Kommissar«, begrüßte Marie-Theres Mindelburg Zweifel, »es war sehr freundlich, Ihren Besuch telefonisch anzukündigen. So hatte ich ausreichend Zeit, mich darauf vorzubereiten«, sagte sie mit einem Seitenblick auf Kater, der sie verständnislos ansah.

»Guten Abend, Frau Mindelburg, guten Abend, Kater. Sie haben ihr Telefon ausgeschaltet. Ich habe mehrmals versucht, Sie zu erreichen.«

»Das kann schon sein«, antwortete Kater mürrisch und wich Zweifels Blick aus. »Ich wollte meine Ruhe haben.«

»Um besser nachdenken zu können, das kann ich gut verstehen.« Marie-Theres Mindelburg bat sie, sich zu setzen und sie nahmen rechts und links von Kater, der sich wieder auf seinen Sessel hatte fallen lassen, auf zwei hochbeinigen Sitzgelegenheiten Platz.

Max starrte in sein Glas. Dann leerte er es in einem Zug und blickte sich suchend nach Willoughby um, der im Hintergrund wartete. Es war nicht erforderlich, ein Wort zu verlieren. Mit seiner jahrzehntelangen Erfahrung verstand und erfüllte der Butler auch Wünsche, die nicht ausgesprochen wurden.

Er nahm Katers Glas mit seinem Tablett in Empfang und während er noch eine Verbeugung andeutete, sagte Marie-Theres Mindelburg betont gleichgültig:

»Dürfen wir Ihnen auch etwas anbieten?«

Zweifel tauschte einen raschen Blick mit Melzick. Dieses Gespräch, das spürte er, würde entscheidend sein. Die Eröffnung musste klug gestaltet werden, wie bei einer Schachpartie. Er wusste nicht, dass Marie-Theres Mindelburg das Gleiche dachte, aber er konnte es sich gut vorstellen. Er beschloss instinktiv, gegen die Konventionen zu verstoßen.

»Gegen einen Glenfiddich Single Malt hätte ich nichts einzuwenden.«

»Sehr wohl, Sir, und Sie Miss?«, wandte sich Willoughby ungerührt an Melzick, die, von dieser Frage überrumpelt, nur mit dem Kopf schüttelte.

»Die Beerdigung meines Bruders wird nächsten Montag stattfinden«, sagte Marie-Theres Mindelburg, als ihr Butler verschwunden war.

»Ich werde da sein«, sagte Zweifel. Darauf entstand eine Pause, unbehaglich für Kater, entspannend für Zweifel, spannend für Melzick. Willoughby brachte schließlich die Drinks und zog sich lautlos zurück, wie es seiner Natur entsprach.

»Sie kommen gut voran mit Ihrer Arbeit, Kommissar?« Sie stand immer noch an der Fensterfront, nicht bereit, sich zu ihnen zu setzen, und ließ ihre tiefe Stimme durch den Raum gleiten. »Haben Sie die Wahrheit herausgefunden? Ich erinnere mich, dass Sie das tun wollten.«

Zweifel beugte sich nach vorn, die Ellbogen auf den Knien, das Glas mit dem goldbraunen Whisky zwischen den Händen drehend.

»Ach wissen Sie, die Wahrheit …«

Er nahm einen Schluck, begrüßte mit Kennermiene den wohlvertrauten Geschmack und schaute Kater an, der versuchte, gleichgültig zu wirken. »Wir sagen Ihnen jetzt, was wir wissen, Frau Mindelburg, und dann sagen wir Ihnen, was wir wissen wollen.«

»Das hört sich akzeptabel an, Herr Zweifel.«

Er verständigte sich durch einen Blick mit Melzick, die wusste, dass ihr Part später dran sein würde.

Zweifel nahm in aller Ruhe einen zweiten Schluck und stellte das schwere Glas sachte auf einen der kleinen, runden Beistelltische, die neben den Sesseln standen.

Er faltete die Hände. Dann begann er in einer ruhigen und konzentrierten Weise zu reden.

29. Kapitel

»Wir wissen, dass Ihr Bruder ermordet wurde. Unfall oder Selbstmord sind auszuschließen. Wir wissen, wann es geschah, nämlich zwischen 5:45 Uhr und 6:00 Uhr am Montagmorgen. Wir wissen, wo es geschah. Wir wissen, wie es geschah.« Zweifel machte eine kleine Pause.

»Am Abend des 22. Juli, Sonntagabend, entführten zwei Männer gewaltsam Ihren Bruder, der auf seiner Terrasse saß und schrieb. Sie verließen den Garten zusammen mit ihm von niemandem bemerkt durch eine schmale, versteckte Lücke in der Hecke. Wir fanden seinen Füller dort zwischen Wurzeln. Die Täter fuhren ihn mit dem Auto zu einem verborgenen Platz im Wald oberhalb von Bad-Wörishofen, wo sie die Nacht verbrachten. Wir fanden Reifenspuren. Sie warteten dort oben darauf, dass die Sonne aufging.

Wir wissen, dass Ihr Bruder nicht betäubt wurde. Er erlebte bei vollem Bewusstsein, was man mit ihm tat.« Wieder machte Zweifel eine kleine Pause.

»Man fesselte ihn. Er wurde hart angepackt. An seinen Handgelenken, Oberarmen und im Rippenbereich waren starke Blutergüsse festzustellen.« Zweifel erwähnte ganz bewusst diese Details. Seine Intuition flüsterte ihm ins Ohr, dies zu tun.

»Diese Verletzungen erlitt er vor seinem tödlichen Sturz. Wir wissen, dass er Angst hatte. Er stand Todesängste aus. Wir wissen, dass sie ihn gewaltsam in einen Ballonkorb verfrachteten. Ich habe diesen Korb gesehen.«

Er schaute Kater an, der versuchte, ruhig zu atmen und unberührt zu wirken. Seine Miene drückte Gelassenheit aus. Sein Brustkorb jedoch bewegte sich, als habe er gerade eben noch im Laufschritt den Bus erreicht.

Melzick und Zweifel beobachteten ihn genau, ihnen entging nichts. Marie-Theres Mindelburg hatte ihre Position nicht verändert und zeigte keinerlei Reaktion.

»Ich habe diesen Korb gesehen«, wiederholte Zweifel, »und die Falltür im Boden und die durchlöcherten Seitenwände. Und ich habe die Angst Ihres Bruders gerochen.« Sie bewegte leicht die Schultern, versuchte, sich noch gerader zu halten. Zweifel wartete auf ein Wort von ihr. Es kam keines.

»Und wonach roch diese Angst?«, fragte Kater mit mühsam beherrschter Stimme. Ihm ging das Gehabe des Kommissars auf die Nerven.

»Urin«, sagte Zweifel. Kater biss sich auf die Lippen und Marie-Theres Mindelburg atmete hörbar ein.

»Ich habe den Empfänger gefunden, der an der Falltür montiert war. Es gibt da eine geniale sogenannte *Drei-Ringe-Mechanik*, die es ermöglicht, eine Falltür, auch wenn diese durch das Gewicht eines erwachsenen Mannes beschwert ist, mit einem vergleichsweise leichten Impuls auszulösen. Rettungsfallschirme funktionieren auf diese Weise. Für Ihren Bruder gab es allerdings keine Rettung.« Zweifel griff nach seinem Glas und hielt es prüfend vor seine Augen.

»Ihr Bruder war in diesem Ballonkorb. Vor Angst wie gelähmt. Sie mussten ihn nicht mehr fesseln. Sie zündeten den Gasbrenner. Es ist möglich, dass sie dafür eine Fernsteuerung benutzten. Es ist aber auch möglich, dass die Gasflasche, die sie verwendeten, nur noch so weit gefüllt war, dass sie eine etwa zehnminütige Brenndauer ermöglichte. Das lässt sich ziemlich genau berechnen. Zehn Minuten genügen, um den Ballon hoch genug steigen zu lassen.

Das Fauchen des Gasbrenners wurde später von mehreren Ohrenzeugen bemerkt. Keiner von ihnen wusste, dass der Professor gerade die letzten Momente seines Lebens durchmachte. Schreckliche Momente für ihn, der unter krankhafter Höhenangst litt. Wir wissen, dass die Falltür ausgelöst wurde, als der Ballon hoch über dem Kurpark schwebte. Und nun stellt sich die Frage: Wer hat sie ausgelöst? Wer hatte die technischen Möglichkeiten? Wer hatte ein Motiv für diesen Mord? Für diese Art und Weise eines Mordes?«

Zweifel schwieg, nippte an seinem Glas und nickte Melzick zu, die sich energisch räusperte. Marie-Theres Mindelburg drehte sich zu ihr um, als sie zu sprechen begann. Kater schüttelte leicht seinen Kopf und betrachtete angelegentlich das volle Wodkaglas in seiner Hand, als habe er es erst jetzt bemerkt.

»Professor Mindelburg hatte ein Talent, sich Feinde zu machen«, begann Melzick. Fast die gleiche Redewendung hatte Zweifel bei seinem ersten Gespräch mit Marie-Theres Mindelburg benutzt.

»Wir wissen, dass er ein Manuskript verfasst hatte, das kurz vor der Veröffentlichung stand. Darin ist von kriminellen Kunstschiebereien die Rede. Wir haben das Manuskript gefunden.« Marie-Theres Mindelburg runzelte ungläubig die Stirn.

»Tatsächlich?«, fragte sie Zweifel.

»Wir haben es«, sagte er lapidar.

»Wir wissen, wem er damit am meisten schaden konnte. Und wir wissen, dass derjenige versucht hat, eine Veröffentlichung zu verhindern. Ihr Bruder blieb stur. Ein Nachgeben in dieser Sache kam für ihn nicht in Frage. Daraufhin hat man versucht, Sie in einem Gespräch von der Notwendigkeit Ihrer Mithilfe zu überzeugen, Frau Mindelburg, auch das wissen wir.«

Marie-Theres Mindelburg ging zögernd ein paar Schritte

und setzte sich in einen Sessel, der abseits der anderen stand.

»Diese Leute hatten ein sehr starkes Motiv. Der Kunstsammler Quirin van Berg — um den geht es bei dieser Überlegung — hat die finanziellen Möglichkeiten, sich jede Unannehmlichkeit vom Hals zu schaffen. Interessanterweise fand dieses Gespräch aber erst nach dem Tod Ihres Bruders statt. Wie passt das zusammen? Ein weiterer Punkt machte mich stutzig.«

Melzick schaute kurz zu ihrem Chef. Es war eine Tatsache, die ihr gerade erst bewusstgeworden war, die sie also noch gar nicht mit ihm hatte besprechen können.

»Vor etwa einem Jahr ist hier ganz in der Nähe jemand aus einem Heißluftballon gestürzt. Fünf Zeugen schworen Stein und Bein. Ein Opfer gab es jedoch nicht. Es war ein Probelauf, eine Art Test, um festzustellen, ob die Idee mit der Falltür tatsächlich funktionierte.« Sie beugte sich in ihrem Sessel vor.

»Eines steht fest: Quirin van Berg hätte niemals fast ein Jahr lang abgewartet.« Zweifel schmunzelte vor sich hin. Kater kratzte sich am Kopf und stellte sein volles Glas auf dem dunklen Parkettboden ab. Er wollte etwas sagen, überlegte es sich aber im letzten Moment anders und hielt den Mund.

»Es gibt jedoch einen ganz entscheidenden Aspekt, der den Gedanken, van Berg könnte hinter der Ermordung Ihres Bruders stecken, ad absurdum führt.« Melzick erläuterte in knappen Worten, was sie in den Medien über die Rückgabe der Gemälde recherchiert hatte. Marie-Theres Mindelburg wandte sich daraufhin an Zweifel.

»Was soll das bedeuten, Herr Kommissar? Sie lassen uns hier lang und breit von Ihrer Assistentin erläutern, wer es nicht getan haben kann. Ich finde das reichlich merkwürdig.« Sie versuchte, ihrer Stimme einen sicheren Klang zu verleihen, so als fände sie es wirklich nur merkwürdig und nicht außerdem ein wenig beunruhigend. Zweifel konnte ihre Unruhe heraushören, setzte ein Lächeln auf und gab statt einer Antwort Melzick mit der Hand ein Zeichen, fortzufahren.

»Dieser Mord sieht nach Rache aus«, sagte sie und betonte dabei jedes Wort. »Der Professor sollte für etwas bestraft werden. Das Manuskript hatte keine Bedeutung für den Mörder. Es muss eine schlimme Tat gewesen sein, für die Ihr Bruder büßen sollte. Und wir fanden mehr als eine schlimme Tat in seinem Leben.«

Marie-Theres Mindelburg starrte auf die hennaroten Dreadlocks, die auf Melzicks Kopf einen Dschungel bildeten. Kater hatte die Arme verschränkt und schaute zur Decke hoch, als ginge ihn alles nichts an.

»Am 20. Juni 1972 war Professor Mindelburg mit einem Segelboot vor der Westküste Sylts unterwegs. Mit an Bord war Ihr achtjähriger Sohn, Frau Mindelburg.« Melzick musste ein paar Mal schlucken, ehe sie fortfahren konnte.

»Sie gerieten in Seenot aus bis heute nicht geklärten Umständen. Ihr Sohn ertrank, ihr Bruder überlebte und wies jede Schuld von sich. Konnte man ihm glauben? Konnten Sie ihm glauben? Wir wissen …«

»Sie wissen gar nichts«, sagte Marie-Theres Mindelburg mit harter Stimme. Melzick ließ sich nicht beirren.

»Wir wissen, dass an diesem Tag prächtiges Segelwetter herrschte. Wir kennen die Aussagen von mehreren Seglern, die sich mit ihren Booten damals nicht weit entfernt vom Unglücksort befanden. Kein einziger konnte sich erklären, wieso Ihr Bruder und Ihr Sohn über Bord gingen. Die polizeiliche Untersuchung blieb ohne Ergebnis. Ihr Bruder blieb bei seiner Version. Doch er hatte die Verantwortung.«

»Natürlich hatte er die Verantwortung«, sagte Marie-Theres Mindelburg. »Ich hab' sie ihm übergeben, als ich meinem Sohn erlaubte …«

Sie brach ab. Sie schaute der Reihe nach Kater, Melzick und Zweifel an. Dann nahm sie ihre Brille ab.

»Sie haben Ihrem Bruder das nie vergeben können«, sagte Zweifel. »Sie haben nie vergessen, wie er versucht hat, sich herauszureden. Er wollte einfach nichts mehr damit zu tun haben. Er war nicht einmal auf der Beerdigung.«

»Wie können Sie das wissen?« Zweifel hatte die letzte Behauptung einfach aufs Geratewohl in den Raum gestellt. Ein solches Verhalten hätte seiner Meinung nach absolut zu Abraham Mindelburg gepasst. Zweifel hatte dabei ins Schwarze getroffen. Sein Plan schien aufzugehen. Ihre Fassade begann zu bröckeln.

»Er war also tatsächlich nicht auf der Beerdigung seines Neffen, dessen Tod er nicht verhindert hatte, der in höchster Not und Todesangst nach ihm gerufen hatte, der …«

»Es reicht, Herr Kommissar, es ist genug. Worauf wollen Sie hinaus?«

Zweifel nickte Melzick zu.

»Es gibt außer Ihnen noch jemanden, der einen Grund hatte, sich an Ihrem Bruder zu rächen. Der 30. Oktober 1991 war kein guter Tag für Karl Mindelburg. Genau genommen war es der letzte einer Reihe von sehr schlechten Tagen. Er hatte lange gekämpft, doch jetzt stand er vor dem finanziellen Ruin und er stand vor einem Nervenzusammenbruch. Der Einzige, der ihm in dieser Situation hätte helfen können, war sein älterer Bruder, Abraham Mindelburg. Doch der hatte kein gutes Wort für ihn und weigerte sich kategorisch, Karl zu helfen. Er ließ ihn in seiner Verzweiflung allein. Seine Schwester …«

»Ich habe davon erst später erfahren, viel zu spät, um noch irgendetwas tun zu können. Ich war einfach zu weit weg von allem, ich …«

»Das wissen wir, Frau Mindelburg. Karl hatte ein uneheliches Kind, einen Jungen, sechs Jahre alt damals.« Zweifel beobachtete Kater, der blass geworden war. »Irgendwann an diesem Vormittag, nachdem sein Bruder ihn rigoros abgewiesen hatte, stieg Karl Mindelburg auf eine Leiter und legte sich eine Schlinge um den Hals. Niemand weiß, wie lange er dort auf dieser Leiter stand. Niemand weiß, was ihm durch den Kopf ging. Wie verzweifelt muss ein Vater sein, der das tut? Der in Kauf nimmt, dass sein kleiner Sohn ihn findet. Und der hat ihn ja auch gefunden, auf dem Dachboden …«

»Es war im Treppenhaus.« Katers Stimme klang rostig. »Und Sie haben keine Ahnung, wovon Sie reden, Frau Zick, absolut keine Ahnung.«

Melzick sagte nichts. Sie hatte bewusst den Dachboden erwähnt, um Kater zu einer Reaktion zu bewegen. »Es geht los«, dachte Zweifel. Kater starrte Melzick verächtlich an.

»War ja wohl nicht schwer, herauszufinden, wofür K M auf meinem Ring steht. Die Lösung hab' ich Ihnen ja auf dem Silbertablett serviert.« Er griff nach seinem Wodkaglas, das immer noch auf dem Boden stand und leerte es in einem Zug.

»Warte, Max«, sagte Marie-Theres Mindelburg.«

»Ach was, worauf soll ich warten. Die Sache ist doch sowieso gelaufen.« Er stand auf und ging zu den Panoramafenstern, und während er hinaussah, sprudelte es aus ihm heraus. »Sie haben wirklich keine Ahnung, alle beide nicht, und Sie haben kein Recht, über meinen Vater zu urteilen, verdammt nochmal, niemand hat das!«

»Es ist besser, wenn du jetzt nichts sagst.«

Marie-Theres Mindelburg war ebenfalls aufgestanden, doch Kater ließ sich nicht bremsen.

»Du hast vorhin selbst gesagt, dass es ganz gut so ist, und dass wir uns der Sache stellen müssen. Mein Gott, das hört sich so dramatisch an. Also lass mich jetzt reden, lass mich einfach reden, okay?« Sie sah ein, dass er nicht umzustimmen war.

»Alles Unglück auf der Welt kommt daher, dass die Leute nicht rechtzeitig den Mund halten, Max. Das ist meine Erfahrung. Schweigen ist Frieden, verstehst du?«

»Toller Kalenderspruch, Marie, wirklich. Dafür ist es jetzt aber zu spät. Willoughby!«, er hielt das Glas in die Höhe. Der Butler erschien wie aus dem Nichts.

»Ich fürchte, Sir, unsere Wodkavorräte sind nicht adäquat bemessen.« Kater starrte ihn an.

»Soll das heißen, nix mehr da?«

»Ich bin untröstlich, Sir.« Zweifel hätte liebend gern einen Blick in die Spirituosenkammer des Hauses geworfen. Er konnte sich des Eindrucks nicht erwehren, dass dieser Butler gerade für Kater die Entscheidung getroffen hatte, den Alkoholkonsum vorerst einzustellen.

»Na dann eben nicht!« Kater hielt ihm das leere Glas hin. Willoughby nahm es mit stoischem Gesichtsausdruck und weiß behandschuht entgegen. Kater drehte sich zu Zweifel und Melzick um und fixierte sie mit einem höhnischen Lächeln.

»Sie wären nie darauf gekommen, wenn ich den verdammten Ring nicht in Ihrem Auto verloren hätte.« Er stützte sich mit beiden Händen auf die Rückenlehne seines Sessels.

»Mein Vater …«, er schlug wild mit einer Hand auf die Lehne, »mein Vater hatte alles versucht! Ihm blieb am Ende keine andere Wahl. Sein eigener Bruder hat ihn so weit getrieben. Damals konnte ich das alles natürlich nicht begreifen. Meine Mutter hat mir viel später, als es ihr selbst schon sehr schlecht ging, alles erzählt. Sie hatte nach dem Tod meines Vaters keinen einzigen guten Tag mehr in ihrem Leben. Und ich war so hilflos. Ich hatte nur Wut. Und die ist gewachsen. Und es konnte kein Zufall sein, dass wir ausgerechnet hierhergezogen sind. Es gibt keine Zufälle. Es war gewollt, dass ich bei einem meiner Security-Einsätze hier im Victoria-Palais zu tun hatte, den Namen Mindelburg las, und schließlich begriff, dass dies meine Tante war. Wir kamen ins Gespräch, ich brachte Fotos mit, überzeugte sie von meiner Identität. Sie erzählte von ihrem Sohn, von ihren Erinnerungen und von ihrer Wut.« Marie-Theres Mindelburg machte mit den Händen eine hilflose Geste und ließ den Kopf sinken.

»Max hat Recht«, sagte sie, »unsere Wut hat uns zusammengeführt, aber …«

»Lass mich zu Ende reden, bitte«, sagte er und hatte die rechte Hand mit dem Zeigefinger erhoben. Er holte tief Atem.

»Dieser Herr Mindelburg«, sagte er leise, »sollte die gleiche Todesangst wie sein Neffe durchleben und ihn sollte die gleiche Verzweiflung wie meinen Vater packen. Das hatte er sich redlich verdient.« Er machte eine Pause und wischte sich mit der Linken über die feuchte Stirn.

»Sehr bald hatten wir einen Plan gefasst. Und Frido konnte mir bei der Umsetzung des Plans helfen. Frido …«, er schloss die Augen für einen Moment. Zweifel lag etwas auf der Zunge, doch er entschied sich sekundenschnell, noch etwas zu warten. Kater war in Fahrt gekommen, da verbot sich erstmal jede Unterbrechung.

»Wahrscheinlich war ich schuld daran, dass Frido damals aus dem Korb fiel. Ich war es, der seinen Vater abgelenkt hatte. Später hab' ich ihn dann sehr oft draußen besucht, wir wurden gute Freunde und ich hielt dicht, als nach einiger Zeit klar wurde, dass er wieder gehen konnte. Frido hat sich dann sehr viel mit Elektrotechnik beschäftigt. Der Doktor hat ihn darauf gebracht.«

»Der Doktor?«, fragte Melzick.

»Dr. Wollmaus. Er hat ihn damals betreut und ihm geraten, sich ein anspruchsvolles Hobby zu suchen. Irgendwann brachte er ihm einen Modellbaukasten vorbei, damit fing es an. Wir wussten von der Höhenangst meines Onkels und kamen dann sehr bald auf die Idee mit dem Ballon. Zuerst hielten wir es beide für eine Schnapsidee. Aber je länger wir darüber nachdachten, desto eher erschien sie durchführbar. Nachdem unser Test funktioniert hatte«, er warf einen Blick hinüber zu Melzick, »war ich so weit, den Plan mit meiner Tante zu besprechen.«

Marie-Theres Mindelburg ließ sich in ihren Sessel sinken. Ihr Gesicht hinter der schwarzen Brille wirkte wie versteinert, doch sie ließ Kater reden.

»Er war sehr einfach und so ließ sie sich überzeugen. Nur der Gedanke an Frido verursachte ihr Kopfschmerzen. Daher hab' ich ihm gesagt, es gehe nur darum, dem Professor einen Mordsschrecken zu verpassen, nicht mehr und nicht weniger. Das reichte völlig aus. Er war Feuer und Flamme. Wir fanden einen ausrangierten Korb und bauten ihn um. Ich erklärte ihm, dass das Ganze so echt wie möglich aussehen musste, dass es am besten wäre, wenn die Falltür nicht nur zum Schein, sondern auch tatsächlich funktionierte. Für Frido war es kein Problem, es so einzurichten, dass sie per Fernsteuerung ausgelöst werden konnte.«

Kater machte eine Pause. Er vermied es, Zweifel oder Melzick ansehen. Sein Blick ging hinaus in den dunklen, samtigen Sommerabend.

»Es blieb dann nur noch zu klären, wer diese Fernsteuerung in die Hand bekommen sollte.«

»Das stand nie zur Debatte, Max, das hab' ich von Anfang an klargestellt«, erklang die tiefe Stimme Marie-Theres Mindelburgs. »Es kam nach meiner Überzeugung nur eine Person dafür in Frage, und das war ich.«

»Es hätte mir genauso zugestanden«, sagte Kater leise.

»Sie irren sich beide«, sagte Zweifel, »ein solches Verhalten steht niemandem …«

»Ach jetzt kommen Sie doch nicht mit dem Gesetz an«, fuhr Kater ihm über den Mund. Zweifel verkniff sich eine Antwort.

»Es war gerecht, was wir geplant hatten. Wir haben die Gerechtigkeit selbst in die Hand genommen.«

»Das haben schon Unzählige getan«, dachte Zweifel bei sich, »und es ist nie etwas Gutes dabei herausgekommen«. Er schaute Kater regungslos in die Augen, was dieser mit einem Kopfschütteln quittierte. Dann fuhr er fort. »Ich brachte also die Fernsteuerung am Samstag vorbei und erklärte sie meiner Tante. Wir waren fest entschlossen, die Sache zu einem Ende zu bringen. Wir legten den Tag fest. Um sicher zu gehen, haben wir diesen Herrn am Abend vorher aus seinem Garten abgeholt und ihm eine ruhige Nacht beschert.«

Melzick fand Katers Tonfall mittlerweile unerträglich und es fiel ihr schwer, ruhig dazusitzen und abzuwarten. Diese Mischung aus Stolz, Selbstgerechtigkeit, Hass und Sarkasmus, war wie ein kaltes Gift, das ihr in die Ohren geträufelt wurde.

»Wie vorhergesehen, waren die Wetterbedingungen optimal. Klare Sicht, keine Wolken, leichter bis mäßiger Wind aus Nordost, mehr brauchten wir nicht. Wir packten ihn in den Korb und schärften ihm ein, sich nicht zu bewegen. Dann fuhr ich zu meiner Einsatzzentrale, traf wenig später meinen Chef und wartete ab, bis der Ballon erschien. Frido blieb am Startplatz. Das Gas reichte für acht Minuten Brenndauer. Lange genug für unseren Zweck, wir haben das ausführlich getestet. Meine Tante stand hier oben mit der Fernsteuerung in der Hand und wartete ebenfalls auf den Ballon.« Kater hatte nicht bemerkt, dass Marie-Theres Mindelburg ihn bei seinen letzten Worten verwirrt angesehen hatte.

»Du warst bei deinem Chef, als es passierte?«, fragte sie und wirkte verblüfft.

Kater grinste Zweifel böse an.

»Mein perfektes Alibi.« Dann fiel ihm schlagartig Frido ein und sein Grinsen verschwand in einer Zehntelsekunde.

»Ich richtete es so ein, dass ich rechtzeitig draußen war, bevor der Ballon in Sicht kam. Mit ein paar Bemerkungen hatte ich meinen Chef neugierig gemacht und er kam raus zu mir. Und da standen wir nebeneinander auf dem Parkplatz und wurden zu Augenzeugen.«

Marie-Theres Mindelburg starrte ihren Neffen entgeistert an. »Die Fernsteuerung wollte ich später dann wieder hier abholen, um sie zu vernichten. Aber das hat nicht geklappt. Meine Tante war nicht zu sprechen. Das Ding muss also noch irgendwo hier sein, nicht wahr, Marie?«

Sie war blass geworden, saß in ihrem Sessel, die Hände lagen mit den Handflächen nach oben auf ihren Oberschenkeln und sie schüttelte fassungslos den Kopf. Ihr Blick irrte von Zweifel zu Melzick. Dann starrte sie ihren Neffen an.

»Du hast also die Falltür nicht ausgelöst? Max, das muss ich jetzt wissen!« Er schaute sie verständnislos an.

»Wie denn? Ich hatte die Fernsteuerung doch nicht.«

»Ich dachte, du hättest eine zweite, für alle Fälle«, stammelte sie.

»Ach was, war doch nicht nötig. Wir hatten immer nur eine. Hat doch funktioniert.« Sie schnappte nach Luft.

»Funktioniert! Funktioniert?« Ihre Stimme bekam einen leicht hysterischen Klang. »Gar nichts hat funktioniert! Überhaupt nichts hat funktioniert! Ich hab' es doch versucht. Aber das Ding hat sich nicht einschalten lassen. Die Akkuleuchte blieb schwarz.«

Jetzt war es Kater, der sie fassungslos ansah. In Melzicks Kopf begann es fieberhaft zu arbeiten. Irgendwo im Hintergrund des Raumes rührte sich etwas.

»Wollen Sie damit sagen, dass die Fernsteuerung, die Sie in Händen hielten, um damit ihren Bruder in den Tod stürzen zu lassen, keinen Saft hatte?« Zweifel war so verblüfft, dass ihm keine andere Formulierung einfiel. Sie schüttelte immer noch den Kopf.

»Ich weiß nicht, was mit dem Ding los war. Ich hatte es vorher ja schon ein paar Mal ausprobiert, als Max mir alles zeigte. Ich kenne die Geräusche und das Blinken, wenn man sie einschaltet. Aber da war nichts. Absolut nichts.« Sie klopfte mit der rechten Faust auf ihren Oberschenkel. »Und als Abraham fiel«, sie musste eine kurze Pause machen und schluckte, was auch immer, hinunter, »als er fiel, dachte ich, du hättest die Falltür ausgelöst.« Kater richtete sich kerzengerade auf.

»Das hab' ich definitiv nicht. Und ich hab' dafür einen Zeugen.« Er schaute seine Tante mit zusammengekniffenen Augen an.

»Und du — hast du einen Zeugen für deine Behauptung?«

Einen Moment herrschte eisige Stille, während diese wenigen Worte zwischen ihnen im Raum schwebten.

»In der Tat, Sir, den hat sie.« Willoughbys Stimme ließ sie alle vier herumfahren. Seine Herrin fasste sich als erste.

»Was soll das heißen, Willoughby?«

»Madam, ich muss gestehen, ich habe eigenmächtig gehandelt«, sagte der Butler in aller Gemütsruhe und trat ein paar Schritte vor.

»Und was genau haben Sie getan?« Er schaute alle vier der Reihe nach an.

»Ich habe die Akkus aus der Fernsteuerung genommen.«

»Sie haben was?«

»Ich hielt es für eine angemessene Maßnahme.«

»Und was brachte Sie auf diese Idee?« Er räusperte sich.

»Ich leide unter sehr empfindlichen Ohren, Madam.«

»Das ist mir neu. Was hat das mit — oh, ich verstehe. Sie haben gelauscht, als ich mit Max über gewisse Dinge sprach.«

»In der Tat, Madam. Ich bin untröstlich, das nicht leugnen zu können.«

»Aber warum, Willoughby?« Er schaute ihr sehr gerade in die Augen.

»Mein Vater, Madam, der sein Leben lang Butler war, gab mir Folgendes auf den Weg: Du musst teilhaben am Leben deiner Herrschaft, sie vor Unheil bewahren, vor Fehlern bewahren und dabei Haltung bewahren, so diskret wie möglich. Ich habe das nie vergessen und sah es daher als meine Pflicht an, meine Ohren zu benutzen. Bitte um Vergebung, Madam, wenn es nicht in Ihrem Sinne gewesen sein sollte.« Worauf er sich dezent verbeugte.

Sie nahm ihre schwarze Brille ab und ging auf ihn zu. Einen Moment lang sah es so aus, als wolle sie ihre Hand auf seine Schulter legen.

»Ach Willoughby«, sagte sie stattdessen und warf ihm einen langen Blick zu, den er erwiderte.

»Sie sind bereit, darauf einen Eid zu nehmen?«, fragte Zweifel, der nun aufgestanden war.

»Jederzeit, Sir.« Willoughby hatte sich ihm zugewandt. Zweifel sah ihn an und es stand außer Frage, dass er die Wahrheit sagte.

Kater hatte es die Sprache verschlagen. Melzick stand ebenfalls auf. Sie hielt es nicht mehr an ihrem Platz und sie begann, auf und abzugehen. Zweifel hatte schon darauf gewartet.

»Ich verstehe das nicht«, sagte Marie-Theres Mindelburg und folgte Melzick mit den Augen.

»Na, das ist doch ganz einfach«, sagte diese in leicht verärgertem Tonfall.

»Sie beide wollten, dass Professor Abraham Mindelburg einen schlimmen Tod stirbt. Ziel erreicht, würde ich sagen.«

»Melzick!«, sagte Zweifel mahnend.

»Ich stelle nur Tatsachen fest. Herr Kater hier hat zwar die Vorarbeit geleistet, doch für die Tatzeit ein Alibi, das sich sehr leicht überprüfen lässt, weshalb ich davon ausgehe, dass es der Wahrheit entspricht. Frau Mindelburg, die nur noch auf einen Knopf zu drücken brauchte, durfte erfahren, dass es sich dabei um einen Placebo-Knopf handelte: Konnte nicht funktionieren und hatte trotzdem die gewünschte Wirkung. Was schließen wir daraus?«

»Eine dritte Person schickte den tödlichen Impuls nach oben«, sagte Zweifel und rieb mit der Hand behutsam über seinen kahlen Schädel. Dann wandte er sich an Marie-Theres Mindelburg.

»Haben Sie jemandem von Ihrem Plan erzählt?«

»Nein, natürlich nicht.«

»Sind Sie ganz sicher? Es könnte auch nur eine beiläufige Bemerkung gewesen sein, ein unbedachtes Wort, das Ihnen rausgerutscht ist.«

Sie schüttelte den Kopf, dann hielt sie inne und legte einen Finger an die Nase.

»Vielleicht habe ich Felix gegenüber eine Andeutung gemacht.«

»Felix?«

»Ja, Dr. Wollmaus. Wir kennen uns schon sehr lange, er war früher mein Arzt.«

»Früher?«

»Als er noch praktizierte. Jetzt kümmert er sich ja nur noch um seine Stiftung.«

»Wann ist er hier gewesen?« Sie schaute Willoughby fragend an.

»Das war am Samstag, Madam«, kam es, ohne zu zögern.

»Richtig, ich erinnere mich. Max war gerade gegangen. Er hatte mir die Fernsteuerung gebracht. Sie lag noch auf dem Tisch, als Felix hereinkam.«

»Hat er Sie darauf angesprochen?«, fragte Melzick, in deren Kopf sich einige Puzzleteile neu ordneten.

»Nein, nicht direkt. Wir haben geplaudert, auch was getrunken. Er erzählte mir von dem neuesten Projekt seiner Stiftung. Fragte, ob ich mich daran beteiligen wolle.«

»Er wollte Geld?«

»Ja, darauf lief es wohl hinaus. Irgendwann nahm er dann die Fernsteuerung in die Hand und spielte daran herum.«

»Wollte er nicht wissen, was Sie damit vorhatten?«

»Doch, natürlich. Er sagte so etwas wie: Damit kann man ja Einiges anstellen. Wen willst du denn fliegen lassen?« Zweifel hakte ein.

»Hat er das tatsächlich so gesagt?«

»Ja, da bin ich sicher. Der Satz kommt mir jetzt im Nachhinein etwas seltsam vor.«

»Was haben Sie ihm geantwortet?«

»Ich sagte ihm die Wahrheit.«

»Und die wäre in diesem Fall?«, fragte Melzick mit einem bissigen Unterton.

»Ich sagte ihm, dass Max mich besucht und sie dabei liegen gelassen hatte.«

»Nichts als die Wahrheit«, gab Melzick zu.

»Haben sie Dr. Wollmaus danach noch einmal getroffen?«, fragte Zweifel. Sie zögerte etwas mit der Antwort.

»Ja — ja, das hab' ich. Er ist mir nach Sylt gefolgt. Und er hat mir etwas übergeben.«

»Er fährt Ihnen extra nach Sylt hinterher? Das muss ja etwas ganz Wichtiges gewesen sein.«

»Es war ein Brief von Abraham.«

»Kann ich diesen Brief sehen?« Sie nickte und ging zu ihrem Sekretär, aus dessen Schublade sie ihn hervorholte. Zweifel überflog ihn und steckte ihn dann ein.

»Wundert mich übrigens nicht, dass er sich für die Fernsteuerung interessiert hat«, sagte Kater, der sich wieder gefasst hatte. »Er kennt sich damit ganz gut aus. Ich hab' Ihnen ja gesagt, dass er auch Frido auf den Geschmack gebracht hat, damals, als noch nicht klar war, ob er jemals wieder würde laufen können. Und Frido hat …«

Kater stockte, er brachte den Satz nicht zu Ende. »Frido wird nie wieder einen Schritt laufen« — der Gedanke packte ihn am Genick.

»Apropos Frido«, sagte Zweifel, dem einfiel, dass der Bluff, sie hätten ihn bereits gefunden, nach alldem, was sie gerade erfahren hatten, gar nicht mehr nötig war. »Sie wissen, wo er ist?«

Kater schaute ihn düster an. Dann nickte er.

»Ja, ich weiß, wo er ist«, murmelte er.

»Da schau her. Na gut, ich will mit ihm sprechen. Bringen Sie mich zu ihm.«

Kater warf einen Blick auf Melzick, die neben Zweifel stehen geblieben war. Er holte tief Luft.

»Ich werde Sie hinbringen, aber vielleicht nehmen sie noch jemanden von der Spurensicherung mit.«

30. Kapitel

26. Juli

Am nächsten Morgen saßen sich Zweifel und Melzick in seinem Büro gegenüber. Er hatte Polizeichef Klopfer bereits auf den neuesten Stand der Erkenntnisse gebracht. Nach der ersten Einschätzung Dr. Kälberers war Frido an einem Hirnschlag gestorben, was Max Kater stark bezweifelte.

Er hatte ihnen von seiner Vermutung erzählt, dass Frido aus alter Vertrautheit mit Dr. Wollmaus über ihren Plan gesprochen haben könnte. Frido war ja davon ausgegangen, dass dem Professor nur ein Mordsschreck eingejagt werden sollte und hatte das Ganze für einen teuflisch guten Streich gehalten. Für Max Kater war klar, dass Frido umgebracht worden war, um ihn an einer möglichen Aussage zu hindern.

Zweifel war an diesem Morgen, der nach der Hitze der vorangegangenen Tage empfindlich kühl war, in aller Frühe im Park spazieren gegangen. Sein Weg hatte ihn zuletzt zum Neubau des Park-Palais geführt, am nordöstlichen Rand des Kurparks. Dieses Prachtgebäude, gekrönt von einem Penthaus, war das Pendant zum Victoria-Palais, das gerade mal zweihundert Meter entfernt lag.

Er fröstelte und hatte den Kragen seines Polohemdes hochgestellt. Am Rand der Absperrung stand der Bauleiter und diskutierte heftig mit dem Vorarbeiter. Zweifel hörte eine Weile zu und ließ den Blick über die edlen Mauern, prachtvollen Fassaden, Simse, Säulen und Balustraden schweifen. Er betrachtete eingehend die teuren Sprossenfenster und kupfernen Regenrohre. Und dann machte es klick.

Eine Stunde später, nach der Unterredung mit Klopfer, sprach er mit Melzick.

»Wir haben einen Fehler gemacht, Chef«, sagte sie.

»Ich weiß, ich weiß — wir haben uns von den Begleitumständen dazu verleiten lassen, zu glauben, dass es bei dieser ganzen verflixten Sache um Rache geht. Wir hätten uns die Frage stellen müssen, wer vom Tod des Professors profitiert.«

»Okay, Chef, dann stellen wir die Frage eben jetzt«, sagte Melzick und klatschte einmal in die Hände. Zweifel musste schmunzeln. Melzick hielt sich nie lange mit Fehlern auf.

In den folgenden fünfzehn Minuten legte Zweifel ihr seinen Plan anhand einer Liste dar, die an diesem Vormittag abgearbeitet werden musste. Dazu gehörten unter anderem Gespräche mit einem Rechtsanwalt, mit dem Bauleiter des Park-Palais, mit dem Inhaber einer örtlichen Elektronikfirma, sowie mit einem Graphologen. Außerdem stand der Besuch des hiesigen Modellflugplatzes auf dem Programm und im Internet musste auch noch etwas recherchiert werden. Als sie die Aufgaben unter sich aufgeteilt hatten, schaute Zweifel sie skeptisch an.

»Haben wir etwas übersehen, Melzick?« Sie schüttelte den Kopf.

»Nach allem, was wir gestern Abend erfahren haben, ist für mich klar, wer ›M‹ ist.«

»Wer ›M‹ ist? Es ist wirklich erstaunlich, welche Filme Sie in Ihrem Alter kennen. Das ist doch ein uralter Schwarzweißschinken. So was kriegt man doch heutzutage gar nicht mehr zu sehen.«

»In der Tat, wie Willoughby immer so schön sagt. *M - eine Stadt sucht einen Mörder* hab’ ich mal in einer Schulvorführung gesehen. Danach waren alle fassungslos.«

»Wegen der Augen von Peter Lorre?«

»Nein, wegen der Millionen Zigaretten, die in diesem Film

gepafft werden. Die haben damals mehr Qualm produziert als der Atommeiler in Gundremmingen.« Zweifel nickte.

»Wissen Sie was, den Film schauen wir uns gemeinsam an, wenn wir mit diesem Fall fertig sind.« Melzick grinste.

»Also heute Abend.«

»Kommt drauf an.«

Kurz nach 13:00 Uhr trafen sie sich zu einem gemeinsamen Mittagessen bei Stavros in Begleitung von Lucy.

»Halte iff für ein fehr gewagtef Manöver«, sagte sie gerade mit vollem Mund zum Kommissar.

»Das ist es, Lucy, da haben Sie voll und ganz Recht. Und deshalb sollte Klopfer davon erst erfahren, wenn wir Erfolg hatten.«

»Und wie wollen Sie ›M‹ dazu überreden, sich mit Ihnen zu treffen?«, wollte Melzick wissen. Zweifel spießte mit einigem Geschick eine sehr bewegliche schwarze Olive auf seine Gabel und betrachtete sie aus der Nähe.

»Wenn ich ihn richtig einschätze, muss ich ihn gar nicht überreden. Er ist jemand, der auf Nummer sichergehen muss. Ein Hundertsechzigprozentiger. Er wird aus meinem Mund erfahren wollen, ob wir denn schon die Richtigen verhaftet haben.«

»Wenn Fie fiff da nur niff täufen.«

»Lucy, können Sie eigentlich nur reden, wenn Sie was im Mund haben?« Vor Entrüstung verschluckte sie sich prompt. Zweifel biss herzhaft auf die Olive und Melzick verpasste Lucy einen sanften Rippenstoß.

»Er meint es nur gut.«

Am späten Abend dieses Tages waren alle Punkte auf der Liste erledigt. Vermutungen hatten sich bestätigt. Nachforschungen waren sehr aufschlussreich gewesen.

Vorbereitungen wurden zufriedenstellend abgeschlossen. Und eine Generalprobe zeigte ein sehr professionelles Ergebnis.

Kater und Marie-Theres Mindelburg waren in polizeilicher Obhut. Dies geschah auf Anordnung Zweifels in den obersten Räumen des Victoria-Palais, dem Penthaus von Marie-Theres. Die beiden sollten für die nächste Zeit unsichtbar bleiben.

27. Juli

Die Zeitungen vermeldeten auch am Freitag noch keinen Fortschritt bei der Suche nach dem Bad Wörishofer Ballonmörder. Ein Anwesen am Ortsrand wurde für alle Fälle diskret überwacht. Polizeichef Klopfer war glücklicherweise zu einem mehrtägigen Symposium in Brüssel unterwegs, sie konnten daher ungestört Zweifels Plan verfolgen.

Er befand sich zusammen mit Melzick im Victoria-Palais und bewachte nun seit dem frühen Morgen höchstpersönlich Kater und Marie-Theres Mindelburg, die beide nervlich äußerst angespannt waren.

Kater war besonders angeschlagen. Fridos Tod hatte ihn sehr mitgenommen. Da es nun gleichgültig geworden war, schilderte er das unglückselige Telefonat, das er mit dem alten Lindberg geführt hatte und auch, was Frido ihm in seiner Verzweiflung gebeichtet hatte.

In der fraglichen Nacht, als sein Vater starb, war er in seinem Verschlag in der Scheune aus dem Schlaf aufgeschreckt und, weil er nicht wieder einschlafen konnte, hinüber ins Wohnhaus gegangen. Dort hatte er den telefonischen Erpressungsversuch seines Vaters mit anhören müssen und dabei einen seiner unkontrollierbaren Wutanfälle bekommen.

Als er wieder zu sich kam, saß sein Vater mit einem langen Brotmesser in der Brust am Küchentisch.

Den Rest der Nacht und den ganzen Vormittag hatte er in der Scheune verbracht, unfähig, etwas zu unternehmen. Dort hatte Zweifel ihn dann gefunden und vergeblich versucht, mit ihm zu reden. Das war allein Kater gelungen, nachdem Melzick verscheucht worden war.

Er hatte ihm eindringlich eingebläut, sich zu verstecken, sobald sich die Gelegenheit ergeben würde. Und in seinem Versteck hatte er ihn dann schließlich tot aufgefunden. Kater berichtete all dies in einem monotonen Tonfall, der seine große Müdigkeit verriet. Hinzu kam, dass Marie-Theres ihn mit stummer Verachtung strafte, seit er versucht hatte, sie zu verraten.

Um die Mittagszeit kam Willoughby herein und servierte ein Tablett mit Gurkensandwiches.

»Wie in einem guten alten *Miss-Marple*-Krimi«, sagte Melzick und griff mit beiden Händen zu.

»Wenn ich einen Vorschlag äußern dürfte, mit Ihrer Erlaubnis, Madam«, sagte Willoughby und zögerte.

»Lassen Sie hören«, antwortete Zweifel, bevor sie etwas sagen konnte.

»Vielleicht wäre es hilfreich, wenn wir die Fahne einziehen. Das könnte von einer gewissen Person als ein gewisses Signal verstanden werden.« Melzick hörte verblüfft mit dem Kauen auf und sah mit dicken Backen zu ihrem Chef hinüber.

»Erstklassige Idee, Willoughby. Tun Sie das«, sagte Zweifel. Nachdem auch Marie-Theres Mindelburg mit einem wortlosen Nicken zugestimmt hatte, verschwand der Butler.

»Sie haben da einen wirklich außergewöhnlichen Butler, Frau Mindelburg.« Sie sah Zweifel durch ihre schwarze Brille ernst an.

»Ja, und es ist jammerschade, dass unsere Zusammenarbeit sich dem Ende nähert.«

Die Zeit floss danach in zähem Schweigen dahin. Melzick zählte die Viertelstunden und beneidete Zweifel um seine Zuversicht. Sein Handy lag auf dem großen Glastisch neben dem inzwischen fast leeren Tablett mit den Sandwiches.

»Er hat doch Ihre Nummer, Chef, oder?«

»Melzick, zum dritten Mal: Ich habe vor ein paar Tagen mindestens fünf Mal versucht, ihn zu erreichen, Sie haben es doch mitbekommen. Wenn diese Dinger zu etwas gut sind, dann doch wohl dazu, die Nummer des Anrufers anzuzeigen, oder?«

»Schon gut, ich wollte ja nur gefragt haben.« Nach drei weiteren stummen Viertelstunden begann sie, das zuständige Handy zu fixieren. Sie hatte schon öfters von der Macht der Gedanken gehört und gelesen. Ihre Mutter nutzte diese Macht nach eigener Aussage schon seit Jahren. Bisher stand Melzick dieser Vorstellung sehr skeptisch gegenüber. Immerhin — schaden konnte es nicht.

Als das Handy wenig später vibrierte, hätte sie vor Schreck beinahe aufgeschrien. Zweifel nahm es in die Hand und schaute sie an. Dann stand er auf und hielt es ans Ohr. Kater war ebenfalls aufgestanden. Marie-Theres Mindelburg saß unbeweglich in ihrem Sessel und hielt die Augen geschlossen.

»Kommissar Adam Zweifel, mit wem spreche ich? Ah, Dr. Wollmaus, schön dass Sie anrufen.« Melzick ballte im Stillen eine Faust.

»Das ist richtig, ja, ich wollte schon vor ein paar Tagen mit Ihnen sprechen. Aha, verstehe, das erklärt es natürlich.« Zweifel ging ein paar Schritte auf die Panoramafront zu und nickte einige Male.

»Wissen Sie, Dr. Wollmaus, eigentlich hat es sich erübrigt.

Ich konnte mich anderweitig informieren und Dr. Kälberer hat gute Arbeit geleistet. Nein, ich glaube nicht, dass das nötig ist. Meine Zeit ist außerdem knapp bemessen.«

Melzick traute ihren Ohren nicht. Da kam nun endlich der erwartete Anruf, genau wie er es vorhergesehen hatte, und dann pokerte der Kommissar auf Teufel komm raus mit dem Teufel. Er drehte sich zu ihr um und zwinkerte ihr zu.

»Also gut, wenn Sie darauf bestehen. Ein halbes Stündchen könnte ich erübrigen. Wie bitte? Nein, nein das ist mir zu weit weg. Was halten Sie vom Kurpark? Wir könnten dort einen Spaziergang machen.« Zweifel lauschte und schaute dabei Melzick an, die unbewusst die Luft anhielt. Im Hintergrund waren leise Schritte zu hören. Willoughby pirschte sich heran.

»Gut, in Ordnung«, sagte Zweifel, »sagen wir — um 14 Uhr. Am Labyrinth. Ich werde da sein.« Er legte auf und zog die Augenbrauen in die Höhe. Melzick schüttelte erleichtert den Kopf und schnappte sich das letzte Gurkensandwich.

»Möchte noch jemand ein Sandwich?«, fragte Willoughby. Zweifel lächelte ihn an.

»Danke, Willoughby, jetzt könnte ich auch eines vertragen. Meine Assistentin hat ja leider nichts übriggelassen.« Marie-Theres Mindelburg und Kater schauten ihn fragend an.

»Sie beide bleiben hier. Ich habe draußen genügend Beamte postiert. Es wird also niemand ungebeten hereingekommen. Es wird auch niemand unerlaubt hinauskommen, das dürfte Ihnen wohl klar sein.« Sie schaute ihn durch ihre schwarz geränderte Brille mit einem unergründlichen Blick an. Kater sagte nichts und nickte leicht.

»Viel Glück brauche ich Ihnen wohl nicht zu wünschen«, sagte sie langsam. Zweifel, der schon auf dem Weg zur Tür war und gerade ein Sandwich von Willoughby in Empfang nahm, deutete auf Melzick, die neben ihm stand.

»Das ist in der Tat nicht nötig, ich habe ja Frau Zick. Eine bessere Unterstützung kann ich mir nicht denken.«

»Gewöhnen Sie sich das bloß nicht an«, sagte Melzick wenig später im Fahrstuhl zu ihm.

»Was meinen Sie? Das Lob?« Sie schüttelte den Kopf.

»Ach, dass ich Sie Frau Zick genannt habe?«

»Nein, das andere.«

»Das andere?«

»Na — diese dämliche Redewendung: ›In der Tat‹!«

31. Kapitel

Die Kaltfront, die sich am Vortag wie ein ungebetener Gast breitgemacht hatte, dachte nicht daran, abzureisen. Die Kurgäste wussten noch nicht recht, wem sie das ankreiden sollten. Einstweilen trugen sie ihre vorwurfsvollen Gesichter durch den Park über feuchtkalte Wiesen und starrten empört auf die Gänsehaut des kleinen Sees, an dessen Ufer eine Entenschar in großer Gelassenheit ein Nickerchen machte. Den altgedienten Baumriesen im Park hätte man die klammheimliche Schadenfreude ansehen können, die sich in ihren Wipfeln versteckt hatte. Doch außer ein paar kriminellen Krähen kam niemand in diese Höhen.

Dr. Wollmaus saß auf einer der Bänke, die rund um das Labyrinth aufgestellt waren. Er wandte Zweifel den Rücken zu, der sich behutsam näherte.

Zwei skandinavisch aussehende Jungs, durch die dortigen Temperaturen abgehärtet, liefen barfuß über den vorgeschriebenen Weg des spiralförmig angeordneten Labyrinths. Sand, Kies, Kieselsteine unterschiedlicher Größe, Weinkorken, Kirschkerne, Holzspäne, und noch ein paar Bosheiten sorgten für laute Schmerzensschreie der beiden.

Dr. Wollmaus war ganz in deren Betrachtung vertieft, als Zweifel neben seiner Bank stehen blieb, die Hände in den Taschen seines Sommermantels vergraben.

»Ich werde nie begreifen, warum man sich das freiwillig antut«, sagte er statt einer Begrüßung. Dr. Wollmaus verschränkte die Arme und blieb sitzen.

»Sie haben es mal probiert?«

»Einmal zu oft.«

»Sie halten nichts von Schmerzen?«

Zweifel ließ sich Zeit mit der Antwort.

»Ich denke, ich hatte schon genug davon«, sagte er schließlich. Dr. Wollmaus stand auf und nickte.

»Gehen wir ein Stück.« Sie ließen die Jungs allein und lenkten ihre Schritte Richtung Rosengarten.

»Ich bin Ihnen dankbar, Herr Kommissar. Es ist nicht selbstverständlich, das weiß ich.« Zweifel erwiderte nichts. »Abraham war ein sehr alter Freund von mir. Mir ist sehr daran gelegen, dass die Schuldigen gefasst werden.« Zweifel kickte einen Kieselstein weg und sagte nichts.

»Mir ist klar, dass Sie der Presse vorerst nicht alles verraten. Deswegen wundert es mich auch nicht, dass von Ihren Fortschritten nichts zu lesen war.« Zweifel schaute ihn fragend an. »Denn Fortschritte haben Sie doch zweifellos gemacht, Kommissar. Alles andere würde mich doch sehr wundern.«

Dr. Wollmaus warf ihm einen Blick zu. Sein Gesicht war leicht gebräunt, die dichte Haarmähne in einem Pferdeschwanz gebändigt. Er machte einen erholten und zufriedenen Eindruck. Keine Spur von Kummer über den Tod des alten Freundes.

Sie waren nun im fast menschenleeren Rosengarten angekommen. Die meisten, die sich bei der Kälte ins Freie getraut hatten, wärmten sich um diese Tageszeit gerade bei einem Kaffee oder einer heißen Schokolade auf. Zweifel steuerte auf einen kleinen Pavillon zu und wartete ab. Dr. Wollmaus folgte ihm.

»Wer sich nur immer all die Namen für die Rosen ausdenkt«, sagte Zweifel, um etwas zu sagen. Dr. Wollmaus war nun klar, dass der Kommissar mit ihm spielte. Damit hatte er gerechnet. Dennoch würde er ans Ziel kommen, dessen war er sicher.

»Kommissar, mich interessieren nicht die Namen der

Rosen, sondern die Namen der Verdächtigen.« Zweifel sah ihn mit gespielter Verwunderung an.

»Aber natürlich, Dr. Wollmaus, die Namen der Verdächtigen. Ja — die kennen wir. So viele kamen ja auch gar nicht in Frage, nicht wahr?«

»Wie geht es eigentlich Abrahams Schwester?«

»Ach, das wissen Sie nicht? Ich dachte, Sie hätten sie auf Sylt besucht.«

»Das ist schon ein paar Tage her. Sie ist ja immerhin nicht mehr die Jüngste. Sie haben mit ihr gesprochen, Kommissar?« Zweifel bückte sich und hob etwas auf, das zwischen den weißen Kieseln auf dem Weg schimmerte. Er hielt Dr. Wollmaus einen kleinen Schlüssel unter die Nase.

»Wissen Sie, wem der gehört?«

»Woher soll ich das wissen? Mir gehört er jedenfalls nicht.« Zweifel zuckte die Schultern und steckte den Schlüssel ein.

»Ich habe mit Marie-Theres Mindelburg gesprochen. Das ist wahr. Wissen Sie, meine Assistentin hatte gleich den Verdacht, dass es sich um einen Mord aus Rache handeln musste.« Dr. Wollmaus nickte zustimmend. »Wenn man sich die Familiengeschichte genauer ansieht, findet man sehr bald Ereignisse, die als Quelle von Rachegedanken denkbar sind.«

»Sie meinen sicher die Sache mit ihrem Sohn«, pflichtete ihm Dr. Wollmaus bei.

»Diese Dinge liegen allerdings schon sehr lange zurück und ich musste mich fragen, warum ausgerechnet jetzt dieses bohrende Rachegefühl in eine Tat münden sollte.«

»Nun ja. Das ist wie bei einem Vulkan, denke ich. Da ist lange Zeit äußerlich nichts zu erkennen, während es im Innern brodelt. Hat es schon oft gegeben.«

»Hm, mag sein. Allerdings — Marie-Theres Mindelburg: ein Vulkan? Die Vorstellung drängt sich mir nicht auf.«

Zweifel kitzelte den Eifer des Dr. Wollmaus.

Er war stehen geblieben und vertiefte sich in die Betrachtung einer vanillegelben Edelrose. »Außerdem — wie hätte sie die technische Seite bewältigen sollen?«

»Aber Herr Kommissar, sie hat natürlich Komplizen gehabt, die die Drecksarbeit übernehmen mussten. Sie wird ihren Bruder wohl kaum selbst in den Ballon gezwungen haben.«

»Soweit waren wir auch schon«, sagte Zweifel, bückte sich und schnupperte an der Rose. »Komplizen sind jedoch natürlich immer ein Risiko, das sich nicht kalkulieren lässt, es sei denn …«

»Es sei denn?« Zweifel ließ die Frage unbeantwortet.

»Wen könnten Sie sich denn als Komplizen vorstellen? Immerhin kennen Sie Frau Mindelburg und die Familienverhältnisse ja schon sehr lange, nicht wahr?« Dr. Wollmaus zögerte bei diesem Vorstoß. Sollte er die Steilvorlage nutzen? Es war zu verlockend. Sie verließen langsam den Rosengarten und kamen zu den Tennisplätzen, die verwaist dalagen. Zweifel musterte Dr. Wollmaus von der Seite und wartete ab.

»Wissen Sie, Kommissar, um ehrlich zu sein, ich habe in letzter Zeit viel über einen jungen Mann nachgedacht.« »Da schau her«, dachte Zweifel bei sich. »Er war an dem Morgen da, als Abraham gefunden wurde. Er arbeitet beim Sicherheitsdienst. Und er ist gut befreundet mit dem Sohn des Ballonfahrers hier am Ort.«

»Sie meinen Max Kater. Was bringt Sie auf den Gedanken, ihn zu verdächtigen?«

»Er ist der Neffe von Marie-Theres. Sie hat mir von ihm erzählt und wie sie sich zufällig begegnet sind. Ist noch nicht so lange her. Ich halte es für sehr gut möglich, dass die beiden gemeinsam einen Plan ausgeheckt haben. Das würde auch erklären, warum es erst jetzt zur Tat kam. Sie wussten ja vorher nichts voneinander.«

»Einen Plan, sagen Sie.«

»Ja — je länger ich darüber nachdenke, desto klarer wird es für mich.«

»Das geht mir auch so, Dr. Wollmaus. Mir ist in diesem Fall schon sehr viel klargeworden.« Dr. Wollmaus schaute Zweifel an, dessen Tonfall ihm leicht verändert vorkam.

»Max Kater habe ich schon länger auf dem Radarschirm. Wir haben ihn festgesetzt. Ich denke, es ist nur eine Frage der Zeit. Auch mit Marie-Theres Mindelburg gab es einige intensive Gespräche.« Dr. Wollmaus nahm sich zusammen und konzentrierte sich darauf, nicht allzu erfreut über diese Nachricht zu wirken.

»Sie hat mir übrigens einen Brief ihres Bruders gezeigt«, sagte Zweifel. Dr. Wollmaus blieb abrupt stehen.

»Das muss der Brief sein, den ich ihr gebracht habe.«

»Was hat es damit auf sich?«, fragte Zweifel, »ich verstehe nicht, wieso Sie deswegen extra nach Sylt gefahren sind.« Dr. Wollmaus schaute in die Runde. Sie hatten die Tennisanlage mit dem Clubhaus rechts liegen lassen und waren nun in der Nähe eines Goldfischteiches, in dessen Mitte eine klägliche Fontäne sprudelte.

»Vor ein paar Wochen bei einem unserer letzten Schachabende hat mir Abraham zu verstehen gegeben, dass er damit rechne, umgebracht zu werden. Ich glaubte ihm kein Wort. Er hatte bisweilen absonderliche Ideen.«

Zweifel ging langsam weiter und Dr. Wollmaus folgte ihm.

»Jedenfalls gab er mir einen verschlossenen Umschlag. ›Wenn ich tot bin, Felix‹, sagte er zu mir, ›und wenn ich nicht in meinem Bett gestorben bin, wirst du sehen, dass ich Recht hatte. In diesem Fall sorg' dafür, dass Marie-Theres diesen Umschlag erhält, egal wo sie gerade ist. Versprich mir das.‹ Er gab keine Ruhe, bis ich es ihm versprochen hatte.«

»Sie wissen nicht, was in dem Brief steht?«

»Darüber hat er sich ausgeschwiegen, ich hab' ihn natürlich gefragt.«

Zweifel nickte.

»Ein komischer Kauz, dieser Professor.«, sagte er. Sie umrundeten gemächlich den kleinen Weiher mit den großen Goldfischen. »Zwingt seine Schwester, sich freiwillig der Polizei zu stellen. Behauptet in diesem Brief, er habe dafür gesorgt, dass die Polizei andernfalls gezielte Informationen erhalten würde, die ihr sehr schaden könnten.«

»Er wollte wohl ganz sichergehen, dass seine Schwester nicht ungeschoren davonkommt. Das sieht ihm ähnlich.«

»Finden Sie?« Zweifel sah zwischen den Bäumen das neu erbaute Park-Palais auftauchen.

»Na ja«, gab Dr. Wollmaus zu, »die beiden hatten schon immer ein sehr schwieriges Verhältnis. Eine merkwürdige Familie.«

»Da gebe ich Ihnen Recht, Dr. Wollmaus.« Er machte eine kleine Pause und wetzte seinen Säbel.

»Wissen Sie, was dabei besonders merkwürdig ist?« Dr. Wollmaus sah ihn von der Seite an. Irgendetwas an diesem Tonfall gefiel ihm nicht.

»Besonders merkwürdig ist, dass dieser Brief gar nicht von Professor Abraham Mindelburg geschrieben worden sein kann.« Wollmaus blieb stehen. Zweifel ging unbeirrt weiter. Nach ein paar Metern drehte er sich zu ihm um. »Wir haben die Schrift prüfen lassen.« Wollmaus rieb sich am Kinn.

»Aber wieso? Hatte Marie-Theres denn Zweifel an der Echtheit?«

»Sie nicht. Aber ich!« Zweifel legte einen Finger an seine Nase. »Die Schrift ist teuflisch gut gefälscht. Auch Wortwahl und Ausdrucksweise kommen sehr nahe an das Original heran. Sie sind aber nicht original, das steht hundertprozentig fest. Abgesehen davon stimmt die Tinte nicht.«

»Die Tinte?«, sagte Wollmaus verständnislos.

»Ja, der Professor hatte eine Vorliebe für eine ganz spezielle Tinte. Nahm nie eine andere. Wir haben seinen Füller gefunden. Und natürlich die Tintengläser in seinem Haus. Klar ist: der Brief ist falsch.«

Wollmaus versuchte, diese Aussage so schnell wie möglich zu verdauen. Zweifel zündete die nächste Stufe.

»Hab' ich Ihnen schon erzählt, wie der eigentliche Mord ablief?« Wollmaus schüttelte wortlos den Kopf. »Man besorge sich eine Fernsteuerung. Dann nehme man das wehrlose Opfer, zwinge es in einen Ballonkorb, dessen Boden eine Falltür ist, starte den Gasbrenner, warte, bis der Ballon eine angemessene Höhe erreicht hat und drücke auf einen Knopf. Wie finden Sie das?«

Wollmaus sagte nichts. Er schaute sich um. Dann kam er wieder ein paar Schritte näher. Gemeinsam setzten sie ihren Weg fort.

»Wäre ich ein Zyniker, würde ich diese Vorgehensweise als originell bezeichnen. Ein ähnlicher Fall ist mir nicht bekannt«, sagte Zweifel. Sie standen jetzt vor dem Rohbau des Park-Palais. Wollmaus räusperte sich und zwang Gelassenheit in seine Stimme, was halbwegs gelang.

»Also ist nur noch zu klären, wer von den beiden diese Fernsteuerung ausgelöst hat.«

»Welche beiden?«

»Ach kommen Sie, Herr Kommissar, was treiben Sie hier für ein Spiel? Kater und Marie-Theres natürlich.«

»Richtig, ich vergaß — das können Sie ja nicht wissen: Die beiden kommen als Täter nicht in Frage.«

Zweifel hatte dies in aller Ruhe ausgesprochen, als wäre es die größte Selbstverständlichkeit. Er deutete mit der Hand auf das Dach des Park-Palais und sah Wollmaus an.

»Ein wahrhaft majestätisches Gebäude, finden Sie nicht? Das Penthaus soll weit über eine Million kosten. Die nehmen für alles nur die besten und teuersten Materialien.«

Wollmaus ließ den Blick geistesabwesend über die Balkone, Balustraden und Fenster schweifen. Er versuchte, seine Verwirrung zu verbergen.

»Kein Wunder, dass sie hier überall Kameras installiert haben. Wie leicht kommt etwas weg auf so einer großen Baustelle. Sind gut getarnt, nicht?«

Wollmaus schaute wider Willen genauer hin. Erst jetzt bemerkte er dicht unter der Dachrinne mehrere kleine, schwarze Kameras, die sich fast unmerklich bewegten. Er wusste nicht, was er dazu sagen sollte. Er wusste nicht, worauf Zweifel hinauswollte. Er wusste nur, dass dieses Gespräch irgendwie gar nicht mehr so verlief, wie er es sich erhofft hatte. Wobei »erhofft« nicht der richtige Ausdruck war. Er war im Grunde vollkommen sicher gewesen, dass das Gespräch in seinem Sinn verlaufen würde. Deswegen wollte er auch nicht so leicht aufgeben. Vielleicht hatte der Kommissar auch nur eine seltsame Art von Humor. Wollmaus wollte jetzt zu einem zufriedenstellenden Ende kommen.

»Also gut, Herr Zweifel, Sie haben mich jetzt ein bisschen an der Nase herumgeführt. Ich dachte, es sei alles klar mit Kater und Marie-Theres.«

Zweifel beobachtete immer noch die Kameras hoch über ihnen, die sich vollkommen lautlos bewegten.

»Ich weiß, Dr. Wollmaus, dass Sie sich das so gedacht haben. Wissen Sie, worin mein Fehler lag?« Zweifel hatte beide Hände tief in den Manteltaschen vergraben.

»Fehler?«, fragte Wollmaus ungeduldig.

»Ich habe mich viel zu spät gefragt, wer eigentlich vom Tod des Herrn Professor Mindelburg profitiert,« sagte Zweifel und drehte sich zu Wollmaus um, »und das sind einzig und alleine Sie.«

»Aber das ist doch …«

»Das ist ein großes Glück für Sie, Doktor. Sie erben sein Haus und sämtliche Kunstgegenstände, die sich darin befinden. Sein Rechtsanwalt, mit dem ich sprach, schätzt den Wert auf insgesamt deutlich mehr als vier Millionen Euro.«

»Wie können Sie …«

»Wie hoch belaufen sich eigentlich Ihre Verbindlichkeiten und wie dick ist der Geduldsfaden Ihrer Gläubiger?«

»Das ist vollkommen irrelevant, Herr Zweifel!«

»Für mich nicht, Dr. Wollmaus, denn sehen Sie: Hier haben wir das Motiv. Eines der langweiligsten Motive, die es gibt, nämlich schlicht und ergreifend Geldgier, auch wenn sie in Ihrem Fall zu einer besonders prekären Geldnot geführt hat.« Wollmaus schnaubte. Er schüttelte ungläubig den Kopf, sah Zweifel aus schmalen Augen an und schüttelte abermals den Kopf.

»Sie wollen doch nicht ernsthaft behaupten …«

»Ich sage Ihnen jetzt ganz genau, was ich behaupten werde, und zwar vor Gericht, Herr Doktor.«

Zweifels Stimme klang ruhig und freundlich und passte so gar nicht zu dem, was er sagte. Sie standen einander gegenüber und hatten beide die Arme verschränkt.

Von weitem sahen sie aus, wie zwei Freunde oder Kollegen, die sich über Immobilienpreise unterhielten.

»Sie stecken richtig tief drin. Wenn man im Wörterbuch nachschlagen würde unter Bredouille oder Schlamassel, dann würde sich dort ein Foto von Ihnen gut machen«, sagte Zweifel und lächelte. »Sie wussten zwar von dem Testament, das Ihr alter Freund zu Ihren Gunsten verfasst hat, aber erstens konnten Sie nicht wissen, wie lange Abraham Mindelburg noch leben würde, und zweitens konnte er es sich ja jederzeit auch wieder anders überlegen. Es ist immerhin das fünfte Testament in zwei Jahren gewesen, wie mir sein Rechtsanwalt sagte. Nicht genug also, dass Sie nicht genug Geld haben, Sie haben auch nicht genug Zeit. Ihre Situation wird so brenzlig, dass sie sogar den Versuch wagen, Marie-Theres Mindelburgs Geldspeicher anzuzapfen. Doch Ihre Idee mit der angeblichen Stiftung, für die Sie Kapital einsammeln wollen, funktioniert nicht, sie gibt ihnen keinen roten Heller. Trotzdem finden Sie bei diesem Besuch die Lösung für all Ihre Probleme. Sie liegt bei Frau Mindelburg auf dem Tisch.«

Wollmaus hatte ein spöttisches Lächeln aufgesetzt. Er begann, auf Fersen und Ballen zu wippen.

»Sie liegt auf dem Tisch und Sie nehmen sie in die Hand. Max Kater hat die Fernsteuerung dort liegen lassen, erfahren Sie von Marie-Theres. Beim Namen Kater müssen Sie sofort an Frido denken.« Wollmaus hörte auf zu wippen.

»An Frido Lindberg, mit dem Max befreundet ist. Der Junge, der so lange im Rollstuhl saß, den Sie lange Zeit betreut haben, dem Sie geraten haben, sich mit Elektronik zu beschäftigen, und von dem Sie erfahren haben, was sein neuestes Projekt ist. Ein übler Streich. Er und Max wollen einen Ballon starten, mit einem Mann an Bord. Einem Mann mit Höhenangst. Den sie im Glauben lassen wollen, auf einer Falltür zu sitzen, die sich bei der geringsten Bewegung öffnet.

Frido kennt die wahre Absicht nicht, die hinter diesem Projekt steckt. Deshalb erzählt er Ihnen arglos davon, als sie ihn besuchen. Er sagt ihnen jedoch nicht, wer der Mann ist, dem sie diesen mörderischen Streich spielen wollen, nicht wahr?«

Wollmaus verzog die Lippen und antwortete nicht.

»Dann sehen Sie die Fernsteuerung von Max bei Marie-Theres Mindelburg liegen und Ihnen wird sofort klar, dass es sich bei dem Opfer des geplanten Streiches nur um Abraham Mindelburg handeln kann. Sie kennen die Familiengeschichte gut genug, um zu wissen, dass es sich nicht um einen bloßen Streich, sondern um etwas Ernstes handelt.«

Zweifel deutete mit dem Zeigefinger auf Wollmaus.

»Sie sind Schachspieler, darin geübt, die Züge, die Handlungen Ihrer Gegner, Ihrer Mitmenschen im Voraus zu berechnen und auch die in Frage kommenden Varianten. Was wäre, wenn, fragen Sie sich, und was tue ich dann? Was wäre, wenn Marie-Theres im letzten Augenblick zögern würde? Was wäre, wenn Max im Augenblick der Wahrheit versagen würde? Was wäre, wenn diese einmalige Gelegenheit ungenutzt verstreichen würde? Als Sie scheinbar nebenbei mit der Fernsteuerung herumhantieren, während Sie sich mit Marie-Theres unterhalten, finden Sie heraus, auf welche Frequenz das Gerät justiert ist. Und damit steht Ihr Entschluss fest. Sie wissen von Frido, wann der Ballon starten wird und sind zur rechten Zeit am rechten Ort.«

Zweifel machte eine Pause. Wollmaus grinste ihn immer noch spöttisch an.

»Niemand außer Ihnen, Dr. Wollmaus, hat die Falltür ausgelöst. Sie sind Mitglied im Modellflugclub und besitzen eine sehr leistungsstarke Fernsteuerung, wie mir der Clubpräsident verriet. Und Sie sind außer Max und Marie-

Theres der Einzige, der die Frequenz kannte.«

»Ach Herr Kommissar«, sagte Wollmaus und schaute gelangweilt in die Runde, »das halte ich für eine sehr voreilige und gewagte Theorie.«

»Ich weiß, dass es so war«, sagte Zweifel und lächelte ihn an.

»Also gut, Herr Zweifel, dann werde ich Ihnen mal ein wenig Nachhilfe geben«, sagte Wollmaus und fixierte Zweifel. »Wissen Sie, was ein Frequenzscanner ist?«

»Sie werden es mir gleich erklären«, sagte Zweifel, der genau diese Finte erwartet hatte.

»Mit so einem Gerät kann man ganz leicht herausfinden, welche Frequenz eine Fernsteuerung hat. Wenn nun also jemand wie Max Kater oder Frido den Ballon bis hierher gesteuert hat, ist es für jeden, der sich ein bisschen auskennt, ein Leichtes, die Frequenz zu übernehmen und die Falltür auszulösen. Mit anderen Worten: Es kann sonst wer gewesen sein. Nur ich war es nicht.«

»Interessant, was Sie da erzählen, Doktor. Das heißt also, wenn an diesem Morgen eine Fernsteuerung eingesetzt worden ist, konnte jemand anders sie unbemerkt quasi übernehmen, mit einem stärkeren Signal.«

»Sie haben es erfasst, Herr Kommissar, und jetzt entschuldigen Sie mich. Ich denke, wir haben genug geplaudert.«

Wollmaus drehte sich um und ging ein paar Schritte, während er seinen Mantelkragen hochschlug.

»Ach — da wäre noch eine Kleinigkeit, Doktor.« Wollmaus blieb stehen, ohne sich umzudrehen.

»Ich gebe Ihnen Recht. Sie haben an diesem Morgen tatsächlich keinen Frequenzscanner benutzt. Das war jedoch ein großer Fehler, denn so entging Ihnen, mein lieber Doktor, dass gar keine Fernsteuerung im Einsatz war. Außer Ihrer eigenen.«

Zweifel machte eine Pause, um seinen Sätzen die angemessene Wirkung zu verleihen.

»Der Start erfolgte nicht per Fernsteuerung, sondern mit einem Schalter am Gasbrenner, den der vor Angst gelähmte Professor nicht erreichen konnte. Die Gasflasche war so gefüllt, dass es haargenau für diese eine tödliche Luftfahrt ausreichte. Was Sie vermutet hatten, trat nun ein: Marie-Theres konnte ihren Bruder nicht töten. Allerdings nicht, weil sie etwa Skrupel bekommen hätte. Die Fernsteuerung, die sie in Händen hielt — und das, mein lieber Doktor, können Sie nicht wissen — funktionierte einfach nicht. Sie konnte kein Signal senden, weil sie keinen Saft hatte. Max Kater, Ihr zweiter Hauptverdächtiger, hat jedoch ein einwandfreies Alibi. Er stand neben seinem Chef, und zwar genau zu dem Zeitpunkt, als es passierte. Sie haben den Sturz gemeinsam beobachtet. Max Kater und Marie-Theres Mindelburg sind sicher verantwortlich für die tausend Tode, die der Professor vor seinem Tod gestorben ist. Sie, Herr Dr. Wollmaus, sind verantwortlich für seinen vollendeten Tod.«

Wollmaus drehte sich um und öffnete den Mund, um etwas zu sagen. Zweifel ließ ihn nicht zu Wort kommen.

»Sie gehen gern auf Nummer sicher, Dr. Wollmaus. Deswegen wollten Sie es nicht Max Kater überlassen, den entscheidenden Knopf zu drücken und noch weniger Marie-Theres Mindelburg. Deswegen schrieben Sie ihr einen perfiden Brief in der Schrift ihres Bruders, der sie dazu bringen sollte, sich der Polizei zu stellen.

Natürlich konnten Sie nicht wissen, ob Marie-Theres zur selben Zeit wie Sie das tödliche Signal an die Falltür senden würde. Nur dann wäre sie ja überzeugt gewesen, ihren Bruder umgebracht zu haben. Das war der Schwachpunkt in Ihrem Plan. Mit diesem Brief wollten Sie sie deshalb in die Enge treiben. Es war einerlei, ob sie ihn getötet hatte oder nicht. Entscheidend war ihre volle Absicht.

Außerdem war Kater ein Unsicherheitsfaktor für Marie-Theres. Früher oder später hätte er sie sicher mit seinen Aussagen belastet, um des eigenen Vorteils willen. Daher musste der Brief wirken, so Ihr Kalkül.

Als Sie nichts Neues zu diesem Thema in der Presse fanden, wollten Sie es ganz genau wissen, und mir in diesem Gespräch die Bestätigung entlocken, dass Marie-Theres und Kater verhaftet seien. Ihr Perfektionsdrang, ihr Kontrollzwang kamen mir zugute, lieber Doktor. Sie sitzen in einer selbst gebauten Falle und ich«, damit zog er aus der Manteltasche, was er kurz zuvor auf dem Kiesweg zwischen Rosen gefunden hatte, »habe dies hier.«

Wollmaus starrte wortlos auf den kleinen Schlüssel.

»Ach ja — und da war ja noch die Sache mit den unterschiedlichen Knoten in den Schuhen des Professors. Ich kam mir ja fast schon vor, wie *Hercule Poirot*, oder wie dieser andere, der Engländer, wie hieß er noch, genau — *Sherlock Holmes*.«

Zweifel gab einer anschwellenden Panik Gelegenheit, sich leise knurrend Wollmaus zu nähern, um dann dessen Sprachlosigkeit mit bedrohlichen Fakten zu füttern.

»Sie waren zu Beginn als Einziger für kurze Zeit allein mit der Leiche. Und Sie haben ihm den linken Schuh ausgezogen, um sicher zu gehen, dass Abraham nicht irgendwelche Notizen dort versteckt hatte, die Ihren Plan verdorben hätten, wenn jemand anders sie dort gefunden hätte. In der Eile, ihm den Schuh wieder anzuziehen, haben Sie übersehen, denselben Knoten wie der Professor zu verwenden.

Den Schuh müssen Sie sich anziehen. Er war wirklich ein sonderbarer Kauz, in vielerlei Hinsicht. Haben Sie eigentlich eine Nachricht gefunden?«

Wollmaus starrte ihn an, atmete schwer und schwieg.

»Aber sicher haben Sie etwas gefunden. Das war ja dann die ideale Schriftvorlage für Ihren gefälschten Brief an Marie-Theres. Und Ihr starkes Interesse daran, die Obduktion durchzuführen anstelle von Dr. Kälberer war nur gespielt. Sie wollten lediglich den Körper des Toten ungestört nach eventuellen weiteren versteckten Hinweisen untersuchen. Und als Sie keine fanden, spielten Sie Dr. Kälberer glaubhaft einen Schwächeanfall vor. Der Anblick Ihres alten Freundes auf dem Seziertisch ›machte Sie schwindeln‹. Das war alles.« Zweifel machte erneut eine kleine Pause und ging langsam auf Wollmaus zu.

»Wissen Sie, Dr. Wollmaus, warum ich so sicher bin, dass Sie es waren? Ich meine, abgesehen von all den Fakten und Indizien, die gegen Sie sprechen?«

»Sie können mir nichts beweisen, gar nichts, und ich muss mir das jetzt nicht länger anhören«, sagte Wollmaus mit rauer Stimme.

»Das ist aber kein sehr origineller Satz, Herr Doktor. Hab' ich irgendwo schon mal gelesen.« Zweifel legte ihm die Hand auf die Schulter. Das war ein verabredetes Zeichen. »Sie haben genickt.« Wollmaus schaute ihn fassungslos an.

»Ich habe was? Was soll das, Zweifel, ich …«

»Es sah zumindest genau so aus, Herr Doktor. Vor kurzem sah ich einen sehr interessanten Film und da …«

»Also das wird mir jetzt endgültig zu dumm. Ihre Kinoerlebnisse können Sie für sich behalten.«

»Aber es war ja kein Kinofilm. Es war ein Film mit Ihnen. Als Hauptdarsteller.«

»Was zum Teufel soll das heißen?«

»Ich hab' Sie doch vorhin erst auf die Kameras aufmerksam gemacht.«

»Die Kameras …?«, schnaubte Wollmaus. Sein Kopf flog herum und er suchte das Dach des Park-Palais ab.

»Stundenlang — nein, ganz so lang war's nicht — hab' ich mir die Filme angeschaut. Da läuft auch eine Uhr mit, müssen Sie wissen. Um festzustellen, wer wann was geklaut hat. Dafür sind diese Kameras ja eigentlich gedacht.«

Wollmaus starrte ihn sprachlos an. Auf seiner Stirn hatten sich trotz der kühlen Witterung kleine Schweißtropfen gebildet. Er atmete zunehmend schwerer. Aus den Augenwinkeln sah er, wie sich hinter den Bäumen etwas bewegte. Zweifel strich mit beiden Händen über seine Glatze.

»Um 5:51 Uhr sind sie zu sehen, zwar hinter den Bäumen stehend, aber von der Baustelle aus klar und deutlich zu erkennen. Sie haben den Kopf in den Nacken gelegt und eine Fernsteuerung in ihren Händen. Und um 5:54 Uhr nicken Sie. Und diese Kopfbewegung kommt daher, dass Sie den Sturz des Professors, den Sie gerade ausgelöst haben, aus nächster Nähe mitverfolgen.«

Wollmaus schaute sich hastig um. Aus dem Nichts waren sechs uniformierte Polizeibeamte aufgetaucht, jede mögliche Fluchtrichtung versperrend.

Zweifel lächelte ihn freundlich an.

»Ist das nicht merkwürdig, Herr Dr. Wollmaus, wie einfach dieser Fall zu lösen war. Da brauche ich mir bloß einen Film mit einem Mann anzusehen und mich zu fragen, ob das der Täter ist.

Und dieser Mann antwortet mit einem Nicken.

32. Kapitel

»Ist gar nicht so schwierig zu bedienen, so ein Ding«, sagte Melzick wenig später. Dr. Wollmaus war bereits abgeführt worden. Seine Sprachlosigkeit hatte ihn wehrlos gemacht.

»Das ist ja auch keine Kunst, es gab in diesem Fall ja nur zwei Richtungen: hin und her«, erwiderte Zweifel.

»Hat aber doch täuschend echt gewirkt, wie sich die Plastikrohre da oben bewegt haben.« Zweifel nickte.

»Wollmaus hat mir aufs Wort geglaubt, sogar das mit dem Nicken. Klar, das ist ja auch eher eine unbewusste Bewegung, daher konnte ich diese Behauptung so einfach riskieren. Sein Zusammenbruch ist jedenfalls als Geständnis zu werten. Der Rest ist nur noch Formsache.

Zweifel rieb sich die Hände. »Dabei hätte es wirklich ein perfekter Mord sein können. Wenn Willoughby nicht gewesen wäre …«

Der Bauleiter kam heran.

»Das ist eine gute Idee mit den Überwachungskameras, Herr Kommissar. Die werden wir künftig schon auf dem Rohbau verstecken. Allerdings echte und nicht diese Attrappen«, sagte er und reichte Zweifel eines von den schwarzen Plastikrohren, die Wollmaus zum Verhängnis geworden waren. Zweifel nahm es entgegen.

»Tja, man weiß doch nie, wen man vor die Linse bekommt.«

»Wissen Sie, an wen ich gerade denken muss, Chef?«, sagte Melzick und packte die Fernsteuerung, die sie sich im Modellflugclub ausgeliehen hatte, in ihren Rucksack.

»Wie oft darf ich raten?«

»An Mary.«

»Ha!« Zweifel blickte dem Einsatzwagen nach, der mit

einem fassungslosen Dr. Wollmaus an Bord langsam davon fuhr.

»Sie wollen doch nicht etwa eine Runde drehen?«

Melzick schaute ihn aus ihren sehr hellen blauen Augen an. Er kratzte sich am Kopf und warf einen Blick in den trübkalten Himmel. »Ist vielleicht ein bisschen kühl für eine Cabriofahrt.«

»Ach was, Sie können meinen Schal haben. Ich mach Ihnen einen Turban draus.« Zweifel befühlte seine Glatze.

»Welche Farbe hat er denn?«

Eine Stunde später, nachdem sie mit Lucy gesprochen hatten, saßen sie bequem in seinem blubbernden Cadillac und fuhren aus der Stadt hinaus.

Lucy hatte es geschafft. Ihr Schreibtisch war leergeräumt, ein erschreckender Anblick für sie. Es gab ihr das ungewohnte Gefühl, überflüssig zu sein. Sie schnaufte etwas unwillig. Dann fiel ihr noch ein, dass Klopfer informiert werden musste. Rasch schrieb sie mit grünem Filzstift auf ein DIN-A4-Blatt die wichtigsten Punkte:

— Mord an Professor Mindelburg aufgeklärt
— Dr. Wollmaus war's
— Mord an Valentin Lindberg aufgeklärt
— Frido Lindberg war's
— Frido Lindberg an Hirnschlag gestorben
— Dr. Wollmaus in Untersuchungshaft
— Max Kater und Marie-Theres Mindelburg ebenso
— Kommissar Zweifel plus Melzick unschlagbar
— Hab meinen Schreibtisch aufgeräumt
— Bin im Urlaub, Fastenwandern im Schwarzwald

Ihr Chef Klopfer würde diese Liste am anderen Morgen lesen und die Punkte jeweils mit einem zufriedenen Nicken abhaken, wobei er für sich beschließen sollte, den letzten Punkt nicht ernst zu nehmen. Sicher meinte Lucy damit, dass sie im Schwarzwald fast wandern würde.

Sie fuhren gemächlich Richtung Süden. Es hatte jetzt, am späten Nachmittag aufgeklart und die Alpen wirkten durch den Föhneinfluss so nahe wie lange nicht mehr. Gerade wurden sie von einer Schwadron schwerer Motorräder respektvoll überholt. Der Respekt galt sowohl dem prachtvollen Cadillac als auch dem ungewöhnlichen Kopfputz des Fahrers.

»Wissen Sie, dass Alba jetzt ein reicher Mann ist?«, sagte Zweifel. Melzick blätterte in dem Taschenbuch, das sie beim letzten Mal im Wagen liegen gelassen hatte.

»Und wie kommt solches?«, fragte sie.

»Der Professor hat ihn als Ersatzerben bestimmt für den Fall, dass Dr. Wollmaus sich als nicht geeignet erweisen sollte. Der Rechtsanwalt fand den Passus zwar etwas ungewöhnlich, hat ihn aber juristisch einwandfrei formuliert und in das Testament mit aufgenommen.

»Dann kann unser Ferdinand sich also jetzt einen Whirlpool in sein Baumhaus einbauen lassen oder einen Lift oder gleich ein komplett neues Luftschloss in Auftrag geben.«

Melzick stellte sich den schlaksigen Maler vor und konnte sich das nicht vorstellen.

Sie schüttelte ihre rote Dreadlockmähne im Fahrtwind. Zweifel saß entspannt hinter dem großen cremefarbenen Lenkrad. Melzick hatte das Taschenbuch geschlossen und klopfte mit den Fingerknöcheln darauf.

»Was ist das eigentlich für ein Buch, das Sie da immer in

den Fingern haben?«, fragte Zweifel leicht irritiert. Sie schaute zu ihm hinüber, dann hielt sie es ihm vor die Nase.

»Fällt Ihnen etwas auf, Chef?« Er warf einen kurzen Blick darauf und dann gleich noch einen.

»Sie lesen Hemingway?«

»Das Buch gehört meiner Mutter.«

»Was soll mir daran auffallen?«

Melzick klappte das Handschuhfach auf. Der Brief an Mary lag immer noch darin. Sie nahm ihn heraus und wedelte damit in der Luft herum.

»Das Buchcover hat dasselbe Schriftbild, wie die Adresse auf dem Umschlag. Schreibmaschine hat man das wohl früher genannt. Das hat mich auf die Idee gebracht. Er soll ja auch Briefe geschrieben haben.« Zweifel schüttelte ungläubig seinen turbangekrönten Kopf. »Wissen Sie, dass er auf Key West gelebt hat? Da, wo der Brief abgestempelt worden ist?«

»Sicher«, antwortete Zweifel und schaltete einen Gang höher.

»Und dass seine letzte Frau Mary hieß, Mary Welsh?« Zweifel lächelte.

»Sicher.«

Melzick legte den Umschlag wieder sorgfältig zurück in das Handschuhfach — und drehte sich zu mir um.

»Das hätten Sie wohl gern, dass Ernest Hemingway in dieser Story auch noch auftaucht«, sagte sie und grinste mich an. Zweifels Augen ruhten im Rückspiegel auf mir.

»Darüber muss ich nachdenken«, dachte ich.

Behauptung und Dank

Die geschilderten Menschen und Begebenheiten sind frei erfunden. Das gilt insbesondere für die Kurdirektion von Bad Wörishofen.

Meiner Tochter Julia bin ich überaus dankbar für ihre äußerst wachsamen Augen, denen keiner meiner Fehler entging. Sollte sich doch der eine oder andere eingeschlichen haben, so geschah dies heimlich und heimtückisch und wird mit Ignorieren bestraft.

Meinem Sohn Adrian bin ich wahnsinnig dankbar dafür, dass er jedem meiner technischen Hirngespinste ein „Moooment!" entgegenhielt und prüfte, ob das alles so funktionieren könnte.

Ohne Carla wäre nie so ein cooles und stimmiges Cover entstanden. Du weißt schon, wie man Augen fängt, Carla, vielen vielen Dank.

Meiner Frau Bettina kann ich nicht genug danken für ihre erstaunliche Geduld dafür, dass ich übermäßig viel Zeit in meiner eigenen Welt verbracht habe.

Aufsehenerregender Augsburg-Krimi

Ein Ermordeter im Merkurbrunnen, ein Erhängter im Wittelsbacher Park — sind schwarze Mitbürger die Opfer von Rassisten? Es braut sich was zusammen. Ein makabres Video geht viral. Anschläge erschüttern das Vertrauen in die Polizei. Die Medien spielen verrückt. Der Kommissar und seine Assistentin bewegen sich auf dünnem Eis. Bei der Tätersuche begegnen sie giftigen Nachbarn, geldgierigen Juristen und gerissenen Journalisten — eine explosive Mischung. Die Lage spitzt sich zu, als der ehrgeizige Polizeichef sich einmischt.

vom preisgekrönten Friedberger Autor Achim Kaul

502 Seiten
Als E-Book und als Taschenbuch erhältlich

Zweifel und Zick - jetzt in Augsburg

Tausende Demonstranten strömen aufgewühlt durch Augsburgs Fußgängerzone. Aus dem Hinterhalt schießt jemand scheinbar wahllos in die Menschenmenge. Ein Mann stirbt im Kugelhagel. Erlebt Augsburg einen Terroranschlag? Tobt ein Amokschütze seine Wut aus? Handelt es sich um einen gezielten Mord? Kommissar Zweifel hat es in seinem neuen Revier mit brandgefährlichen Gegnern zu tun, auch aus den eigenen Reihen.

Zudem erlebt Klaus-Peter Wolf, berühmter Autor der Ostfriesenkrimis, bei seinem Gastauftritt in diesem neuen Augsburg-Krimi sein „blaues" Wunder.

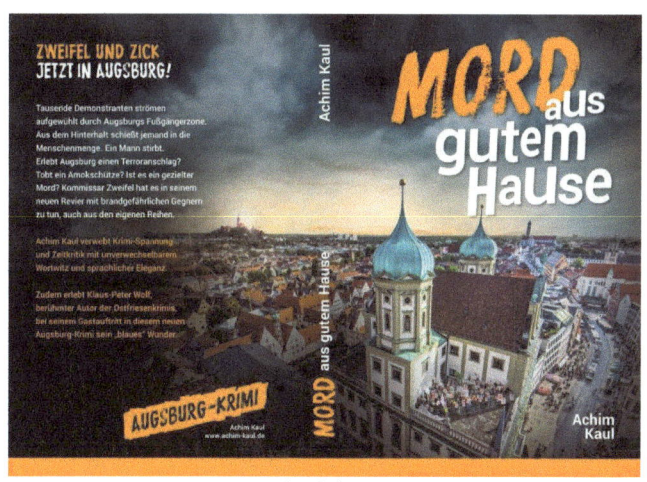

420 Seiten
Als E-Book und als Taschenbuch erhältlich

Die Therme in Bad Wörishofen. In den Saunalandschaften wird gepflegt geschwitzt. Gänsehaut-Schreie gellen durch die aufgeheizte Luft. Gasgranaten zünden. Die Fluchtwege sind plötzlich versperrt. Die Nackten packt die nackte Panik. Chaos! Zur selben Zeit bekommt Kommissar Zweifel einen anonymen Anruf: »In der Therme ein Toter — das ist doch was für Sie«. Der Fall verspricht besonders knifflig zu werden. Wer lügt? Wer heuchelt? Wer manipuliert wen? Und vor allem: Wer ist der Tote?

Funkensprühende Dialoge, Scharfsinn und Wortwitz zeichnen Zweifel und Zick, das kongeniale Ermittlerduo aus.

Dieser Allgäu-Krimi ist ihr zweiter Fall nach
»Mord aus heiterem Himmel«

562 Seiten
Als E-Book und als Taschenbuch erhältlich

Der erste Fall für Zweifel und Zick

Ein unglaublicher Tatort. Ein wahnwitziger Todesfall. Ein wortwitziges Ermittlerduo. Ein Allgäu-Krimi der besonderen Art. Zweifel und Zick knobeln an ihrem ersten Fall.

Der Himmel ist heiter über Bad Wörishofen. Doch der Sommer wird mörderisch. Ein Kunstprofessor beendet sein wichtigstes Manuskript. Kurz darauf stürzt er mitten über dem Kurpark aus großer Höhe in den Tod. Ein rätselhafter Selbstmord? Eine luftige Art des Mordens? Kommissar Zweifel und seine junge Kollegin Zick stehen vor einem Labyrinth aus Fragen.

Bei Ihren Ermittlungen beweisen sie Spirit, Cleverness, Schlagfertigkeit und Humor.

358 Seiten
Als E-Book und als Taschenbuch erhältlich

Lagerfeuergeschichten für das Kopfkino

Was sucht ein Typ am Pol der Unerreichbarkeit? Gibt es Giraffen in New York? Was geschah in Lesleys Haus? Wen hat Rabenstein auf dem Gewissen? Was dürfen die Bewohner von Gold Point niemals tun? Verschläft Leander ein Jahrhundertbeben? Warum blieb Leas Flaschenpost ungelesen? Wer hörte den tödlichen Ruf der Tiefe? Wohin verschwand Elisa?

Neun Storys, die einen noch lange verfolgen werden. Sie sind leicht zu lesen, aber die darin beschriebenen Bilder, Figuren und Ereignisse gehen nicht mehr aus dem Kopf.

156 Seiten
Als E-Book und als Taschenbuch erhältlich

Verfolgt, verdächtigt, verwegen

Capri, Florenz, Paris — davon kann Ludwig Vonwegen mangels Knete nur träumen. Doch dann wird er zufällig Housesitter. Was als Glücksfall beginnt, entwickelt sich zur schrägen Odyssee durch halb Europa. Mit Renee, einer jungen Amerikanerin auf Europatour und Paul, einem studierten Taschendieb, entsteht ein verwegenes Trio »überwegs«.

406 Seiten
Als E-Book und als Taschenbuch erhältlich

Abenteuergeschichten von Micha Luka
alias Achim Kaul

Schon mal von der Canneloni gehört? Piratenschiff! Gehört Käpt'n Sansibo. Mit an Bord: Toby und die beiden stärksten Matrosen südlich des Nordpols. Habt ihr eine Ahnung, was denen alles passiert? Ein Vulkan beschießt sie mit glühenden Felsen. Ein uralter Spuk weht um die Segel. Eine Horde merkwürdiger Insulaner sorgt für Herzklopfen. Der heimtückische Quim will ihnen an den Kragen. Und dann die Geschichte, wie der Käpt'n an die Canneloni kam. Doch das ist erst der Anfang, denn die Abenteuer hören nicht auf.

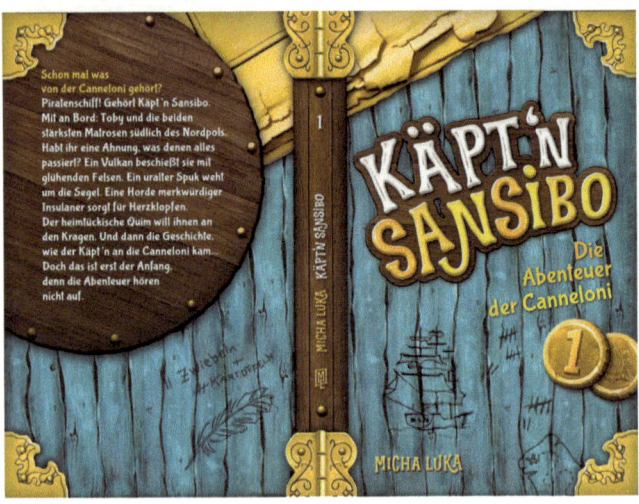

167 Seiten
Als E-Book und als Taschenbuch erhältlich

Neue Abenteuergeschichten mit der Canneloni

Käpt'n Sansibo und die beiden stärksten Matrosen südlich des Nordpols gehen einem fiesen Maharadscha in die Falle. Er lässt sie nur frei, wenn sie ihm Carlottas Juwelen bringen. Nach einem Monstersturm rollt eine rätselhafte Flaschenpost über das Deck, die sie auf die »Verbotene Insel« lockt. Werden sie dort den legendären Schatz der verrückten Carlotta finden? Bebende Berge, waghalsige Brücken, höllische Höhlen und etwas Ungeheures, das im Dschungel lauert — Käpt'n Sansibo und seine Mannschaft kämpfen mit einer bösen Überraschung nach der anderen.

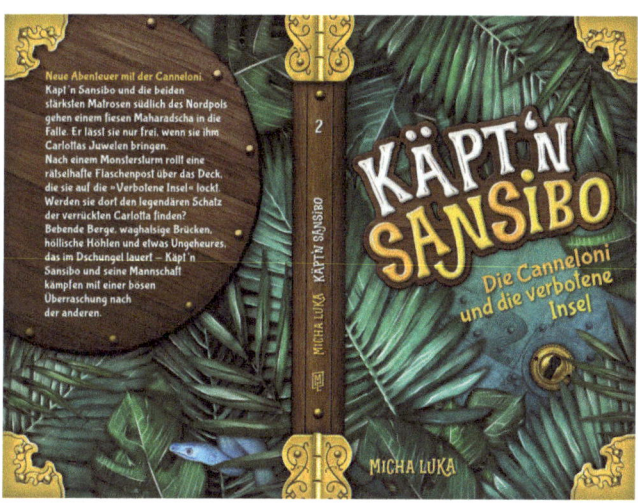

192 Seiten
Als E-Book und als Taschenbuch erhältlich

Die Canneloni-Abenteuer gehen weiter

Käpt'n Sansibo fischt einen Schiffbrüchigen aus dem Meer und was passiert? Wie aus dem Nichts tauchen Weitere auf, bis eine komplette Mannschaft das Deck der Canneloni besetzt. Einschließlich ihres frechen Kapitäns, der sogleich das Kommando übernimmt. Er setzt Toby, Kullerjan und Käpt'n Sansibo auf hoher See aus. Nur Bullerjan darf als Koch bleiben. Lest selbst, welche raffinierten Tricks Toby sich ausdenkt, um die Canneloni zurückzuerobern. Schließlich wartet noch der geheimnisvolle Leuchtturm von Barnabo auf sie. Sein Rätsel ist bis heute ungelöst.

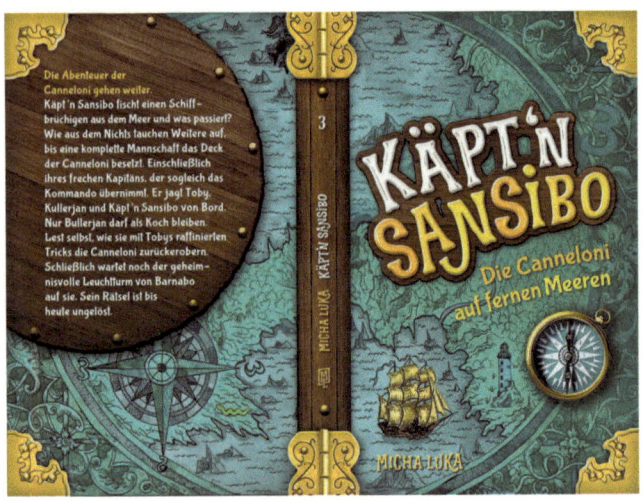

180 Seiten
Als E-Book und als Taschenbuch erhältlich